Rebecca Maizel

# Ein Sommer voller Sterne



cbj

© Olivia Wilcox

## DIE AUTORIN

Rebecca Maizel stammt aus Rhode Island, wo sie Literatur an einer Highschool unterrichtet. Dabei versucht sie, ihren Schülern nicht ihre eigenen Bücher aufzudrängen. Sie veröffentlichte bereits mehrere Jugendbücher und hat einen Master-Abschluss in Schreiben für Jugendliche vom Vermont College of Fine Arts. Sie isst am liebsten Indisch, liebt ihren Hund Georgie und geht gerne joggen.

Rebecca Maizel

# Ein Sommer voller Sterne

Aus dem amerikanischen Englisch
von Gabriele Burkhardt

cbj

Dieses Buch ist auch als E-Book erhältlich.

MIX
Papier aus verantwortungsvollen Quellen
FSC® C014496
FSC www.fsc.org

Verlagsgruppe Random House FSC® N001967

1. Auflage
Erstmals als cbj Taschenbuch April 2016

Die Originalausgabe erschien 2015
unter dem Titel »Between Us and the Moon«
bei HarperTeen, einem Imprint von HarperCollins Publishers, New York
Übersetzung: Gabriele Burkhardt
Umschlaggestaltung: *zeichenpool, München
unter Verwendung eines Bildes von © Philipp Nemenz/cultura/Corbis
jk · Herstellung: ReD
Satz: Buch-Werkstatt GmbH, Bad Aibling
Druck: GGP Media GmbH, Pößneck
ISBN 978-3-570-40304-4
Printed in Germany

**www.cbj-verlag.de**

*Für Brooke Darcy Nordstrom, Aviva Fink Cantor,
Zoe Houldsworth LoPresti, Leigh Ann Razza
und Katie Caramiciu, meine Freundinnen aus Kindertagen –
jetzt und für immer.*

*Dies ist mein Liebesbrief an Euch.*

Love hides in the strangest places.
*»Love Hides«, The Doors*

# TERMINPLAN FÜR JUNI

## WICHTIGE TERMINE:

*19. Juni – Letzter Schultag. Bis dann, ihr Loser.*
*Ein Hoch auf das dritte Jahr!*
*20. Juni – Abreise nach Cape Cod*

## VORAUSSCHAU:

*26. Juni – 16. GEBURTSTAG!*
*3. Juli – Komet Jolie erreicht Perihelium*

## TO-DO-LISTE (REIHENFOLGE NACH WICHTIGKEIT):

*Alles fürs Waterman-Stipendium organisieren: Termin 8. August*

- ❑ *Bewerbung (16 Seiten, handgeschrieben und per Briefpost an Vergabekommission)*
- ❑ *Online-Registrierung – Termin: 26. Juni (Geburtstag!)*
- ❑ *Kometen-Daten, zusammengestellt in zweifacher Ausfertigung*
- ❑ *Empfehlungsschreiben vom East Greenwich Observatorium*
- ❑ *Persönlicher Essay (Bäh!)*
- ❑ *Dankschreiben an Direktor Winston. Nicht vergessen, ihm für die mitreißende und doch peinliche Rede über mich als Klassenbeste zu danken.*

# KAPITEL 1

»WAS SOLL DIE GANZE RECHNEREI, NUR UM EINEN Kometen zu verfolgen?«, sagt Scarlett und späht durch die Linse meines Teleskops. »Es ist doch nur ein unscharfer weißer Fleck.«

»Es geht darum, mit Papier und Bleistift das Perihelium des Kometen vorauszuberechnen.«

»Perri-was?«

»Damit ist der Punkt der kürzesten Distanz zwischen dem Kometen und der Sonne gemeint.«

»Aber du hast doch deinen Schulcomputer«, meint Scarlett und deutet auf den geliehenen Laptop der SUMMERHILL ACADEMY, der offen auf einem kleinen Klapptisch steht.

»Mit dem Computer programmiere ich das Teleskop. Das ist alles.«

»Ich würde *bestimmt* schummeln.«

Es hat zehn Minuten gedauert, um Scarlett hierherzulocken, und jetzt soll sie durchs Teleskop schauen und begreifen, wie schwierig es ist, jede Nacht die Koordinaten des Kometen zu berechnen.

»Die Mathematik macht die Berechnung so präzise«, erkläre ich. »Jeder beliebige Computer kann programmiert werden, um grobe Schätzungen vorzunehmen.«

»Ich bin eine totale Niete in Mathe«, sagt Scarlett. Ihr tiefroter Lippenstift sieht so schön aus. Würde ich den heute Abend benutzen, würde ich Tucker und wahrscheinlich meine Klamotten damit vollschmieren. Anders als meine Schwester bin ich überhaupt nicht elegant.

»Wenn er endlich sein Perihelium erreicht und in die nördliche Hemisphäre eintritt, dann habe ich ihn über 64 Millionen Kilometer weit verfolgt.«

*»Nördliche …«* Scarlett erhebt sich und intoniert das Wort. *»Hemissssphäre.* Klingt das nicht unglaublich?«

»Na ja, genau genommen hat die nördliche Hemisphäre die meiste Landfläche. Zwei Drittel der Erde sind …«

Scarlett lacht und lacht.

»Du hast null Durchblick, Bean«, meint sie, wirft die Haare zurück und geht in Richtung Haus.

»Dieser Komet ist der hellste, der in hundert Jahren die Sonne passiert«, rufe ich Scarlett hinterher. Obwohl wir heute Nacht zunehmenden Mond haben, eine schmale Sichel, schimmern die blonden Haare auf ihrem Rücken. Ich könnte schwören, dass Scarlett von Jahr zu Jahr hübscher wird, eine Laune der Natur oder so was.

»Ich möchte es auf altmodische Weise machen«, erkläre ich. »Weißt du, so wie Galilei. Okay, nicht ganz so antiquiert, aber mit Stift, Taschenrechner, internem GPS und hochauflösender Optik.«

Scarlett wirft mir noch einen kurzen Blick zu, bevor sie im Haus verschwindet.

»Das ist echt cool«, meint sie, obwohl klar ist, dass sie nur nett sein will. Aber das ist auch leicht für sie zu sagen, ihr Leben dreht sich um Ballett. »Aber hin und wieder musst du die Sterne auch mal Sterne sein lassen.«

»Bean!«, ruft Mom. »Tucker ist da!«

Hat ja auch lange genug gedauert. Laut Wettervorhersage soll es nach elf regnen. Zum Glück sind noch keine Wolken zu sehen. Ich streiche mit der Hand über meinen Stargazer. In weniger als einem Monat zieht der Komet Jolie über den Himmel hinweg und wir können ihn ohne Teleskop sehen.

Ich lege mein nächtliches Koordinatenblatt auf meine Lieblingsdecke. Wenn Tucker kommt, soll er sehen, wie kompliziert es heute war, die Position des Kometen am Nachthimmel zu lokalisieren und zu identifizieren. Ich weiß, wie schwierig es ist, aber es ist schön, dass mein bester Freund, mein *fester* Freund, der bei den Tests fürs College zufällig sechs Punkte mehr erreicht hat als ich, sieht, wozu ich in der Lage bin.

Darauf habe ich schon gewartet – auf dieses Knarren, als Tucker durchs Wohnzimmer geht. Unser viktorianischer Fußboden hat schiefe Holzdielen. Die meisten sind noch original, das heißt, sie knarren *laut.*

»Solltest du dich jemals davonschleichen wollen«, sagte Scarlett einmal zu mir, »dann trete nicht auf den roten Orientteppich. Original-Fußboden. *Er knarrt,* wenn du weißt, was ich meine?« Damals hielt sie inne und schüttelte den Kopf. »Aber was rede ich da eigentlich«, sagte sie und warf das Haar nach hinten. »Unsere kleine Sternenguckerin und sich davonschleichen?«

Im Vorbeigehen sagt Scarlett zu Tucker: »Sag Trish, sie soll mich anrufen, wenn sie nach Hause kommt. Keine Ausreden.« Scarlett deutet mit dem Finger auf ihn und Tucker nickt. Trish ist Tuckers Schwester und Scarletts beste Freundin. Die beiden sind unzertrennlich – bis jetzt.

Tucker muss einem Haufen brauner und roter Koffer ausweichen, die sich neben dem Küchentisch stapeln. Es sind sechs: einer von Mom, einer von Dad, einer von mir und drei von Scarlett. Auf Scarletts Koffer liegen zwei Paar Ballettschuhe. Die dicken Satin-

Schnürbänder hängen auf den Boden. Tucker geht an Dad vorbei, der, wie üblich, in seinem Ledersessel vor dem Fernseher sitzt. Er sieht sich eine Show auf Discovery Channel an. Die grauen Strähnen seiner Einstein-Frisur stehen nach allen Seiten ab.

»Ihr nehmt jedes Jahr mehr Zeug mit nach Cape Cod«, bemerkt Tucker und kommt über die Veranda zu mir in den Garten. Mit seiner Singsang-Stimme klingt alles, was er sagt, wie ein Witz, den er noch nicht ganz zu Ende erzählt hat.

»Erzähl das mal unserer Ballerina«, sage ich. »Juilliards Tanzprogramm wird nie wieder so viele Haargummis, Parfümfläschchen und rosa Tanktops zu sehen kriegen. Der Ansturm beginnt.«

»Du würdest dich wundern«, meint Tucker, aber sein Ton bekommt auf einmal eine gewisse Schärfe. Er sieht heute Abend so anders aus. Ich kann es nicht erklären. Ich beuge mich vor und er gibt mir einen Kuss auf den Mund. Aber bevor ich meine Hand in seinen Nacken legen und ihn leidenschaftlicher küssen kann, weicht Tucker zurück. Dabei hatte er mich letzte Woche wie aus heiterem Himmel umarmt, ganz fest an sich gedrückt und so leidenschaftlich geküsst, dass wir für einen Moment nicht mehr einfach nur Tucker und Bean waren, seit neun Jahren beste Freunde und seit einem Jahr fest zusammen. Ich wollte mehr als einen höflichen Kuss.

Als Tucker jetzt zurückweicht, vergräbt er die Hände in den Taschen seiner Jogginghose. Hmm. Hände in den Hosentaschen, krummer Rücken, gesenkter Blick. Ich kenne Tucker schon zu lange – irgendwas ist los. Keiner von uns ist begeistert, dass ich nach Cape Cod fahre, obwohl es sein muss.

»Du *fährst* in zwei Wochen!«, sage ich, um ihn aufzuheitern. »Das ist besser, als bis August warten zu müssen, wenn Scarlett ihre Abschiedsparty feiert.«

Ich lege meine Arme um seine Taille und er lehnt sich an mich. Es ist so vertraut, unsere Körper ganz nah zusammen.

»Ich weiß nicht, ob sie mir das Auto geben werden«, meint er leise.

»Willst du dich etwa drücken? Ich nehm es dir nicht übel. Ich würde auch nicht im selben Haus oder gar im selben Bundesstaat wie Tante Nancy leben wollen, wenn ich es nicht müsste.«

Tucker lacht, aber so leise, als handele es sich um einen Insiderwitz.

»Deine Großtante ist gar nicht so schlimm.«

Ich ziehe die Augenbraue hoch.

»Okay, sie ist sehr schlimm«, gibt er zu.

Ich spüre, wie seine Brust vor Lachen bebt, so dicht hat er sich an mich gepresst.

»Ich habe keine Lust, dich fast zwei Monate nicht zu sehen«, sage ich.

»Letztes Jahr war es doch auch so.«

»Ja, aber das war, bevor du dich in mich verliebt hast.«

Ich gebe ihm einen Kuss auf die Nase und löse mich von ihm, um meine Koordinaten bereitzulegen und ihm die verschiedenen Gleichungen und Berechnungen zu zeigen, die ich angestellt habe, um den Kometen heute Nacht zu verfolgen.

»Wie auch immer, ich werde dich auf Scarletts Party sehen«, füge ich hinzu. »Nancy spricht seit *Monaten* von nichts anderem mehr.«

Tucker nickt. Irgendetwas an ihm ist anders. Ich kann es nicht erklären.

Ich sollte besser zur Sache kommen. Das wird ihn aufmuntern. *Ich brauche mehr Zeit als du, um meine Gefühle auszudrücken,* hat Tucker dieses Jahr bestimmt ein Dutzend Mal erklärt. Ich sollte nicht vergessen, dass einige Leute manchmal länger brauchen, um ihre Gefühle in Worte zu fassen.

Ich werfe mein Haar zurück und wedele mit dem Koordinatenblatt. Das müsste seine Stimmung heben. Normalerweise zaubert der Anblick von mathematischen Gleichungen ein Lächeln in sein Gesicht und hebt die Augenbrauen über den dunkeln Rand seiner Brille.

»Meinen Berechnungen zufolge wird der Komet der Sonne erst am 3. Juli am nächsten kommen«, erkläre ich. »Aber ich sage dir, es ist erstaunlich. Trotz Lichtverschmutzung ist dieser Komet der hellste, den ich je gesehen habe.«

Ich gebe die Koordinaten in meinen Schulcomputer ein.

Wie Vanna White lasse ich die Hand über das Teleskop gleiten und gebe dabei acht, seine Position nicht zu verändern. »Sieh dir dieses Baby an. 20-Zentimeter-Spiegel. Höchstmögliche Vergrößerung.«

Tucker nickt schweigend.

»Bereit?«, frage ich.

»Bereit«, erwidert Tucker, aber unser üblicher Austausch klingt irgendwie hohl. Ich habe diese Information absichtlich geheim gehalten. Das weiß er. Spaßverderber.

Egal. Ich mache weiter; ich werde mich nicht von seiner schlechten Laune anstecken lassen. Tucker *wollte* es sehen. Jedenfalls hat er das heute Morgen gesagt, als wir in der Schule unsere Schließfächer leer geräumt haben.

Der Computer piept und beginnt, die Bilder des Stargazers zu speichern.

»Dieses Schätzchen ist so viel wert wie 7562 Pizzen«, sage ich über das Teleskop hinweg. »Aber jetzt heißt es für fast zwei Monate, bye, bye, Pizza Palace.« Ich setze mich auf die Decke, schlage die Beine übereinander und hole ein Pfefferminz hervor. Ich habe nichts dagegen, den ersten Schritt zu tun.

Tucker späht durch die Linse.

Ich rutsche auf der Decke zur Seite, um ihm Platz zu machen.

»Du hast es geschafft«, sagt er und seine Stimme hebt sich etwas. Sein Ton ist sanft, als wolle er nicht zu laut sprechen. »Du wirst das Stipendium bekommen.« Die Mondsichel über seinem Kopf lässt seine Umrisse perlmuttfarben schimmern.

»Du siehst echt gut aus, wie du da neben meinem Stargazer stehst«, sage ich. »Richtig sexy.«

Ich lache, aber im selben Moment summt Tuckers Handy. Er langt in seine Hosentasche und stellt das Summen ab.

»Also, was meinst du? Du bist so still.«

Ich weiß, ich bin ungeduldig, aber das ist alles so grotesk.

»Kommst du mit vors Haus?«, fragt er, und irgendwie versagt seine Stimme. Mist.

Tuckers leise Stimme ist *kein* gutes Zeichen. Er spricht in demselben Tonfall wie damals, als wir zwölf waren und Trish mit einem motorisierten Barbie-Auto über meinen Steinschleifer fuhr. Und im selben Tonfall erzählte er mir, dass seine Großmutter Patrick gestorben sei. Er sprach zwei Wochen lang kaum ein Wort, außer im Mathe-Kurs, wenn er Gleichungen aufsagen durfte. »Bitte«, fügt er hinzu.

»Hast du bei einer Abschlussprüfung nur eine Zwei bekommen oder was?«, frage ich.

Tucker schüttelt den Kopf.

Eigentlich hätte er mich nach den neuen Koordinaten fragen sollen, welche Sternbilder der Komet auf seiner Laufbahn passiert und in welcher Mondphase optimale Sichtverhältnisse herrschen. Was meint er damit, ich solle ihn vors Haus begleiten?

Tucker trägt seine Summerhill-Academy-Jogginghose und ein blaues T-Shirt. Er bohrt seinen großen Zeh ins Gras. Irgendjemand sollte das dokumentieren. Mister Ich-habe-meinen-Terminkalender-immer-dabei hat das Haus ohne Converse-Sneakers verlassen? Stattdessen trägt er Flipflops. Tucker schiebt seine Brille auf den Nasenrücken.

Er tritt einen Schritt zur Seite, weg von den Gläsern für unseren Eistee und der flauschigen Decke, auf der er mich vor drei Tagen geküsst hat, bis mir der Kiefer wehtat.

»Ich möchte hier nicht darüber reden«, sagt er.

»Worüber?«

Er seufzt.

Beim genaueren Hinsehen kommen mir seine Sandalen bekannt vor. Es sind dieselben, die die Jungs vom Baseballteam der Summerhill Academy tragen. Die sportlichen Typen, über die sich Tucker beim Mittagessen immer lustig macht.

Mit hochgezogenen Schultern geht er ums Haus in den Vorgarten.

»Kannst du mir nicht einfach sagen, was los ist?«, sage ich und folge ihm.

Tucker steht auf der Straße vor dem Haus und hat immer noch die Hände in den Taschen.

»Ich …«, murmelt Tucker.

»Was ist los mit dir?«

»Ich … ich will Schluss machen«, bringt er schließlich heraus.

Mir wird flau im Magen, wie wenn wir mit sechzig Sachen über die riesige Kuppe am Overlook Drive brettern. Ich und Tucker. Mit seinem Volvo machen wir das ständig.

»Es ist aus, Bean.«

Ich schüttele ungläubig den Kopf.

»Ich will es so«, sagt Tucker und es hört sich an, als würde er mich anflehen.

»Tut mir leid«, sagt er und schiebt sich die Brille auf die Nase. »Aber ich will es.«

»Nein, willst du nicht«, sage ich, dann versagt mir die Stimme.

Ich starre auf Moms Eiche, auf die Tucker und ich als Kinder immer geklettert sind. Mich interessieren seine Knubbelknie und seine zerzausten blonden Haare nicht. »Das willst du nicht«, wiederhole ich. »Wir haben grünes Gras, eine sternenklare Nacht – verdammt, ich kann sogar Ras Algethi sehen. Dies ist ein romantischer Moment, Tucker, kein Moment, um sich zu trennen. Du sollst doch noch meine Koordinaten checken.« Ich *hasse* es, wie meine Stimme gerade klingt.

»Schrei mich bitte nicht an, Sarah«, sagt er.

Oh mein Gott. Dieser Ton; er ist nicht bittend oder flehend – er ist bemitleidend.

Ich balle die Faust, und meine Fingernägel graben sich in meine Handfläche. Dann öffne ich die Faust und balle sie erneut.

Tucker hat den Blick immer noch gesenkt.

»Was ist mit letzter Woche? Als du …« Meine Wangen werden ganz heiß. »Als du mich *berührt* hast?« Ich muss ihn nicht an alle Einzelheiten erinnern.

*Tucker presste mich an sich, schob seine Zunge in meinen Mund und ließ seine Finger über meine Brüste gleiten.*

Tuckers Kinn berührt fast seine Brust und die Hände sind immer noch in seinen Taschen vergraben. Wieder vibriert sein Handy und rasch stellt er es ab.

»Ich weiß, dass ich dich berührt habe«, sagt er. »Aber ich wollte nicht, dass es zum Äußersten kommt. Ich wollte es nicht erzwingen, bis ich mir sicher war.«

»Du machst mit mir rum, während du darüber nachdenkst, mit mir Schluss zu machen?«

Ich muss einfach wieder laut werden.

Tucker macht einen Schritt auf mich zu und streckt die Hände aus. »Nein, so meine ich das nicht.« Als ich seine Hände nicht ergreife, presst er die Handballen gegen die Augen und seufzt. »Ich kann so was einfach nicht. Ich will dich nicht verletzen …« Sein Handy summt erneut und er bringt es ein drittes Mal zum Schweigen. Dabei gleitet es ihm aus den Fingern und fällt ins Gras.

Ich hebe es auf und gebe es ihm. Becky Winthrops Name erscheint auf dem Display.

»Sag ihr, sie wird mit der Planung der Nachhilfestunde für morgen warten müssen, bis du mit deiner Freundin Schluss gemacht hast.«

Tucker lässt das Handy wieder in seine Hosentasche gleiten.

»Es ist Freitagabend«, sagt er. »Willst du nicht mit deinen Freunden abhängen? Mit Ettie? Oder mit den Matheleten?«

»*Wir* wollten doch zusammen abhängen ... oder nicht?«, frage ich.

»Ich bin heute Abend schon mit jemand anderem verabredet.«

Ich schnappe nach Luft und hasse mich dafür.

»Es gibt jemand anderen?«

Er kommt näher, und ich kann nichts dagegen tun. Ich finde keine Worte, um ihn daran zu hindern, mich festzuhalten.

Tucker streicht mit der Hand über mein Haar und mir läuft ein Schauer über den Rücken. Er legt die Hände um meine Taille und drückt mich. Ich hasse die Berührung seiner Hände.

Ich spüre die Wärme seines Körpers. Das ist unfair. Er wird gehen, und das war's dann.

Tränen brennen in meinen Augen.

Ich werde nicht weinen. *Periodensystem der Elemente in alphabetischer Reihenfolge aufsagen und bloß nicht weinen. Actinium. Aluminium. Americium. Antimon.*

Okay. Es funktioniert.

*Argon. Arsen. Astat.*

»Weißt du noch?«, flüstert er. Seine Nase klingt verstopft und er lässt mich nicht los. »Als du sieben warst, hab ich dich reingelegt, indem ich behauptete, das sei ein Stück vom Mond.« Tucker deutet auf den Findling im Garten der Zuckermans auf der gegenüberliegenden Straßenseite.

»Damals hätte ich dir alles geglaubt«, sage ich und schniefe. Tucker löst sich von mir, und die Wärme, die zwischen uns war, verschwindet wieder.

Er küsst mich auf die Stirn und meint: »Ich muss mich ausprobieren. Sonst werde ich immer derselbe bleiben.«

»Wer will sich denn ändern?« Für den Bruchteil einer Sekunde treffen sich unsere Blicke, und meine Unterlippe zittert, als wäre ich fünf.

Er schaut weg und lässt die Schultern hängen.

Alles ein Ausdruck von Schuldgefühl.

Aber warum sollte er sich schuldig fühlen? Weil er mich verletzt hat? Weil er mich nicht vorgewarnt hat?

»Also, wer ist es? Mit wem gehst du heute Abend aus? Mal wieder mit den Pis?«, frage ich mit Bezug auf unseren Mathe-Club.

»Ich nehme gerade eine Auszeit von den Pis«, gesteht er.

»Du hast doch die Gruppe ins Leben gerufen. Du bist zum Direktor gegangen. Du …«

Es hat keinen Zweck. Tucker macht weiter Ausflüchte, und ich kehre ihm den Rücken zu, um wieder in den Garten hinterm Haus zu gehen. Ich weiß nicht, ob ich es über mich bringe, hineinzugehen. Es klingt zwar pathetisch, aber ich bin absichtlich gegangen, damit er mich zurückruft.

»Du denkst einfach nur logisch, Bean.« Ich bleibe stehen und erstarre. In Gedanken höre ich Scarlett sagen: *Hin und wieder musst du die Sterne auch mal Sterne sein lassen.*

Ich drehe mich zu Tucker um.

»Du beobachtest die Welt um dich herum. Aber ich bin mir nicht sicher, ob du in ihr lebst«, meint er.

Meine Eingeweide brennen. Tucker steht vor mir, in einem blauen T-Shirt und einer Summerhill-Jogginghose; er trägt nicht wie üblich Poloshirt und Jeans. Es liegt nicht nur an den Flipflops – es ist so viel mehr.

Letzte Woche haben wir die Checkliste für meine Bewerbung für das Waterman-Stipendium zusammengestellt. Er hat recht, vor zwei Tagen wollte ich, dass er mir den BH auszieht, aber er hat abgeblockt.

»Hast du nicht bemerkt, dass ich mich auf dem Parkplatz der Elftklässler herumgetrieben habe? Oder dass ich nicht bei jedem Treffen der Pis dabei war?«

Er schwafelt weiter, aber nichts von dem, was er sagt, will ich hören.

»Ich verändere mich. Ich bin anders. Und du hast es nicht mal bemerkt.«

Meine Unterlippe zittert weiter und ich beiße darauf, damit es aufhört. Aber es funktioniert nicht. Direkt unterhalb meiner Rippen tut es weh. Ich lege eine Hand auf meinen Bauch.

»Tut mir leid«, sagt Tucker und unterdrückt ein Schluchzen. Seine Stimme klingt belegt. Er macht auf dem Absatz kehrt und geht die Straße hinunter.

Seine Entschuldigung ist gleichzeitig sein Abschiedsgruß.

Der Mond scheint auf seinen Rücken, als er am Haus der Zuckermans und deren idiotischen überdimensionalen Findling vorbeigeht.

Aus einem Fenster im oberen Stock unseres Hauses dringt Licht. Scarletts hagere Gestalt beobachtet mich vom Fenster ihres Schlafzimmers aus. Ihr Gesicht wirkt im Mondlicht wie Porzellan. Dann verschwindet sie vom Fenster, und man sieht nur noch die blaue Steppdecke auf ihrem Bett.

*Du beobachtest die Welt.*

Ich versuche, Elemente aufzuzählen, aber nichts scheint zu funktionieren. Zweimal schaffe ich es bis zur Mitte des Alphabets, aber mein Gesicht ist immer noch nass und verquollen.

*Neon. Neptunium. Nickel. Niob. Nobelium.*

Die Zweige über meinem Kopf bewegen sich im Wind. Durch ein offenes Fenster dringt irgendwo der Lärm eines Baseballspiels, das im Fernsehen übertragen wird. Doch das lauteste Geräusch verursacht mein ungleichmäßiger Atem.

Das Licht der Straßenlaterne vor unserem Haus scheint auf den Boden – ein Riss zieht sich zickzackförmig über das Pflaster, wo Tucker gestanden hatte. Seine Konturen bilden Kassiopeia nach, ein Sternbild, das angeblich aussieht wie eine Königin, die an ihren Thron gekettet ist.

Das Licht in der Garage geht an, und ich lehne mich mit dem

Rücken gegen die Hauswand. Ich wische mir die Tränen von den Wangen und bringe meinen Pferdeschwanz in Ordnung.

»Bean? Bist du das?« Mom rollt die Wertstofftonne ans Ende der Einfahrt.

»Ja«, sage ich und räuspere mich, damit sie nicht hört, wie belegt meine Stimme ist.

»Ich wusste nicht, dass du noch hier draußen bist. Sag Tucker Gute Nacht und komm rein. Wir fahren morgen gleich nach der Abschlussfeier und bis dahin muss alles fertig sein.«

Ich höre auf das Geräusch von Moms flachen Sandalen, als sie zum Haus zurückgeht und die Tür schließt. Vermutlich stehe ich schon eine ganze Weile hier draußen, denn Kassiopeia hat sich mittlerweile westwärts bewegt.

»Gute Nacht, Tucker«, sage ich zu der leeren Straße und gehe ins Haus.

# KAPITEL 2

DIE 22-UHR-NACHRICHTEN HALLEN AUS DEM WOHNzimmer. Ich mag jetzt nicht in meinem Schlafzimmer sein, wo mich Tucker die ganze Zeit von Fotos an Spiegeln und Wänden anstarrt. Schlafen ist auch keine Lösung, deshalb habe ich die Bewerbung um das Waterman-Stipendium vor mir auf dem Tisch liegen. Ich tippe mit dem Stift auf die Stelle der Seite, wo die Höhe des Stipendiums aufgeführt ist: 34 000 Dollar.

Ich angle meinen Rucksack vom Boden, stelle ihn auf meinen Schoß und öffne den Reißverschluss. Gleich obenauf liegen ein paar Fotos aus dem Schließfach, das ich heute Morgen ausgeräumt habe. Ich nehme sie heraus und betrachte sie: Tucker und ich beim Summerhill-Wintertanz, kurz nachdem wir ein Paar wurden; damals gewann ich den ersten Preis bei der Wissenschaftsmesse. Dann sind da noch ein paar Fotos von Ettie und mir, aber die meisten zeigen Tucker und mich bei einer Reihe von Aktivitäten, die alle irgendwie mit Naturwissenschaften zu tun haben. Auf allen Fotos trägt er seine schäbigen Converse-Sneakers, auf die er die Nachkommastellen der Zahl Pi auf jede freie Fläche gekritzelt hat.

In meinem Rucksack befinden sich noch Unterlagen von Vorträgen, Eintrittskarten fürs Planetarium und –

Ich hole den Zettel hervor, den Tucker mir vor einem Jahr geschrieben hatte, nachdem wir beschlossen hatten, es öffentlich zu machen.

*Ich denke den ganzen Tag an dich.*

*Ich kann das alles noch gar nicht glauben, Bean.*

Mit aller Kraft zerknülle ich das winzige Stück Papier in meiner Faust. Als ich den Griff löse, schmerzen die Muskeln meiner Hand. Der Mond scheint durch die Wolken, aber – die Sonne wird aufgehen und es wird ein neues Leben beginnen, ohne Tucker, zum ersten Mal seit der Kindergartenzeit.

Ich hasse meine Bücher. Ich hasse dieses dämliche Stipendium. Ich schmettere meinen Stift auf den Boden und er schlittert über die Küchenfliesen. Ich erstarre, aber Mom und Dad scheinen im Nebenzimmer vor dem Fernseher nichts zu hören. Das hätte gerade noch gefehlt, dass sie meine verheulten Augen sehen, wissen wollen, warum ich weine, und so lange bohren, bis ich endlich nachgebe.

Ich seufze – natürlich hasse ich meine Bücher oder das Stipendium nicht. Vielmehr hasse ich es, dass ich beides liebe, und genau das ist es, was Tucker nicht will.

»Oh mein Gott.« Scarletts Stimme reißt mich aus meinen Gedanken. Sie sitzt mit ihrem Handy auf der Treppe der Veranda. »Die Roben von Summerhill sind grässlich. In meiner ertrinke ich fast«, sagt Scarlett in ihr Handy. Ihre blonden Haare wallen über ihren Rücken. »Ja, wir fahren gleich danach nach Cape Cod. Echt, das Timing passt mir gar nicht.«

Vor dem Haus ertönt eine Autohupe.

»Mom!«, ruft Scarlett. »Trish ist da!«

Es ist 22.30 Uhr. Gut. Jetzt, wo Scarlett weg ist, kann ich Großmutter anrufen. Dann habe ich sie ganz für mich. In San Diego ist es jetzt 19.30 Uhr.

Ich stehe auf und halte noch Tuckers Zettel in der Hand. Zögernd stehe ich vor dem Abfalleimer und drehe ganz langsam die Hand um.

*»Ich möchte nicht mehr nur dein Freund sein. Findest du nicht auch, dass das nichts bringt?« Tucker hat mich im Biosaal in die Enge getrieben. Mit einer Hand stützt er sich an der Wand neben mir ab, die andere steckt in seiner Hosentasche.*

*»Was meinst du?« Mein Herz pocht so laut, dass ich erstaunt bin, dass er es nicht hört.*

*»Ich bin in dich verknallt, seit wir neun waren. Seit du in unserem Vorgarten über meinen dämlichen Hund gestolpert und auf die Nase gefallen bist.«*

*Tuckers Gesicht ist dicht bei meinem, seine Lippen sind so nah, dass ich seinen Atem spüren kann. Ich möchte ihn küssen; er war mir noch nie so nah, noch nie habe ich die Wärme seines Körpers gespürt.*

*»Ich kenne dich seit dem Kindergarten«, sage ich.*

*»Umso besser.«*

Bei der Erinnerung schüttle ich den Kopf und atme den Duft von Pasta und Soße ein, der noch vom Abendessen in der Luft liegt. Das zerknüllte Stück Papier klebt an meiner Handfläche, aber wie immer siegt die Schwerkraft. Blitzschnell fällt Tuckers Zettel in den Abfalleimer zu den Überresten von Hühnchen, zu Eier- und Orangenschalen.

Grandma wird das irgendwie verständlich machen.

Mom und Dad sitzen im Wohnzimmer und schauen sich gerade eine Sendung über globale Erwärmung an.

Ich möchte diesen Anruf machen, ohne das Warum erklären zu müssen. Auf Zehenspitzen schleiche ich hinter den Sesseln meiner Eltern vorbei, um möglichst wenig Lärm zu machen.

Alles okay, keiner rührt sich. Ich bin schon fast auf der Veranda.

Ich mache noch einen Schritt über den Orientteppich, da knarrt eine Holzdiele.

»Beanie?«, sagt Mom.

Verdammt.

Ich bleibe abrupt stehen, stoße mit der Hüfte an einen Beistelltisch und der Autoschlüssel fällt zu Boden.

»Nichts passiert, traumtänzerische Eleganz meinerseits«, erkläre ich und hebe den Schlüssel auf.

»Vergiss nicht, von der Bewerbung für das Waterman-Stipendium eine Kopie zu machen, für den Fall, dass bei Tante Nancy etwas mit dem Original passiert.«

Das Waterman-Stipendium. Seit Mom ihren Job an der East Bay High, einer Schule in der Stadt, verloren hat, spricht sie von nichts anderem mehr. Sie haben alle entlassen, weil die Kids die Standard-Tests für öffentliche Schulen nicht bestanden haben. Keine Ahnung, wieso alle Lehrer, sogar solche wie Mom, die an Konferenzen teilgenommen und Nachmittagsaktivitäten geleitet haben, einfach gefeuert wurden.

»Mach noch eine extra Kopie von deiner jetzigen Arbeit. Nur für alle Fälle«, fügt sie hinzu.

»Von meiner Forschungsarbeit?«, frage ich.

»Mach davon auch ein Backup«, meint sie.

»Ich habe schon Backups gemacht.«

»Dann mach ein Backup von deinen Backups.«

»Okay«, sage ich mit hängenden Schultern. »Aber zuerst rufe ich Grandma an.«

Ohne dieses Stipendium müssten Mom und Dad Nancy um Geld bitten, nicht nur für Scarletts College, sondern auch für meine letzten zwei Jahre in Summerhill. Auf meinem Weg zur Veranda komme ich an sechs Kartons mit Dads Forschungsmaterial vorbei. Sie tragen Stempel mit den Initialen WHOI, Woods Hole Ozeanografisches Institut, und sind neben unseren Koffern aufgestapelt.

Normalerweise helfe ich meinem Dad jeden Sommer beim Katalogisieren und Analysieren von Proben.

»Sag Grandma, ich wünsche ihr viel Spaß bei ihrem Erholungsprogramm«, ruft Dad mir nach. »Was war das gleich noch mal?«

»Stille-Meditation«, erwidert Mom.

Ich schließe die Tür zur überdachten Veranda und lasse mich auf unser altes blaues Sofa fallen. Ich ziehe am Telefonkabel, bis es fast gerade ist, und wähle die Nummer meiner Großmutter.

Beim zweiten Klingeln nimmt jemand ab.

»Koriander, Gracie, Koriander. Es gibt Chicken Tikka Masala und keine Rinderbrust, um Himmels willen.«

Im Hintergrund höre ich Gracie sagen: »Ich würde für Rinderbrust Koriander nehmen; ich wette, das schmeckt gut.«

»Wenn du dich unbedingt übergeben willst«, entgegnet Großmutter.

»Grandma!«, sage ich.

»Bean!«, ruft meine Großmutter. »Liebes, würdest du zu Rinderbrust Koriander nehmen?«

»Koriander ist ein indisches Gewürz«, erwidere ich.

»Stimmt, du bist ja auch nicht verrückt. Hol den Rotwein, Gracie«, sagt Großmutter. Grandma und Gracie sind schon vierzig Jahre zusammen, seit sie zwanzig waren – zwei Jahre nachdem Dad geboren wurde. Großmutter meint, Dad sei die beste und einzige Entscheidung gewesen, die sie jemals mit einem Mann getroffen habe. Dennoch, als Grandpa Henry vor vier Jahren starb, leitete sie den Gedenkgottesdienst.

»Tucker hat mit mir Schluss gemacht«, erkläre ich.

Schweigen.

»Gracie, mach das Tikka ohne mich fertig. Ich muss hier ein Feuer löschen«, sagt Großmutter.

»Oh nein«, höre ich im Hintergrund. Meine Augen brennen vor lauter Tränen. Schon wieder. Ich hole ein paarmal tief

Luft. Ich schaue an die Decke, weil es dadurch irgendwie leichter wird, nicht zu weinen. Meine Augen brennen trotzdem und meine Nasenflügel beben. Ich werde jeden Moment ein Taschentuch brauchen.

»Was ist passiert?«, fragt Grandma und atmet tief aus. Ich sehe sie vor mir auf ihrer Veranda mit den Korbmöbeln und den blauweiß-karierten Kissen. Wahrscheinlich sitzt sie gerade in ihrem Lieblingssessel neben ihrem Lieblingsfarn. Ich wette, sie streicht beim Telefonieren mit den Fingerspitzen über die Blätter. Grandma und Gracie fahren total auf Farne ab.

»Er meinte, ich würde die Welt nur beobachten. Vermutlich wünscht er sich eine Freundin, die aufregender ist.«

»Was kann aufregender sein als jemand, der weiß, wie man eine Kometenflugbahn berechnet? Papperlapapp. Woher weiß er so genau, was er will? Er ist doch erst sechzehn!«

»Ich werde in einer Woche auch sechzehn.«

»Schatz, Tucker Jackson ist schon hinter dir her, seit du klein warst und einen Chemiebaukasten hattest.«

»Das ist es ja eben«, sage ich und gestikuliere, als stünde meine Großmutter hier bei mir auf der Veranda. »Das ist gar nicht seine Art. Wir beide sind ernsthaft und denken logisch. Das ist das Beste an unserer Beziehung. Es ist, als hätte er eine ganz neue Persönlichkeit.« Ich zupfe an dem ausgefransten Stoff des Sitzpolsters.

»Fahrt ihr nicht morgen nach Cape Cod?«, fragt Grandma mit ernstem Ton.

»Ja«, krächze ich.

»Wirst du nicht deinen Kometen weiter verfolgen, ein fantastisches Stipendium *und* den Nobelpreis für Astronomie gewinnen?«

»Physik«, sage ich.

»Ja, natürlich. Wow, Gracie, das ist mal ein Naan!« Mit indischem Brot im Mund meint Grandma: »Beanie, ich liebe dich mehr als mein Gepäck. Tucker benimmt sich gerade wie ein Alien, und solange er E.T. Tucker ist, solltest du daran denken, was dir wichtig ist und was du tun musst.«

Jetzt geht es mir schon besser. Großmutter hat recht. Was interessiert mich Tucker? Überhaupt nicht.

Ich seufze.

Eben doch.

»Geh an den Strand, fahr mit deinem Dad nach Woods Hole und häng bei der *Albert* rum.«

»*Alvin.*«

»Genau«, sagt sie und meint damit das Tiefsee-Tauchboot, das schon zum Wrack der *Titanic* hinabgetaucht ist. »Sieh dir das große Stück Metall an, küsse es, und du wirst wieder wie neu sein.«

»Du weißt, warum ich die *Alvin* liebe, Grandma.«

Großmutter hört sich an wie ein Roboter, der aus einem Lehrbuch zitiert: »Die *Alvin* ist in der Lage, am Grunde des Ozeans Lebensformen aufzuspüren, die mit Lebensformen auf anderen Planeten vergleichbar sind.«

Ich lache, obwohl mir immer noch Tränen über die Wangen laufen. Ich hasse es, zu weinen.

»Ich liebe dich, Grandma.«

»Ach, Kind. Ich liebe dich auch. Lass dich nicht von Tucker runterziehen. Tu, was *dir* gefällt. Und lass dich nicht von meiner Schwester zwingen, lächerliche Kleider zu tragen oder zu einer dieser Partys der Töchter der Amerikanischen Revolution zu gehen.«

Tante Nancy ist ihre Schwester.

»Du weißt, dass sie es tun wird«, sage ich. »Sonst wird sie mir damit drohen, mein Schulgeld nicht mehr zu bezahlen.«

»Und ob ich das weiß.«

Großmutter erklärt mir den Zweck der Stille-Meditation an dem ruhigen und abgeschiedenen Ort, zu dem sie und Gracie am Wochenende aufbrechen wollen. Die innere Einkehr soll sie daran erinnern, sich selbst treu zu bleiben, solange sie den »übermäßigen Lärm unserer modernen Zeit ausblenden« kann.

»Dann genieß das Tikka und die Stille. Sag Gracie, dass ich sie lieb habe«, sage ich.

Großmutter bietet mir extra Taschengeld für den Sommer an, aber ich lehne ab. Sie hat nicht genug, um Scarlett und mir etwas zu schicken. Ich weiß, sie wird mir zum Geburtstag mehr schicken, als sie sich leisten kann. Ich sage ihr immer wieder, sie soll ihr Geld stattdessen für ein Flugticket ausgeben. Nachdem ich aufgelegt habe, atme ich tief aus und lehne mich zurück. Mir geht es tatsächlich besser. Auch wenn es nur für eine Weile ist und ich weiß, dass Großmutters Zauber nur kurz anhält.

Weil ich eindeutig krank bin, gehe ich vors Haus und setze mich auf die Bordsteinkante, wo Rasen und Straße aufeinandertreffen. Manchmal kommt Tucker noch vorbei, wenn er mit ein paar von den Pis im Pizza Palace war. Ich werde am Straßenrand arbeiten, bis er die Straße entlangkommt, sich zu mir setzt und wir reden können. Es ist so einfach.

Ich stelle mir vor, dass wir uns treffen, so wie wir es immer getan haben. Er geht wie gewohnt in seinen Converse-Sneakers und Jeans die Straße entlang, die Hände in den Hosentaschen, und kommt mit großen Schritten auf mich zu.

Er setzt sich und überfliegt meine Koordinaten.

»Sie sind seit elf Monaten konstant«, sage ich laut zum imaginären Tucker. »Mein Stargazer hat hochauflösende Linsen mit Blendschutz«, füge ich hinzu.

»Ich wusste, du würdest es schaffen, Sarah«, sagt Tucker in meiner Fantasie. »Habe ich schon erwähnt, dass ich mich in dich verliebt habe?«

Ich blinzle die Fantasiegestalt weg und schaue auf die leere Straße.

Nachtfalter tanzen im Licht der Straßenlaterne. Er kommt nicht. Er wird nie mehr kommen. Er wird keine Chips mehr kaufen, und ich werde nicht mehr das Geschwätz des Debattierclubs hören.

Ein Auto rast die Straße entlang und hält vor unserem Haus. Mir wird schwindlig – Trishs blauer Fiat! Scarlett steigt aus und kommt in ihren Ballerinas zu mir gelaufen. Ihre rosa Jeans sind knöchellang und sie trägt ein goldenes Fußkettchen. Sie setzt sich neben mich. Ich starre hinüber zum Vorgarten der Zuckermans.

»Trish hat mir gesagt, was passiert ist. Ich habe bestimmt neunmal versucht, dich auf dem Handy zu erreichen.«

»Wie lange?«, frage ich, und meine Wangen werden ganz warm. Ich werde nicht mehr heulen. »Wie lange weißt du es schon?« Ich muss die Tränen unterdrücken und bekomme einen Kloß im Hals. Schließlich blicke ich in die blauen Augen meiner Schwester. Lavendelblau, sagt Grandma immer.

»Ich hatte keine Ahnung. Ich wünschte, ich hätte es gewusst«, sagt Scarlett mit gedämpfter Stimme und zupft an den Grashalmen.

Ich bin nicht sicher, ob ich Scarlett glauben kann. Trish muss es gewusst haben und sie erzählt Scarlett immer alles. Trish weiß auch über jeden in der Schule Bescheid, also warum sollte sie nicht wissen, dass ihr Bruder mit mir Schluss machen wollte?

»Vergiss es einfach«, meint Scarlett.

»Ich soll vergessen, dass mein bester und fester Freund mit mir Schluss gemacht hat?«

»Ja. Du musst mehr Rückgrat zeigen, sonst trampeln die Leute auf dir rum.«

Ich stehe auf und lasse meine Schwester im Gras sitzen. Ein paar Schritte vom Haus entfernt bleibe ich stehen.

»Verrate nichts«, sage ich, ohne mich zu meiner Schwester umzudrehen. »Bitte.«

# KAPITEL 3

VOM RÜCKSITZ UNSERES KOMBIS BEOBACHTE ICH, wie sich die Bäume allmählich verändern. Die Ahornbäume und Eichen verschwinden und machen windschiefen Pech-Kiefern Platz. Wir nähern uns Cape Cod. Die Rinde der Bäume ist so ausgeblichen, als sei sämtliches Salz des Ozeans in den Stamm und bis hinauf zu den Nadeln gedrungen. Hinten im Auto sind die Koffer und mein hochmoderner Stargazer 5020 verstaut.

Ich schaue wieder nach vorn.

Scarlett würde niemals den Wechsel der Baumarten bemerken. Sie ist viel zu sehr damit beschäftigt, mich anzustarren. Ihre blauen Augen sind zu Schlitzen verengt und sie presst die Lippen aufeinander. Der Haarknoten auf ihrem Kopf sitzt straffer als sonst und lässt ihren Hals besonders lang erscheinen. Mom behauptet immer, Scarletts Lippen sähen aus wie Rosenblütenblätter. Keiner sagt so etwas je über mich.

»Was ist?«, frage ich.

»Nichts«, erwidert sie, ohne den Blick von mir abzuwenden.

Bestimmt zählt Scarlett schon die Minuten, bis sie zur Orientierungseinheit der Juilliard School abreist. Sie war noch nie so lange fort. Wenn sie in der ersten Augustwoche aus New York zurückkommt, werden wir die berüchtigte Abschiedsparty feiern.

Scarlett streckt die Beine in die Höhe, sodass ihre Zehenspitzen das Autodach berühren. Sie hat Anzeichen von Ballenzehen und nässende Blasen an den Füßen. Ihre Zehennägel sind kaugummirosa lackiert. Vielleicht kommt es daher, dass sie ihre Füße durchstreckt, jedenfalls sehen ihre Zehen wie lädierte Kunstwerke aus. Ich ziehe meine Knie an und drücke sie gegen die Rückenlehne des Beifahrersitzes. Ich habe mir noch nie die Zehennägel lackiert.

»Sarah, du bohrst deine Knie in meinen Rücken«, sagt Mom. Sie nennt mich nur dann Sarah, wenn sie mir etwas Wichtiges zu sagen hat. Normalerweise geht es dann um die Schule oder das Geld, das wir nicht haben. Offenbar habe ich Mom verärgert, deshalb nehme ich die Beine herunter.

»Ettie hat dich auch gestern Abend angerufen«, bemerkt Scarlett und streckt die Hände nach ihren Zehen aus. »Ich frage mich, worüber sie mit dir sprechen wollte?« Wissend zieht sie die Augenbrauen hoch.

»Sei still«, flüstere ich, damit niemand außer Scarlett es hören kann.

Scarlett streckt ihre Beine erneut bis zum Autodach und lächelt dabei selbstgefällig. Ich ziehe am Saum meines Pi-T-Shirts.

»Sag es Mom. Sie wird es sowieso von Carly erfahren und dann wird sie wissen wollen, warum du es ihr nicht erzählt hast«, flüstert sie.

Ich ignoriere Scarlett, beuge mich nach vorn und stecke den Kopf zwischen die Sitze von Mom und Dad.

»Wird die *Alvin* dort sein, wenn wir in Woods Hole sind?«, frage ich.

»Sie kommt gerade von der Küste von Martha's Vineyard und

wird mit dem Schiff zurück nach Woods Hole transportiert, wo sie diesen Sommer gründlich überholt werden soll«, erklärt Dad.

Ich wäre zu gern dabei, wenn sie sie auseinandernehmen. Auf diese Weise könnte ich genau sehen, wie sie funktioniert. Es ist erstaunlich, wie viel Präzision und Technik zum Schutz von Meeresbiologen wie meinem Dad, die sich im Innern des U-Boots befinden, erforderlich sind. Der Wasserdruck außerhalb der *Alvin* wäre sofort tödlich.

Ich öffne den Mund, um die nächste Frage zu stellen: Wie lange kann ich Tante Nancy maximal aus dem Weg gehen? Aber Scarlett unterbricht mich.

»Warum trägst du eigentlich immer Sachen, die dir zwei Nummern zu groß sind?«

»Wovon redest du? Meine Sachen sind bequem und zweckmäßig.«

Ich trage eine Baseballkappe, mein Mathe-Club-T-Shirt und die üblichen Khaki-Shorts. Sehr anstößig.

Im Grunde genommen habe ich keine Ahnung, was gut aussieht und was nicht. Letztes Jahr habe ich mal eines von Scarletts Kleidern anprobiert, ein kurzes schwarzes. Es sah ganz gut aus, obwohl mir die Träger ständig von den Schultern rutschten. Als Scarlett ins Zimmer kam, schrie sie mich an, ich solle es sofort ausziehen. Ihre Stimme überschlug sich fast und für den Rest des Tages konnte sie nur noch flüstern. Alle Mädchen in Summerhill tragen exakt dasselbe und haben dieselben gebleichten Haare. Vielleicht sollte ich mal einige der Produkte ausprobieren, die Scarlett jeden Morgen benutzt.

»Ich trage keinen Schlabberlook«, knurre ich.

»Du ziehst alles an, was Mom und Dad dir kaufen, und trägst die langweiligen Baseballcaps deines Algebra-Clubs.«

»Moment mal. Wir, die Pis, sind ein preisgekröntes Mathe-Team für Fortgeschrittene. Das heißt, wir machen Mathe. Mathe hat mit *Zahlen* zu tun. Man kann sie addieren, subtrahieren …«

»Wie auch immer, Bean. Vielleicht hat Tucker deshalb mit dir Schluss gemacht.«

Mom fährt auf ihrem Sitz herum.

»Wann ist das passiert?«, fragt sie. Moms Augen sind so tiefblau wie Scarletts.

»Vielen Dank, du Verräterin«, murmle ich und verschränke die Arme über der Brust. Ich weigere mich, Scarlett anzusehen. Ich kenne diesen triumphierenden Gesichtsausdruck nur zu gut.

»Bist du okay?«, erkundigt sich Mom. Ich hasse diese Sorgenfalte auf ihrer Stirn und wie ihre schlanken Finger die Armlehne umklammern.

»Mir geht's gut. Und es würde mir noch besser gehen, wenn wir Tucker von Nancys Party wieder ausladen könnten.«

Mom öffnet den Mund, und ihr Blick ist eine einzige Entschuldigung. »Du weißt, dass ich Carly das nicht antun kann.«

Mom tippt Dad gezielt an.

Ich stoße Scarlett gegen ihre knochige Schulter, als Mom gerade nicht hinsieht, aber sie zuckt nur mit den Achseln. »Was ist? Du hättest ja auch damit herausrücken können«, meint sie.

Mom stößt Dad erneut an und er zuckt auf seinem Sitz zusammen.

»Was ist los?«, fragt er.

»Zwischen Tucker und Bean ist es aus«, erklärt Scarlett. Sie reckt den Hals, um Dads Blick im Rückspiegel zu erhaschen. Ich ziehe wieder an meinem Pi-T-Shirt. Hatte ich sie nicht gebeten, nichts zu sagen? Sobald sie sich auch nur im Geringsten angegriffen fühlt, fällt sie mir in den Rücken.

»Was ist mit Bean?«, fragt Dad.

»Vergiss es, Gerard«, erwidert Mom kopfschüttelnd.

»Mit wem ist es aus?« Dads lange Haare stehen so weit von seinem Kopf ab, dass sie zu beiden Seiten der Kopfstütze zu sehen sind. Es ist, als hätte er seine Finger in eine Steckdose gesteckt.

»Tucker und Bean haben sich getrennt«, erklärt Mom. »Ich muss gleich Carly anrufen.«

»Nein, musst du nicht«, sage ich.

»Sie ist meine beste Freundin, Bean. Vielleicht weiß sie es ja schon.«

Am liebsten würde ich meinen Kopf gegen die Scheibe schlagen.

Moms Handy gibt nervige Töne von sich, als sie auf die Tasten drückt.

»Wenn ihr beiden über meine Trennung sprecht, könntest du ja ganz nebenbei die Party erwähnen. Und dass Tucker nicht kommen muss, wenn er nicht will«, schlage ich vor. »Damit könntest du ihr einen Ausweg eröffnen.«

Hätte Scarlett ihr loses Mundwerk gehalten, wäre ich jetzt nicht in dieser Lage.

»Aber ich habe Carly und Bill schon vor Monaten zu Scarletts Abschiedsparty eingeladen. Sie haben Tucker bereits einen Smoking besorgt.«

»Oh, ja«, sage ich mit einem Stöhnen und lehne mich auf meinen Sitz zurück. »Ich weiß. Ich war dabei.«

»Ich habe nicht um die Party gebeten«, erklärt Scarlett.

In einer Woche ist mein sechzehnter Geburtstag und für mich wird keine große Party veranstaltet. Aber ich möchte auch keine, vor allem weil Großmutter nicht dabei sein kann; sie und Nancy verstehen sich nicht besonders gut.

»Ich hab eine Idee, Mom«, sage ich und drehe den Kopf zu meiner Schwester. »Warum überlassen wir es nicht Scarlett, bei Carly und Tucker anzurufen? Was mein Liebesleben betrifft, ist sie ja offenbar Expertin.«

Scarlett verdreht die Augen. »Bilde dir nur nichts ein, Bean.«

Ich beiße die Zähne aufeinander.

»Können wir bitte vernünftig miteinander reden?«, meint Mom. Das Gepiepe der Handytastatur geht weiter.

»Genau genommen hatte ich keine Gelegenheit, zuerst mit ihm Schluss zu machen«, erkläre ich und verschränke die Arme. »Aber es war meine Idee.«

Diese Lüge treibt mir die Schamröte ins Gesicht und ich wende mich dem Fenster zu. Meine Wangen müssen ganz rot sein. Ich hasse es, die Wahrheit zu manipulieren. Wissenschaft ist die Suche nach der absoluten Wahrheit, aber das hier ist etwas Anderes. Ich habe in den letzten zwei Tagen genug Kritik einstecken müssen.

Scarlett stupst mich mit ihren kalten Zehenspitzen an. Ich sehe sie nicht an und sie stupst mich erneut.

»Du bist eine sehr schlechte Lügnerin«, flüstert Scarlett. »Ich habe gestern Abend dein Gesicht gesehen.«

Ich lehne den Kopf zurück und vermeide den Blickkontakt mit meiner Schwester. Vor uns taucht die gewaltige Bourne Bridge auf. Ich kann es kaum erwarten, an den Strand zu gehen und meinen Kometen zu verfolgen. Tucker rechnet sich ebenfalls Chancen auf das Waterman-Stipendium aus. Zum Teufel, nein. Ich werde das Stipendium bekommen, und dann wird mir das Schulgeld für die elfte Klasse und für den Großteil des letzten Schuljahres in Summerhill voll bezahlt. Summerhill Academy, der Ort, wo das Schuldgefühl geboren wurde. Denn ab der achten Klasse, als ich von der staatlichen auf die private Schule wechselte, musste Tante Nancy das Schulgeld bezahlen. Ich presse den Körper ganz tief in den Sitz. Ich gebe es nur ungern zu, aber mein T-Shirt stammt noch aus der achten Klasse.

»Ich weiß es nicht, Mom«, antwortet Scarlett auf etwas, das ich nicht mitbekommen habe. »Warum soll ich immer alles wissen? Ich muss mich um mein eigenes Leben kümmern.«

Ich drücke auf den Knopf des elektrischen Fensterhebers und die Scheibe gleitet nach unten. Das Rauschen des Windes übertönt das Gerede über meine Trennung.

Ich hole das Handy aus meiner Gesäßtasche. Keine Anrufe von Tucker.

Es ist schon seltsam, ihm nicht von unterwegs zu schreiben oder nicht den Piepton seiner eingehenden Nachrichten zu hören. Der Wind bläst mir die Haare ins Gesicht.

Ich frage mich, ob Tucker mich wohl vermisst. Selbst wenn Mom Carly erklärt, dass Tucker nicht zur Party kommen muss, wird er vielleicht trotzdem kommen, nur um mich zu sehen. Ich verdrehe die Augen. Man sollte sich am besten nichts wünschen, was sowieso nicht in Erfüllung geht.

*Warum habe ich es nicht gesehen?* Ich blinzle ein paar Mal, denn vor meinen Augen verschwimmt alles. *Es liegt an den Tränenkanälen, dass meine Sicht beeinträchtigt ist.* Nein.

Weinen ist gleich Tod. Ich werde nicht zwei Tage hintereinander weinen.

Vor allem nicht auf so engem Raum, wo Scarlett meine Tränen sehen kann. Ich hole tief Luft und halte den Atem an – ich werde nicht weinen. Ich weiß, was zu tun ist. Diesmal werde ich die Elemente rückwärts aufsagen.

*Zirconium. Zinn. Zink, Yttrium. Ich werde nicht weinen. Ytterbium. Ich werde nicht weinen. Xenon …*

»Bean, Bean, Bean, sieh dich an. Was du in einem Jahr für ein Dekolleté bekommen hast!« Tante Nancy meint wohl, nur weil sie in den Sechzigern ist, kann sie sagen, was sie will. Sie drückt mich an ihr weißes Chanelkostüm.

Ich befreie mich aus ihrer überschwänglichen Umarmung und verschränke die Arme. Ich bin ziemlich sicher, dass ich für den Rest des Tages nach Dior stinken werde.

»Wie ich sehe, hast du deine kleinen Apparate mitgebracht«, sagt sie mit hochgezogener Augenbraue beim Anblick des Stargazers. Er steht neben dem Auto, zusammen mit vier katalogisierten Kartons mit Ausrüstung, die ich zur Verfolgung des Kometen brauche.

»Das ist mein Stargazer 5020.«

»Bring das Ding am besten hinauf in dein Zimmer, wo es den Teppichboden nicht schmutzig machen kann.«

»Das ist ein Teleskop.«

Tante Nancy hasste den Steinschleifer, den ich im letzten Sommer mitgebracht hatte, und das tragbare Mikroskop, das ich im Jahr davor dabeihatte. Als ich ein paar Algen auf den Objektträger legen wollte, hatte es ein kleines Malheur gegeben, aber am Ende war alles gut. Das verschmutzte Stück Teppichboden wurde herausgeschnitten und durch ein neues ersetzt.

Vor uns ragt Nancys vierstöckiges Ungetüm mit den hellgrauen Schindeln auf, unser alljährliches Sommerdomizil, und das schon vor meiner Geburt. Auf einer Tafel über der Garage, die fünf Autos Platz bietet, steht: Trautes Heim am Meer. Ich finde Bauchschmerzen am Meer treffender. Und Scarlett nennt es das Scheißhaus am Meer, was ich allerdings niemandem verrate. Als Scarlett und ich klein waren, ritzten wir unsere Initialen in eine der Schindeln auf der Rückseite der Garage. Ich sollte mal nachsehen, ob sie noch da sind.

»Du bist ja eine Augenweide!«, ruft Nancy aus und fällt regelrecht über Scarlett her. »Dein Haar ist wie Gold. Sieh dich nur an!« Obwohl wir Nancy erst im Frühjahrsurlaub gesehen haben, schwärmt sie von Scarlett, als sei sie Miss America.

Ich rolle meinen Koffer durch den Vordereingang und schleppe ihn die Treppe zu meinem Schlafzimmer im dritten Stock hinauf. Auf dem dritten Treppenabsatz biege ich um die Ecke und zerre den Koffer hinter mir her. Jedes Mal, wenn ich Tuckers »schuldbewusstes« Gesicht vor mir sehe, sollte ich lieber an den Kometen denken. Ich werde den Kometen weiter verfolgen, meinen Essay schreiben und dieses verdammte Stipendium bekommen. Ich werde zum Empfang an der Brown University gehen, wo angeblich neunzehn verschiedene Kuchen serviert werden.

Völlig außer Atem erreiche ich mein vertrautes Schlafzimmer

im dritten Stock und öffne die Tür. Nancy ist vielleicht manchmal schwer zu ertragen, aber immerhin verändert sie nie etwas an meinem Zimmer. Sie lässt nicht einmal Gäste darin übernachten.

Als Kind habe ich mir dieses Zimmer wegen der großen Dachfenster ausgesucht, damit ich vom Bett aus die Sterne beobachten konnte.

Ich nehme die Schultern zurück und strecke die Brust raus. »Steh aufrecht und stolz«, sagt Großmutter immer. Und ich tue es, obwohl ich gerade nicht sehr stolz bin. Der Sommer ohne Tucker wird mir helfen. Es spielt keine Rolle, ob er zur Party kommt oder nicht. Ohne Tucker wird mich nichts von meinen wissenschaftlichen Beobachtungen des Kometen Jolie ablenken.

Elf lange Monate habe ich damit zugebracht, seine Bewegungen zu verfolgen: 132 Stunden im Frosty Drew Nature Center und Observatorium, 149 Stunden habe ich in unserem Garten durchs Teleskop geschaut und 82 Stunden in der Bibliothek Nachforschungen angestellt.

Ich kann jetzt nicht aufgeben. Ich bin so nah dran.

# KAPITEL 4

ALS ICH AM NÄCHSTEN MORGEN ETTIE ANRUFE, SAGT sie nicht einmal Hallo. Nach einmal Klingeln meldet sie sich: »Erstens kann ich es nicht fassen, dass ich nicht persönlich von deiner Trennung erfahre. Und zweitens?« Sie holt tief Luft und ihr Ton wird sanfter. Das genügt, um mich zum Weinen zu bringen. »Er ist ein Bastard!«

»Ich weiß.«

»Aber du bist nicht allein in diesem Sommer des Kummers und des Schmerzes«, erklärt sie.

»Wow. Wir sind heute aber theatralisch, Ettie.«

»Ich habe dich vor deiner Abreise nicht mal mehr gesehen.«

Ich sitze in Nancys überdimensionalem Adirondack-Liegestuhl und schütze mit der Hand meine Augen vor der Sonne, die in der Ferne hoch über der Bucht strahlt. Ich kann sogar den Weg zum Strandhafen ausmachen, obwohl er vom grünen Laub der Bäume und von lila Hortensien verdeckt wird.

»Riecht Tante Nancy immer noch wie Bergdorfs?«, erkundigt

sich Ettie. Ich höre ein feuchtes Schnalzen, als Ettie ihre Zahnspange herausnimmt. »Das Band-Camp riecht immer noch nach Band-Camp, nur werde ich inzwischen dafür bezahlt, dass ich die Boote abspritze, und muss nicht mehr mit ihnen fahren. Gottlob gibt es das Day Camp; ich hasse es, für diese Gören Cello zu spielen.«

Ich bin dankbar, dass sie sich um eine lockere Unterhaltung bemüht.

Schweigen.

»Na ja, es sind ja nur acht Wochen. Ich war vor meiner Abreise nicht mal auf einen Schoko-Froyo im Hilltop. Ich fühle mich betrogen.«

»Ja …«, erwidert Ettie zögernd.

»Was ist?«, frage ich.

Schweigen.

»Ettie?«, bohre ich.

»IchhabihnvorgesternAbendmitBeckyWinthropinderHilltop-Eisdielegesehen. Estutmirsoleid.« Sie ringt nach Luft. »Ichhabbestimmtneunhundertmalversuchtdichanzurufen …«

»Warum hat er ihr in einer Eisdiele Nachhilfe gegeben?«

»Ähm …«

»Ich weiß ja, dass er das Hilltop mag, aber das ist irgendwie lächerlich. Er hätte mir zumindest ein Eis mitbringen können, ehe er mit mir Schluss macht.« Ich kann zumindest so tun, als sei ich so oberflächlich.

Wieder herrscht Schweigen.

»Hallo?«

»Bean, er hat sie geküsst«, sagt Ettie.

»Becky Winthrop? Ja, klar. Geküsst. Sicher.«

»Ich weiß, was ich gesehen habe.«

»Tucker ist nicht mit Becky zusammen. Also bitte. Er war ihr …«

»Nachhilfelehrer. Den ganzen Mai über«, wirft Ettie ein.

»Ja, aber es war rein wissenschaftlich!«

Jetzt, wo ich darüber nachdenke … Tucker hat Becky jeden Samstagvormittag in der East Greenwich Bibliothek Nachhilfe gegeben.

Nie im Leben ist Tucker mit Betty Winthrop zusammen. Diese verdammte Becky Winthrop ist die einzige Zehntklässlerin im Cheerleading-Team der Schule. Sie hat mit Kyle Lennon, dem heißesten Jungen in East Greenwich, Rhode Island, Schluss gemacht. *Sie* hat *ihm* den Laufpass gegeben.

»Sie waren so gegen sieben dort und haben nicht mal Eis gegessen. Vermutlich hat er sein neues Biodiesel-Projekt an ihrer alten Karre ausprobiert. Sie waren von einer ganzen Meute umringt«, erklärt Ettie. »Die ganzen Baseballspieler waren da.«

»Er hat mit dem Biodiesel-Projekt geprahlt, das wir gemeinsam für den AP-Kurs in Chemie erarbeitet haben?«

Ich habe ihm geholfen, den Automotor auseinanderzunehmen. Ich habe mich wochenlang auf widerlichen Schrottplätzen herumgetrieben.

»Mein Biodiesel?«, frage ich erneut.

*Ich verändere mich,* hatte Tucker erklärt. *Ich bin anders. Und du hast es nicht mal bemerkt.*

Ettie spricht immer noch, redet von Ausflüchten und Schlachtplänen.

Tucker … hat mich *betrogen?*

Ich sehe Tucker und Becky vor mir, umringt von all den beliebten Kids aus der Schule. Sie reißen Insiderwitze, Tucker führt mit seinem neu entwickelten Biodiesel das große Wort, und ich sitze zu Hause, beschäftige mich mit meinem Kometen und warte, dass er vorbeikommt. Mich schaudert bei dem Gedanken und ich verbanne ihn aus meinem Kopf. Tucker konnte sich doch nicht so sehr verändert haben, und noch dazu *so* schnell … oder? Er hatte tatsächlich einen schuldbewussten Eindruck gemacht und mein Gefühl hatte mich nicht getrogen.

*Du beobachtest die Welt.*

Ich sitze vornübergebeugt, und es kostet mich viel Mühe, mich aufrecht hinzusetzen. *Aufrecht und stolz* ist im Augenblick keine Option. Am liebsten würde ich mich verkriechen.

»Es tut mir leid, Bean«, sagt Ettie, und ihr Tonfall verrät, dass sie es ehrlich meint. Wahrscheinlich sitzt sie gerade auf ihrem Bett, die schwarzen Haare sind hochgesteckt und das Cello lehnt an der Wand. »Sie sind Loser«, fügt sie hinzu.

Sie sind nicht die Loser.

Ich bin der Loser.

Während ich auf meinem Schreibtisch alles bereitlege beziehungsweise mein »Kometen-Hauptquartier« einrichte, muss ich immerzu an Becky Winthrop und Tucker denken. Ich sehe die beiden ständig vor mir, wie sie sich im Hilltop küssen, bevor er mit mir Schluss macht. Wie lange ging das schon so? Wie lange habe ich die Anzeichen ignoriert?

Ich knalle den letzten Stift so auf den Schreibtisch, dass er herunterrollt und auf den Boden fällt. Ich hebe ihn nicht mal auf, als ich hinuntergehe.

»Nun, *Town and Country* wollte unbedingt wieder Fotos machen«, höre ich Nancy im Wohnzimmer sagen. Sie erzählt, dass ihr Haus immer noch »Stadtgespräch« sei, weil es sich auf einer Halbinsel am äußersten Ende der Shore Road befindet.

Offenbar bedeutet das, dass alles in Nancys Haus weiß sein muss. Ich meine wirklich *weiß*. Weiße Leuchttürme auf weißen Kaminen, elfenbeinfarbene Sofas, grauweiß gestrichene Wände, und neben all den mit Muschelschalen verzierten Toilettenpapierrollenhaltern, Serviettenringen und Türgriffen noch ein kilometerlanger weißer Teppichboden. Dieses Haus gleicht einem Strandhaus, das mit Steroiden vollgepumpt wurde. Seit dem Vorfall mit den Algen darf ich farbige Getränke nur noch draußen auf der Veranda trinken.

»Strand!«, ruft Scarlett und läuft im Wohnzimmer an mir vorbei zur Vordertür. Sie trägt ein blaues Strandkleid und hievt eine Strandtasche über ihre Schulter.

»Ich komme mit«, sage ich. Ich könnte auch etwas Zeit am Strand verbringen. Vielleicht erzähle ich Scarlett sogar von Tucker und Becky Winthrop. Aber vielleicht weiß sie es auch schon.

»Nein, Bean«, sagt sie und setzt ihre weiße Sonnenbrille auf.

»Warum nicht?«, frage ich.

»Ich treffe mich mit Shelby und Allison beim zweiten Rettungsschwimmerhochsitz.«

»Warum kann ich nicht mit dabei sein?«

»Ich möchte etwas Zeit mit meinen Freundinnen verbringen. Ich hab sie noch gar nicht gesehen.«

Ich bleibe abrupt stehen und die Tür fällt hinter Scarlett ins Schloss. Sie weiß doch, was mit Tucker passiert ist, deshalb könnte sie mich wenigstens mit an den Strand nehmen. Ich lasse mich in einen weißen Liegesessel fallen, von dem aus ich auf die Terrasse blicken kann. Mom ist in der Küche und packt ein paar Sachen in den Kühlschrank. Ich bin erstaunt, dass keiner von Nancys Köchen seine Hilfe anbietet.

»Willst du mir mit den Lebensmitteln helfen?«, fragt sie.

Der kleine Hafen und die Anlegestelle unten an Nancys Strand sind in Sonnenlicht getaucht.

»Klar.« Ich helfe Mom, unsere Lebensmittel wegzuräumen, darunter auch Dads Lieblings-Babybel-Käse. »Obwohl wir zu Hause nicht gerade die besten Freundinnen sind, lädt sie mich wenigstens manchmal ein, mit ins Einkaufszentrum zu kommen«, murmle ich. »Natürlich nur, wenn sie alleine hingeht, aber trotzdem …«

»Du lehnst doch immer ab«, meint Mom und legt die Weintrauben in den Kühlschrank. »Stattdessen gehst du mit Ettie ins Observatorium oder machst deine Hausaufgaben. Du magst das Einkaufszentrum ja sowieso nicht.«

»Wir sind zigmal zusammen zum Mittagessen gegangen«, erkläre ich. Ich hasse es, mich dafür rechtfertigen zu müssen, was ich mit meiner Zeit anfange. Früher war das kein Problem.

Alle Mädchen von Summerhill gehen ins Einkaufszentrum. Für *Becky Winthrop* ist es ein Freitags-Ritual. Ich habe keine Lust, zum Spaß mit einer Schar Mädchen abzuhängen. Ich habe das noch nie gemacht, deshalb spreche ich nicht aus Erfahrung.

Aus Moms Haarknoten am Hinterkopf haben sich dünne braune Haarsträhnen gelöst. Sie steht an der Küchenablage und packt die restlichen Lebensmittel in die weißen Holzschränke. Bis auf die Haushaltsgeräte aus Edelstahl ist auch in der Küche alles weiß. Ich reiche Mom ein paar Müslipackungen. Obwohl Nancy jedes Jahr verlangt, dass ihr Küchenchef alle Mahlzeiten zubereitet, besteht Mom darauf, dass wir wenigstens beim Frühstück eine gewisse Normalität bewahren.

»Jedenfalls kann Scarlett an den Strand gehen und ich muss beim Einsortieren der Lebensmittel helfen.«

»Das ist Scarletts letzter Sommer. Deshalb sollte sie etwas Zeit mit ihren Freunden verbringen«, meint Mom.

»Aber ich möchte auch an den Strand.«

»Dann geh doch.«

»Ich möchte nicht allein gehen. Normalerweise macht es mir nichts aus, allein etwas zu unternehmen, aber in meiner gegenwärtigen Situation …«

»Ich werde mit dir gehen«, sagt Mom und ich muss nichts mehr erklären. Die Falten um ihre Augen werden tiefer, wenn sie lächelt. Sie will mich tatsächlich zum Strand begleiten.

»Okay«, sage ich und räume eine Packung Sugar Crunch weg.

»Wir gehen nachher unsere Füße ins Wasser halten. Deine Schwester geht für einen Monat fort. Lass sie ein bisschen Spaß haben.«

»Hat Scarlett nicht immer Spaß?«

Mom wirft den Kopf in den Nacken und lacht. Mit dem offenen Mund und der Hand auf dem Bauch sieht sie aus wie Scarlett. Selbst die Art, wie sie den Kopf nach hinten lehnt, erinnert an Scarlett.

»Hilf mir mit der Milch«, sagt sie und reicht mir eine Packung. »Dann gehen wir.«

Es stellt sich heraus, dass Mom Nancy begleiten muss, um deren Herztabletten zu besorgen.

»Du kannst dich ruhig mal nützlich machen«, meint Nancy beim Hinausgehen. Moms Wangen röten sich, und ich weiß nicht, ob vor Wut oder aus Verlegenheit. Wenn sie wütend ist, presst sie meist die Lippen aufeinander, was sie jetzt nicht tut. »Vielleicht entdecken wir unterwegs eine Ausgabe des *Providence Journal* mit Stellenanzeigen, die dir bei der Jobsuche helfen können. Du hast ja keine Zeitung mitgebracht.«

Nachdem die Tür ins Schloss gefallen ist, stelle ich folgendes fest:

1. Ich hasse Nancy und
2. sollte ich mich endlich um meine Bewerbung für das Stipendium und um den Essay kümmern. Der 8. August ist schnell da.

Ich stapfe die Treppe hoch, vorbei an Scarletts geschlossener Zimmertür im zweiten Stock. Gott bewahre, wenn ich ihr Zimmer betreten würde. Im Kometen-Hauptquartier lasse ich mich auf einen Stuhl plumpsen. Auf einem Kalender über dem Schreibtisch ist mein Geburtstag blau eingekreist – es ist gleichzeitig das Registrierungsdatum für das Waterman-Stipendium. Das Online-Formular ist bereits gespeichert und ausgefüllt. Ich muss es noch mindestens zweimal durchlesen und auf Rechtschreibfehler überprüfen, bevor ich es abschicke.

»Die Registrierung checkt ein Computer«, hatte Tucker erklärt. »Es interessiert keinen, ob du dein Formblatt auf Rechtschreibfehler überprüft hast.«

Ich werde es an meinem Geburtstag abschicken. Auf diese Weise kann ich es, nur der Sache halber, noch einmal zusätzlich auf Rechtschreibfehler überprüfen. Ich mache mich an die Arbeit, scrolle meine Liste durch und stoppe wie immer an der Stelle, wo es um den gefürchteten Essay geht.

*Bitte erläutern Sie in 1000 Worten, warum Ihr Experiment erfolgreich etwas über Sie als Wissenschaftler aussagt und auf welche Weise die Durchführung Ihres Experiments Ihre Bildungsziele untermauert.*

Ich stütze mein Kinn in die Hand und klopfe mit dem Stift auf den Schreibtisch.

*Du beobachtest die Welt.*

Die Sonnenstrahlen fallen durch das Dachfenster auf meine Hand und wärmen die Haut.

Ich wünschte, ich wäre an den Strand gegangen. Aber ich habe niemanden, der mich begleiten könnte. Ich habe hier nicht viele Freunde, im Gegensatz zu Scarlett. Ich war oft mit Dad im Labor. Und die Leute meines Alters, die ich in all den Jahren kennengelernt habe, bleiben immer nur ein paar Wochen. Es sind nicht viele, die jeden Sommer hierherkommen.

Ich lege den Stift hin. Scarlett ist ein bisschen wie Becky. Beliebt, selbstbewusst und witzig. Alle sind immer fröhlich, wenn sie mit Scarlett zusammen sind.

Scarlett ist beliebt. Sie weiß, wer sie ist, und sie hat ständig Freunde, die sie nicht wegen Becky Winthrop sitzen lassen. Sie weiß immer genau, wie sie mit anderen Leuten ihres Alters reden muss. Ich nicht. Ich verhaspele mich ständig und denke zu viel über alles nach.

Ich werde nicht eher ruhen, bis ich herausgefunden habe, warum Becky und Scarlett bei den Jungs so gut ankommen. Es gibt

Menschen, die sich einfach mit anderen unterhalten können – es fällt ihnen nicht schwer, Kontakte zu knüpfen.

Ich erhebe mich vom Stuhl und gehe im Zimmer auf und ab.

Ich kann dieses spezielle Verhalten studieren. Es muss gewisse Faktoren geben, etwas Konkretes, das Scarlett und Becky gemeinsam haben. Da ich Becky nicht studieren kann, weil ich sie erdrosseln würde, wenn sie vor mir stünde, muss ich meine Schwester beobachten. Scarlett tut und sagt bestimmte Dinge, die in anderen den Wunsch wecken, ständig in ihrer Nähe zu sein. Genau wie Becky.

Es muss einen direkten Zusammenhang zwischen Scarletts speziellem Verhalten und ihrer Akzeptanz und Beliebtheit geben. Wenn ich das herausfinde, kann ich Tucker vielleicht dazu bringen, mein wahres Ich zu erkennen – dass ich die Welt keineswegs nur »beobachte«.

Der Essay kann noch warten. Wenn ich Scarlett jetzt beobachte, bevor sie in einer Woche oder so zu ihrem Orientierungskurs aufbricht, kann ich vielleicht herausfinden, was Becky Winthrop hat, das ich nicht habe.

Ich werde an den Strand gehen. Ich hole meinen roten Badeanzug aus der Kommode und ziehe ihn an. Ich habe ihn beim Schwimmunterricht getragen und er ist bequem. Ich werde auch Spaß haben – nur auf andere Weise. Ich schnappe mir mein Notizbuch und stecke es in den Rucksack. Zum Nauset Beach sind es 1,2 km zu Fuß.

»Ich denke nicht nur logisch«, sage ich laut vor mich hin. Draußen klemme ich mir einen Liegestuhl unter den Arm. »Und ich beobachte die Welt nicht!«

# KAPITEL 5

NACH ZEHN MINUTEN BIN ICH FAST AM STRANDZUgang. Der Liegestuhl unter meinem Arm verrutscht ständig und ich muss ihn immer wieder zurechtrücken. Vor dem Kassenhäuschen am Nauset Beach hat sich bereits eine Autoschlange gebildet.

Eine Gruppe Jungs in einem Jeep Wrangler fährt an mir vorbei. Der Fahrer hält am Ende der Schlange und wartet wie alle anderen, um die Gebühr zu entrichten und auf den Parkplatz zu fahren. Auf dem Rücksitz sitzt ein blonder Typ, dessen Arme auf den beiden leeren Sitzen neben ihm ruhen. Seine Rückenmuskeln treten deutlich hervor. Vielleicht ist er ein Schwimmer? Er dreht seinen Kopf in meine Richtung, aber da er eine Pilotenbrille trägt, kann ich nicht erkennen, ob er mich ansieht. Möglicherweise interessiert er sich nur für die verschiedenen Laubgehölze, die am Straßenrand wachsen. So ein Typ würde ein Auge auf Scarlett werfen, aber nicht auf mich. Ich gehe weiter und halte mit dem Jeep Schritt, der nur im Schneckentempo vorankommt. Der Typ sieht zu mir herüber und lächelt.

Auf einmal stolpere ich über einen Stein. Ich lasse den Stuhl los, rudere mit den Armen und kann mich gerade noch fangen. Der Stuhl fällt klappernd zu Boden. Diese dämlichen Flipflops. Inzwischen haben es die Jungs bis zum Kassenhäuschen geschafft und der Fahrer spricht mit dem Strandwärter. Der Blonde auf dem Rücksitz lacht immer noch und ruft mir zu: »Bist du okay?«

»Es war nur das Sedimentgestein!«, sage ich und klemme mir den Stuhl wieder unter den Arm.

»Das was?«, ruft er zurück.

Der Motor des Jeeps heult auf und der Wagen rauscht am Kassenhäuschen vorbei auf den Parkplatz.

*Sedimentgestein?* Was zum Teufel stimmt nicht mit mir? Deshalb werde ich wegen Leuten wie Becky sitzen gelassen – weil ich von beschissenem Sedimentgestein rede.

Als ich auf den Parkplatz komme, sind die Jungs nirgends zu sehen. Gut. Schließlich habe ich mich heute schon genug blamiert.

Okay, wenn ich Scarlett observieren will, dann muss ich eine Liste mit konkreten, erkennbaren Verhaltensweisen anlegen und darauf aufbauen. Die Welt ist eine Gleichung. Ich muss nur die richtigen Faktoren eintragen, um die Lösung zu finden. Ich kann zwar keine Ballerina sein, aber Scarletts soziale Verhaltensweisen sind zumindest einen Blick wert.

Ich muss weit genug vom zweiten Rettungsschwimmerhochsitz wegbleiben, damit mich niemand sieht. Es gibt hier vier Strandpromenaden. Ich gehe die erste Promenade entlang, und als ich das Ende erreiche, versuche ich, möglichst in der Nähe vieler Menschen zu bleiben. Fünfhundert Leute dürften als Tarnung genügen. Der zweite Rettungsschwimmerhochsitz ist rund hundert Meter entfernt und ich verstecke mich in der Menge. Ich muss näher ran, um Scarlett sehen zu können. Ich gehe am Rand des Strands und der Dünen entlang, die sich bis zum Parkplatz erstrecken. Falls nötig, kann ich zur ersten Promenade zurücklaufen.

Ich sehe sie nicht. Sie ist nicht beim …

Verdammter Mist.

Scarlett steht etwa sechs Meter von mir entfernt und zieht gerade ein trägerloses Kleid über das Oberteil eines String-Bikinis mit Zebra-Print. Ich stelle den Stuhl ab, drehe meiner Schwester den Rücken zu und tue so, als würde ich in meiner Strandtasche kramen.

Scarlett ist direkt hinter mir, nur einige Paare unter ihren Sonnenschirmen trennen uns. Wenn sie wüsste, dass ich hier bin, würde sie mich vielleicht entdecken, aber im Moment bin ich am Strand nur eine unter vielen.

»Ich finde, dieser Bikini sieht an dir noch viel besser aus als im Katalog«, meint ein Mädchen. Ich erkenne sie wieder, weiß aber nicht, wie sie heißt. Scarlett ist mit vielen Mädchen von hier befreundet, aber ich bin ihnen nur einmal zufällig in der Main Street begegnet, als wir auf dem Weg zum Abendessen waren. Scarlett hängt sogar mit ihnen ab, wenn sie Nancy während des Jahres besucht. Ich komme immer nur im Sommer hierher.

»Er steht mir ganz gut, oder?«, sagt Scarlett und rückt die dreieckigen Körbchen des Bikini-Oberteils zurecht. »Eindeutig ein Hingucker.«

Die Mädchen gehen an mir vorbei und begeben sich zur Strandpromenade. Ich eile ihnen hinterher.

Ich sinke mit den Füßen im Sand ein, als ich den Weg zurücklaufe, den ich gekommen bin. Ich rutsche aus meinen Flipflops und verbrenne mir im Sand die Fußsohlen. Das Gestänge des Liegestuhls ist von meinem Schweiß ganz rutschig und die Riemen der Flipflops scheuern zwischen meinen Zehen. So ein verdammter Mist.

Die Promenade. Den Strandgöttern sei Dank.

Als ich das Ende der Promenade erreiche, gehe ich ganz langsam, weil man beim Rennen die Flipflops auf den Holzbohlen hören würde. Scarlett und ihre Freundinnen haben bereits den Zugang zur dritten Promenade passiert und befinden sich jetzt in der Nähe der Strandverwaltung, die vor dem Liam's liegt, wo es die besten Muscheln gibt.

Ich lasse den Liegestuhl bei den Duschen stehen und folge ihnen von Auto zu Auto.

Scarlett und ihre Freundinnen gehen mit ihren Strandtaschen über den Schultern am Liam's vorbei, und ich flitze zu einem Auto in der Nähe und verstecke mich dahinter.

»Na, wenn das nicht meine wahre Liebe Scarlett Levin ist.«

Ich spähe durch die Scheiben des Autos. Der Fahrer des Jeeps steigt aus seinem Wagen und geht zu Scarlett und ihren Freundinnen. Der Jeep Wrangler steht mit laufendem Motor beim Übergang zum äußeren Strand. Der blonde Typ, der über mich gelacht hat, sichert eine Kühlbox mit einem Spanngurt. Anscheinend packen sie zusammen, um irgendwohin zu gehen.

Der Fahrer sagt etwas, aber ich kann es nicht verstehen. Scarlett lacht, und ihr Lachen schallt über den ganzen Parkplatz. Ich lache nicht so; ich pruste.

»Kommst du mit zum äußeren Strand?«, fragt er Scarlett.

»Schön wär's«, erwidert Scarlett. »Meine Tante gibt eine Art Willkommensessen.«

Sie lässt ihre Hände eine Weile auf seiner Brust ruhen. Der blonde Typ ist immer noch mit der Kühlbox beschäftigt. »Tate, willst du nicht die Luft aus den Reifen lassen?«, fragt er den anderen Typen, der noch im Jeep sitzt. Seine Haare sind ganz hellblond, fast weiß.

Oh, sie wollen Off-Road fahren. Man kann mit dem Wagen erst an den Strand, wenn die Reifen weniger Druck haben. Das erleichtert das Fahren auf Sand.

»Fährst du mich zuerst nach Hause?«, fragt Scarlett. »Oder soll ich etwa zu Fuß gehen?«

Wie kann Scarlett nur so was fragen? Die Jungs wollten gerade an den Strand und sie bringt sie tatsächlich dazu, ihre Pläne erst einmal auf Eis zu legen, sie nach Hause zu fahren und danach erst wieder hierherzukommen. Ob sie wohl eine besondere Kraft der Manipulation besitzt? Ein Wissenschaftszweig, der noch nicht entdeckt wurde: ein Jungs-Manipulations-Molekül?

»Wir sehen uns heute Abend in der Main Street«, fügt sie hinzu.

Die Mädchen hüpfen in den Wagen und Scarlett setzt sich vorne auf den Schoß des Jungen mit den weißblonden Haaren. Ihre Freundinnen rücken dicht an den Typen heran, der mit mir gesprochen hat. Mit quietschenden Reifen fährt der Jeep vom Parkplatz. Die Mädchen kreischen und lachen sich kaputt.

Als sie davonrasen, hebt mein Typ auf dem Rücksitz sein Kinn zum Himmel, als interessiere er sich mehr für die Wärme auf seinem Gesicht als für die Mädchen neben ihm.

Das verdient Respekt.

Nach dem Abendessen geht Scarlett in die Stadt, um sich mit ihren Freunden zu treffen. Ein wenig später folge ich ihr, ohne dass sie es weiß. Das ist besser, als hier im Haus herumzusitzen und Etties Anrufe wegen des Band-Camps zu ignorieren.

Ich gehe am Pier vorbei, biege in die Main Street ein, und da ist er: der Seahorse Muschel- und Edelstein-Shop, der beste Shop der Welt. Jeden August, wenn wir wieder nach Hause fahren, rechne ich mir schon aus, wie viele Stunden ich während des Schuljahres arbeiten muss, damit ich mir alles, was mir im nächsten Sommer ins Auge fällt, kaufen kann.

Scarlett ist unten im Silver Lining, dem Juweliergeschäft, das sie so liebt. Mom, Dad und Nancy sind zu Hause, und mir bleiben gut ein bis zwei Stunden, bis optimale Sichtverhältnisse herrschen, um den Kometen weiter zu verfolgen. Genug Zeit, um Scarlett in ihrem natürlichen Umfeld zu beobachten. Auf der Straße riecht es wie immer: nach dicker Marinarasauce aus der Pizzeria, nach zuckrig süßer Zuckerwatte aus der Eisdiele und natürlich nach Meer, das nicht allzu weit entfernt ist.

Ich betrete den Seahorse-Shop. Drinnen funkelt alles: seltene Juwelen und Edelsteine, und Fossilien, so groß wie mein Stargazer. Kästen mit Muscheln und Mobiles aus Steinen und Seesternen. Ich weiß nicht, wohin ich zuerst gehen soll. Mein Blick fällt auf einen blauen Achat an einem Lederband in einer Glasvitrine. Es handelt sich um ein Stück von einer Druse, einem Hohlraum im Gestein, der durch vulkanische Hitze und Wasser entstanden ist. Jedenfalls funkelt er im künstlichen Licht des Ladens.

»Die passt so gut zur Form deines Gesichts«, sagt eine Stimme.

Im hinteren Teil des Shops probieren drei Mädchen diverse Sonnenbrillen aus. Eine von ihnen hat lange schwarze Haare, die ihr bis zur Taille reichen. Sie posiert für ihre Freundinnen, die neben den Sonnenbrillenständern Fotos machen.

»Lasst uns die Jungs suchen«, schlägt ein Mädchen mit Kurzhaarfrisur vor. Sie legen die Sonnenbrillen zurück, bilden eine Kette und marschieren Hand in Hand Richtung Ausgang. Das Mädchen mit den schwarzen langen Haaren bleibt neben mir stehen und deutet auf die Halskette mit dem Achat.

»Oh Wahnsinn, willst du dir die kaufen? Die ist so schön.«

»Auf jeden Fall«, erwidere ich und versuche dabei, Scarlett nachzueifern. »Wenn ich das nötige Kleingeld habe.«

»Nicht wahr?«, sagt sie. Die anderen Mädchen werfen einen kurzen Blick auf die Glasvitrine. »Ich möchte alles hier drin.«

Hand in Hand verlassen die Mädchen den Laden. Ich drehe mich und schaue ihnen nach. Ich hab das noch nie gemacht, Hand in Hand mit meinen Freundinnen eine Kette gebildet. Ich wollte das auch nie, aber es sieht lustig aus.

Als ich gerade nachsehen will, wohin sie gehen und ob ich vielleicht sogar mit ihnen abhängen kann, höre ich draußen Scarletts Stimme. Richtig. Fast hätte ich vergessen, warum ich eigentlich hier bin. Durch die geöffneten Glastüren des Shops sehe ich, wie Scarlett sich die Haare über die Schulter wirft. Ich verstecke mich hinter einem hölzernen Drehständer mit getrockneten Sanddollars und Muschelschalen und spähe dahinter hervor.

Beim Gehen wippen Scarletts blonde Haare in Wellenlinien auf und ab. Sie geht zu Pleasantries, einer Boutique, deren Kleider sie sich eindeutig nicht leisten kann. Ich verlasse den Seahorse-Shop und folge ihr in einiger Entfernung, nahe genug, um alles zu hören, aber nicht so nah, dass sie mich entdeckt. Neben dem Eingang eines gut besuchten Restaurants bleibe ich stehen und tue so, als wartete ich auf jemanden. Von meinem Beobachtungsposten aus kann ich sehen, wie Scarlett in der Boutique verschwindet. Ein vertrauter Jeep Wrangler hält an der nächsten Kreuzung und ich erkenne den Fahrer. Er rennt hinter Scarlett her und trägt sie spielerisch aus dem Laden.

Die Mädchen folgen den beiden und Scarlett hält sich lachend an den wohlgeformten Armen des Typen fest, die ihre Taille umfassen. Ich würde alles darum geben, auch dabei zu sein. Ihrer tiefen Bräune nach zu urteilen, sind die Jungs entweder Einheimische oder Rettungsschwimmer. Den blonden Typen von heute Morgen kann ich nicht entdecken, und überraschenderweise bin ich darüber enttäuscht.

Ich stehe auf der anderen Straßenseite, umgeben von zahllosen Menschen, die einen Schaufensterbummel machen und ihr Abendessen planen.

»Auch schön dich zu sehen, Curtis«, sagt Scarlett. Er setzt sie ab und küsst sie direkt auf den Mund. Dabei beugt er ihren Oberkörper nach hinten wie ein Tangotänzer. Er ist groß, und sein zottiges Haar wäre dunkel, wenn die Sonne es nicht ausgeblichen hätte. So wie die Jungs Scarlett und deren Freundinnen anstarren, sollte man meinen, sie hätten Hunger oder so was.

Scarlett drängt den Typen lachend zurück. »Lass das! Ich will diesen Sommer nicht mit Primitivlingen abhängen, Curtis.« Scarlett schlendert davon, aber Curtis, der braunhaarige Typ, packt sie am Handgelenk und zerrt sie zurück.

»Ich hab nur Spaß gemacht, Miss Scarlett. Komm mit zum Lighthouse Beach; wir wollen ein Lagerfeuer machen.«

Scarlett fährt sich mit der Hand durchs Haar, sodass es fächerartig über ihre Schultern und ihren Rücken fällt. Sie tut das ständig, vor allem dann, wenn sie ihren Haarknoten löst. Das bringt ihr jede Menge bewundernde Blicke von Jungs ein. Ich habe es miterlebt. Okay, vermutlich muss ich also übermäßig mit meinen Haaren herumspielen.

Scarlett sieht ihre Freundinnen an. Und selbst in der Reflexion der Fensterscheibe kann ich erkennen, dass sie es kaum erwarten können, mit Curtis und seinen Freunden loszuziehen. Verdammt, ich kann es auch kaum erwarten, und ich stehe hier auf der anderen Straßenseite. Ihre Freundinnen blicken Scarlett mit großen Augen an und warten auf ihre Entscheidung.

»Okay. Aber bring nicht wieder dieses beschissene Light-Bier mit. Ich trinke diesen Sommer grundsätzlich Wodka.« Scarlett sieht eine ihrer Freundinnen von der Seite an. »Ich muss auf meine Kalorien achten«, fügt sie achselzuckend hinzu. Okay, gut. Das ist ein eindeutig erkennbares Verhalten. Wenn ich so tue, als sei mir alles egal, oder wenn ich mich desinteressiert zeige, obwohl ich eigentlich interessiert bin, finden die anderen mich noch interessanter.

Das ist kompliziert.

Curtis erklärt sich bereit, Wodka zu besorgen, und läuft zu dem Schnapsladen ein paar Häuser weiter.

In der Zwischenzeit kann ich mir einen anderen Beobachtungsposten suchen, bevor Scarlett mit ihren Freunden die Straße überquert und zu Curtis' Jeep geht, der an der Kreuzung wartet.

Die Seitenstraße, die hinunter auf die Hauptstraße führt, ist sehr abschüssig. Ich biege um die Ecke und renne die Straße hinauf, sodass ich von oben dorthin hinabblicken kann, wo Scarlett gerade steht. Ein paar Ladys steuern auf das Bird's Nest zu, das Lokal neben Pleasantries.

Ich lehne mich an eine Hauswand und beobachte, wie Scarlett und ihre Entourage die Kreuzung überqueren und zu dem Jeep gehen.

Ich hole einen Notizblock aus meiner Tasche und kritzle meine neuesten Beobachtungen bezüglich Scarlett unter die von heute Morgen.

1. *Scarletts Selbstbewusstsein verschafft ihr offenbar den größten Einfluss. Zebra-Bikini. Bittet Jungs, sie herumzukutschieren, weil sie genau weiß, dass sie Ja sagen werden.*
2. *Spielt ständig mit ihren Haaren.*
3. *Wenn du so tust, als seist du nicht an Leuten interessiert, interessieren sie sich noch mehr für dich.*

Scarlett strafft einfach die Schultern und kümmert sich nicht darum, was die Leute denken. Ich bin nur dann selbstbewusst, wenn ich über Dinge wie die komplexen Theorien von Schwarzen Löchern spreche.

Ein roter Lastwagen fährt die Seitenstraße hinauf und hält oberhalb von mir. Auf einem Aufkleber auf der verrosteten hinteren Stoßstange steht: »Wenn die Pforten der Erkenntnis geläutert würden, würde alles dem Menschen erscheinen, wie es ist: grenzenlos und unbeschränkt.« – William Blake.

*Wer zum Teufel ist William Blake?*

»Ich dachte, du bezahlst!« Scarletts Stimme dringt bis zu mir herauf.

Offenbar ist Curtis mit dem Wodka zurückgekommen. Jeden Moment werden sie dort unten vorbeigehen. Ich kauere hinter dem Müllcontainer des Bird's Nest und spähe die Straße hinunter. Vermutlich ist dieser Beobachtungsposten doch nicht so toll. Eine Tür des Pick-up hinter mir wird geöffnet und eine vertraute Gestalt steigt aus dem Wagen. Ich glaube … ist das nicht der blonde Typ vom Strand? Der, der gelacht und mich angelächelt hat. Er hält ein Shirt oder ein Teamtrikot in der Hand.

Der Typ bindet die Ärmel des T-Shirts um einen Baum, sodass es aussieht, als würden sie den Stamm umarmen. Obwohl es wegen der Straßenlampen nicht besonders dunkel ist, muss ich blinzeln. Ich hätte ein Fernglas mitnehmen sollen, aber wer konnte denn ahnen, dass ich *außer* Scarlett noch eine andere Person beobachten würde? Der Typ presst seine Handfläche gegen den Baumstamm, und nach einer Weile senkt er den Kopf und bedeckt mit der anderen Hand seine Augen. Ich glaube, seine Schultern beben.

Plötzlich begreife ich, dass er weint. Sofort stecke ich mein Notizbuch weg. Es ist falsch, das mit anzusehen. Dies ist ein sehr privater Moment und ich sollte nicht hier sein. Ich trete hinter dem Müllcontainer hervor und will die Straße hinunterrennen, weg von dem Typen. Ich will ihm seine Privatsphäre lassen. Etwas knirscht unter den Sohlen meiner verdammten Flipflops und das Geräusch hallt auf der schmalen Gasse wider. Ich versuche wegzulaufen, aber mein Fuß rutscht weg und ich kann mich gerade noch an dem Müllcontainer festhalten, um nicht hinzufallen. Ich schreie auf, als ich mir die Ferse am Asphalt aufschürfe.

Der Typ bei dem Baum blickt in meine Richtung. Großartig.

Ich wische meine Ferse ab und tue so, als sei ich gerade ganz zufällig aus der finsteren Seitengasse hinter den Läden und Restaurants gekommen.

»Bist du okay?«, fragt der Typ und kommt zu mir gelaufen. Bevor er näher kommt, wischt er sich die Augen an seinem T-Shirt ab.

»Ja.« Ich stöhne. *Ich bin eine Stalkerin, aber sonst geht es mir gut.* »Ich glaube, ich habe mir von dem schmutzigen Boden Kolibakterien eingefangen«, füge ich hinzu.

Vielleicht sollte ich erklären, warum ich hier bin? Vielleicht würde er es verstehen?

Als er vor mir steht, sehe ich im Schein der Straßenlampe, dass seine Augen zwar nicht allzu sehr gerötet, aber auch nicht ganz trocken sind. Sein dünnes T-Shirt ist über der Brust etwas eingerissen und man kann seine gebräunte Haut sehen.

Der Typ blickt zu Boden und lächelt verlegen. »Oh, ich hab mich gerade vor der Arbeit gedrückt.«

Ups! Erwischt.

»Das ist schon das zweite Mal, dass du heute gefallen bist«, bemerkt er.

»Eigentlich bin ich viel standhafter«, erwidere ich. Nichts wie weg von hier. Ich laufe die Straße hinunter in Richtung Main Street und der Typ hält mit mir Schritt. Ich versuche, jeglichen Augenkontakt zu vermeiden. Er ist süß. Seine Haare sind ein wenig lang und er ist viel größer als ich. Vielleicht so um die 1,90 m?

»Ich bin nicht gefallen«, betone ich. »Ich hatte lediglich ein Problem mit der Gravitation.«

Er lacht. Meine Wangen müssen röter sein als Gracies Tomaten, wie Großmutter sagen würde.

Seine Schultern zeichnen sich ebenfalls deutlich unter seinem T-Shirt ab. Wahrscheinlich spielt er an seiner Highschool Football. Er scheint auch nicht der Typ zu sein, der regelmäßig Worte wie »Gravitation« benutzt.

»Hey …«, sagt er und bleibt neben dem Bird's Nest stehen. »Danke. Genau das habe ich jetzt gebraucht.«

Was hat er gebraucht? Ich möchte ihn fragen, aber ich weiß nicht wie. Das alles scheint mir sehr persönlich zu sein und mir ist klar, dass es mit dem Trikot zu tun hat, das er um den Baum gebunden hat. Vielleicht sollte ich ganz unbeteiligt tun und Scarlett spielen. Gerade als ich mir in Scarlett-Manier durchs Haar fahren will, spazieren in etwa fünfhundert Metern Entfernung Scarlett und eine Schar Leute in meine Richtung. Ich mache kehrt und steuere auf die Rasenfläche der nahe gelegenen Bibliothek zu.

»Hey … warte!«, ruft der blonde Typ mir hinterher.

»Ich muss gehen!«, rufe ich zurück.

»Andrew!«, schreit Curtis. »Andrew! Du bist spät dran!«

Ich laufe zur Bibliothek und blicke mich nicht einmal um. Ich kann nicht. Erst im Schatten des Gebäudes bleibe ich stehen und spähe um die Ecke. Andrew hat sich zu der Gruppe gesellt. Er blickt noch einmal in meine Richtung, und im Schein der Straßenlampen erkenne ich seine hochgewachsene, braun gebrannte Gestalt und seine ebenmäßigen Gesichtszüge. Er sieht wirklich gut aus.

»Wonach hältst du Ausschau?«, fragt Scarlett Andrew.

»Ich habe gerade mit diesem Mädchen gesprochen. Aber jetzt ist sie verschwunden. Einfach davongerannt.«

»Okay … Spinner«, sagt Scarlett und lacht spöttisch. Die Gruppe geht die Straße entlang, aber ich will ihr nicht folgen. Nicht mehr. Ich bin eine Verrückte, die wegläuft, wenn ein gut aussehender Typ mit ihr spricht. Weil ich keine Ahnung habe, wie ich mit Leuten interagieren soll. Die Observierung und die Unterhaltung heute Abend waren ein kompletter Reinfall. Ich mache mich auf den Heimweg, um an Nancys Strand die Koordinaten des Kometen zu checken. Dort bin ich sicher. Dort weiß ich, wer ich bin.

Dort habe ich meine Ruhe.

# KAPITEL 6

»EMPFEHLUNGSSCHREIBEN?«, FRAGT DAD MICH EIN paar Tage später. Er liebt diese Kurzabfrage, wenn er meine Bewerbung eine Weile nicht gecheckt hat. Als Meeresbiologe kann er nicht anders.

»Sind seit zwei Monaten vollständig.«

»Kursaufstellung?«

Ich hebe den blauen Ordner hoch, den ich extra für das Waterman-Stipendium angelegt habe.

»Bewerbung?«

»Es fehlen nur noch die allgemeinen Angaben.«

»Anmeldeunterlagen?«

»Sind fertig, aber noch nicht abgeschickt. Mach ich an meinem Geburtstag am Freitag.«

»Essay?«

»Bäh. Du weißt ja, dass ich beim Schreiben nicht besonders kreativ bin.«

Sanft legt Dad seine Hände auf meine.

»Du schaffst das schon«, sagt er. Dads Hände sind warm und groß. Ich muss an Scarletts Lachen am Strand und an die Mädchen denken, die Hand in Hand aus dem Seahorse-Shop gelaufen sind. Ich kann jetzt keine Begeisterung vortäuschen. Normalerweise habe ich kein Problem damit … aber vielleicht stimmt ja mit mir was nicht? Ein berechtigter Grund, warum Tucker lieber mit Becky zusammen ist. Und außerdem habe ich mir nicht die Mühe gemacht, mir hier jedes Jahr jede Menge neue Freunde zu suchen.

»Was meinst du, stimmt es, dass ich immer nur logisch denke und völlig emotionslos bin? Ein Sonderling?«, frage ich.

Dad runzelt die Stirn und starrt auf den Tisch. Wie sich bei Tucker gezeigt hat, bedeutet das Vermeiden von Blickkontakt, dass man entweder ein schlechtes Gewissen hat oder die Wahrheit verschweigt.

»Nein, Beanie«, erwidert Dad und sieht mir dabei in die Augen, was mich wieder beruhigt. »Wer hat behauptet, du seist emotionslos?«

»Niemand. Ich will es nur wissen.«

»War es etwa dieser Idiot Tucker?«

Ich begegne Dads Blick. Er hat seine »ernste Miene« aufgesetzt, die ich nicht sehr oft zu sehen bekomme. Ich sitze kerzengerade auf meinem Stuhl.

»Vielleicht bin ich es ja wirklich«, sage ich. Ich will nicht zugeben, dass Tucker tatsächlich der Grund für diese Unterhaltung ist. »Wissenschaftler müssen in Bezug auf ihre Arbeit objektiv sein und ehrlich gegenüber sich selbst, was die Stichhaltigkeit und den Erfolg ihrer Hypothesen anbelangt. Vielleicht darf ich mir ja keine Emotionen erlauben, wenn ich meine Arbeit gut machen will. Um sich hervorzutun, muss man vielleicht hartherzig sein, damit man Emotionen und Ergebnisse nicht durcheinanderbringt.«

Dad drückt meine Hand. Es passiert nicht allzu oft, dass er mich berührt oder umarmt, deshalb lasse ich es geschehen.

»Ich wünschte, deine Großmutter wäre hier.« Er atmet tief durch. »Hör zu: Du bist liebenswert und klug. Und klug sein bedeutet manchmal, abseits zu stehen und zu beobachten.«

»Zum Beispiel die Welt beobachten?«

»Möglicherweise.«

Ich stöhne. Gerade das will ich nicht hören.

»Du bist einfach anders als die meisten Kids in deinem Alter. Du hast wichtigere Dinge im Kopf als Jungs und Kleidung.«

»Ja …«, sage ich, obwohl Letzteres nicht stimmt. Ich mache mir sehr wohl etwas aus Jungs und Kleidung. Nur nicht in gleichem Maße wie meine Schwester.

»Gerard!«, ruft Nancy.

»Ich will nicht, dass die Wissenschaft mein ganzes Leben bestimmt«, sage ich leise. »Manchmal möchte ich eher so sein wie Scarlett«, füge ich hinzu, aber ich glaube nicht, dass Dad es mitgekriegt hat, weil im selben Moment wieder Nancys Stimme ertönt: »Gerard!«

Ich möchte mich für Kleider und Jungs interessieren und gleichzeitig eine gute Wissenschaftlerin sein.

»Du wirst das mit dem Essay schon packen«, meint Dad und nimmt seine Hand von meiner. Er zwinkert mir noch kurz zu und geht dann zu Nancy.

Ich nehme meine Checkliste zur Hand. Alleinsein ist nicht schön. Scarlett war gestern Abend nicht allein. *Du musst mehr Rückgrat zeigen, sonst trampeln die Leute auf dir rum.* Sie hat gut reden.

Ich gehe die Treppe hinauf, mache aber im zweiten Stock Halt, weil ich Scarlett in ihrem Schlafzimmer lachen höre. Ich bleibe vor ihrer Tür stehen und lausche. Den Stapel Bewerbungsunterlagen halte ich ganz fest, damit das Papier nicht raschelt und mich verrät. Die Tür ist nur angelehnt. Scarlett macht gerade ihre morgendlichen Dehnübungen. Stretching an der Wand. Sie hat ein Bein hochgehoben, stützt es an der Wand ab und neigt den Kopf zu ihrem Knie. Sie besitzt das seltene Talent, dabei noch ein Handy ans Ohr zu drücken.

»Curtis hat mich gestern Abend geküsst«, sagt sie. »Gott! Er ist so ein verdammt heißer Typ.«

Sie lacht und wechselt dabei vom rechten auf das linke Bein.

»Er hat eine Narbe im Bereich des Schlüsselbeins.« Sie zögert. »Und ich habe sie geleckt.«

Ich kann Trishs gackerndes Gelächter am anderen Ende hören. Trish Jackson. Tuckers Schwester. Ich will nicht weiter lauschen und gehe hinauf zu meinem Zimmer. Zwar kann ich vor Scarletts Tür stehen und sie beobachten oder sie auf der Straße verfolgen, aber das wird das Problem nicht lösen. Ich bin Wissenschaftlerin. Tucker hat recht. Und Scarlett auch. Ich beobachte die Welt, damit ich sie verstehen kann.

Ja, es stimmt, dass ich keine Ahnung habe, wie man sich mit einem Typen ungezwungen unterhält, ohne es zu vermasseln. Ich kann nicht einfach morgens aufwachen und plötzlich selbstbewusst sein wie Scarlett.

Moment mal …

Warum kann ich das, was ich über Wissenschaft und über Scarlett weiß, nicht dazu benutzen, mein Leben zu ändern?

Beobachten allein bringt nichts. Ich hatte fünfzehn Jahre Zeit, meine Schwester zu studieren. Wenn ich so tue, als sei ich Scarlett, mich wie sie kleide, wie sie spreche und mich wie sie verhalte, werde ich das Leben führen, das ich immer gewollt habe. Ich werde Freunde haben und einen festen Freund, der ganz anders ist als Tucker. Dabei gilt es, eine ganze Reihe sehr spezieller Faktoren zu beachten. Das ist genial!

Ich werde mich nie wieder blamieren.

Ich bleibe mitten auf der Treppe stehen.

*Erster Schritt, bevor man ein Experiment durchführt? Eine Frage formulieren.*

Okay. Werde ich jemals Spaß haben, so ungezwungen sein, leidlich normal oder vielleicht sogar so heiß aussehen wie Scarlett? Scarlett hat *nie* Probleme mit Jungs oder mit ihrer Kleidung.

Ich gehe die Treppe hoch zu meinem Zimmer, bleibe aber noch mal kurz stehen.

*Schritt zwei? Feldforschung betreiben. Beobachten.*

Okay, das tue ich schon, solange ich denken kann.

Sobald ich in meinem Zimmer bin, beuge ich mich, die Hände in die Hüften gestemmt, über meinen Koffer.

*Schritt drei: eine Hypothese aufstellen. Wenn ich Scarletts Kleider trage und mich wie sie benehme, werde ich:*

1. *Aufmerksamkeit auf mich ziehen, ohne mich dabei zu blamieren.*
2. *Mir einen heißen Typen angeln, der in jeder Hinsicht anders ist als Tucker und der mich niemals betrügen würde.*
3. *Neue aufregende Freunde finden, die mich für etwas Besonderes halten. Falls das Experiment ein durchschlagender Erfolg wird, werde ich beliebt sein und endlich so leben können, wie ich will.*

In meinem Koffer liegen ordentlich zusammengefaltete T-Shirts, gebügelte Shorts und akkurat Spitze auf Spitze gelegte Socken. Ich wühle in den Kleidungsstücken und ziehe von ganz unten den roten Badeanzug hervor, den ich neulich am Strand anhatte. Als ich ihn gegen das Licht halte, entdecke ich auf dem Bauch ein paar kleine Löcher. Ich stoße einen Seufzer aus. Das Teil könnte glatt entzweireißen, nachdem ich den Badeanzug äonenlang beim Schwimmen im Meer und im Pool getragen habe. Wenn ich in die Stadt ginge, wüsste ich nicht einmal, was ich kaufen sollte.

Dieser Badeanzug ist der Grund. Wegen dieses schäbigen Einteilers hat Tucker mit mir Schluss gemacht. Eine super Metapher für mein gesamtes Leben.

Es ist Zeit für ein weiteres Experiment, aber diesmal eines, das mir selbst nützt. Ein Experiment mit dem Leben.

Das Scarlett-Experiment.

Ich möchte gleich mit dem Scarlett-Experiment beginnen. Aber zuerst muss ich warten, bis Scarlett nach unten geht, um zu trainieren. Ihr Training dauert mindestens vier Stunden, und mir bleibt genug Zeit, um ihre Sachen durchzusehen und mein Experiment vorzubereiten.

Es dauert eine geschlagene Stunde, bis Ihre Hoheit endlich so weit ist und nach unten geht. Sobald klassische Musik durchs Haus schallt, weiß ich, dass sie trainiert.

Ich begebe mich in den zweiten Stock und stelle mich vor Scarletts Schlafzimmer. An der Tür ist ein Schild mit Scarletts Namen angebracht, der in Schreibschrift über ein Foto mit Ballettschuhen gekritzelt wurde. Obwohl das Schild bereits vergilbt ist, lässt Scarlett es aus Respekt vor Nancy an der Tür hängen. Ich lege meine Hand auf den Messing-Türgriff und halte ihn fest, damit er nicht quietscht. Diesen Trick habe ich von Scarlett gelernt, als sie einmal spät nach Hause kam. Nancy macht im ersten Stock auf der gegenüberliegenden Seite des Hauses ein Nickerchen. Dennoch neigt sie dazu, aus den nichtigsten, lächerlichsten Gründen lautstark meinen Namen zu rufen. Mom sieht in der Küche Stellenanzeigen durch und Dad ist im WHOI.

Obwohl die Tür schon halb offen ist, zögere ich noch. Scarletts Zimmer ist der einzige Raum, den ich nicht betreten darf, es sei denn, sie ist dabei. Es gibt Scarletts Sachen und Beans, also meine, Sachen, die meine Schwester sich aus irgendeinem Grund niemals ausleihen will. Scarletts Pullover, Parfums und Make-up sind viel interessanter als meine. Um das herauszufinden, brauche ich keine Wissenschaft – es ist eine Tatsache: Scarletts Zeug ist einfach besser.

Vorsichtig setze ich einen Fuß in ihr Zimmer. Dann schlüpfe ich durch die Tür und betrete den Raum.

Winzige String-Bikinis, kurze Shorts, T-Shirts und gemusterte Kleider sind über den Rand des geöffneten Koffers drapiert. Beim

Fenster stapeln sich vier oder fünf Paar Spitzenschuhe und daneben liegen Nadel und Faden. Scarlett näht die Bänder an ihre Schuhe, wenn sie sie einläuft. Die Ballettschuhe müssen sich ihren Füßen *perfekt* anpassen. Wenn die Schuhe noch steif und hart sind, hat sie sie noch nicht eingelaufen.

Ich hocke mich hin – ganz vorsichtig, um die Schuhe nicht zu berühren, sonst merkt sie, dass ich hier war – und fange an, ihre Sachen durchzusehen. Ich schiebe ein paar Socken, einige Oberteile, Trikots und enge Hosen zur Seite. Noch mehr Elastan.

Ganz unten im Koffer fällt mir ein weißer Stern ins Auge. An einem langen Träger ziehe ich ein knappes Bikini-Oberteil hervor. Es ist ein mit der amerikanischen Flagge bedruckter String-Bikini. Ich halte ihn gegen das Licht, das durch das Fenster auf den Fußboden fällt.

*Bean … das ist die richtige Wahl. Tuuu es,* flüstert mir der winzige Bikini zu.

Es klingt wie eine Aufforderung.

Meine Finger gleiten über die Träger. Die Cups sind weich gepolstert.

Diesen Bikini sollte ich als Erstes anziehen.

An der Rückseite der Tür befindet sich ein Ganzkörperspiegel. Ich halte den Bikini an meinen Körper. Er könnte passen … ich habe breitere Hüften, und Scarlett ist ungefähr fünf Zentimeter kleiner als ich, aber vielleicht passt er trotzdem. Ich ziehe mein T-Shirt aus, lasse es neben meinen Füßen auf den Boden fallen und streife die dreieckigen Cups des Bikini-Oberteils über meine Brüste. Ich glaube nicht, dass mein Busen seitlich herausschauen sollte, aber immerhin sind meine Brustwarzen bedeckt, und das ist bei solchen Bikinis doch die Hauptsache. Ich ziehe Shorts und Unterwäsche aus und schlüpfe in das Bikini-Höschen.

So was hatte ich noch nie an.

Das Lächeln meines Spiegelbildes verschwindet. Vor meinem

geistigen Auge erscheint Tucker im Schein der Straßenlaterne und Becky Winthrops Name leuchtet auf seinem Handydisplay auf. »Ich muss dieses Experiment durchführen«, sage ich zum Spiegel und wiederhole Tuckers Worte. »Sonst werde *ich* immer Dieselbe bleiben.«

Ich stemme meine Hände in die Hüften. Vermutlich hat Tante Nancy recht: In einem Jahr hat sich alles irgendwie verändert. Ich recke den Hals in die Luft und meine braunen Haare fallen über meinen Rücken. Das in dem Spiegel bin nicht ich, dieses Mädchen mit den breiten Hüften und der schmalen Taille. Meine Haare sind nicht blond oder aalglatt wie Scarletts. Meine Haut ist pudrig weiß von dem Jahr im Bio-Labor, aber das lässt sich ändern, wenn ich etwas Zeit am Strand verbringe. Wer ist diese Person im Spiegel? Ich neige den Kopf ein wenig zur Seite. Ich sehe … ja, ich sehe *gut* aus.

Scarletts Bikini macht mich richtig hübsch. Wie geplant!

Ich drehe mich zur Seite, werfe einen prüfenden Blick in den Spiegel und ziehe das winzige Oberteil so über meine Brüste, dass sie mehr bedeckt sind. He, das muss so aussehen.

Alle Experimente beinhalten verschiedene Faktoren. Meine erste Variable ist dieser String-Bikini mit dem Muster der amerikanischen Flagge.

Das Experiment ist ein Versuch. Der nächste Schritt ist die Durchführung. Ich bücke mich, um meine Kleider vom Boden aufzuheben.

»Bean!«

Ich bedecke meine Brüste mit den Händen. Nancys schriller Schrei ist nicht zu überhören.

Mein Spiegelbild hat seine Knubbelknie verschränkt und die Arme seltsam angewinkelt.

»Komm und hilf deiner Mutter und mir! Wir müssen das Menü für die Party zusammenstellen und brauchen Hilfe am Computer!«

Hastig streife ich mein T-Shirt über und schlüpfe durch die Tür. Bevor ich, immer zwei Stufen auf einmal nehmend, die Treppe hinunterrenne, werfe ich noch einmal einen kurzen Blick in Scarletts Zimmer. Der Koffer steht immer noch so da, wie ich ihn vorgefunden habe.

Offen … und einladend.

# KAPITEL 7

AM NÄCHSTEN TAG GEHT ALLES SEINEN GEWOHNTEN Gang, außer bei mir.

Scarlett-Experiment: Tag 1.

Scarlett trainiert seit zehn Uhr, und sobald ich mit meinen Kometenberechnungen fertig bin, ziehe ich den Bikini an und darüber ein T-Shirt und Shorts. Beim Frühstück verkündete Scarlett, sie werde den ganzen Tag trainieren. Gut. Dann bleibt mir genug Zeit, den Bikini wieder in den Koffer zu legen, bevor sie bemerkt, dass er weg ist.

Ich gehe am Strandwärterhäuschen von Nauset Beach vorbei zum Parkplatz. Am Nauset Beach riecht es im Sommer nach Zwiebelringen, Seetang und Sonnenmilch. Mit anderen Worten, es ist der schönste Ort der Welt. Der Parkplatz ist schon wieder voll, und das ist gut so, weil ich mich dann besser unters Volk mischen kann. Es gibt insgesamt sechs Rettungsschwimmerhäuschen. Ich werde zum vierten gehen. Ich nicke zufrieden. Na toll, quasi ein Selbstgespräch. Und das in aller Öffentlichkeit.

Die Holzplanken der Promenade sind wieder heiß. Diesmal

habe ich einen kleineren Liegestuhl dabei, der sich leichter unter den Arm klemmen lässt. Hinter mir kommen zwei Personen mit schweren Schritten angelaufen.

»Los! Los! Los!«, ruft eine Männerstimme. Ein hochgewachsener Typ zischt an mir vorbei, und dann noch einer.

Ich fahre herum und kann gerade noch rechtzeitig ausweichen.

Einer der Typen, in einer roten Badehose, stößt mich mit dem Ellbogen fast in den Strandhafer, der nicht betreten werden darf.

»Sorry!«, ruft er, ohne sich umzudrehen.

»Ich hätte den Strandhafer beschädigen können!«, rufe ich. »Dies ist ein äußerst empfindliches Ökosystem!«

Der Typ dreht sich um.

*Das darf doch nicht wahr sein. Das ist ja der Typ von neulich Abend.* Ich glaube, sein Name war Andrew. Er wäre für das Scarlett-Experiment perfekt geeignet.

Er hat mich wiedererkannt und kommt zurückgelaufen.

Als er näher kommt, lächelt er mich an.

»Willst du auch an den Strand?«, fragt er und zieht die Augenbraue hoch. »Oder willst du wieder mit Lichtgeschwindigkeit davonrennen?«

»Ich glaube, ich meine, vielleicht.« Ich seufze. »Ja.« Endlich bringe ich etwas Normales heraus und benehme mich etwas mehr wie Scarlett. »Ja, ich gehe auch an den Strand.«

»Bist du sicher?«, fragt er lachend und rennt seinem Freund hinterher. Er verlässt die Promenade und läuft die Düne hinunter zum Strand. *Sei wie Scarlett,* sage ich zu mir. *Scarlett würde nicht über ihre eigenen Worte stolpern.*

Von der Promenade aus beobachte ich, wie Andrew und sein Freund in Richtung Meer laufen. Sie lassen ihre Sachen auf einem Haufen am Strand liegen und stürzen sich kopfüber in die Fluten. Als ich genauer hinsehe, erkenne ich Curtis, den Typen, der Scarlett so gefällt.

Der Sand ist glühend heiß, deshalb ziehe ich meine Flipflops erst aus, als ich in meinem Liegestuhl sitze. Vielleicht stelle ich meine Sachen absichtlich in der Nähe ihrer Kühlbox ab. Ihre Handtücher liegen so nah am Wasser, dass eine hohe Welle genügen würde, um sie zu erreichen. Ohne Scarletts Bikini hätte sich Bean hingestellt und den Typen erklärt, dass ihre Sachen in Gefahr seien, fortgespült zu werden. Schließlich ist Flut. Aber Scarlett würde das nicht tun. Und ich werde es auch nicht tun. Nicht Sarah.

Nicht, solange ich das Scarlett-Experiment durchführe.

*Was garantiert ein ordentlich durchgeführtes Experiment? Man muss darauf achten, dass man immer nur einen Faktor verändert.*

Zuerst ziehe ich mein T-Shirt aus und lege es neben dem Liegestuhl in den Sand. Dann lege ich die Hände auf die Hüften und schaue nach links und rechts. Da sind zwar Leute, aber niemand scheint von meinem Bikini-Oberteil Notiz zu nehmen.

Hmm. Verflixt.

Erkennbare Tatsache: Scarletts auffällige Kleidung zu tragen, bedeutet nicht, damit sofort Aufmerksamkeit zu erregen. Jeder erfahrene Wissenschaftler weiß, dass man bei der Durchführung eines Experiments nicht mit einer sofortigen Belohnung rechnen sollte.

Als ich meine Shorts ausziehe, schielt in der Nähe ein Familienvater über den Rand seines Buches nach mir. *Irgh. Zu alt.* Erfolg? Nicht ganz. Der Mann widmet sich wieder seinem Buch. Ich bin mir nicht sicher, ob das die Art von Aufmerksamkeit ist, die das Scarlett-Experiment hervorrufen soll. Ich habe noch nie erlebt, dass sich Väter mit Scarlett unterhalten. Bei dem Experiment gehe ich davon aus, dass ich einen Typen finde, den Scarlett sich aussuchen würde. Dieser Typ sieht aus wie mein Sportlehrer in Summerhill.

Ich lasse mich in meinen Liegestuhl fallen.

Ich muss objektiv bleiben. Nach meiner Rückkehr vom Strand werde ich die Daten analysieren und versuchen zu interpretieren, was genau passiert ist, als ich Scarletts Bikini anhatte. Auf diese

Weise finde ich vielleicht die perfekte Kombination von Kleidung und Verhaltensweise.

Ungefähr eine Viertelstunde später habe ich einen Sonnenschutz mit passendem Lichtschutzfaktor aufgetragen und meine Augen sind geschlossen.

»Ich war in meinem Leben noch nie so patriotisch«, meint Andrew und setzt sich neben mir in den Sand. »Hübscher Bikini.«

*Erfolg. Scarletts Bikini übt eine gewisse Anziehungskraft aus.*

Andrew schüttelt den Ozean aus seinen Haaren und ich nutze diesen Moment, um einen Blick auf meine Beine und meinen Bauch zu werfen. Sieht gut aus, keine lästigen Härchen. *Okay … benimm dich ganz natürlich.*

Am Strand gehen viele Leute am Wasser entlang. Curtis plaudert mit ein paar Rettungsschwimmern.

»Du hast Seetang im Haar«, sage ich und setze mich auf. Andrew ist klatschnass und trocknet seine Beine mit seinem T-Shirt ab.

»Machst du es für mich weg?«, fragt er und beugt sich nach vorn. Sein Haar ist blonder, als ich dachte. Ich entferne den langen Streifen Seetang und lege ihn neben meine Füße. Ein paar kalte Wassertropfen fallen aus seinem Haar auf meinen Oberschenkel und rinnen am Schienbein hinunter. Seine Augen sind mehr blau als grün, das heißt, ein Elternteil muss blaue Augen haben, denn genetisch …

»Was hast du noch mal wegen des Strandhafers gemeint?«, fragt er. Von seinem Bizeps tropft Wasser. Andrew muss meinen Blick bemerkt haben, denn er betrachtet seinen Arm und wischt das Wasser mit seinen Fingern ab.

»Das Ökosystem ist in Gefahr. Und du hättest mich beinahe hineingestoßen«, erkläre ich und sehe ihm dabei in die Augen. Am liebsten würde ich mich verkriechen, denn Scarlett würde nie über das Ökosystem sprechen. Andrew schlingt die Arme um seine Beine und lässt das Salzwasser auf den Sand tropfen. Selbst die Haare an seinen Beinen sind blond. »Es ist wichtig, die natürliche Schönheit der Dünen zu bewahren«, setze ich hinzu und werfe meine Haare zurück.

»Ist das so?«, sagt er mit einem Lächeln. »Was hast du eigentlich neulich Abend auf der Straße gemacht? Dich im Dunkeln versteckt?«

»Was?« Ich tue seine Frage mit einem Lachen ab. »Ich habe mich nicht versteckt.«

»Du hast dir ja fast in die Hose gemacht.«

»Ich wollte nur eine Weile allein sein.«

»Und deshalb hast du dich in einer dunklen Gasse versteckt?«

»Ich wollte jemandem aus dem Weg gehen, den ich nicht sehen wollte«, erwidere ich, und die Wahrheit kommt mir ein wenig ernster über die Lippen als beabsichtigt. Aber ich glaube nicht, dass Andrew es bemerkt hat.

»Ich weiß, was du meinst. Ich wünschte, ich könnte den Leuten in der Stadt aus dem Weg gehen«, sagt er. »Ich hatte keine Lust, diesen Sommer wieder mein übliches Ding durchzuziehen. Du hast mich in einem schrägen Moment erwischt.«

Vielleicht sollte ich ihn fragen, warum er …

»Aber immerhin hast du mich zum Lachen gebracht. Das habe ich gebraucht«, fügt er hinzu.

»Oh ja. Ich bin saukomisch«, bemerke ich sarkastisch und versuche dabei cool zu bleiben. *Sei wie Scarlett.* Ich will meine Nase nicht in seine Angelegenheiten stecken, weil Scarlett das auch nicht tun würde. Sie würde weiter mit ihm flirten. »Verstehe«, sage ich mit einem theatralischen, Scarlett-ähnlichen Seufzer. »Ich möchte es in diesem Sommer auch ruhiger angehen lassen. Ich habe diese Partys so satt, weißt du?« Ich lehne mich auf meinem Stuhl zurück und schlage die Beine übereinander. »Ich war auf so vielen … Aaah!«

Das Gewicht des Stuhls reißt mich nach hinten und ich stoße einen Schreckensschrei aus, als meine Beine plötzlich in der Luft hängen. Andrew packt mich am Knöchel und zieht mich nach vorn, ehe ich vollends mit dem Stuhl umkippe. Der Stuhl kippt nach vorne in den Sand und ich beiße die Zähne zusammen.

»Wow, das war knapp«, sagt er mit rotem Gesicht. Er gibt sich alle Mühe, mir nicht ins Gesicht zu lachen, und steckt den Kopf zwischen die Knie. Ich rücke meine Sonnenbrille zurecht.

»Mir passiert ständig so was«, erkläre ich mit einem gewissen Hohn in der Stimme.

Am liebsten wäre ich tot. Ich verberge mein Gesicht in den Händen. Das war *gar nicht* Scarlett-like. »*Warum* kann ich mich nicht einmal würdevoll benehmen?«, sage ich mit einem leisen Lachen.

Andrew schüttelt den Kopf, und diesmal lachen wir gemeinsam. Zumindest nehme ich an, dass er mit mir und nicht über mich lacht. Er wirft mir einen kurzen Blick zu und ein Lächeln huscht über seine Lippen. »Ich heiße Andrew«, sagt er und streckt mir die Hand entgegen. »Andrew Davis.«

Ich ergreife seine warme Hand. »Sarah Levin«, sage ich und verkrampfe mich sofort.

Ups. Er war gestern Abend mit Scarlett zusammen und kennt wahrscheinlich ihren Nachnamen. Er scheint keine Verbindung zwischen Scarlett und mir herzustellen.

»Sarah. Der Name gefällt mir.«

Ich habe keine Lust, ihm zu erklären, dass ich eigentlich Bean genannt werde.

Andrew hält immer noch meine Hand, während ich langsam die Beine übereinanderschlage und mich verfluche, dass ich meine Nägel nicht pink lackiert habe. Ich wette, Scarlett hat Nagellack, den ich mir ausleihen kann.

»Wie bist du Expertin für Strandhafer geworden?«, fragt er.

Seine Hand ruht immer noch in meiner.

»Ich bin Wissenschaftlerin«, erkläre ich. Wissenschaftlerin klingt interessant. Vielleicht kann ich damit den Vorfall mit dem Stuhl wieder wettmachen.

Andrew neigt den Kopf ein wenig zur Seite. »Echt? Das ist cool.«

»Schüttelst du den Leuten eigentlich immer so lange die Hand?«, frage ich mit Blick auf unsere ineinander verflochtenen Finger.

»Das tue ich nur bei hübschen, klugen Wissenschaftlerinnen.«

Ich hebe das Kinn und versuche dabei Scarlett nachzuahmen. Ich frage mich, ob ich jetzt die Gleichgültige spielen soll, damit er mehr Interesse zeigt. Unsere Blicken wandern auf und ab, von den Händen zu den Augen. Ich habe keinen blassen Schimmer, wie ich ihm Desinteresse vorgaukeln soll. »Eigentlich bin ich Astronomin. Diesen Sommer verfolge ich einen Kometen«, erkläre ich stattdessen. Astronomin klingt ebenfalls beeindruckend.

»Das Einzige, was ich gerade verfolge, sind Hummerfallen.«

Wir müssen wieder lachen und er lässt meine Hand los.

Er zieht zuerst den einen Mundwinkel hoch und dann den anderen, als ob ihm allmählich etwas klar würde.

»Was ist?«, frage ich.

»Ich habe noch nie eine Astronomin getroffen.«

»Ich liebe die Sterne«, sage ich. »Sie sind mein Leben.«

»Dasselbe empfinde ich bei meiner Arbeit im Camp für jugendliche Straftäter«, erklärt Andrew. »Im Moment fische ich die ganze Zeit nach Hummern. Außerdem arbeite ich noch stundenweise mit Jugendlichen draußen in Brewster. Du weißt schon, in dem Teil von Brewster, den man nicht sieht. Studierst du Astronomie?«

»Noch nicht.«

Ich möchte eigentlich noch mehr über das Jugendcamp erfahren, aber er bombardiert mich weiter mit Fragen.

»Fängst du im Herbst an?«

Ich verspüre ein gewisses Glücksgefühl. Dieser Junge mit seinen sonnengebleichten Haaren und der stolzen, gebräunten Nase ist so umwerfend, und er spricht mit *mir*. Ich frage mich, ob er sich schon mal die Nase gebrochen hat und warum der Höcker auf der Nase so gut zu ihm passt. Warum habe ich in meinem ganzen Leben noch nie mit einem Jungen wie ihm geredet? Das Scarlett-Experiment funktioniert! Ich bin eine Scarlett-Pheromon-verströmende Persönlichkeit, die jeden betört, solange sie einen String-Bikini mit der amerikanischen Flagge trägt.

»Was ist mit dir?«, frage ich, um das Thema wieder auf ihn zu lenken. Ich denke, je vager ich mich ausdrücke, desto mehr Zeit bleibt mir, um zu überlegen, was ich sagen soll.

»Ich bin neunzehn«, sagt er. »Aber im August werde ich zwanzig.«

Beinahe wäre ich damit herausgeplatzt, dass ich in ein paar Tagen sechzehn werde. Er ist neunzehn? Das ist gar nicht *so* alt. Zugegeben, er wird bald zwanzig, aber das ist ja noch ein paar Monate hin.

»Ich studiere im zweiten Jahr am Boston College«, setzt er hinzu.

»Was studierst du?«

»Naja, voraussichtlich Strafrecht.«

»Voraussichtlich?«

Er zögert.

»Ich will nur sichergehen, dass das wirklich das Richtige für mich ist.«

Ich kann das Meersalz in der Luft riechen und ich liebe die Art, wie er die Wassertropfen von seiner Oberlippe ableckt. Während er vom Bussystem, von Studentenwohnheimen und von der Commonwealth Avenue erzählt, muss ich an Fahrstunden, Einstufungstests für die Unis und an das Waterman-Stipendium denken.

»Auf welche Uni gehst du?«, fragt er.

Da haben wir den Salat. Ich kann ihm nicht ewig ausweichen. Aber ich will Andrew nicht die Wahrheit sagen, dass ich noch auf die Highschool gehe, dass die Pis meine einzigen Freunde sind und dass mich mein Freund für die größten Titten der Klasse sitzen gelassen hat. Ich hole tief Luft. Darum geht es bei dem Scarlett-Experiment doch gar nicht. Ich will nicht, dass er jetzt aufsteht und geht. Nicht, nachdem er mich so angesehen hat, als ich den Kometen erwähnte. Nicht, nachdem er gesagt hat, ich sei das, was er gestern Abend gebraucht habe. Niemand hat mich je gebraucht, um ihn zum Lachen zu bringen. Bis jetzt nicht. Und vielleicht ist er ja das, was ich brauche.

Ich muss ihm antworten. Auf welche Uni gehe ich? Wie dumm. Natürlich weiß ich, welche Uni ich besuche. Die beste von allen, an der ich mich in zwei Jahren bewerben werde.

»Ich fange im Herbst am MIT an. Ich bin achtzehn.«

»Wirst du mich anrufen? Denn ich denke, das solltest du tun«, meint Andrew.

Wir gehen die Promenade entlang Richtung Parkplatz. Curtis wartet am Ende des Fußweges und schreit in sein Handy. Alles, was ich hören kann, ist: »Alter. Niemals. Strandräuber?«

»Ich bin den ganzen August über hier«, sage ich mit dem schweißigen Klappstuhl unter dem Arm. Ohne zu fragen, nimmt Andrew ihn mir ab und hält ihn mit den Fingerspitzen fest.

»Ich auch; die Uni fängt einen Tag vor meinem Geburtstag wieder an. Scheiße, was? Hey, dann wohnen wir ja in derselben Stadt«, fügt er hinzu. »Meine Freunde und ich können dir alles zeigen.«

Oh, Mist. Das MIT und das Boston College sind *beide* in … Boston. Und *beide* fangen im August an.

»Dann heißt es bis zum Ende der Ferien also Krustentiere und Strafgefangene«, sage ich.

Krustentiere und Strafgefangene? *Na großartig.* Wer sagt denn so was?

»Ja, könnte man so sagen«, meint Andrew und lächelt dabei, was ich als positives Zeichen deute.

Wir stehen auf dem Parkplatz, und hinter Andrew verläuft die

Straße, die zu Tante Nancys Haus führt. Autos fahren in einer langen Schlange vom Parkplatz; es ist fast 16.30 Uhr. Ich ertappe mich dabei, wie ich nach Scarlett Ausschau halte, obwohl der String-Bikini jetzt unter meiner Kleidung versteckt ist. Aber es ist nicht nur das. Ich müsste ihr auch erklären, warum ich mit Curtis und seinem Freund Andrew rede.

»He, Kumpel …«, sagt Curtis jetzt zu Andrew gewandt. Er deutet mit einer Handbewegung auf die parkenden Autos.

»Welcher ist dein Wagen? Ich werde dir mit deinen Sachen helfen«, bietet sich Andrew an.

Er denkt, ich sei mit dem Auto hier.

Oh, Mann. Daran habe ich nicht gedacht.

»Ich bin wieder zu Fuß gegangen, aber diesmal *ohne* zu fallen«, sage ich und deute auf die Straße, die am Strandwärterhäuschen vorbeiführt. »Ich wohne nur gut einen Kilometer entfernt.«

»Los geht's. Wellengang in Truro«, sagt Curtis, der immer noch sein Handy am Ohr hat. Außer einem kurzen »Wie geht's?« nimmt er kaum Notiz von mir.

Andrew und Curtis gehen zu einem verbeulten roten Pick-up; es ist derselbe Wagen, der gestern Abend in der Seitenstraße beim Bird's Nest stand. Andrew langt unter den Reifen auf der Fahrerseite und zieht seine Schlüssel hervor.

»Bei diesem Schlüsselversteck ist das Risiko von Vandalismus und/oder Diebstahl wesentlich höher«, bemerke ich. Am liebsten würde ich mir gleich darauf den Liegestuhl um die Ohren hauen. Meine Chancen bei Andrew habe ich damit komplett vertan.

Andrew beugt sich nach vorn und lacht wieder. Dann bittet er mich, ihm mein Handy zu geben.

»Über Vandalismus oder Diebstahl habe ich noch nie nachgedacht«, meint er und strahlt dabei. »Aber das wird sich jetzt ändern.«

Er drückt die Tasten meines Handys, und als er es mir zurückgibt, steht auf dem Display ANDREW und darunter eine zehnstellige Nummer mit der Vorwahl von Cape Cod.

»Du solltest mich anrufen, Star Girl«, sagt er augenzwinkernd. Und dann steigt er in den Wagen, startet den Motor und fährt winkend an mir vorbei. Und … weg ist er.

# KAPITEL 8

*Ergebnisse: Tag 1 des Scarlett-Experiments*
*Testperson war in puncto Verhalten nicht konsistent. Trotz einiger positiver Resultate waren diese allenfalls unzuverlässig. Noch liegen keine eindeutigen Ergebnisse vor. Testperson hat sich als dumme, impulsive Knalltüte erwiesen, die mit dem Liegestuhl umgekippt ist. Zur exakten Durchführung des Scarlett-Experiments und zum Beweis der Hypothese muss die Testperson Verhaltenstaktiken von Scarlett Levin anwenden.*

HIER OBEN AN MEINEM SCHREIBTISCH FÜHLE ICH mich sicherer. Ich kann die Tür hinter mir schließen und muss mir nicht ständig von Nancy anhören, wie unähnlich ich Scarlett bin. Wenn sie wüsste, dass ich Scarlett besser nachahmen konnte, als sie es sich vorzustellen vermochte.

Okay, mein erster Versuch beim Scarlett-Experiment war zwar

kein voller Erfolg, aber zumindest habe ich mit ein paar Variablen einen Teilerfolg erzielt!

1. *Andrew gefiel der Bikini.*
2. *Er fand mich komisch (er hat über mich gelacht, als ich mit dem Liegestuhl nach hinten kippte).*

Ich lege meinen Stift beiseite und lese noch einmal meine Notizen durch. Ich habe so getan, als sei ich Scarlett, und habe ihre Kleider angezogen, und es hat funktioniert. Natürlich gab es auch ein paar peinliche Momente, als ich mal nicht aufgepasst habe, aber Wiederholung ist der Schlüssel zum Erfolg. Okay, ich habe bezüglich meines Alters gelogen, aber ich muss Andrew ja nicht wiedersehen. Schließlich gehen wir nicht miteinander oder so. Es ist nur eine dumme Lüge. Er hat noch nicht mal meine Handynummer.

Ich werde mir ein anderes Kleidungsstück von Scarlett aussuchen müssen, um es zu testen. Außerdem brauche ich eine genaue Liste mit Scarletts Verhaltensweisen, um im passenden Moment darauf zurückgreifen zu können. Das wird mich vor weiteren peinlichen Momenten bewahren, wenn ich jemand anderen treffe.

Nachdem ich an diesem Abend die Ergebnisse meines Experiments notiert habe, kümmere ich mich darum, dass der Bikini mit der amerikanischen Flagge frisch gewaschen wieder ganz unten in Scarletts Koffer verschwindet. Meine Haut ist noch ganz warm von dem Tag in der Sonne, und obwohl ich nicht mehr mit ihm sprechen will, starre ich immer wieder auf das Display meines Handys, wo in Großbuchstaben sein Name steht: ANDREW.

Große dunkle Regenwolken ziehen an meinem Dachfenster vorbei. Es hat keinen Sinn, den Stargazer nach draußen zu bringen. Bei schlechtem Wetter kann ich keine Daten sammeln. Obwohl ich eigentlich an dem Essay arbeiten könnte, erhebe ich mich von meinem Schreibtisch. Ich habe keine Lust, mich jetzt mit der Bewerbung oder dem Kometen zu befassen.

*Du solltest mich anrufen, Star Girl.*

Dad sagt, Scarlett habe den ganzen Nachmittag unten ein Solo für eine Aufführung an der Juilliard geübt. Ich bin nicht überrascht, dass sie sich an einem Tag wie heute die Gelegenheit entgehen lässt, an den Strand zu gehen, denn Scarlett hat sich ganz und gar dem Tanz verschrieben, so wie ich mich dem Kometen. Ich gehe hinunter in die Küche und sehe nach, ob jemand da ist. Ich weiß, wie sehr Scarlett Nancys Studio liebt. Sie kommt immer in den Schulferien hierher, nur um zu tanzen. Nancy kauft ihr alles, was sie will, damit Scarlett ihre Figuren perfektionieren kann, ohne dass »einer von uns dabei im Weg ist«, wie sie es ausdrückt.

Ich bleibe vor einer Reihe von Fotos auf einem Beistelltisch neben der Tür zum Untergeschoss stehen. Einige dieser Tische stehen an der Wand neben den Glastüren, die auf die Terrasse hinausführen. Auf einem Foto sind zwei Frauen in Badeanzügen Arm in Arm am Strand zu sehen. An den Badeanzügen und den aufgebauschten Frisuren sieht man, dass das Foto aus den 1960er Jahren stammt. Großmutter erkenne ich auf Anhieb. Sie steht links und die langen blonden Haare fallen ihr über den Rücken, wie bei Scarlett. Die Frau rechts auf dem Foto hat glatte braune Haare, die ihr ebenfalls über den Rücken fallen.

Diese Frau muss Nancy sein.

Obwohl ich schon ewig hierherkomme, ist mir dieses Foto noch nie aufgefallen. Wow, wie sehr ich Nancy ähnele, als sie in meinem Alter war. Das ist ein bisschen erschreckend.

Als ich mich vorsichtig umblicke, schallt durch die offene Tür aus dem Untergeschoss klassische Musik zu mir herauf. Ich nehme das Foto aus dem Rahmen und behalte es in der Hand. Nancy sieht auf dem Bild fast normal aus. Großmutter kann nicht älter als sechzehn sein. Ich weiß, dass Nancy drei Jahre älter ist als sie.

Ich versuche mir vorzustellen, dass dies ein Foto von Scarlett und mir ist anstatt von Grandma und Nancy. Ich habe keine

Ahnung, wer wer wäre. Das ganze Leben lag noch vor ihnen. Woher sollten sie wissen, wie ihr Leben verlaufen würde? Wer konnte ahnen, dass Großmutter nach Kalifornien ziehen und Gracie kennenlernen würde? Woher sollte man wissen, dass Nancys Mann Raymond nach zwanzig Jahren Ehe sterben würde? Ich frage mich, was wohl anders wäre, wenn sie damals gewusst hätten, was sie heute wissen. Ich stecke das Foto in meine Gesäßtasche und verstecke den leeren Rahmen hinter ein paar anderen Fotos.

Dann zwänge ich mich durch den Spalt in der Tür, die ins dunkle Treppenhaus führt. Die mit Teppich belegten Stufen dämpfen meine Schritte. Erste Stufe, zweite Stufe, dritte Stufe … und dann setze ich mich auf die dunkle Treppe, wie ich es früher als Kind getan habe.

Scarlett hebt ihre Arme und springt hoch in die Luft, eins, zwei, drei, eins, zwei, drei. Sie wiederholt diesen Sprung, ihr Erkennungszeichen, dreimal hintereinander. *Grand jeté,* ein Spagatsprung, mit der besten Haltung von ganz Rhode Island. »Scarletts Sprünge muss man gesehen haben«, sagen alle, die zu ihren Aufführungen kommen.

Als die Musik zu Ende ist, hält Scarlett inne und lässt die Arme seitlich an ihrem Körper hinabgleiten. Mit ihren zu einem Knoten hochgesteckten Haaren und ihrer eleganten Haltung erinnert sie an eine Puppe. Sie nimmt die erste Position ein, indem sie die Füße so nebeneinanderstellt, dass sich die Fersen berühren, und startet mit der Fernbedienung die Musik von Neuem. Wieder erklingt Tschaikowski.

»Fünf, sechs, sieben, acht«, zählt Scarlett laut und streckt ein Bein fast parallel zu ihrem Körper in die Luft. Dann setzt sie es wieder ab und vollführt noch einen Sprung. Lautlos landet sie auf dem Boden. Ich kann mich nicht so bewegen, als sei mein Körper ein flatterndes Band, das durch die Luft fliegt. Auf und ab, so schwebt Scarlett über den Holzfußboden. In diesem pinkfarbenen Gymnastikanzug sieht sie sehr dünn aus. »Sie ist so damenhaft«, sagt

Nancy über Scarlett. Keine Ahnung, wie man es schafft, sich derart graziös zu bewegen. Nach dem Debakel heute am Strand wird mir schmerzlich bewusst, dass Anmut und Grazie nicht gerade meine Stärken sind. Ich muss mir noch mehr Mühe geben als die meisten Leute, um beim normalen Gehen nicht auf die Nase zu fallen.

Scarlett hebt die Hand über den Kopf, und ich versuche sie auf der dunklen Treppe nachzuahmen. Ich hebe die Hände über den Kopf und biege die Handgelenke, als würde ich ebenfalls auf Zehenspitzen Pirouetten drehen. Aber das ist nicht dasselbe. Ich lasse die Arme sinken und betrachte die Schwielen an meinem Mittelfinger, die ich mir beim Schreiben von Laborberichten geholt habe. Scarletts lange blonde Haare und ihre kaugummirosa lackierten Zehennägel wirken so lebendig im Vergleich zu meinen dicken, gewellten Haaren und meinen eher ungepflegten Zehennägeln.

Scarlett dreht sich auf den Zehenspitzen. Sie hebt ihr Kinn und taxiert sich im Spiegel. Dann stellt sie sich wieder auf die Füße und trinkt einen Schluck Wasser.

Das ist es, was sie für Jungs so unwiderstehlich macht. Sie kann ihr Kinn heben, den Kopf in den Nacken werfen *und* mit den Typen einen trinken gehen. Sie kann die beste Tänzerin des ganzen Bundesstaates und gleichzeitig die beste Gesellschaft sein.

Außer wenn sie mit mir zusammen ist.

Ich würde nie ein Foto wie das von Großmutter und Nancy besitzen, weil Scarlett sich nie mit mir fotografieren lassen würde.

Scarlett drückt auf die Fernbedienung und die Musik beginnt von Neuem. Nachdem sie sich aufgewärmt hat, werden die Figuren immer besser. Die Sprünge werden länger und die Drehungen sauberer.

Ich sitze auf der dunklen Treppe und atme schwer durch die Nase aus. Ich wollte nie Tänzerin werden und will es immer noch nicht. Ich hätte nur gerne jemanden, der wie ich hier sitzt. Ich möchte, dass jemand, wenigstens für einen Moment, in mir etwas

Besonderes sieht, das nichts mit Wissenschaft zu tun hat. Langsam schleiche ich mich eine Stufe nach der anderen die Treppe hinauf, bis ich wieder aus der Tür bin.

Beim Abendessen prasselt der Regen auf die Terrasse vor Nancys Panoramafenster. Ich spieße ein Stück Brokkoli auf die Gabel.

»Müssen wir eigentlich jedes Jahr in dasselbe Restaurant gehen?«, fragt Nancy.

»Ich habe heute Nachmittag im Lobster Pot einen Tisch reserviert«, sagt Mom. Es geht um meine Geburtstagsfeier. Eigentlich habe ich ja am Freitag Geburtstag, aber wir müssen mal wieder auf die Prinzessin Rücksicht nehmen; Scarlett hat an meinem Geburtstag schon eine Verabredung, die sie »auf keinen Fall verpassen darf«. Nancy kommt zwar immer zu meiner Geburtstagsfeier, aber an unserem jährlichen Minigolf-Turnier nimmt sie nie teil. Nach dem ausgiebigen Essen sei ihr das »zu anstrengend«, meint sie.

Vielleicht schenkt sie mir diesmal ja Geld, bei dem ich kein schlechtes Gewissen haben muss, anstatt einer »Teenager-Zeitschrift« mit einem pinkfarbenen Stift an einem Glitzerkettchen wie im letzten Jahr oder eines Schminkkoffers wie im Jahr davor. Für das Scarlett-Experiment könnte ich den Schminkkoffer eigentlich gut gebrauchen. Zu dumm, dass ich ihn Ettie geschenkt habe.

»Okay, dann gehen wir eben wieder ins Lobster Pot, wenn Beanie das möchte«, meint Nancy.

Ich liebe das Lobster Pot und unser Minigolf-Turnier, aber vielleicht wäre es auch mal ganz nett, in ein vornehmeres Lokal zu gehen. Ich *muss* nicht jedes Jahr dasselbe tun. Fast sage ich das auch, aber Nancy wechselt das Thema.

»Also, was das Motto von Scarletts Abschiedsparty angeht«, sagt Nancy und nippt an einem Glas Wasser. Sie trägt ein blaues Kostüm und die Haare kräuseln sich auf ihrem Kopf wie bei einer Babypuppe. Ihr Hals ist so breit, dass ein paar Hautfalten über ihren Kragen hängen. Das Mädchen auf dem Foto neben Großmutter kann ich nirgends entdecken. »Ich habe an etwas von der Eleganz des *Großen Gatsby* gedacht. Wäre das nicht reizend? Maeve, ich glaube, das wäre es wirklich«, meint Nancy.

»Ja, ganz reizend«, erwidert Mom und wirft Dad einen verstohlenen Blick zu. »Scarlett, warum rufst du nicht deine Freunde an und fragst sie, welches Motto ihnen gefallen würde, bevor wir uns festlegen?«

»Maeve, du wirst doch wohl nicht auf den Rat eines Teenagers hören?«, sagt Nancy. »Es ist schon schwer genug, Scarlett dazu zu bewegen, ihre Freunde mitzubringen«, setzt sie hinzu und isst einen kleinen Bissen. »Oh, sehr gut, vielleicht solltest du wirklich deine Freunde fragen. Falls sie überhaupt existieren«, sagt Nancy augenzwinkernd zu Scarlett.

Scarlett bringt ihre Freunde nie mit nach Hause. Sie trifft sich immer außerhalb mit ihnen. Einmal habe ich gehört, wie sie zu Trish sagte, sie wolle nicht, dass ihre Freunde aus Cape Cod ihre »nerdige Schwester« und ihre »komischen Eltern« kennenlernen. Ich habe das Mom und Dad nie erzählt.

So oder so, Scarlett weiß, dass sie nicht um die Party herumkommt und Nancy die Vorbereitungen überlassen muss.

»Wir haben dir gesagt, dass du keine Party schmeißen musst«, sagt Dad, nachdem er einen Bissen von dem Hühnchen hinuntergeschluckt hat. In seinem Mundwinkel klebt etwas Sauce.

»Irgendjemand in dieser Familie muss doch mit Scarlett angeben. Juilliard! Ich muss einfach jedem, den ich treffe, davon erzählen!«

»Wir können es uns nicht leisten …«, beginnt Dad und wischt sich den Mund ab.

»Ich *weiß*, dass ihr es euch nicht leisten könnt. Aber wenn du mit diesen Forschungsprojekten aufhören und meinen Rat befolgen würdest, Gerard, hättest du ein festes Einkommen. Wenn du deine Forschungsarbeit nebenbei machen und wie dein Bruder ein paar Laboratorien leiten würdest, könntest du deine Rechnungen bezahlen.«

Es folgt eine Pause, und ich hoffe, dass damit das Thema Geld beendet ist. Jeder stopft sich den Mund voll, um die Unterhaltung nicht fortsetzen zu müssen. »Und jetzt, wo Maeve auch noch ihren Job verloren hat …« Nancy hält inne und fährt dann mit einem übertrieben breiten Lächeln fort: »Wie ihr wisst, habe ich kein Problem damit, für alles aufzukommen.«

Scarlett erwidert das Lächeln, aber es ist nicht echt. Ich hasse ihre weißen Zähne.

Ich frage mich, was sie *wirklich* denkt. Wir alle wissen, die ganze Welt weiß, dass Nancy uns nur allzu gern daran erinnert, wie viel sie dafür ausgibt, um unsere Familie über Wasser zu halten.

Ich brauche dieses Stipendium.

»Also, zurück zu der Party«, fährt Nancy fort. »Für das Motto *Der Große Gatsby* brauchen wir Musik aus den Zwanzigern, Champagner und überall Seide. Das wird reizend«, schwärmt Nancy.

»Was ist *Der Große Gatsby* noch mal?«, fragt Scarlett. »Irgendwie kenne ich das.«

Scarlett hat doch gerade ihren Abschluss an der Summerhill Academy gemacht. Hat sie in der zehnten Klasse denn nicht *Der Große Gatsby* gelesen? Oder zumindest den Film gesehen?

»Ein Roman«, erkläre ich.

Nancys Blick wandert zu mir. Ihr schwammiges Gesicht ähnelt dem einer Perserkatze. »Sehr gut, Bean.«

Hat sie sich tatsächlich dazu herabgelassen, mich zu loben?

»Aber warum sollten wir gerade unter diesem Motto eine Abschiedsparty veranstalten?«, wage ich zu fragen. »Am Ende des Buches sterben doch fast alle.«

»Nun, nicht jeder ist so literarisch gebildet wie du, meine Liebe«, erwidert Nancy.

Verdammt, ich habe nichts mehr auf dem Teller, um diesem Gespräch zu entgehen. Nur noch ein paar einsame Erbsen. Ich habe wie immer zu schnell gegessen und bin deshalb vor allen anderen fertig. »Womit beschäftigst du dich in diesem Sommer?«, erkundigt sich Nancy. »Jedenfalls nicht mit schleimigen Algen, wie ich sehe.«

»Ich verfolge einen ...« Ich kann den Satz nicht beenden, weil sie sich jetzt an Mom und Dad wendet.

»Sie sollte mehr Zeit mit jungen Leuten in ihrem Alter verbringen.«

»Die meisten Kids bleiben nur ein paar Wochen, oder sie kommen nicht jeden Sommer hierher wie wir«, sage ich. Mir erscheint das vollkommen einleuchtend.

»Sie hat keinen einzigen Freund hier«, fährt Nancy fort, als hätte ich nichts gesagt. »Sie verbringt viel zu viel Zeit mit Teleskopen und Computern. Ich sage es nur ungern, Gerard, aber vielleicht verbringt sie auch zu viel Zeit mit ihrem Dad in Forschungslabors.«

»Ich habe einen Job, Nancy«, sage ich so freundlich wie möglich. »Und eine beste Freundin. Und einen festen Freund.« Ich weiß, das stimmt eigentlich nicht mehr, aber Nancy macht mich so wütend, dass es mir einfach herausrutscht.

»Sie braucht neben der Wissenschaft noch andere Interessen. Allerdings ist das Angebot für junge Mädchen begrenzt.« Nancy seufzt und fährt dann fort: »Genau deshalb habe ich für heute Abend diesen Ausflug geplant.«

»Ausflug?« Was zum Teufel hat das zu bedeuten?

»Bean sollte mit Freunden zum Tanzen gehen und an Schulveranstaltungen teilnehmen. Sozialverhalten wird an den Colleges doch großgeschrieben.«

Sie schaut sich um. »Wie spät ist es eigentlich? Es ist 18.45 Uhr. Beanie, du musst dich für den Teenager-Tanzabend umziehen.«

»Wie bitte ... den was?«, frage ich mit piepsiger Stimme und beuge mich nach vorn.

»Nancy dachte, es täte dir gut, mal zu einer Veranstaltung für Jugendliche zu gehen«, sagt Dad sanft. »Der Tanzabend findet am Pier statt.«

»Du hast doch wohl Nein gesagt, oder? Ich kann nicht. Ich …« Ich bin schon ganz nervös und außer Atem. Ich wage kaum, meine Schwester anzusehen. Ihr muss das doch gefallen.

Nancy gibt der Küchenhilfe ein Zeichen, das Geschirr abzuräumen. »Heute Abend ist es bewölkt«, meint sie. »Bei diesen Wetterbedingungen kannst du den Kometen nicht beobachten. Was willst du dann machen?«

»Dad, wie konntest du nur diese Entscheidung für mich treffen?« Meine Stimme zittert.

»Wir dachten, es wäre mal ganz nett«, erwidert er. Nicht zu fassen, dass er das tatsächlich glaubt. Kennt er mich überhaupt nicht?

»Ich hasse große Menschenansammlungen.« Ich werde nicht in Nancys Gegenwart weinen und ihr noch mehr Argumente liefern.

»Du musst neue Erfahrungen machen«, erklärt Nancy beharrlich.

»Probier es wenigstens mal aus, Beanie«, meint Mom und isst ein paar Karotten. Schließlich wende ich mich Hilfe suchend an meine Schwester. Zu meinem Erstaunen grinst sie gar nicht.

Scarlett presst die Lippen aufeinander und sieht abwechselnd Nancy, Mom und Dad an.

»Sag ihnen, wie lahm Schul-Tanzabende sind«, bettle ich. Ich war noch nie bei einer Tanzveranstaltung in Cape Cod, aber wenn die heute Abend genauso ist wie die Veranstaltungen in Summerhill, dann kann ich es mir nur allzu lebhaft vorstellen. Letztes Jahr war ich mit Tucker beim Schneeflocken-Ball und wir haben uns die ganze Zeit über die anderen lustig gemacht. »Bitte«, flehe ich mit zusammengebissenen Zähnen.

»Sie sind ziemlich lahm«, gibt Scarlett zu, und ich könnte sie mitsamt ihren weißen Hasenzähnen umarmen.

»Seht ihr? Sogar Scarlett findet sie zum Kotzen!«

»Und alle, die da hingehen, sind ziemlich jung«, fügt sie hinzu.

»Seht ihr?!« Ich gestikuliere wie wild und stoße mit der Hand gegen den Tisch, dass das Silberbesteck und die Gläser wackeln. »Ups«, murmle ich.

Nancy verzieht den Mund.

Mein Bein zittert wie verrückt und ich presse meine Hand gegen die Kniescheibe, damit es aufhört.

»Wir dachten, es würde dir Spaß machen«, sagt Mom, und Nancy atmet schwer durch die Nase. »Du brauchst dich nicht so aufzuregen. Du musst nicht hingehen, wenn du nicht willst.«

*Dem Himmel sei Dank!*

»Wie wär's, Nancy, wenn alle zu meiner Party ganz in Weiß kommen?«, schlägt Scarlett vor, und mir ist klar, dass sie nur mir zuliebe das Thema wechselt.

Nancy braucht eine Weile, um zu antworten. »Wenn wir uns für weiße Kleidung entscheiden, dürfen wir keinen Rotwein trinken.«

Ich kann es nicht fassen, dass sie mich zwingen wollten, zu dieser Tanzveranstaltung zu gehen. Sie halten mich immer noch für ein kleines Kind, für das sie Entscheidungen treffen können, ohne dass es sich dagegen wehrt.

*Du solltest mich anrufen, Star Girl.*

Andrew hat mich nicht für ein Kind gehalten.

Nach dem Dessert unterhalten sich Mom und Nancy im Wohnzimmer über Kleiderordnung und Canapés. Dad arbeitet noch am Küchentisch und Scarlett ist gegangen, noch bevor die Dessertteller abgeräumt waren. Ich hatte nicht mal Gelegenheit, mich bei ihr zu bedanken. Ich greife in die Hosentasche und hole mein Handy heraus. In dem dunklen Treppenhaus leuchtet Andrews Handynummer auf dem Display auf.

*Ich denke, du solltest mich anrufen.*

Ich halte das Handy in der Hand. Bei Andrew ist es mir leichtgefallen, mich wie Scarlett zu benehmen. Vielleicht zu leicht. Ich fühlte mich frei; und ich war cool.

Ich gehe hinauf in mein Zimmer, mache die Tür zu und schließe hinter mir ab. Dann setze ich mich auf meinen Fensterplatz und starre auf die Shore Road hinab.

Die Straße vor den Bauchschmerzen am Meer wird nur vom Licht auf Nancys Veranda und von ein paar Straßenlaternen erhellt. Unten laufen auf Discovery Channel Wiederholungen und es wird über die Party und über das Waterman-Stipendium gesprochen. Scarlett ist irgendwo in der Stadt und amüsiert sich. Ich wünschte, ich könnte dabei sein, oder bei Ettie, oder gar bei den Mädchen, die neulich Abend im Seahorse-Shop Sonnenbrillen aufprobiert haben.

Ich frage mich, was Tucker jetzt wohl macht, und umklammere das Handy.

Ich will den Sommer nicht allein in meinem Schlafzimmer verbringen, während Tucker in ganz Rhode Island mit Becky Winthrop rummacht.

Scarlett lebt, wie es ihr gefällt. Und ich möchte leben, wie ich will. Im Sinne des Scarlett-Experiments werde ich Andrew anrufen. Scarlett würde das tun – sie würde es tun, um auch ein Leben außerhalb dieser Mauern zu führen.

Ich wähle Andrews Nummer.

Hilfe! Es klingelt. Einmal … zweimal. Oh Gott. Vielleicht sollte ich wieder auflegen?

»Hallo?«, meldet sich eine Stimme. Im Hintergrund sind Musik und Stimmen zu hören.

»H-hi.« Ich erhebe mich von meinem Fensterplatz. Irgendwie habe ich das Bedürfnis, dieses Gespräch im Stehen zu führen. Ein Wirrwarr aus Geräuschen dringt an mein Ohr. »Hier ist Sarah.« Ich muss lauter sprechen, damit er mich verstehen kann, aber gleichzeitig muss ich dafür sorgen, dass meine Stimme nicht nach draußen dringt, deshalb drehe ich mich mit dem Rücken zur Zimmertür. »Von heute Nachmittag am Strand?«

»Star Girl«, sagt er. Seine Stimme klingt fröhlich, als ob er lächeln würde. »Warum hat das denn so lange gedauert?«

»So lange? Wir haben uns doch erst heute Nachmittag gesehen«, erwidere ich. Ich bemerke die Panik in meiner Stimme und räuspere mich, damit er nichts mitbekommt.

Andrew lacht. »Ich weiß. Ich hasse diese ganzen Regeln. Wenn man jemanden anrufen will, dann sollte man einfach anrufen.«

Regeln? Welche Regeln? Gibt es bestimmte Regeln, wenn man Leute anruft? Warum habe ich das nicht recherchiert? Verdammte Tanzveranstaltung. Meine Impulsivität hat mein Urteilsvermögen getrübt.

»Bei dir ist es ziemlich laut«, sage ich und rechne jeden Moment damit, dass Nancys Geschrei durchs Haus hallt.

»Wir machen ein Lagerfeuer beim Nauset Leuchtturm. Wenn du früher angerufen hättest, hätte ich dich eingeladen. Man braucht Allradantrieb, um hierherzukommen. Hast du einen SUV oder so was?«

»Nein, es ist, ähm, im Moment nicht einfach, an einen Wagen zu kommen.« Ich denke mir rasch etwas aus. »Ich bin diesen Sommer ganz auf die Gnade meiner Familie angewiesen.« *Sei wie Scarlett.* »Schätze, du wirst mich zu unserem Date abholen müssen.« Wow, das war dreist. Ich halte die Luft an.

Einen Moment lang höre ich wieder Stimmengewirr im Hintergrund.

»Kein Problem«, meint Andrew. Mir gefällt diese Leichtigkeit in seiner Stimme.

Ich muss beim Telefonieren im Kreis herumgelaufen sein, denn als ich stehen bleibe, taumele ich. Ich blicke durch das Dachfenster und grinse breit. Ich stehe direkt unter dem Großen Wagen, mit erschöpften Gesichtsmuskeln vom langen Reden mit einem Jungen, der nicht Tucker ist. Meine Wangen tun weh.

»Wann hast du Zeit?«, erkundigt er sich.

Ich bohre meinen großen Zeh in den Teppichboden. »Oh, wann du willst.«

»Wie wär's mit Freitagabend …?« Im Hintergrund ist das Splittern von Glas zu hören und Andrews Lachen schallt wieder aus dem Handy. »Wow«, meint er, »meine Freunde sind Idioten. Erinnere mich daran, dass ich dich nicht vorstelle.« Er lacht wieder und sagt: »Dann kannst du mir deine berühmten Sterne zeigen.«

»Toll!«, sage ich und wippe ein wenig auf meinen Fußballen hin und her. »Eigentlich können wir auch zum Nauset Leuchtturm gehen. Es ist Tag-und-Nachtgleiche und Jupiter strahlt ganz hell und …«

Er lacht erneut, und dabei erinnert er mich an einen Teddybär, einen *großen* Teddybär, der mich am Handy auslacht. Ich sage nichts mehr.

»Wow, du bist echt klug. Hey, ich muss los, Star Girl. Wo soll ich dich abholen?«

Verdammt. Am Freitag ist mein Geburtstag. Offiziell feiern wir zwar erst am Samstag, aber ich bin sicher, dass wir trotzdem irgendwas unternehmen werden. Ich kann unmöglich das Date mit Andrew verschieben. Ich werde dafür sorgen, dass es klappt.

Bei dem Gedanken, dass Andrew zu uns nach Hause kommt, bekomme ich Magenkrämpfe. Mom würde darauf bestehen, Hallo zu sagen, und Dad mit seiner Einstein-Frisur auch. Oh, Gott, und Nancy würde mit ihm sprechen wollen, nur um zu sehen, wie ich mit jemandem vom anderen Geschlecht zurechtkomme. Und zum krönenden Abschluss würde mich irgendjemand »Beanie« nennen. Andrew würde im Nu erfahren, dass ich nicht achtzehn bin.

Noch schlimmer wäre es, wenn Scarlett die Tür öffnen und Andrew erfahren würde, dass wir Schwestern sind. Vermutlich würde ihm Scarlett besser gefallen als ich.

»Da ich sowieso in der Stadt bin, könntest du mich vor dem

Bird's Nest abholen«, sage ich schließlich und füge zum Spaß hinzu: »Du weißt schon, um der alten Zeiten willen. Wie wär's mit halb acht?«

»Okay, bis dann«, sagt Andrew. »Ach ja, und bring Appetit mit.«

Nachdem das Gespräch beendet ist, spüre ich ein Kribbeln in der Brust, wie in dem Moment bevor die Ergebnisse eines Experiments feststehen, wenn alle Elemente koalisieren. *Koalisiiiiiiieren.* Scarlett würde sagen, dass das Wort episch klingt. Sie weiß *immer,* was sie sagen muss.

Bei dem Gedanken an mein geheimes Date wird mir ganz schwindlig und ich hüpfe vor Freude fast die Treppe hinunter.

Im Wohnzimmer schauen sich Mom und Dad im Fernsehen das Ende eines Spiels der Red Socks an. In Zickzack-Strähnen ragen Dads Haare über die Rückenlehne des Liegesessels hinaus. Er schläft und schnarcht, was im achten Inning nicht anders zu erwarten war. Ich stecke mein Handy in die Hosentasche und lasse mich neben Mom auf das Sofa fallen.

»Tut mir leid, dass wir dir nicht schon früher von der Tanzveranstaltung erzählt haben«, sagt sie und legt ihre Hand auf meine Schulter. »Nancy hat behauptet, du würdest Spaß haben.«

»Was soll's«, erwidere ich. »Danke, dass ich zu Hause bleiben darf.« Ich stecke meine Füße zu Mom unter die Decke, lehne den Kopf an ihre Schulter und schlafe sofort ein.

Ich spüre Wärme, Geborgenheit und Glück.

# KAPITEL 9

AM NÄCHSTEN TAG FAHRE ICH MIT DAD NACH Fallmouth. Die *Alvin* ist endlich im WHOI angekommen, und ich habe gleich die Gelegenheit genutzt, um Dad zur Arbeit zu begleiten. Unterwegs kommen wir an der Fähre vorbei, die Touristen nach Martha's Vineyard und nach Nantucket bringt. Wir fahren auch an meinem Lieblingsrestaurant Allen's vorbei, und natürlich am Coffee Craze, dem besten Coffee-Shop in Fallmouth, wo es die besten Brownies gibt.

Als wir durch das Touristenzentrum fahren, reiht sich zu beiden Seiten der Straße ein Backsteingebäude an das andere. Das Meeresforschungsinstitut Woods Hole sieht jedes Jahr gleich aus, egal wie viel Zeit vergeht. Beim bloßen Gedanken an all die Meeresflora und -fauna, die Aquarien mit Fischen und die gewaltigen Hochseeschiffe läuft mir vor Aufregung ein Schauer über den Rücken.

Wir parken wie üblich vor dem Gebäude Nr. 40, in dem sich Dads Büro befindet. Ich schnappe mir ein paar der restlichen

Kartons, die Dad noch in sein Büro bringen muss. Als wir das Foyer betreten, setze ich sie erst einmal ab.

Die Flügeltüren am Ende des langen Ganges führen in den Werkstattbereich.

»Darf ich?«, frage ich.

Dad verdreht lächelnd die Augen. Seine Haare stehen unter der WHOI-Kappe hervor. Er nickt und stellt seine Kartons ebenfalls ab.

Ich könnte mich an diesem Ort mit geschlossenen Augen zurechtfinden. Gemeinsam gehen wir den langen Gang entlang und betreten die Werkshalle, die so groß ist wie ein Flugzeughangar. An den Wänden hängen Hunderte von Werkzeugen, und es riecht nach Öl und Benzin. Schweißermasken hängen in einer langen Reihe an Haken. Darunter stehen Kisten mit Handschuhen, Hämmern und Batterien unterschiedlicher Größe.

»Sarah!«

Rodger, mein Lieblings-Meeresbiologe, kommt aus der Mitte der Halle auf Dad und mich zu. Er ist der jüngste Meeresbiologe in Woods Hole. Hinter ihm steht die *Alvin* im Scheinwerferlicht, aber Rodger nimmt mir die Sicht.

»Ist das ein Bart?«, frage ich und lange nach dem Gestrüpp in seinem Gesicht.

»Darunter verstecke ich mein Doppelkinn!«, sagt er und umarmt mich ganz fest. Sein Bauch ist dicker als letztes Jahr, aber er steht ihm gut.

»Du bist groß geworden!«, bemerkt er, zieht eine WHOI-Baseballmütze aus der Tasche seines viel zu weiten Laborkittels und setzt sie mir auf den Kopf.

»Danke!« Mir gefällt die Mütze; sie passt super und vorne ist in blauen Buchstaben das WHOI-Logo aufgestickt.

»Na, wie läuft's mit dem Kometen? Du hast mir und Nina bei Weitem nicht genug Updates gemailt.«

»Die Registrierung ist morgen. An meinem *Geburtstag.* Dann ist es endlich offiziell.«

»Morgen!? Herzlichen Glückwunsch, Knöllchen!«, sagt er und drückt meine Schulter. Er nennt mich so, seit ich neun war.

»Gratulation an *dich!«,* meint Dad und klopft ihm auf die Schulter. »Zeig uns mal ein paar Bilder.«

Rodger holt sein Handy aus der Tasche und zeigt uns Bilder von seinem neugeborenen Baby.

Ganz ehrerbietig betrachte ich das winzige Neugeborene, das die gleiche Nase wie Rodger hat, aber mein Blick wandert immer wieder zur *Alvin.*

Nach der Nachrüstung im letzten Jahr sieht das U-Boot jetzt irgendwie anders aus, hochtechnisierter. Es hat jetzt fünf Sichtöffnungen statt drei. Es ist so breit wie ein SUV, nur viel kürzer. Aber egal wie viele Verbesserungen vorgenommen wurden, es überrascht mich immer wieder, wie riesig es von außen aussieht und wie eng es trotzdem im Innern ist.

Rodger reicht mir sein Klemmbrett mit den neuesten Abmessungen des modernisierten U-Boots. Eigentlich ist das noch geheim, aber ich darf einen Blick darauf werfen.

Ich gehe die Liste mit den technischen Daten durch:

Titan-Legierung: 6A1-4V Eli.

Die *Alvin* ist innen jetzt 11,7 cm breiter als die Vorgängerversion.

*Immer noch verdammt eng da drin.*

Ich möchte mir selbst ein Bild von den Veränderungen machen. Ich möchte die Leiter hochsteigen und einen Blick ins Innere werfen. Ich lege das Klemmbrett am Fuß der Leiter auf den Boden und wende mich an Rodger und Dad.

»Darf ich mal hineinsehen?«

»Klar«, meint Rodger. Im selben Moment heult in einer anderen Ecke der Halle, wo Mechaniker arbeiten, der Motor einer Säge auf.

»Habt ihr noch vor der Küste von Martha's Vineyard zu tun?«, ruft Rodger Dad zu, um den Lärm zu übertönen. Sie unterhalten sich gerade über Dads Arbeit. Dad ist nicht zu stoppen, wenn er erst einmal anfängt, von den Seepocken zu erzählen, die er und sein Team entdeckt haben.

Während ich die Leiter hochklettere, sprühen in der Ecke der Halle die Funken. Der Motor der Säge heult ein zweites Mal auf und Dad und Rodger müssen wieder schreien, um einander zu verstehen.

Ich lege eine Hand auf das kühle Titan und mit der anderen greife ich über den Rand der Einstiegsluke, die in den Bereich führt, wo die Wissenschaftler sitzen, wenn sie den Meeresboden erkunden.

Ich werfe einen Blick ins Innere. Die Wände der kugelförmigen Kapsel sind übersät mit Knöpfen, Schaltern und Hebeln. Ich kann mir nicht vorstellen, wie sich die Piloten merken können, wie die ganzen Bedienelemente funktionieren. Es ist zwar Platz zum Sitzen, aber für einige hochgewachsene Wissenschaftler könnte der Tauchgang in dieser Kapsel echt unbequem werden.

Ich stelle mir vor, wie ich in dem winzigen Raum die hydraulischen Arme steuere, Proben entnehme und Daten erfasse. Mit meinen Entdeckungen könnte ich auf der Welt etwas bewirken.

»Komm schon, Bean«, ruft Dad. »Wir können später wieder herkommen.«

»Okay«, sage ich und klettere die Leiter wieder hinunter, allerdings nicht ohne einen letzten Blick in die Kapsel zu werfen. Wieder auf dem Boden angelangt, gebe ich Rodger das Klemmbrett zurück.

»Sie ist ganz verzückt, Gerard. Vielleicht steht hier eine künftige Meeresbiologin vor uns«, sagt Rodger zu Dad.

Ich zucke die Achseln. Es ist schon erstaunlich. Diesmal habe ich nicht nur die technischen Daten studiert oder die Konstruktion des U-Boots bestaunt, sondern ich bin erstaunt über die wissenschaftlichen Entdeckungen, die mit Hilfe der *Alvin* erst möglich waren.

Dad und ich schnappen uns die Kartons im Foyer und begeben uns zu seinem Büro im zweiten Stock. Letztes Jahr wollte ich jedes Detail über die Modernisierung der *Alvin* wissen, aber dieses Jahr interessieren mich die technischen Daten nicht die Bohne. Fast hätte ich es Dad gesagt, habe es aber lieber sein lassen.

In diesem Jahr möchte ich im Boot Forschung betreiben.

»Happy Birthday to you. Happy Birthday to you. Happy Birthday, liebe Beanie, Happy Birthday to you!«, singen Scarlett und Mom am Freitagabend am Esstisch. Unser Festmahl besteht aus einem kleinen Braten und ein paar Cupcakes zum Dessert. Nancy musste zu einer Versammlung des Kulturkomitees von Cape Cod und Dad hat noch im WHOI zu tun. Ich teile mir meinen Cupcake mit Mom. Scarlett war in dieser Woche jeden Abend aus, und jeden Abend habe ich mich gefragt, ob sie sich wohl mit Andrew trifft.

»Was hast du gestern Abend gemacht?«, frage ich Scarlett, als Mom das Geschirr in die Küche bringt. Bisher hat sie es jeden Abend abgelehnt, dass die Hausangestellten ihr diese Arbeit abnehmen.

»Wir hatten eine Party mit Lagerfeuer am Strand. Am Schluss war es ziemlich lahm«, meint sie und kratzt mit dem Löffel die Glasur von ihrem Cupcake ab. Sie isst immer nur die Glasur.

Lahm? Ich hätte alles darum gegeben, dabei sein zu können.

»Ach, ja?«, sage ich betont locker.

Scarlett schlägt die Beine übereinander und reckt ihr Kinn in die Höhe. Ich bemerke, dass sie nicht nach hinten kippt, als sie die Beine übereinanderschlägt.

»All diese Touristen-Tussis waren da und haben sich den Rettungsschwimmern an den Hals geworfen. Wie erbärmlich. Und weil sie immer so ein Geschrei veranstalten, haben die Bullen uns entdeckt und wir mussten die Party abbrechen. Wenn Andrew nicht gewesen wäre, hätten einige von uns richtig Ärger bekommen.« Als ich Andrews Namen höre, werde ich hellhörig.

»Weshalb hättet ihr Ärger bekommen?«, frage ich.

»Wegen Alkoholkonsums Minderjähriger. Hallo, die meisten von uns sind noch nicht einundzwanzig. Und die Touris auch nicht.«

»Sind wir nicht auch Touristen? Wir kommen doch nur im Sommer hierher.«

»Wir haben Verwandtschaft hier. Und ich komme nicht nur im Sommer hierher. Außerdem kennen wir die Einheimischen. Ich zumindest. Die Touristen kennen die guten Plätze nicht, deshalb hängen sie wie die Kletten an uns, um lustige Partys zu feiern.«

Wir.

Für mich gibt es kein »wir«, abgesehen von Ettie und den Pis.

Jetzt erscheint mir mein Vorschlag, zum von Touristen bevölkerten Nauset Leuchtturm zu gehen, so dumm. Ich hätte es Andrew überlassen sollen, den Platz auszuwählen. Mom kommt zurück, setzt sich mit ihrem Kaffee aufs Sofa und blättert wie jeden Abend im *Providence Journal.*

Die Regeln, die Andrew erwähnt hat, lassen mich nicht los. Ich hatte noch keine Gelegenheit, mich kundig zu machen, weil Mom immer noch auf Jobsuche ist.

»Also«, beginne ich zaghaft, während ich mir eine glaubwürdige Geschichte ausdenke. »Ettie hat mich gefragt, wie lange sie damit warten sollte, einen Jungen anzurufen, wenn er ihr seine Nummer gibt.« *Ganz cool bleiben.*

»Ha, ein Junge hat *Ettie* seine Nummer gegeben?«, spottet Scarlett und erhebt sich.

Sie schaut mich prüfend an. »Vergiss es«, sage ich.

»Man lässt einen Jungen immer zwei Tage warten. Mindestens.

Sonst meint er, man hätte es nötig.« Sie stellt ihren Teller in den Ausguss. »Ich muss mich für heute Abend fertig machen.«

»Ich möchte genau wissen, wohin du gehst, Scarlett«, ruft Mom aus dem Wohnzimmer.

Sobald Scarlett gegangen ist, schlage ich mir mit der Hand an die Stirn.

Andrew muss denken, ich wäre super übereifrig.

*Warum hat das denn so lange gedauert?,* hatte er gesagt. Wieder schlage ich mit der Hand gegen meine Stirn.

Zwei Tage? Ich habe gerade mal acht Stunden gewartet.

# KAPITEL 10

»ALSO«, SAGE ICH ZU MOM UND BEUGE MICH ÜBER die Lehne des Sofas. »Ich möchte heute Abend an den Strand gehen. Der Komet wird sich am 3. Juli zeigen. Eine Generalprobe ist so kurz vor der Durchführung des eigentlichen Experiments sehr wichtig.«

»Klar«, meint Mom und scrollt auf ihrem Laptop Job-Listen durch. »An welchen Strand gehst du?«, fragt sie.

»Nauset«, erwidere ich rasch.

Mom nickt und wendet sich wieder ihrer Jobsuche im Web zu. Mom anzulügen ist leichter als gedacht. Nicht das Lügen an sich, sondern dass sie mir so einfach glauben würde. Ich warte, aber sie hakt nicht nach und will auch nicht wissen, wann ich wieder zu Hause sein werde.

Ich laufe die Treppe hinauf, um zu warten, bis Scarlett weggeht. Wenn sie weg ist, werde ich mich in mein Scarlett-würdiges Outfit werfen.

Ich ziehe einen Bademantel über und sehe mich in meinem Zimmer um. Das Teleskop habe ich unter dem Schreibtisch hinter meinem leeren Koffer verstaut, nur für den Fall, dass Mom einen Blick in mein Zimmer wirft. Dort hängt der Kalender mit den Daten für das Stipendium, alles ist ausgefüllt, und meine Bewerbungsunterlagen befinden sich in dem blauen Ordner.

Trotzdem habe ich das Gefühl, als hätte ich etwas vergessen.

Offenbar leide ich schon unter Verfolgungswahn, weil ich Kleider stehle und Mom anlüge, und diese Paranoia äußert sich in Schuldgefühlen. Ich lege die Hand auf den Türgriff, aber ich werde einfach das Gefühl nicht los, etwas vergessen zu haben.

*Vergiss es. In sechzehn Jahren hast du Mom nie angelogen – niemals. Du tust immer, was man von dir verlangt.*

Ich schließe die Tür und warte im Treppenhaus, bis ich in Scarletts Zimmer gehen kann. Diesmal werde ich das zweite Outfit des Scarlett-Experiments anziehen.

Scarlett plaudert am Handy, während sie die Treppe hinuntergeht. Dabei zieht sie eine Wolke ihres Ägyptischen Moschus-Dufts hinter sich her. Als sie um die Ecke biegt, schleiche ich auf Zehenspitzen in den zweiten Stock, drücke die Klinke ihrer Schlafzimmertür herunter und schlüpfe hinein.

Ich werfe einen Blick auf die Uhr: Es ist 19:15 Uhr. Ich schnappe mir ein paar Shorts und ein weißes Tanktop und eile in ihr Badezimmer, wo ich mich hinter der verschlossenen Tür anziehe. Aber eine Kleinigkeit fehlt noch, um ganz und gar wie Scarlett zu sein. Auf der marmornen Ablage steht ein Fläschchen von Scarletts Ägyptischem Moschus. Das Öl wurde in einem Laden in New York speziell für Scarlett gemischt. Das Fläschchen sieht aus wie ein kristallklares Juwel – ich entkorke es und gebe ein paar Tropfen Öl auf meine Handgelenke und meinen Hals, so wie ich es schon unzählige Male bei Scarlett gesehen habe.

»Du musst es auf die Pulspunkte auftragen«, hatte sie erklärt und dabei ihr Haar zurückgeworfen.

»Mit wem gehst du aus?«, schallt Moms Stimme die Treppe herauf, als ich gerade ein Bein hochhebe und auf den Badewannenrand stelle. Mit dem Rasierer in der Hand mache ich mich bereit, jedem einzelnen Haar auf meinem Bein den Garaus zu machen.

»Meine Güte, Mom. Ich gehe nur mit ein paar Typen aus«, erwidert Scarlett genervt.

»Nein, Scarlett. Nicht einfach *ein paar* Typen. Mit wem genau?«

»Bean fragst du das nie.«

»Um Bean müssen wir uns auch keine Sorgen machen.«

»Wenn du es unbedingt wissen willst … mit Curtis. Erinnerst du dich? Seine Eltern leben in Sandwich. Sein Freund Andrew kommt auch mit, und der wird mal Polizeibeamter. Ist dir das sicher genug? Er ist einfach der netteste Typ überhaupt. Nein, warte mal. Andrew kann gar nicht mitkommen. Also sind es nur Curtis, sein *harmloser* Freund Tate und meine absolut unschuldige Freundin Shelby. Ist das okay? Willst du noch ihre Handynummern oder ihre Blutgruppe wissen?«

Ich muss grinsen, und als ich mich im Spiegel sehe, neige ich den Kopf zur Seite. Andrew kommt nicht mit, weil er mit *mir* ausgeht. Ich kann es nicht erklären, aber irgendwie sehe ich heute anders aus. Es muss an den manikürten Zehennägeln oder an dem Outfit liegen. Die Jeansshorts reichen mir knapp bis zum Oberschenkel. Vielleicht ist es auch das Ägyptische Moschusöl.

Scarlett muss Mom hoch und heilig versprechen, sich kurz zu melden, wenn sie sich auf den Heimweg macht. Ich warte, bis ich die Vordertür ins Schloss fallen höre.

Ich betrachte mich ein letztes Mal im Spiegel. Ich könnte glatt als Scarlett mit braunen Haaren durchgehen. Vielleicht.

Als ich ins Wohnzimmer komme, hat Mom ihren Laptop auf den Tisch gestellt und isst aus einem großen Becher Vanilleeis mit Karamellsauce. Ich halte eine dunkelblaue Strickjacke vor meinen Bauch, als könnte ich damit auf magische Weise verhindern, dass Mom sieht, wie knapp meine Shorts sind.

»Wo willst du hin?«, fragt sie und leckt den Löffel ab. Dabei sieht sie mich nicht einmal an.

»Zum Nauset Leuchtturm«, antworte ich. »Weißt du nicht mehr?«

»Ach ja, richtig. Nimmst du das Teleskop mit?«

»Nein, heute Abend nicht.«

»Hmm. Okay«, meint Mom. Sie ist ganz in die Job-Listen vertieft. Ich frage mich, ob sie überhaupt zugehört hat. Sie kann sich bestimmt nicht mehr an die Geschichte mit der Generalprobe erinnern.

»Also, bis dann …«, sage ich.

Im Hintergrund läuft auf PBS ein Konzert der Moody Blues.

*»Nights in white satin … never reaching the end …«,* ertönt aus dem Fernseher eine schmachtende Stimme. Letzten Sommer hätte ich mich noch zu Mom gesetzt und mit ihr Eis gegessen.

Ich verberge meine Handgelenke unter der Strickweste. Ich bin nicht sicher, ob jemand anders es riechen kann, aber der Duft des Ägyptischen Moschusöls hat mich komplett eingehüllt.

»Gib mir einen Gutenachtkuss«, sagt Mom. »Ich werde bald ins Bett gehen.«

Obwohl ich schon fast an der Tür bin, mache ich wieder kehrt und gebe Mom rasch einen Kuss auf die Wange. Ihre Haut fühlt sich immer so weich an.

»Du duftest wie Scarlett«, bemerkt sie.

Oh oh.

»Sie hat im Bad etwas davon verschüttet. Ich hab es aufgewischt und jetzt rieche ich komplett danach.«

Mom summt die Musik im Fernsehen mit.

»Deine Schwester ist so unachtsam. Ist dieses Öl nicht teuer?«

»Sag bloß nichts, sonst denkt sie noch, ich war's.«

Mom schwingt ihren Eislöffel wie ein Dirigent seinen Taktstock, und ich weiche zurück.

»Mom? Das Parfüm?«

Ich bin schon fast an der Vordertür.

»Ich werde nichts sagen. Viel Spaß!«, meint Mom und winkt mir zu. Als ich die Tür hinter mir schließe, summt sie immer noch vor sich hin.

Ich muss aufpassen, dass Scarlett nicht gerade dort ist, wo Andrew und ich hingehen. In diese Situation möchte ich lieber nicht kommen. Sie würde nie begreifen, weshalb ich Andrew bezüglich meines Alters angelogen habe, und ihm sofort reinen Wein einschenken.

Während ich in Richtung Main Street gehe, erinnere ich mich immer wieder daran, dass ich behauptet habe, ich wollte am MIT Astronomie studieren. Eigentlich ist das keine schlimme Lüge, wenn ich sie nicht wiederhole. Vor dem Bird's Nest hat sich eine Menschenschlange gebildet. Touristen stehen stundenlang für sämige Muschelsuppe an. Immer im Juni weht der Geruch von gebratenem Fisch und Pommes durch die Main Street. Brat-Aroma pur. Ich habe meine Strickjacke über dem Arm. Manche tragen sich auf einer Warteliste ein und stellen sich in die Schlange. Paare halten Händchen, manche haben Einkaufstaschen dabei, und manche schielen nach den Auslagen in den Schaufenstern. Die Halskette im Seahorse-Shop ruft immer noch meinen Namen, aber sie wird noch ein bisschen warten müssen. Auf meinem Handy ist es 19:26 Uhr.

19:28 Uhr.

19:29 Uhr.

Weit und breit kein roter Pick-up. Vielleicht kommt er ja gar nicht?

Ich schaue die Straße hinunter, recke den Hals und stelle mich sogar auf die Zehenspitzen.

»Na los, Star Girl. Ich habe Hunger.«

Mein Kopf fährt herum und ich blicke direkt in Andrews Gesicht; er sitzt am Steuer des roten Pick-up und sieht mich an. Wow, wie konnte ich nur seinen Wagen übersehen? Er hat das Fenster heruntergekurbelt und sein Arm ruht auf der Lehne des Beifahrersitzes.

Ich steige zu ihm in den Wagen. Meine Knie zittern und ich habe Angst, dass Andrew es bemerkt.

»Magst du Meeresfrüchte?«, fragt er. Er hat starke Hände – das erkenne ich an den wohlgeformten Unterarmen, als er nach dem Steuerrad greift.

»Absolut«, erwidere ich. Ich liebe Fish and Chips und Nancys Hummerpartys. Aber ich habe nur zwanzig Dollar dabei; hoffentlich gehen wir in ein Lokal, wo es auch preiswertes Essen gibt.

»Hast du schon mal gegrillte Jakobsmuscheln gegessen?«, fragt er.

Zu Hause grillt Dad immer. Bei jeder Grillparty trägt er seine Schürze mit der Aufschrift FLEISCH IST MEIN LEBEN. Tucker kam immer zu unseren Grillpartys, und manchmal brachte er auch Trish mit. Das war toll. Wir grillten und Tucker kam vorbei. Vermutlich würde er das jetzt nicht mehr tun. Nie mehr.

»Ich liebe Jakobsmuscheln!«, sage ich, aber das ist gelogen. Ich habe noch nie welche gegessen.

»Super. Ich habe nämlich eine Idee.«

»Welche?«

Andrew reiht sich in den Verkehr in der Main Street ein, und nach knapp zwei Minuten hält er auf einem Parkplatz, der an die Fischereidocks grenzt. Ich war schon tausend Mal hier; gibt es hier irgendwo ein verstecktes Restaurant, von dem ich nichts weiß?

Ich steige aus dem Wagen, und direkt bei den Docks und dem Jachthafen hängt ein großes Schild mit der Aufschrift HATCHMAN'S FISH MARKET.

»Ist das ein Restaurant?«, frage ich.

»Nein, nur ein Markt. Hier kann man fangfrischen Fisch direkt vom Boot kaufen.«

Die Sonne steht über dem Meer und in ein paar Stunden wird sie untergehen. Das Licht schimmert auf dem Wasser, und alle, die zum Markt gehen und vom Markt kommen, sehen aus, als gehörten sie zu einem Gemälde von Monet. Im rechten Licht kann vermutlich jeder gut aussehen. Vor mir überziehen funkelnde Sonnenstrahlen den Hafen und die Docks mit einem goldenen Schimmer. Ich zögere, gehe langsamer. Ich habe immer noch das Gefühl, dass ich etwas vergessen habe.

»Was ist los?«, fragt Andrew.

»Kennst du dieses Gefühl, als hättest du etwas vergessen, aber du weißt nicht was?«

»Ja …«

»Mir fällt einfach nicht ein, was es ist!«

Andrew lacht und ich muss ebenfalls lachen. »Vielleicht kann das Essen deinem Gedächtnis auf die Sprünge helfen«, meint er.

Andrew streckt mir seine Hand entgegen, und ich ergreife sie und lasse mich von ihm führen. Der saure Geruch von Fisch und Salzwasser überwältigt mich und ich kann nicht begreifen, wieso mich dieses Szenario an ein Gemälde erinnert. So riecht es in der Cafeteria, wenn es Fischstäbchen gibt, nur schlimmer. Ich halte mein Handgelenk an die Nase und atme den Duft des Ägyptischen Moschusöls ein. Mir fällt auf, dass Andrew den faulen Gestank hier drin gar nicht erwähnt hat. Wahrscheinlich gewöhnt man sich daran, wenn man auf einem Hummerfangboot arbeitet.

»Andrew!« Das ist die Stimme von Curtis. Sofort sehe ich mich nach meiner Schwester um. Aber außer uns befindet sich nur noch ein älteres Ehepaar in der Markthalle. Curtis mustert mich von oben bis unten, und dann huscht ein Lächeln über sein Gesicht.

»Ach, String-Bikini mit dem Sternenbanner«, sagt er schleppend.

Was zum Teufel findet Scarlett nur an diesem Typen?

»Ich brauche etwa ein Dutzend Jakobsmuscheln«, sagt Andrew zu dem Typen hinter der Theke.

»Wollt ihr heute Nacht unter die Strandräuber gehen?«, fragt Curtis, und dabei wandert sein Blick wieder in meine Richtung. »Ich habe in etwa zehn Minuten Feierabend. Ich treffe mich mit Scarlett bei Shelby.«

Ganz unbewusst habe ich die Luft angehalten, und jetzt atme ich tief aus.

»Nee«, erwidert Andrew und lässt meine Hand los, um seine Brieftasche hervorzuholen. Andrew bezahlt, noch ehe ich Gelegenheit habe, in meine Tasche zu greifen. »Ich kann nicht jeden Abend ausgehen wie du.«

»Na dann, viel Spaß …«, sagt Curtis und zieht dabei das Wort derart in die Länge, dass klar ist, dass mit »Spaß« etwas anderes gemeint ist. Er zwinkert mir zu. Die Türglocke bimmelt, und schon sind wir wieder draußen in dem Gemälde von Monet.

Ich greife in meiner Tasche nach dem Geld, um mich am Abendessen zu beteiligen. Das ist richtig so, auch wenn Scarlett sich niemals anbieten würde zu bezahlen. Ich muss an den ersten Tag am Strand denken, als sie von den Jungs erwartete, dass sie sie sofort nach Hause fuhren, als sie darum bat.

»Wir sollten uns die Kosten teilen«, sage ich.

Andrews Augen leuchten auf.

»Du musst nichts bezahlen. Ich habe dich eingeladen«, erklärt er.

»Du solltest das Geld trotzdem nehmen; das ist nur … fair.«

Ich möchte Andrew zeigen, dass er nicht für mich mit bezahlen muss. Zwischen uns soll von Anfang an alles gleichberechtigt sein.

Andrew nimmt die zwanzig Dollar und steckt sie in die Tasche meiner Jeansshorts.

»Ich möchte dich einladen. Das macht mir Spaß.«

Er presst seine Finger gegen meine Hüfte, und ich hole tief Luft. Sein Zeige- und Mittelfinger ruhen auf meiner Hüfte. Mir ist ganz komisch im Magen. Ich muss dringend Luft holen, aber sie bleibt mir irgendwie im Hals stecken.

»Da… danke.«

»Na los, Star Girl«, meint er augenzwinkernd. »Lass uns fahren. Schließlich wollen wir vor Sonnenuntergang da sein.«

»Da fällt mir was ein«, sage ich, überlege rasch und steige in den Wagen. »Ich muss gegen zehn zurück sein. Ich muss meiner Mom morgen in aller Herrgottsfrühe helfen.«

»Wobei?«, will Andrew wissen, und wir biegen vom Pier wieder auf die Main Street.

»Bei den Vorbereitungen für die Abschiedsparty meiner Schwester«, erkläre ich. »Für meine Tante Nancy ist das eine ganz große Sache.«

Oh, Mist. Was ist, wenn er weiß, dass Scarlett eine Tante Nancy hat? Okay, ich kann improvisieren.

»Wow, klingt nervig«, meint er.

»Du hast ja keine Ahnung«, sage ich mit einem tiefen Seufzer. Hoffentlich spürt er meine Erleichterung nicht.

Ich kuschle mich in den Sitz. Jetzt erst merke ich, dass wir nicht zum Nauset Leuchtturm abbiegen, sondern weiter in die Richtung von Tante Nancys Haus fahren.

»Wir fahren zum Nauset Beach? Nicht zum Nauset Leuchtturm?«

»Jep.«

Ein paar Blocks weiter werden wir an Tante Nancys Straße vorbeikommen. Laurel Street, Squire Court, und da ist sie auch schon: Shore Road. Nur die großen Straßenlaternen im Kolonialstil zu beiden Seiten der sandigen Straße werfen Schatten auf die Fahrbahn. Ich frage mich, warum die Leute sich immer umschauen, wenn sie an einer Straße vorbeikommen, in der jemand wohnt, den sie kennen, so als müsste derjenige dort irgendwo auftauchen. Ich wüsste zu gern, ob Andrew das auch schon aufgefallen ist, aber ich sehe ein, dass es besser ist, nicht alle Gedanken zu verraten, die mir durch den Kopf gehen.

Allerdings würde ich ihm am liebsten sagen, dass ich heute sechzehn geworden bin. Ich würde die Freude zu gern mit Andrew teilen, weil ich weiß, wie begeistert er wäre. Es liegt mir auf der Zunge, aber ich weiß, dass es nicht geht. Dann müsste ich zugeben, dass ich gelogen habe. Egal, schließlich ist dies nicht der Beginn einer Beziehung. Es ist lediglich ein Date. Es ist das Scarlett-Experiment.

Wir fahren am Strandwärterhäuschen vorbei, wo den Touristen zwanzig Mäuse für die Strandbenutzung abgeknöpft werden, aber wir halten nicht auf dem Parkplatz. Wir fahren weiter zu einem Weg am anderen Ende des Parkplatzes, der zum äußeren Strand führt, einem Abschnitt von Nauset Beach, der nur von Wagen mit Allradantrieb befahren werden kann.

»Wir fahren off-road?«, frage ich. Ich weiß, dass Mom und Dad das nicht gutheißen würden, ganz im Gegensatz zu Scarlett.

Wir halten bei dem Strandwärterhäuschen für die Campingplätze am äußeren Strand. »Zeltplatz zwölf ist frei«, sagt der Strandwärter. Andrew fährt weiter. »Ist das okay?«, fragt er etwas besorgt.

Die sandige Straße führt kilometerweit an der Küste entlang. Offenbar mache ich ein komisches Gesicht, weil Andrew plötzlich seitlich am Weg anhält. »Ich hätte fragen sollen, oder? Ich bin so schlecht darin.«

»Schlecht worin?«

»Du kennst mich kaum, und ich fahre mit dir zum äußeren Strand. Schließlich könnte ich ein Psycho sein.«

Ich rücke von ihm weg, umklammere den Türgriff und drücke mich an die Scheibe. Ich tue so, als würde ich schreien und versuchen, zu entkommen. Andrew lacht. Stimmt, normalerweise würde ich so was nicht tun. Aber darum geht es ja gerade.

Außerdem hat Scarlett ihn bereits auf Herz und Nieren geprüft.

»Ich gehe das Risiko ein«, sage ich. Ich kann nicht erklären, warum ich mich in seiner Gegenwart schon so wohl fühle. Aber ich habe ja mein Handy, und außerdem achtet Nancy immer darauf, dass ich für alle Fälle Pfefferspray dabeihabe.

»Bis um zehn bist du zu Hause«, sagt Andrew, und seine Augen sehen in diesem Licht so blau aus.

Der Wind bläst mir durch das offene Fenster die Haare ins Gesicht und die feuchte salzige Luft benetzt meine Wangen. Andrew dreht das Radio noch lauter und die Musik geht mir durch Mark und Bein. *Hello, I love you, won't you tell me your name?* Ich höre dieses Lied zum ersten Mal, aber es gefällt mir.

Auf dem Weg zum äußeren Strand fliegt das Meer an uns vorbei. Nun, wissenschaftlich gesehen wäre das unmöglich, aber es fühlt sich so an, obwohl wir nicht mal 20 km/h fahren. Unten am Strand sind schon eine Menge Leute, die grillen, schwimmen und Drachen steigen lassen.

Andrew hält das Steuer lässig mit einer Hand, während die andere auf meiner Rückenlehne ruht. Er wirkt zufrieden. Vielleicht liebt er ganz einfach den äußeren Strand? Immerhin ist es eine wundervolle Nacht, wenn auch für Juni ungewöhnlich schwül.

Das Röhren des Motors von Andrews Truck wird zu einem leisen Brummen, als wir uns einem freien Zeltplatz nähern. Wir halten auf dem schmalen Platz mit der Nummer zwölf. Wir sind nur einen Steinwurf von den Leuten auf dem Zeltplatz neben uns entfernt. Ansonsten Meer, so weit das Auge reicht.

»Ist das unser Platz?«, frage ich.

»Jep, bis ich dich zur vereinbarten Zeit wieder nach Hause bringen muss«, erklärt er und dreht die Musik leise.

»Vereinbarte Zeit, he? Das hast du jetzt schon ein paarmal erwähnt. Wiederholung ist das Wesentliche allen Experimentierens. Ich meine, um die Stichhaltigkeit der wissenschaftlichen Hypothese zu beweisen, müssen sich Beobachtungen wiederholen.«

Andrew strahlt mich an, aber ich würde mir am liebsten den Mund zuhalten. »Aber in manchen Situationen zeigt das manchmal, wie nervös man ist«, murmle ich vor mich hin.

»Wow, das muss ich mir merken«, meint Andrew.

Bevor ich aussteige, stutze ich einen Moment. Zu meinen Füßen liegt eine Armschlinge aus dunkelblauem Stoff.

»Hast du dich verletzt?«

Andrew zögert, lässt aber seine Hand auf dem Türgriff liegen.

»Das ist nicht meine«, erklärt er. »Vor einem Jahr hatten meine Freunde Mike und Curtis einen Autounfall.« Er verrät mir nicht, welcher Freund die Schlinge getragen hat.

Andrew geht auch nicht näher darauf ein und vermeidet es, mir in die Augen zu sehen. Verschiedene peinliche Erfahrungen haben mich gelehrt, dass Leute immer dann jeden Blickkontakt vermeiden, wenn sie über etwas nicht sprechen wollen oder wenn ich versehentlich in ihre Privatsphäre eindringe.

»Also, warum wiederholst du dich?«, frage ich, um das Gespräch von dem Autounfall abzulenken. »Warum sagst du ständig, dass du mich um zehn nach Hause bringst?«

»Ich musste mich einfach schon eine ganze Weile nicht mehr um festgesetzte Zeiten kümmern.«

»Meine Eltern …«, beginne ich und öffne die Wagentür. »Sie sind ziemlich streng.«

»Aber du bist achtzehn. Kannst du nicht tun und lassen, was du willst?«

»Bis zu einem gewissen Punkt«, sage ich in der Hoffnung, dass ihm das als Antwort genügt. Und mit einem Blick in seine Augen füge ich hinzu: »Im Moment tue ich, was ich will.«

»Das verdient Respekt«, meint Andrew.

Ich hätte es nicht besser ausdrücken können.

# KAPITEL 11

ANDREW HOLT UNTER EIN PAAR DECKEN AUF der Ladefläche seines Pick-ups einen Grill hervor. Er klappt die Heckklappe herunter, damit ich mich hinsetzen kann. Ich werfe einen kurzen Blick auf mein Handy und bete, dass Mom und Dad nicht angerufen haben. Nein. Aber es ist ja auch erst 20:15 Uhr.

Während Andrew die Holzkohle auf dem kleinen Grill anzündet, lasse ich meinen Blick über die Küste schweifen. Wegen der Stürme verändert sie sich jedes Jahr. Der Chatham Break ist ein Einschnitt am Strand, wo Bucht und Meer aufeinandertreffen. Eine kleine Lagune trennt unseren Strand ab, und in der Ferne schlagen hohe Wellen gegen eine Sandbank.

Andrew salzt die Jakobsmuscheln und fügt noch etwas Butter hinzu.

»Wohin geht deine Schwester eigentlich?«, erkundigt sich Andrew. »Du sagtest, deine Eltern wollen eine Abschiedsparty für sie geben.«

*Schnell überlegen.* »Ähm, sie wird ab Herbst im Ausland studieren, und deshalb schmeißt meine Tante, bei der wir den Sommer über wohnen, diese Riesenparty.«

»Du scheinst darüber nicht glücklich zu sein.«

»Das ist es nicht«, sage ich, springe von der Ladefläche und knie mich vor den rauchenden Grill. Es zischt, als Andrew eine weitere Jakobsmuschel auf den Grill legt.

»Wenn du mit der Abschiedsparty keine Probleme hast, warum guckst du dann so finster?«

»Tue ich das?«

»Ein bisschen.«

»Ich weiß nicht, warum wir so einen Aufstand machen müssen, nur weil sie weggeht«, sage ich. »Abschiedspartys irritieren mich generell. Ich meine, warum so viel Aufhebens machen, nur um Auf Wiedersehen zu sagen?« Ich bin erstaunt, wie leicht es mir fällt, mit ihm darüber zu reden.

Andrew zuckt die Achseln. »Manchmal ist es einfach nicht genug, nur Auf Wiedersehen zu sagen. Vielleicht fällt der Abschied leichter, wenn man ein großes Ereignis daraus macht.«

Ich wünschte, Andrew könnte mich zu der Party begleiten. Falls Tucker auftaucht, würde er mich mit Andrew sehen und sich in den Arsch beißen. Und er würde sich fragen, warum er einem Mädchen wie mir den Laufpass gegeben hat.

Beim bloßen Gedanken an Tucker würde ich am liebsten nach Hause gehen und noch einmal meine Koordinaten checken. Während Andrew weiter seine Jakobsmuscheln grillt, kann ich nicht umhin, seinen Körper mit dem von Tucker zu vergleichen. Andrew ist viel muskulöser. Im Vergleich zu ihm ist Tucker dürr.

»Möchtest du eine probieren?«, fragt Andrew.

»Was?« Ich schrecke auf. »Ich meine, ja, gerne.«

Andrew lächelt. »Du warst ganz in Gedanken.« Er hält mir eine silberne Gabel mit einer saftigen Jakobsmuschel hin. Ich puste und nehme einen Bissen; die Butter zergeht auf meiner Zunge.

»Wow, lecker«, sage ich und schlucke die Muschel hinunter. Er nickt, so als sei er mit seiner Leistung zufrieden.

Die Wellen brechen sich an der Küste. Es ist bald Ebbe. Draußen ist es noch hell, und der Rauch von Andrews Grill färbt den Himmel lavendel-grau. Allmählich tauchen die ersten Sterne am Firmament auf, aber wir haben noch Zeit.

*Vielleicht sollte ich meine Prognosen für den Kometen Jolie erwähnen? Oder würde sich das zu sehr nach Bean anhören?*

Ich gebe Andrew die Gabel zurück und lege mich ein paar Meter vom Wasser entfernt in den kühlen Sand. Ich versuche, elegant und entspannt zu wirken.

Der Rauch von dem Grill steigt in den Himmel.

»Sie sind fast fertig.« Andrew legt sich neben mich. Unsere Körper berühren sich kaum, und doch bemerke ich, wie sich die feinen Härchen auf meinen Armen aufrichten. »Was siehst du?«, fragt er leise.

»Ich kann gerade noch Kassiopeia ausmachen. Sie beobachtet uns von ihrem umgestürzten Thron aus.«

Andrew sieht mich an.

»Stimmt es, Star Girl, dass du meine Zukunft in den Sternen lesen kannst?«

Mit seinem Blick macht er mein Scarlett-Selbstbewusstsein zunichte. Er zieht mich an, so wie ein Leuchtturm die Schiffe nach Hause ruft. Mein Herz pocht. Ist das der Moment, in dem man sich zum ersten Mal küsst?

Ich habe Tucker so viele Male geküsst, aber es war nie so wie jetzt mit Andrew, der mir tief in die Augen schaut, mit dem Strand und den Wellen. Es war in einem Bio-Labor oder in meinem Garten. Ich möchte Andrew so unbedingt küssen, dass es fast schmerzt. Ich will ihn mit meinem ganzen Körper. Bei Tucker war das nie so.

Auf dem Grill hinter uns zischt es, und Andrew springt auf, ehe wir uns küssen können und ehe ich erklären kann, dass Zahlenmystik und Sternkarten kompletter Unsinn sind.

Mit einem Plastiklöffel teilt Andrew die Jakobsmuscheln auf. Dazu gibt es Fritten, und wenn ich nicht Scarlett wäre, sondern Bean, würde ich mir das Fett von den Fingern lecken. Stattdessen wische ich sie mir fein säuberlich an einer Papierserviette ab und stecke nur kleine Bissen in den Mund. Ich nehme mir vor, langsam zu essen und nicht wie sonst alles hinunterzuschlingen.

Nach dem Essen genieße ich die Aussicht. Eigentlich habe ich erwartet, dass Andrew sich zu mir setzt, aber stattdessen steht er neben der geöffneten Fahrertür seines Wagens, greift hinter sich nach seinem T-Shirt und streift es über den Kopf. Ich muss zweimal hingucken.

Auf der Unterseite seines Arms steht etwas, aber ich kann es nicht erkennen, weil er sich zu schnell bewegt. Ist das ein Tattoo?

Die Sonne ist schon fast untergegangen und der Horizont strahlt orange-rosa. Ich schließe die Augen und atme die salzige Luft ein. Ich liebe Cape Cod. Der Sand knirscht leise unter Andrews Füßen. Es macht Klick, als er die Scheinwerfer anmacht. Er steht vor mir am Strand und blickt aufs Meer hinaus.

Andrew dreht sich um und sieht mich an. Wie er so dasteht, lächelnd, in seiner knappen Badehose, sieht er aus wie ein Filmstar. Wie der Kapitän unseres Schwimmteams. Er ist der Quarterback. Er ist das genaue Gegenteil von Tucker. Er ist jemand, bei dem ich als Bean keine Chancen hätte. Ich will etwas Originelles sagen. Ich will faszinierend sein.

»Na los«, sagt er und streckt mir die Hand entgegen, so wie vorhin auf dem Fischmarkt.

»Wir sollten eigentlich zwanzig Minuten warten, um Krämpfe zu vermeiden«, sage ich. Das ist mir einfach so rausgerutscht. Verlegen wende ich den Blick ab.

Andrew legt die Hand auf den Bauch und muss so lachen, dass sein Gesicht rot anläuft. Er kommt auf mich zu und zieht mich hoch, sodass sich meine Augen in Höhe seines Kinns befinden. Er sieht mich prüfend an.

»Du bist urkomisch«, meint er und schüttelt den Kopf. »Wie wär's, wenn ich dir verspreche, dass du keinen Krampf bekommst?« Bei diesen Worten muss er wieder lachen und sein Gesicht läuft erneut rot an. Es ist gut, wenn er denkt, ich würde versuchen, komisch zu sein. Ich weiß nicht, ob ich absichtlich komisch sein könnte.

»Ich habe keinen Badeanzug dabei«, sage ich und deute auf Scarletts knappe Shorts.

Andrew geht einen Schritt zurück, sodass seine Fersen das Wasser berühren, und mustert mich von oben bis unten.

»Angst, nass zu werden?«

Diese Frage lässt mich erschauern.

»Nein …«, erwidere ich mit bebender Stimme.

Ich zittere und habe keine Ahnung, warum. Immer wieder läuft mir ein Schauer über den Rücken, als ob ich frieren würde. Was kann ich tun, damit das aufhört?

Statt sich zu mir in den Sand zu setzen, macht Andrew auf dem Absatz kehrt, läuft ins Wasser und taucht unter.

Ich darf keinen Bammel vor Krämpfen haben, ich muss die statistischen Daten ignorieren. Bestimmt wartet Andrew darauf, dass ich ihm ins Wasser folge.

»Kommst du?«, ruft er.

»Ist das Wasser nicht eiskalt?«, rufe ich zurück.

Unruhig trete ich von einem Fuß auf den anderen. Andrew hüpft im seichten Wasser auf und ab, und das Licht des aufgehenden Mondes und der untergehenden Sonne taucht das Meer in ein tiefes Blau. Scarlett würde nicht zögern und sich in die Fluten stürzen.

»Es hat nicht gerade Badewassertemperatur. Aber das Wasser hier in der Lagune ist wesentlich wärmer als jenseits der Sandbank. Komm schon rein, Star Girl!«

Diese knappen Shorts sehen zwar fast aus wie ein Bikinihöschen, aber ich ziehe sie trotzdem aus. Dann schlüpfe ich aus dem Pulli und lasse ihn in den Sand fallen. Als Nächstes entledige ich mich meiner Schuhe. Kurz darauf stehe ich in BH und Unterhose da. Ich kann nicht glauben, dass ich ausgerechnet heute Abend meine rosa gepunktete Unterwäsche anhabe. Niemals in einer Million Jahre hätte ich gedacht, dass mich mal jemand so sehen könnte. Die Leute unten am Strand können nicht sehen, dass ich keinen Badeanzug trage.

Jetzt oder nie. Ich halte die Luft an und wage mich vorsichtig in die Brandung.

Ich spüre das kalte Wasser wie Nadelstiche an meinen Füßen.

»Verdammte Scheiße!«, rufe ich aus. »Nennst du das etwa warm?«

»Wenn du erst mal drin bist, ist es ganz angenehm.«

Scarlett würde nicht jammern, sondern wäre tapfer. *Los, mach schon. Sei wie Scarlett.*

Ich wate durch das seichte Wasser. *Sei Scarlett.* Die Kälte kriecht an meinen Oberschenkeln hinauf. Ich friere. *Sei Scarlett.*

»Tauch unter! Das hilft!«

Ich hole tief Luft und tauche mit den Armen voran ins Wasser ein.

Die Kälte lähmt mich. Das eiskalte Wasser bedeckt meine Wangen und meine Haare. Ich schieße aus dem Wasser und ringe nach Luft. Andrews starke Arme durchschneiden die Wellen, als er auf mich zugeschwommen kommt.

Unwillkürlich stoße ich einen kurzen Schrei aus. Andrew muss wieder lachen, und dann lächeln wir uns beide unter dem lavendelfarbenen Himmel an.

»Oh mein Gott, Andrew«, sage ich. Ich strecke meine Beine aus, spüre aber keinen Boden unter den Füßen und fange an, Wasser zu treten. Andrew ist groß genug, um fest auf dem Grund zu stehen. »Ich glaube, die Menschen auf der *Titanic* haben auch so gefroren.«

»Das ist makaber«, meint Andrew lachend, aber sein Unterkiefer zittert und seine Zähne klappern.

Er zieht mich zu sich heran, und ich schlinge die Beine um seine Taille. Andrew stützt meinen Rücken mit den Händen ab. Ich schmiege mich ganz eng an seinen Körper, und es ist erstaunlich, wie gut wir zusammenpassen. Ich muss nicht einmal überlegen, wie ich mich bewegen soll. Die letzten Sonnenstrahlen färben das Wasser lavendelblau wie den Himmel. Eine Mischung aus Sonne und Mond.

»Du bist verrückt, mich hierzu zu überreden«, sage ich mit klappernden Zähnen.

»Unzurechnungsfähig.« Er blickt in meine Augen und auf meine vermutlich bläulich verfärbten Lippen. Meine Fingerspitzen brennen vor Kälte.

»Ich möchte dich küssen«, sagt er leise.

Tucker hätte mich nie so halten können. Andrew ist so stark, bei ihm sieht alles so mühelos aus.

»Darf ich?«, fragt er. »Dich küssen?«

»Gleich«, erwidere ich. Meine Zähne klappern immer noch.

Ich lege meine kalte Hand sanft auf seine Brust.

»Worauf wartest du?«, flüstert er. »Auf Unterkühlung?«

Trotz klappernder Zähne müssen wir lachen. Ich möchte diesen Moment so lange wie möglich genießen. Wir befinden uns jetzt sozusagen im Zwischenstadium. Wir sind zusammen im Wasser und ich liege in seinen Armen. Zum ersten Mal in meinem Leben liege ich auf diese unbeschreibliche Weise in den Armen eines Jungen.

Das ist nicht einfach ein Experiment. Das ist ganz anders.

»Es ist nur …«, beginne ich mit einem leichten Kopfschütteln. »Dieser Moment kommt nie zurück. Wenn wir uns jetzt küssen, werden wir nie mehr wie zwei Menschen sein, die sich noch nie geküsst haben. Es wird … das Nachher sein.«

Andrew hat Stoppeln am Kinn. Eine Hand ruht unter meinem

Oberschenkel und die andere wandert zu meinem Hinterkopf. »So habe ich das noch nie betrachtet«, meint er. Wir stehen hier im Wasser und er fixiert meinen Mund.

»Scheiß drauf«, sagt er.

Andrew zieht mich fest an sich und unsere Lippen berühren sich.

Er öffnet den Mund und ich öffne meinen.

*Bitte lass es mich richtig machen.* Andrew dreht den Kopf leicht zur Seite und küsst mich leidenschaftlicher.

*Bitte lass es mich richtig machen.*

Dann lösen sich unsere Lippen voneinander und Andrews Blick ist freundlich und warm. Er lächelt mich an, zieht dabei aber nur einen Mundwinkel hoch. Scarlett sagt, sie liebt Typen mit einem schiefen Lächeln – vermutlich meint sie das damit. Ich zittere am ganzen Körper, aber ich weiß nicht, ob es an der Wassertemperatur oder an Andrew liegt.

Seine Hand ruht auf meiner Hüfte und ich spüre den Rhythmus seiner Schritte, als er mich zum Ufer trägt. So etwas habe ich noch nie erlebt. Ein paar Meter vom Strand entfernt gleiten meine Beine an seinen hinab und ich stehe im knietiefen Wasser und sehe zu ihm auf. Am Himmel beginnen die Sternbilder zu funkeln.

»Na los; du bist ja eiskalt«, meint Andrew und nimmt meine Hand. Als wir wieder beim Wagen sind, schlüpfe ich sofort in meine Shorts und schlinge die Arme fest um meinen Körper, um mich zu wärmen. Als ich das Salzwasser aus meinen Haaren wringe, rinnt das eiskalte Wasser meinen Rücken hinunter.

»Schon bei einer Wassertemperatur unter 26°C kann es zur Unterkühlung kommen«, erkläre ich und wringe dabei meine Haarspitzen aus; durch die herabfallenden Wassertropfen entstehen kleine Vertiefungen im trockenen Sand.

»Hey, wenigstens *damit* kenne ich mich aus«, meint er und holt zwei große Strandtücher von der Ladefläche des Pick-up. Er schüttelt den Sand heraus und wickelt mich in ein Tuch, während ich immer noch das Wasser aus meinen Haaren wringe. Ich wollte schon nach meinem Pulli greifen, aber das Strandtuch ist besser. Andrew wickelt sich in das andere Tuch und zieht den Grill näher zu uns heran, damit die Glut uns wärmt. »Möchtest du mir noch mehr Sternbilder zeigen?«, fragt er und zieht mich zu sich hoch auf die Motorhaube. Wir kuscheln uns aneinander.

Bevor ich mit meinen Ausführungen beginne, frage ich mich, ob der Autounfall, den er vorhin erwähnte, etwas mit dem Mannschaftstrikot zu tun hat, das er um den Baumstamm gewickelt hatte.

»Kann ich dich etwas fragen?«, sage ich.

»Klar doch.«

»Was hast du an dem Abend, als wir uns trafen, auf der Straße gemacht?«

Andrew dreht sich zu mir auf die Seite, und ich ahme seine Bewegung nach.

Er lässt seine Hand auf meiner Hüfte ruhen. Ich versuche, mich so zu verhalten, als hätte schon mal jemand meine Hüfte berührt. Ich liebe seine Wärme.

»Mein Freund Mike ist gestorben«, gesteht er.

Ich wünschte, ich hätte nicht gefragt. »Das tut mir leid«, sage ich leise.

»Curtis? Der Typ, den du am Strand gesehen hast? Er hat Mikes Wagen gefahren und …« Andrew zögert, aber ich kann mir vorstellen, was jetzt kommt. »Er war betrunken. Curtis war völlig zu. Mike war nicht angeschnallt und …«

»Er ist gegen den Baum gekracht«, sage ich kaum hörbar.

»Ja, er ist gegen den Baum gekracht.«

Andrew sieht mich nicht an, als er die Worte ausspricht. Ich hätte nie gedacht, dass traurige Augen funkeln können, aber seine tun es. Nicht vor Freude, aber auch nicht vor Tränen. Wir schweigen einen Moment, aber natürlich kann ich die Logik mal wieder nicht außer Acht lassen. Curtis hat den Jeep gefahren.

»Wieso darf Curtis Auto fahren?«, frage ich. »Wird einem nicht für alle Zeiten die Fahrerlaubnis entzogen, wenn man einen Menschen auf dem Gewissen hat?«

»Er saß neun Monate im Gefängnis. Als er rauskam, musste er eine vom Gericht angeordnete ambulante Entziehungskur machen. Vor vier Tagen hat er seinen Führerschein wiederbekommen. Dabei handelt es sich um eine eingeschränkte Fahrerlaubnis.«

Curtis war im *Gefängnis?* Warum treibt sich Scarlett mit so jemandem herum?

»Curtis ist nicht alleine schuld«, fährt Andrew fort. »Ich hätte an dem Abend dort sein sollen. Ich hätte den Unfall verhindern können. Das geht mir einfach nicht aus dem Kopf. Jede Nacht male ich mir von Neuem aus, wie ich den Unfall hätte verhindern können.«

Es ist nicht seine Schuld. Er hat Curtis nicht dazu gebracht, sich betrunken ans Steuer zu setzen.

»Das ist eine logische Tatsache«, sage ich und setze mich aufrecht hin.

»Was?«

Andrew folgt meinem Beispiel und setzt sich ebenfalls auf.

»Man kann niemanden kontrollieren. Ein Experiment, klar. Man kann die Variablen verändern, die Kontrollen festlegen und endlose Ergebnisse aufzeichnen. Aber bei Menschen? Selbst Menschen, die bei Experimenten eingesetzt werden, sind bestenfalls unzuverlässig. Und … ich schweife ab«, setze ich rasch hinzu.

Ich spiele mit den Fransen an meinen Jeansshorts.

»Nein, tust du nicht. Mach ruhig weiter.«

»Ich meine ja nur. Man kann niemanden dazu bringen, etwas zu tun, was er nicht tun will.« Ich zucke die Achseln. »Menschen sind keine Puppen. Du hättest viele Dinge anders machen können, aber auf das Ergebnis hätte das keinen Einfluss gehabt.«

»Ich weiß«, erwidert Andrew mit einer gewissen Hoffnungslosigkeit in der Stimme, als ob er mir nicht glaubt oder nicht mehr darüber sprechen möchte. »Mikes Mom sagt auch immer zu mir, ich solle mir nicht die Schuld geben. Aber sie will nur freundlich sein. Sorry, aber ich weiß, dass das nie passiert wäre, wenn ich an diesem Abend dort gewesen wäre.«

»Das ist völliger Schwachsinn.«

Ich lehne mich zurück und stütze mich mit den Händen ab. Aber da sie von dem Wasser, das mir immer noch aus den Haaren tropft, ganz glitschig sind, rutsche ich ab und schlage mir den Ellbogen an. »Autsch.«

Andrew krümmt sich vor Lachen.

»Oh mein Gott, Star Girl. Du bringst mich mal wieder zum Lachen.«

Meine Wangen sind ganz warm. Das war so gar nicht Scarletts Art. Dabei muss ich an ihre gazellengleichen Sprünge in Tante Nancys Atelier denken.

»Hey!« Andrew stupst mich an. »Erzähl mir was von dieser Lady Cassie.«

»Kassiopeia?« Ich brauche einen Moment, um mich auf das neue Thema einzustellen.

Dann erzähle ich Andrew alles über Königin Kassiopeia, ihre Eitelkeit und ihren umgestürzten Thron. Ich zeige ihm auch den Polarstern.

»Wieso weißt du so viel darüber? Ich könnte mir das nicht alles merken«, meint er.

»Das ist mein Leben. Zu Beginn des Monats war Vollmond«, erkläre ich. »Also ist in etwa einer Woche Neumond. Das sind so ziemlich die besten Sichtbedingungen, die ich mir wünschen kann. Weißt du, wenn ich nächste Woche den Kometen verfolge.«

Komet.

Waterman-Stipendium.

Registrierung.

Geburtstag.

Mein Magen spielt verrückt und in meinem Kopf dreht sich alles.

Die Anmeldung ist am 26. Juni. *Heute* ist der 26. Juni. Ich springe von der Motorhaube.

»Verdammte Scheiße, Andrew!«, rufe ich.

»Was? Was ist los?« Er rutscht von der Motorhaube.

»Ich muss los. Ich muss los! Ich muss mich für mein Stipendium anmelden. *Das* war es, was ich heute Abend vergessen habe!«

»Welches Stipendium?« Andrews Ton passt sich meiner Panik an.

Oh Mist. Ich schnappe mir unsere Strandtücher und Teller. Andrew folgt meinem Beispiel und holt seine Autoschlüssel aus der Tasche.

»Ich habe jetzt keine Zeit für Erklärungen. Ich muss noch heute Abend eine Anmeldung abschicken und zwar genau bis 23 Uhr. Wie spät ist es?«

»Verdammt! Ich hab doch versprochen, dich um zehn nach Hause zu bringen. Und jetzt ist es halb elf.«

»Scheiß drauf. Mir bleiben nur noch dreißig Minuten!«, schreie ich.

»Na, dann lass uns von hier verschwinden«, meint Andrew. In zehn Sekunden hat er alles im Wagen verstaut. Einen kurzen Moment bleibe ich neben der Beifahrertür stehen.

»Danke«, sage ich.

»Steh hier nicht rum, steig endlich ein!«, fordert er mich scherzend auf.

»Positiv!«, sage ich und im selben Moment hasse ich mich dafür. Das kann ich zu den Pis sagen, aber doch nicht zu so heißen Typen wie Andrew. Mit dem Grill und den anderen Sachen auf der Ladefläche fahren wir mit quietschenden Reifen vom Campingplatz.

Wir rasen den sandigen Weg entlang. Vor uns taucht eine hohe Düne auf. Andrew lässt den Motor aufheulen.

»Ähm, Andrew …«

Er fährt noch schneller. Und zwar nicht im Sechzehn-Stundenkilometer-Tempo wie mit Tuckers altem Volvo auf dem Overlook Drive.

»Großer Hügel … großer Hügel!«, rufe ich.

Andrew lässt noch einmal den Motor aufheulen, und dann heben wir für eine Sekunde ab. Mit einem Schlag sind wir wieder auf dem Boden.

»Juhuuu!«, ruft Andrew aus. »Du solltest öfter einen Termin vergessen, Star Girl.«

»Ich habe bisher noch nie einen Termin verpasst«, schreie ich, um das Rauschen des Windes zu übertönen, der durch die Fenster bläst.

22:34 Uhr.

Ich wusste doch, dass ich heute, an meinem Geburtstag, die Anmeldung abschicken muss. Ich wusste es. Es war auf dem Kalender eingetragen. Es stand auf der *Checkliste* und ich habe es völlig verschwitzt. Ich war mit meinen Gedanken so sehr bei dem Scarlett-Experiment, dass ich die Anmeldung nicht einmal auf Rechtschreibfehler überprüft habe. Vergiss die Rechtschreibprüfung. Ich könnte die Abgabe komplett verpassen.

»Wir schaffen das schon«, meint Andrew.

Als wir an dem Strandwärterhäuschen vorbeikommen, müssen wir das Tempo drosseln, sonst kriegt Andrew noch einen Strafzettel wegen zu schnellen Fahrens. Aber bestimmt werden sich die Leute beschweren, an denen wir mit achtzig Sachen vorbeigerauscht sind.

22:41 Uhr.

Als wir auf die Hauptstraße abbiegen, die von Nauset Beach wegführt, beschleunigt Andrew auf 110 km/h.

»Bieg in die Shore Road ein«, rufe ich und deute auf Tante Nancys Straße. Möglicherweise kennt Andrew das Haus, weil er Scarlett hier schon einmal abgeholt hat. Aber das ist jetzt auch egal. Zu Fuß würde ich es nicht mehr rechtzeitig schaffen. Ich werde mir später eine Ausrede überlegen. Das Waterman-Stipendium hat jetzt Vorrang.

»Was passiert, wenn du es nicht schaffst?«, fragt Andrew. Wir sind fast da.

22:43 Uhr.

»Daran darf ich gar nicht denken«, sage ich.

»Welches Haus ist es?«

»Das letzte auf der rechten Seite.«

Andrew hält an und ich hebe meine Tasche vom Boden auf. Ich rechne jede Sekunde damit, dass Andrew das Haus und Scarlett erwähnt, aber er tut es nicht.

Meine Haare sind ganz kraus von dem Salzwasser und wahrscheinlich sehe ich aus wie eine wandelnde Leiche. Aber darum kann ich mich jetzt nicht kümmern, so gern ich es auch täte. Ich steige aus dem Wagen.

Mir bleibt eine Sekunde, um mich zu verabschieden.

Ich lege eine Hand ins Fenster. »Es tut mir leid.«

22:44 Uhr.

»Du bist wunderschön«, sagt er ohne zu zögern.

»Oh, dann magst du also Mädchen, die aussehen wie tollwütige, total gestresste Tiere?« Ich halte eine nasse Haarsträhne hoch und lasse sie auf meine Brust klatschen.

»Kann ich dich morgen anrufen?«

»Sehr gerne«, sage ich. Ich muss los, aber bevor ich gehe, legt er noch seinen Arm über die Lehne des Beifahrersitzes, und ich kann endlich erkennen, wie der Spruch lautet, der auf seinen Arm tätowiert ist: *Swim to the moon.*

»Hey, ich hab eine Idee«, sagt Andrew durch das offene Fenster. »Magst du Partys?«

Ich bin nicht ganz sicher. Einladungen zu Partys fallen mir nicht jeden Tag in den Schoß.

»Hast du Lust, morgen Abend zu einer schicken Party in einem Restaurant zu gehen? Keine Abendgarderobe oder so was, aber schon eleganter als gewöhnlich.«

Fast hätte ich sofort Ja gesagt.

Aber es geht nicht. Morgen Abend ist mein Geburtstagsessen mit Mom, Dad, Scarlett und Tante Nancy. Es wäre schon toll, mit Andrew auf eine Party zu gehen.

»Ich kann nicht«, sage ich. »Wir haben eine Familienfeier. Aber ich wünschte, ich könnte mitkommen.« Ganz langsam trete ich von dem Wagen zurück.

»Okay«, meint er mit einem Blick auf die Uhr. »Scheiße, es ist zehn vor elf. Du musst gehen.«

»Bye!«, rufe ich und haste die Vordertreppe hoch. Als der Schlüssel im Schloss steckt, drehe ich mich noch einmal um und sehe gerade noch die Rücklichter von Andrews Pick-up hinter der nächsten Straßenecke verschwinden. Ich möchte tanzen! Ich möchte singen!

Aber vor allem möchte ich meine verdammte Anmeldung abschicken. Ich drehe ganz vorsichtig den Schlüssel herum und beiße mir auf die Unterlippe, als es klick macht und die Tür aufspringt.

Es ist 22:52 Uhr. Mir bleiben noch acht Minuten, um den Computer hochzufahren, mich anzumelden und die Dokumente anzuhängen.

In Tante Nancys Haus gelangt man von der Diele direkt in die Küche. Mom wird wohl dort sein. Oder sie sitzt im Wohnzimmer vor dem Fernseher. Aber es ist alles dunkel und still.

Ich bin nicht nur mit der Anmeldung spät dran, sondern ich komme auch noch später als vereinbart nach Hause. Ich war noch nie eine Minute später als zehn Uhr zu Hause. Verdammt, ich bin meistens sogar schon eine Stunde früher da gewesen. Tucker und ich sind immer direkt nach Hause gefahren, wenn es Zeit war. Ich werde es Mom und Dad irgendwie erklären müssen.

Ich schnappe mir Moms Computer und presse ihn an mich. Dank der vielen Lektionen von Scarlett halte ich die Hausschlüssel ganz fest in der Hand, damit sie nicht klimpern. Der Sand unter meinen Füßen knirscht etwas, als ich ins Haus schleiche. Ich werde bestimmt eine Spur hinterlassen. Ich friere. Ich werde den Sand nach der Registrierung wegkehren. Ich laufe die Treppe hoch in den zweiten Stock und bleibe vor Moms und Dads Schlafzimmer stehen. Ich stelle mich auf die Fußballen und lausche …

Beide schlafen fest.

Keiner ist aufgeblieben, um zu sehen, ob ich pünktlich nach Hause komme.

Keiner weiß was.

Ich husche an Scarletts Zimmer vorbei und werfe einen kurzen Blick hinein. Sie hat sich unter ihrer Decke verkrochen und nur ihre blonden Haare schauen darunter hervor. Sogar Scarlett ist schon früh zurück.

Ich bin nach Scarlett nach Hause gekommen! Wahrscheinlich dachte sie, ich sei am Strand und würde durch mein Teleskop schauen. Ihr würde nie im Traum einfallen, dass ich mit Andrew Davis in Unterwäsche zum Schwimmen gehen könnte.

Ich haste hinauf in mein Schlafzimmer, mache die Tür hinter mir zu und schalte den Computer an. Während er hochfährt, wippe ich ungeduldig mit dem Fuß. Hoffentlich lag Tucker falsch mit seiner Behauptung, Registrierungen nach 23 Uhr würden abgelehnt. Vermutlich hat er das nur gesagt, um mich zu foppen. Er weiß doch, wie leichtgläubig ich bin.

22:59 Uhr.

Der Computer ist hochgefahren.

Schnell mein E-Mail-Konto aufrufen. Die Dokumente anhängen. Laden … laden …

Die Uhr zeigt 23 Uhr an.

Ich habe die Frist verpasst. Ich lasse mich auf den Schreibtischstuhl fallen. Mir bleibt keine andere Wahl. Ich muss mich verspätet anmelden, ohne Rechtschreibprüfung und ohne sicher zu sein, dass mein Begleitschreiben in Ordnung ist. Ich habe keine Ahnung, ob sie die Dokumente akzeptieren werden; das werde ich sofort feststellen, wenn ich eine Fehlermeldung erhalte. Großartig.

Ein Klick und die Mail ist abgeschickt.

Normalerweise erhält man Fehlermeldungen innerhalb weniger Sekunden. Ich starre auf den Bildschirm und aktualisiere bestimmt fünfzehn Mal meinen Posteingang. Um 23:03 Uhr springe ich auf und vollführe mitten im Zimmer einen kleinen Freudentanz.

Tucker lag falsch. Penner. Fast hätte ich zum Handy gegriffen und ihn angerufen. Aber ich kann ihn ja gar nicht anrufen. Was sollte ich sagen? Haben wir uns überhaupt noch etwas zu sagen?

Andrew hatte vollen Einsatz gezeigt. Und das Beste? Er kennt Scarlett nicht gut genug, um dieses Haus zu kennen. Ich checke noch mal meine E-Mails, nur um ganz sicher zu sein. Da macht es *ding* und im Posteingang erscheint eine E-Mail von der Vergabestelle für das Waterman-Stipendium. Ich ringe zuerst nach Luft und dann lese ich die Betreffzeile: ANMELDUNG BESTÄTIGT.

Erleichtert atme ich aus und schließe den Deckel des Laptops. Ich gehe zum Schrank, um mich zum Schlafengehen umzuziehen.

Vor dem Spiegel an der Tür bleibe ich stehen.

*Du bist wunderschön.*

Ich möchte sehen, was Andrew sieht. Was immer es auch ist, es hat noch niemand zuvor entdeckt. Nicht mal ich selbst.

Ich trete näher an den Spiegel heran und werfe einen letzten Blick auf meine feuchten Klamotten und auf meine Haare, die in welligen Strähnen über meine Schultern fallen. Andrews Augen, sein ansteckendes Lachen – all das kommt mir wieder in den Sinn. Das Tattoo auf seinem Arm: *Swim to the moon.*

Ich ziehe meine Kleider aus und bin mit einem Satz im Bett.

Ich kann es kaum erwarten, Andrew wiederzusehen. Ich muss kichern, halte mir aber sofort die Hand vor den Mund. Das Scarlett-Experiment ist vielversprechend.

Eigentlich ist das völlig untertrieben.

Bislang ist das Scarlett-Experiment ein voller Erfolg.

# KAPITEL 12

»SECHZEHN. ICH KANN ES NOCH GAR NICHT GLAUBEN«, sagt Mom am Nachmittag des nächsten Tages. »Tut mir leid, dass wir ausgerechnet an solch einem besonderen Tag shoppen gehen müssen, Beanie.«

»Mom, hör auf dich zu entschuldigen. Mein Geburtstag war gestern«, erkläre ich. Ich will nicht, dass Mom sich mies fühlt.

»Aber heute ist deine große Feier!«

»Ist schon okay. Echt.«

»Maeve, Bean weiß genau, dass dies der einzige Tag war, an dem wir den ganzen Ankleideraum für uns reservieren konnten, bevor Scarlett abreist«, mischt sich Tante Nancy ein.

Wir befinden uns in Viola's Dress Shop in Orleans. Warum sie hier in Cape Cod so einen schicken Laden brauchen, ist mir schleierhaft, aber jetzt sind wir nun mal hier, um Scarlett ein Cocktailkleid für ihre Party zu kaufen.

Sie haben als Motto Titanic Dreams ausgewählt. *Titanic … Dreams.* Tausende von Menschen sind damals umgekommen und wir schmeißen eine Abschiedsparty. Irgendwie ist Tante Nancy zu der Überzeugung gelangt, dass alles, was mit einem Ozeanriesen zu tun hat, Klasse besitzt. Vermutlich wäre mein Englischlehrer stolz auf mich, weil ich sogar die verschiedenen Level von Ironie bemerkt habe.

Ich sitze in einem bequemen Sessel, als Scarlett hinter dem Vorhang des Ankleideraums hervortritt.

»Entzückend«, gurrt Tante Nancy.

Scarlett trägt ein schwarzes Cocktailkleid mit Spaghettiträgern. Ihre Brüste verschwinden irgendwie unter dem Stoff. Mein Herz klopft vor Aufregung. Ich hoffe, Scarlett nimmt es. Das wäre das perfekte Kleid, um mit Andrew auszugehen. Sofort stelle ich mir Andrew und mich im Pleasant Inn vor, dem vornehmen Restaurant am Meer.

Mom tritt hinter Scarlett und beide betrachten das Kleid im Ganzkörperspiegel. Mom hebt das Oberteil etwas an, damit Scarletts Brüste komplett bedeckt sind. Durch das Tanzen ist Scarletts Busen viel kleiner als meiner. Da Scarlett mager ist und ich dafür groß, haben wir fast dieselbe Kleidergröße. Keine Ballerina, die etwas auf sich hält, hat eine größere Oberweite als B Cups, behauptet Scarlett.

»Du wirst einen trägerlosen, gefütterten BH tragen müssen«, meint Mom und lässt den Stoff los. »Gefällt es dir?«

Scarlett neigt den Kopf zur Seite, sodass die blonden Locken über ihre Schulter fallen. Unsere Haare sind fast gleich lang. Ich weiß nicht, warum, aber aus irgendeinem Grund habe ich das Gefühl, dass ich gewonnen habe, weil meine Haare länger sind.

»Es ist okay«, meint sie achselzuckend.

Swim to the moon … Was für ein interessanter Satz. Ich frage mich, woher er stammt. Warum wollte er sich ihn auf den Arm tätowieren lassen? Ob es wehgetan hat?

»Was gefällt dir nicht an dem Kleid?«, krächzt Tante Nancy. Ich richte mich in meinem Sessel auf. Scarlett weiß doch genau, dass sie bei allem, was mit der Party zu tun hat, Begeisterung vortäuschen muss. Wenn sie nicht von dem Kleid schwärmt, wird Tante Nancy wieder herummeckern, dass Mom keinen Job hat, dass Dads Gehalt mickrig ist und dass sie uns alle nicht unterstützen müsste, wenn Dad damals nach Scarletts Geburt diesen Bürojob angenommen hätte. Bevor ich einspringen kann, um ihr den Arsch zu retten, setzt Scarlett ein breites Grinsen auf.

»Es ist perfekt, Mom. Elegant.«

»Oooh, wie *reizend*«, ruft Tante Nancy, aber diesmal ist nicht Scarlett gemeint. Eine Verkäuferin schiebt einen Ständer mit üppigen, pastellfarbenen Kleidern herein. Wow, Nancy wird wirklich extrem rosa aussehen.

»Okay, Beanie«, sagt Mom und deutet auf die pastellfarbenen Abscheulichkeiten auf dem Kleiderständer.

»Okay … was?«, frage ich.

»Die Kleider sind für dich.«

Ich schnappe nach Luft, ganz leise, aber laut genug, dass Nancy es fälschlicherweise als Freude interpretiert.

Es ist genau so, wie Großmutter es vorausgesagt hat. Am liebsten würde ich die Kleider vom Ständer reißen und Tante Nancy mit der Spitzenborte erdrosseln. Aber ich kann nicht Nein sagen; ich habe kein anderes Kleid für die Party, das dem Anlass angemessen wäre.

Ich schiebe den Vorhang beiseite und ziehe mein T-Shirt und meine Shorts aus. Natürlich gehört alles, was ich heute anhabe, mir. Ich könnte niemals Scarletts Klamotten in ihrem Beisein tragen. Ich kann es kaum erwarten, dass sie ab morgen weg ist.

Ich versuche, nicht auf das Rascheln des Satins und das Klappern des Metallbügels zu hören, als Scarlett in der Kabine neben mir das elegante schwarze Kleid wieder auszieht.

»Oh, das gefällt mir«, sagt Tante Nancy, als Mom mir ein rosa Kleid reicht. Die Rüschen am Saum sind kratzig. Das Kleid hat breite Träger und einen geraden Ausschnitt. Wie zum Teufel soll ich das anziehen? Kopf zuerst? Füße zuerst?

Schließlich steige ich von unten in das Kleid und streife es über meinen Körper. Der Stoff ist so dick.

Baby-Rosa. Barbie-Pink. Zuckerwatte-Rosa. Drei Schichten aus abscheulichen Rüschen und Tüll.

Ich sehe aus wie eine mehrstöckige Torte.

»Ich will das nicht tragen«, sage ich zu dem Spiegel im Ankleideraum. Mein Spiegelbild sieht jetzt ganz anders aus als das, das ich letzte Nacht gesehen habe. Wenn er mich so sehen könnte, würde Andrew mich bestimmt nicht mehr als wunderschön bezeichnen.

»Na, dann lass mal sehen«, sagt Mom. Aus ihrer Stimme ist so etwas wie Verwunderung herauszuhören, so als würde sie nie damit rechnen, dass ich mal anderer Meinung sein könnte.

Ich schiebe den Vorhang beiseite und trete aus der Kabine. Meine nackten Füße sind kalt von dem Ladenboden. Scarlett blickt angestrengt in ein Notizbuch, um zu verhindern, dass sie mir direkt ins Gesicht lacht. Ihre Wangen sind so rot, dass ich am liebsten ihr blödes Notizbuch hinaus auf die Straße geschleudert hätte. Eine Seite enthält handgeschriebene Notizen zu einem Tanz, den sie sich vor Beginn der Orientierungseinheit an der Juilliard School noch einprägen muss.

Ich versuche, mich nicht im Spiegel anzusehen, weil ich sonst weinen muss. Der aufgeplusterte Stoff ist sogar aus peripherer Sicht scheußlich.

»Beanie, du siehst wundervoll aus«, sagt Tante Nancy und legt ihre plumpe Hand auf ihre Brust. *»Das* ist dein Kleid. Es ist einfach perfekt.«

»Könnte ich vielleicht noch ein paar andere anprobieren?«, frage ich, obwohl die übrigen Kleider auf dem Ständer auch nicht besser sind.

Tante Nancy nimmt die Hand von ihrer Brust und lässt sie in ihren Schoß fallen.

»Beanie, das ist Tante Nancys Party«, versucht Mom zu erklären.

»Ich dachte, es sei Scarletts Party«, sage ich.

»Beides«, stellt Nancy klar.

»Was möchtest du denn anziehen?«, erkundigt sich Mom.

Ich zucke die Achseln und sage: »Etwas anderes.« Der Tüll plustert das Kleid so auf, dass ich nicht einmal meine Knie sehen kann.

»Etwas Schwarzes? Mit Spaghettiträgern?«, sagt Scarlett und verdreht dabei die Augen. Ich spüre ein Brennen in der Brust und schaue weg. Ich hasse es, dass sie weiß, was ich will. Ich hasse es, dass sie gerade dann, wenn ich sie an meiner Seite bräuchte, alles nur noch schlimmer macht. Warum kann sie nicht auf meiner Seite sein und es auch bleiben, wie neulich Abend bei dem Debakel mit der Tanzveranstaltung?

*Du brauchst Rückgrat, sonst trampeln die Leute auf dir rum.*

»Statistisch gesehen werde ich dieses Kleid nie wieder tragen«, erkläre ich und versuche dabei, so ein bisschen wie Scarlett zu sein. »Es ist nur, dass … es ist nicht … es ist nicht …«

»Es ist nicht was?«, fragt Mom.

»Du trägst immer nur deine Mathe-Club-T-Shirts und aufgetragene Kleidung. Das hier sieht natürlich ganz anders aus«, fügt Tante Nancy hinzu. »Erwachsener.«

»Viel erwachsener«, plappert Mom ihr nach.

Am liebsten würde ich sagen, dass dieses Kleid überhaupt nicht zu mir passt. Bestimmt würde ich noch etwas anderes finden. Meine Schultern sind sonnengebräunt und meine Nase ist bronzefarben. Sogar meine Haare haben helle Strähnen. Ich weiß, dass das Scarlett-Experiment erst zwei Tage läuft, aber trotzdem fühle ich mich schon ganz anders.

»Es ist nur ein Kleid, Beanie«, meint Mom. »Du kümmerst dich doch sonst nicht um solche Dinge.«

Jetzt schon.

Mom und Tante Nancy machen den Eindruck, als würde ihre Glückseligkeit davon abhängen, dass ich dieses blöde Kleid anziehe.

All die Kleider auf dem Ständer sehen so aus, als sollte ich bei einer Hochzeit Blumenmädchen spielen. Ich weiß nicht, was ich mir wünschen soll, aber bestimmt nicht dieses Kleid aus dem kratzigen Stoff und mit dem gepolsterten Rock.

Was ich mir wünschen würde, hat Scarlett schon, und sie darf auf keinen Fall erfahren, wie sehr ich mir wünsche, ihren Stil zu besitzen.

»Gibt es vielleicht noch eine andere Farbe?«, frage ich.

»Dieses Kleid hier ist geschmackvoll«, meint Tante Nancy. »Es passt perfekt zu dir, du kannst es nur nicht sehen.«

Ich kann es sehen. Scarlett hat nie so was getragen.

»Wie du weißt, trägt Bean normalerweise keine Kleider«, sagt Mom. »Sie ist von Natur aus ein Laborkittel-Typ.«

Ich will aber kein Mädchen im Laborkittel mehr sein.

»Leider werden aus weißen Laborkitteln keine Kleider gemacht«, meint Scarlett, und sie und Tante Nancy müssen lachen. Wie zwei kleine Kanarienvögel, die nach einem Bad im Vogelbecken auf der Stange sitzen.

»Scarlett …«, sagt Mom leise, zieht aber dabei die Mundwinkel nach oben. *Komm schon, Scarlett. Hilf mir.* Scarlett seufzt und beugt sich in ihrem Sessel nach vorn, um den Saum des Kleides anzufassen.

»Sie könnte etwas tragen, das mehr anliegt, oder etwas ohne« – sie reibt den Stoff zwischen Daumen und Zeigefinger – »all diese Spitze.«

»Spitze ist angemessen«, meint Nancy. »Du bist älter, Scarlett. Du kannst ein figurbetontes Kleid tragen. Du bist Tänzerin.«

Ich kann meine Zehenspitzen nicht sehen.

Es ist ein Tutu.

Dieses Kleid oder ich mache eine Szene. Ich kann mich unmöglich beschweren. Nicht, solange Scarlett hier ist und mich beobachtet. Es ist klar, dass ich hier nicht gewinnen kann.

»Wisst ihr«, sage ich, obwohl meine Stimme fast versagt, »eigentlich ist es ein recht robuster Stoff. Langlebig. Wahrscheinlich sogar wasserfest.«

»Großartig. Das wäre erledigt. Wir müssen ihr nur noch einen besseren BH besorgen. Ich glaube, dieser hier ist zu klein«, meint Nancy.

Mein Dekolleté ist alles, was Nancy interessiert. Ich bin kein kleines Kind mehr und auch keine Ankleidepuppe.

»So«, sagt Mom, als ich wieder in der Ankleidekabine verschwunden bin. »Scarlett, ein paar Schuhe mit Keilabsatz würden toll zu deinem Kleid passen. Mit High Heels würdest du in Nancys Rasen einsinken.«

Mir würden hohe Absätze auch gefallen.

»Bean braucht wahrscheinlich flache Schuhe«, meint Mom.

»Ballerinas! Perfekt«, erklärt Nancy.

Mir wird ganz heiß, und ich muss daran denken, wie Scarlett, als ich fünf war, eine Barbie-Party veranstaltete. Ich musste so viele Spitzenpetticoats unter meinem Kleid tragen, dass ich hätte davonschweben können. Damals hatte es mir nichts ausgemacht. Es machte mir nichts aus, wenn Mom für mich einkaufte und einen Stapel Pullis mit einem Zettel auf mein Bett legte, auf dem stand: *Probier die an! Was nicht passt, bringe ich zurück!* Sie fragte mich nie, was ich haben wollte, bevor sie wegging. Nie sagte sie: Du hast die Wahl. Was ist dir wichtig?

Ich kann dieses Kleid nicht in Gegenwart von Tucker tragen.

Auf der Rückfahrt zu Nancys Haus starre ich auf meine Hände. Mom, Dad, Nancy und sogar Scarlett erwarten von mir, dass ich berechenbar und zuverlässig bin. Wenn ich die Sterne beobachte, dann wissen sie, wer sie sind und welche Rolle sie spielen müssen.

Letzte Nacht glitten diese Finger über Andrews Kinn. Seine Lippen berührten meine und flüsterten mir zu, dass ich wunderschön sei.

*Swim to the moon.*

Ich liebe es, wie dieser Satz in meinem Kopf klingt.

Ich habe es genossen, seine Lippen auf meinen zu spüren.

Es hat mir gefallen, wer ich letzte Nacht war.

# KAPITEL 13

»ES IST JA NICHT SO, DASS SIE ES VERHEIMLICHEN müssen. Als seien sie Berühmtheiten oder sonst was«, sagt Ettie an diesem Abend am Handy. Ich sitze draußen auf der Veranda in einem Adirondack-Sessel. Der Abend senkt sich über Pleasant Bay und hüllt die Kronen der Bäume in ein fahles Licht.

Das Cupcake-Kleid hängt eingehüllt in Plastikfolie in meinem Schlafzimmerschrank und fällt hoffentlich bald einem schrecklichen spontanen Feuerchen zum Opfer.

Mom föhnt sich oben in ihrem Zimmer die Haare und Dad ist im Wohnzimmer mit Papierkram des WHOI beschäftigt. Neben ihm auf dem Tisch liegen Moms Lebenslauf und etwa fünfzig Begleitschreiben.

»Ich habe sie seit Hilltop nicht mehr gesehen«, sagt Ettie.

In Gedanken küsse ich Andrew im Meer.

»Er soll nur kommen«, sage ich und schüttle den Kopf, sodass mir die Haare über die Schultern fallen. »Ich habe es satt, mich wegen Tucker aufzuregen.«

»Dieser neue Optimismus hat nicht zufällig etwas mit einem Typen namens Andrew zu tun, oder?«

Endlich ist Ettie bei dem Thema angelangt, das sie so brennend interessiert. »Wie geht's ihm denn?«

Ettie glaubt, Andrew sei siebzehn. Ich habe ihn zwei Jahre jünger gemacht, als sie nach seinem Alter fragte. Was soll's. Ich bin sechzehn (okay, knapp) und er neunzehn. Das ist kein so gewaltiger Unterschied. Im Grunde ist er immer noch ein Teenager.

Eine leise innere Stimme fragt: *Warum sagst du dann nicht die Wahrheit?*

Und dieselbe innere Stimme fährt fort: *Und was noch schlimmer ist, er hat keine Ahnung.*

Scarlett setzt sich zu Dad an den Tisch. Sie studieren eine U-Bahn-Karte von New York City. Ich ignoriere Etties Frage und wechsle das Thema.

»Das Kleid, das sie für mich für Scarletts Party gekauft haben, sieht aus, als sei auf einem rosafarbenen Stoff eine ganze Zuckerguss-Fabrik explodiert.«

Ich schaue mich um, ob jemand in der Nähe ist. Obwohl ich am äußeren Ende der Veranda sitze, flüstere ich.

»Und wenn ich mich das nächste Mal mit Andrew treffe, werde ich Scarletts Kleid anziehen. Es ist kurz und schwarz.«

Ettie schweigt.

»Ich muss meiner Mom erklären, dass ich bis Mitternacht wegbleibe. Früher musste ich mir nie Gedanken darüber machen, ob ich pünktlich nach Hause komme. Ich weiß nicht, wie lange ich Andrew noch weismachen kann, dass ich ›morgens zu tun habe‹.« Ich male Anführungszeichen in die Luft, obwohl Ettie es gar nicht sehen kann.

Ich weiß, was es bedeutet, wenn sie so still ist. »Was ist?«, frage ich.

»Nichts«, erwidert sie, obwohl ich merke, dass etwas los ist.

»Spuck's aus, Ettie.«

»So viel Manipulationsaufwand, nur um irgendeinen Typen zu sehen.«

»Er ist nicht *irgendein* Typ, und ich manipuliere ihn nicht.«

»Weißt du, was passiert, wenn Scarlett dich in ihren Klamotten erwischt? Sie wird dich umbringen und du wirst Andrew nie wiedersehen. Mit dem Bikini hattest du Glück, aber wie willst du das mit dem schicken Kleid durchziehen?«

Ich habe schon daran gedacht, bei dieser Party in dem Restaurant in dem Cupcake-Kleid aufzutauchen. Ich würde nicht mal wie sechzehn aussehen, sondern eher wie zwölf. Meine schwarzen Sandalen und Scarletts Kleid wären das perfekte Outfit. Ich würde älter aussehen. Eleganter. Und ich könnte das Scarlett-Experiment fortsetzen.

»Bean?«, sagt Ettie.

»Ja.« Ich bin wieder zurück in der Gegenwart.

»Hast du überhaupt irgendwas von dem mitgekriegt, was ich in den letzten zwei Minuten gesagt habe?« Ich schweige und Ettie seufzt.

»Wenn du das Kleid tatsächlich anziehst, dann musst du es dampfreinigen, wenn du nach Hause kommst«, erklärt sie. »Häng es auf den Bügel und stell die Dusche an. So kriegst du nach dem Tragen alle Gerüche und Falten raus.«

»Seit wann bist du eine heimliche Modeexpertin?«

»Filme. Fernsehen. Die Mädchentoilette in Summerhill.«

»Großartig.«

Am Ende des Gesprächs steht mein Plan fest.

Ich kann die Sache mit Andrew nicht mehr aufhalten, ich weiß nicht einmal, wie es angefangen hat.

Und außerdem will ich es auch nicht.

Ich eile die Treppe hinauf, um mich umzuziehen, bevor wir zum Abendessen ins Lobster Pot gehen. Ich mache gerade den

Reißverschluss meiner Jeans zu, als Scarlett plötzlich in der Tür steht.

»Ähem …« An ihrem Finger baumelt eine kleine braune Tüte mit lindgrünen Papierhenkeln.

»Ja?«, sage ich und verschränke die Arme über der Brust. Ich bin immer noch sauer, dass sie mir nicht mit dem Kleid geholfen hat.

Scarlett kommt in mein Zimmer, setzt sich aufs Bett und hält die braune Tüte hoch.

»Happy Birthday«, sagt sie.

Ich setze mich ebenfalls aufs Bett und sehe sie an.

»Hast du ein Geschenk für mich?«

»Habe ich das nicht immer?«

Na ja, wenn ich jetzt so darüber nachdenke, hat sie recht.

Ich rutsche zu ihr rüber und nehme die kleine Tüte. Ich lange hinein und lege meine Finger um eine schmale Glasflasche.

»Wow, ich sollte dir öfter etwas mitbringen. Sieh sich einer dieses Lächeln an«, meint Scarlett.

Ich halte ein Kristallfläschchen mit Ägyptischem Moschusöl in der Hand.

»Dein Parfüm«, sage ich mit geröteten Wangen. Mom muss ihr von neulich Abend erzählt haben. »Ich habe es nur dieses eine Mal benutzt.«

»Wann?«

Ups.

»Neulich«, gestehe ich.

Scarlett seufzt. »Frag mich bitte erst, bevor du dir meine Sachen ausleihst.«

»Woher wusstest du, dass ich es mag?«

»Du hast zu Hause mindestens neunzig Mal daran gerochen. Und außerdem lebe ich mit dir unter einem Dach, Dummkopf.«

Ich hatte keine Ahnung, dass sie mich dabei beobachtet hatte. Ich hätte nicht gedacht, dass sie mich überhaupt bemerkt.

»Ich habe es im Internet bestellt und mir schicken lassen. Ich hätte nicht gedacht, dass es rechtzeitig ankommt.«

Das Parfümfläschchen schimmert im Licht der Deckenlampe.

»Danke«, sage ich und halte das Fläschchen fest, anstatt meine Schwester zu umarmen. Sie könnte mich ja auch mal in den Arm nehmen. Aber sie tut es nicht. Stattdessen steht sie auf und zieht eine Duftwolke von Ägyptischem Moschusöl hinter sich her – an ihr riecht es besser, exotischer.

»Ärgere dich nicht über das Kleid«, sagt sie und bleibt im Türrahmen stehen. »Ich meine das für die Party.«

»Du hast leicht reden.«

»Es werden sowieso fast ausschließlich meine Freunde da sein. Die meisten kennst du nicht mal.«

»Tucker wird da sein. Vielleicht macht er ein Foto und schickt es Becky, damit sie was zum Lachen hat.«

»Hör auf«, sagt Scarlett, die immer noch in der Tür steht. »Wen kümmert es schon, was er denkt?«

Schließlich dreht sie sich um und geht leise die Treppe hinunter.

»Mich«, flüstere ich, als sie außer Hörweite ist.

Ich stelle das Parfümfläschchen auf meinen Nachttisch und eile hinter meiner Schwester die Treppe hinunter.

Hummergerippe liegen auf unseren Tellern – na ja, auf allen, außer auf Scarletts, die nur einen Gartensalat mit gegrilltem Hühnchen bestellt hatte. Der Tisch ist übersät mit silbernen Zangen und abgetrennten Hummerschwänzen. Meine Papierserviette ist voller Fettflecke. Scarletts Salatschüssel ist bis auf einen Bodensatz Essig leer. An ihrer Stelle würde ich Brotstückchen in das Salatdressing tunken. Aber Scarlett tut so etwas nicht … niemals.

Ich liebe den süßlichen Geruch der Reinigungstücher, mit denen man sich nach einem großartigen Meeresfrüchte-Mahl die Hände abwischt. Das bedeutet, dass gleich das Dessert folgt.

Der Lobster-Pot-Schokoladenkuchen mit einer zentimeterdicken Glasurschicht ist unterwegs. Mom und Dad holen eine blaue Schachtel unter dem Tisch hervor. Sie ist so groß wie eine Cornflakes-Schachtel, nur etwas breiter. Wieso habe ich davon nichts mitgekriegt? Dad muss zum Wagen zurückgegangen sein, als ich gerade meinen Hummer in Stücke gerissen habe. Sie schieben die Schachtel zu mir hin.

»Scarlett!«, ruft Dad.

Sie hängt an der Bar rum und redet mit einem Barkeeper. Schließlich schlendert sie wieder zurück zu unserem Tisch.

Oben auf der blauen Schachtel sind mit einem Streifen Klebeband ein weißer Umschlag und eine wesentlich kleinere, violette Schachtel befestigt. Ich weiß genau, von wem die rosa Schachtel ist – von Nancy.

Ich reiße den weißen Umschlag auf. Statt der erwarteten Karte befindet sich lediglich ein Ticket darin. Ein *Flugticket.*

»San Francisco!«, rufe ich begeistert. »Ich darf Grandma besuchen?«

»Sie hat das Ticket Anfang der Woche geschickt«, erklärt Mom mit einem breiten Lächeln.

Auf dem beiliegenden, zusammengefalteten Zettel steht: *Wir sehen uns am Labor-Day-Wochenende. Umarmungen und Küsse, Grandma und Gracie.* In ihrer schnörkellosen Handschrift hat Großmutter noch hinzugefügt: *P.S. Du darfst Gracies Jetta fahren.* Und Gracie hat in schmaler Schrift daruntergeschrieben: *Danach wirst du wahrscheinlich nie wieder fahren wollen!*

Scarlett setzt sich an den Tisch und ich schiebe ihr den Zettel hin.

»Wow, du Glückliche«, sagt sie.

Dabei bemerke ich, dass Nancy eine Augenbraue hochgezogen hat.

»Direkt bevor die Schule wieder anfängt?«, fragt sie.

»Okay!«, schaltet sich Dad rasch ein. »Dann mach jetzt unser Geschenk auf.«

Als ich das dicke blaue Papier aufreiße, finde ich in der Schachtel einige Sachen. Ein Set Sternen-Sticker für meine Zimmerdecke.

»Die entsprechen genau dem Sternenhimmel über New England im März«, erklärt Dad, denn er kennt mich nur zu gut. Unter diesem Päckchen befinden sich eine kleine Schachtel und ein weiterer Umschlag. Die kleine Schachtel enthält silberne Ohrringe in Sternenform. Ich stecke sie mir sofort in die Ohrläppchen.

»Du solltest sie vorher rein…«

»Zu spät, Nancy«, sagt Dad.

In dem anderen Umschlag stecken zweihundert Dollar in bar.

»Dad …« Meine Finger umschließen den Umschlag.

»Das ist für deinen Besuch bei Gran«, sagt Mom. »Und um Spaß zu haben.«

Nancy windet sich auf ihrem Stuhl, und ich bin sicher, sie würde gerne Hunderte Dinge loswerden.

Als der Schokoladenkuchen hereingebracht wird, spitzt sie die Lippen. Auf dem Kuchen brennen kleine Kerzen, und Nancy unterdrückt ihren Wutanfall, um mitzusingen.

»Happy Birthday to you …«, singen alle an unserem Tisch, und kurz darauf stimmen auch andere Gäste des Restaurants in den Gesang mit ein.

Scarletts Piepsstimme ist deutlich herauszuhören. Während sie singt, schreibt sie auf ihrem Smartphone Nachrichten. Der Ober stellt den Kuchen vor mir auf den Tisch. Als der mitreißende Gesang zu Ende ist, lächeln alle – Mom, Dad, Nancy und Scarlett.

»Wünsch dir was, Beanie«, sagt Mom.

Das Kerzenlicht flackert, und ich wünsche mir, ich könnte immer diejenige sein, die ich in Andrews Gegenwart bin.

Ich blase die Kerzen aus, und als der Qualm zur Decke steigt, bete ich, dass Geburtstagswünsche in Erfüllung gehen.

Während ich Nancys Schachtel öffne, wird der Kuchen verteilt.

Auf einer Unterlage aus rosa Seidenpapier liegt ein Schlüsselbund.

*Autoschlüssel.*

Ausgeschlossen. Meine Kinnlade fällt herunter. »Das sind …«

»Freu dich nur nicht zu früh. Es handelt sich um meinen Volvo. Das heißt, der Wagen ist nicht brandneu.«

»Willst du mich auf den Arm nehmen?«, rufe ich. Nancy hat so was noch nie gemacht. Scarlett hat kein Auto von ihr bekommen! Am liebsten würde ich aufspringen und sie …

»Mit diesem Auto kannst du deinen Horizont erweitern. Such dir neue Hobbys. Du könntest sogar hierherkommen, wenn du keine Schule hast.«

Nancy besuchen?

Scarlett zeigt keinerlei Reaktion und schreibt weiter, und daran erkenne ich, dass sie überrascht ist. Ihre allzu lockere Reaktion ist ein deutlicher Fingerzeig.

»Es wird außerordentlich hilfreich für dich sein, dich auch mal mit anderen Dingen zu befassen als immer nur mit Wissenschaft. Scarlett zum Beispiel tanzt gerne, aber sie liebt auch Filme, Kunst und alle möglichen anderen Dinge. Du könntest das auch tun.«

»Kann ich gehen?«, fragt Scarlett, ohne von ihrem Smartphone aufzublicken. Ich schließe den Deckel der Schachtel mit den Autoschlüsseln.

»Mom.« Endlich sieht Scarlett von ihrem Smartphone auf. »Ich muss noch nach Hause und mich umziehen. So kann ich nicht zu der Party gehen.«

»Warte noch einen Moment, Scarlett.«

»Ich *fahre* morgen. Kann ich nicht mal an meinem letzten Tag tun, was ich will?«, sagt Scarlett diesmal mit einer eher weinerlichen Stimme. »Immerhin war ich während des gesamten Essens da.«

*Oh vielen Dank auch. Wie liebenswürdig.*

»Na dann geh schon.« Mom wendet sich wieder Nancy zu. »Das Auto ist einfach zu viel.«

»Ich brauche sowieso ein neues!«, erklärt Nancy. »Außerdem ist es jetzt zu spät, denn ich habe es bereits überschrieben.«

Es ist 19:48 Uhr. Andrew hat mir eine Nachricht geschickt, dass er gegen 21:30 Uhr zu dieser Party geht. Ich möchte bei Andrew sein. Ich möchte mit jemandem zusammen sein, der sieht, was alle anderen auch sehen sollten.

Scarlett erhebt sich von ihrem Stuhl. »Bis später, Leute.«

»Wohin gehst du?«, will Mom wissen.

»Zu einer Party mit Curtis und Tate.«

Sie gibt dem Barkeeper ein Zeichen. Dieser trägt jetzt nicht mehr sein rotes Hemd mit dem Lobster-Pot-Logo, sondern er wartet in T-Shirt und Jeans auf Scarlett. Beim genaueren Hinsehen erkenne ich ihn; er war neulich Abend auch in der Stadt. Ich wende den Kopf ab für den Fall, dass ich ihn irgendwann mal mit Andrew zusammen sehe. Ich will nicht, dass er mich erkennt.

Mir wird flau im Magen. Wenn Scarlett sich mit Curtis trifft, dann kann ich unmöglich mit Andrew zu dieser Party. Wahrscheinlich wird Scarlett dort sein. Ich werde keine Gelegenheit haben, zu sehen, was sie anhat, aber wie ich Scarlett kenne, ist es eng und kurz.

»Happy Birthday, Bean«, sagt Scarlett noch, bevor sie geht.

Dad bekommt die Rechnung präsentiert und Mom räumt das Geschenkpapier auf. Ihre Wangen sind ganz rot.

Nancy lässt sich immer noch darüber aus, wie gut das Auto für mich und all die Interessen sein wird, denen ich nachgehen beziehungsweise nicht nachgehen sollte. Am liebsten wäre ich jetzt irgendwo anders. Zum ersten Mal seit sechzehn Jahren wünschte ich, ich könnte etwas anderes machen, als an unserem Minigolf-Turnier teilzunehmen.

»Bist du bereit, deinen alten Herrn zu schlagen?«, fragt Dad und legt eine Hand auf meine Stuhllehne. Ich lächle, weil ich Dad niemals enttäuschen würde. Er konnte ja nicht ahnen, dass ich lieber mit einem älteren Jungen auf eine Party gehen würde, als Minigolf zu spielen.

»Wie immer!«, sage ich und folge meiner Familie nach draußen.

# KAPITEL 14

ICH GEWINNE, WEIL DAD DAS MINIGOLF-TURNIER an meinem Geburtstag immer absichtlich verliert. Eine Viertelstunde, nachdem wir wieder zu Hause sind, schnarcht Dad auf der Couch und Mom liest im Schlafzimmer. Nancy ist in ihrem Zimmer und macht sich zum Schlafengehen fertig.

In dem Moment, als ich das achtzehnte Loch bei der Windmühle traf, wusste ich, was ich tun würde. Ich werde zu der Party gehen, auch wenn Scarlett möglicherweise dort ist. Ich werde mich nach ihr umschauen, und wenn sie dort ist, werde ich wieder nach Hause gehen und keiner wird etwas davon mitbekommen. Falls sie, wie durch ein Wunder, nicht dort ist, kann ich Andrew eine Nachricht schicken und so tun, als hätte ich mich meiner »familiären Verpflichtungen« früher entzogen. Andrew hatte gesagt, es sei eine eher formelle Party, also die perfekte Gelegenheit, das schwarze Kleid anzuziehen. Aber zuerst muss ich mich vergewissern, dass Scarlett es nicht anhat.

Zu fragen, ob ich später nach Hause kommen kann, ist riskant, aber ich will es trotzdem versuchen. Ich muss mir einen Vorwand ausdenken, warum ich heute Abend ausgehen will, und niemand darf sehen, was ich anhabe. Mir ist nicht wohl dabei, lügen zu müssen. Dabei befolge ich doch nur Nancys Rat und verfolge andere Interessen – allerdings nicht nach ihren, sondern nach meinen Vorstellungen, und das würden sie nicht verstehen.

»Mom«, sage ich leise, als ich in der Tür ihres Schlafzimmers stehe. Ich trage Jeans und T-Shirt, um keinen Verdacht zu erwecken.

»Ja?«, sagt sie und blättert eine Seite um.

»Ich muss noch Sterne kartografieren, und irgendwie hatte ich gehofft, noch an den Strand gehen zu können. Ich weiß, es ist schon spät, aber es könnte eine wichtige Nacht sein.«

»Okay«, meint Mom achselzuckend.

Im Ernst? War's das schon?

»Prima!«, sage ich. »Könnte ich vielleicht etwas später nach Hause kommen? So gegen zwölf?«

Ich sehe auf die Uhr; es ist 21:40 Uhr. Scarlett ist seit knapp einer Stunde auf der Party.

Mom schweigt, den Blick auf ihr Buch gerichtet. Offenbar überlegt sie noch, deshalb spreche ich schnell weiter.

»Denn je dunkler es ist, desto besser kann man den Nachthimmel sehen. Ich nehme mein Handy mit und …«

»Bean, denkst du daran, deine Geschenke hinauf in dein Zimmer zu bringen?«, sagt Mom, die Hand schon auf der nächsten Seite des Buches. Sie hat schon länger als ein paar Sekunden nicht mehr zu mir aufgesehen. Ich blinzle ein paarmal. Sie denkt offenbar gar nicht über meine Frage nach, ob ich später nach Hause kommen kann. »Ich habe keine Lust, von Nancy was zu hören zu kriegen«, fügt sie hinzu.

Das Mondlicht scheint durch die Panoramafenster und in der Ferne sehe ich den Hafen. Ich vermeide es, Mom anzusehen, weil ich nicht sehen möchte, wie sie mich *nicht* ansieht.

»Ich finde es in Ordnung, wenn du heute Abend noch Untersuchungen machen willst«, erklärt sie.

»Ich werde darauf achten, Punkt zwölf wieder hier zu sein.«

»Bis dann«, sagt Mom, die Nase immer noch im Buch. Sie hebt nicht einmal den Kopf; das haben sie und Dad gemeinsam, wenn sie in etwas Interessantes vertieft sind.

Das Glück scheint auf meiner Seite zu sein. Ich schnappe mir das Kleid und schleiche die Treppe hinauf. Auf dem Treppenabsatz des zweiten Stocks überkommt mich ein ungutes Gefühl. Als ich die Tür meines Schlafzimmers hinter mir zumache und das Etikett am Kleid nach innen stecke, spüre ich wieder so ein Kribbeln wie bei Viola's, als Nancy und Mom sich für die Ballerinas entschieden, ohne nach meinen Wünschen zu fragen. Das Unbehagen bleibt auch, als ich den Reißverschluss des Kleides zumache und meine Haare im Nacken zu einem Pferdeschwanz zusammenbinde und hochstecke. Erst als ich rufe, »Bis später! Ich hab mein Handy dabei!«, verschwindet es allmählich. Ich hasse es, wenn ich meine emotionalen Reaktionen nicht verstehe.

Dafür habe ich einen Scarlett-Levin-Plan parat: Ich stopfe einen Pyjama in eine Tüte und verstecke diese unter einem Adirondack-Sessel. Um Mitternacht werde ich ums Haus gehen, mir meinen Pyjama schnappen, mich auf der dunklen Veranda umziehen und ins Haus schleichen. Ich nehme einen langärmligen Überwurf aus dem vorderen Wandschrank und schreibe Andrew.

ICH: Wo findet die Party noch mal statt?
ANDREW: Kommst du?
ICH: Vielleicht. Ich will versuchen, mich hier loszueisen.
ANDREW: Break Away Café. Soll ich dich abholen?

Ich kann ihn nicht bitten, mich abzuholen. Ich muss zuerst herausfinden, ob Scarlett dort ist. Das Break Away ist das Bistro mit Blick auf das Rollfeld des winzigen Flugplatzes von Orleans. Es ist nur vier Blocks entfernt und leicht zu Fuß zu erreichen.

Mist. Ich habe ganz vergessen, dass sich das eigentliche Restaurant im zweiten Stock befindet. Ich werde also nicht gleich checken können, ob Scarlett dort ist. Was soll's. Ich werde improvisieren.

Ich gehe auf Zehenspitzen über den Kies in Nancys Auffahrt und er knirscht unter den flachen Sohlen meiner Sandalen.

Ich bewege mich so schnell, wie es in diesem engen Kleid eben möglich ist.

Ich biege in die Mooring Street ein, wo sich das Break Away befindet, und gehe an einer Gruppe von Mädchen vorbei, die auf einem Picknicktisch vor dem Gemischtwarenladen sitzen. Ich kenne die Mädchen. Die mit den langen schwarzen Haaren erkenne ich sofort. Es sind die Mädchen aus dem Seahorse-Shop. Sie winken mir zu und ich bleibe stehen. Ich bin irgendwie überrascht, dass sie Hallo sagen.

Ich ziehe den Überwurf über meine Schultern, und das Klicken meiner Absätze auf dem Asphalt verstummt an der Kante des Gehwegs.

»Dein Kleid gefällt mir«, sagt eines der Mädchen. Sie ist klein und hat einen platinblonden Haarschopf.

»Hast du dir die Halskette schon gekauft?«, erkundigt sich das Mädchen mit den schwarzen Haaren.

»Danke. Es gehört meiner Schwester. Und nein, ich habe mir die Halskette noch nicht gekauft. Aber ich will sie unbedingt haben; sie ist toll, oder?«

*»Definitiv.«*

»Was habt ihr vor?«, frage ich.

»Wir treffen uns mit ein paar Typen, die wir am Nauset Beach kennengelernt haben.«

Ich könnte mir gut vorstellen, mit ihnen abzuhängen.

»Schön«, sage ich. Das Mädchen mit den schwarzen Haaren erweckt den Anschein, als könne sie mit Jungs am Strand reden, ohne dabei den Bikini ihrer Schwester tragen zu müssen. Wahrscheinlich hat sie ihren eigenen.

»Ich treffe mich mit einem Freund auf einer Party. Na ja, ich denke mal, er ist ein sehr enger Freund.«

Von den Mädchen kommt ein bewunderndes Oh und Ah. »Dann viel Spaß …«, sagen sie fast einstimmig.

Am liebsten würde ich sie einladen, mitzukommen. Ich möchte einmal das Mädchen sein, das zu einer genialen Party eingeladen wird und Zutritt zum Backstage-Bereich hat.

»Ich würde euch ja gern einladen, aber es ist nicht meine Party …«, erkläre ich.

»Schon okay«, sagt das Mädchen mit den schwarzen Haaren, und ich wende mich zum Gehen.

»Du solltest dieses Wochenende mit uns ausgehen.« Ich drehe mich um. Sie deutet auf die anderen Mädchen auf dem Tisch.

»Echt?«

»Ja«, sagt sie und steht auf. »Gib mir dein Handy.«

»Super!« Nein, nein, zu enthusiastisch. »Ich meine, das wäre cool.«

Das Mädchen tippt ihre Nummer ein. »Ich heiße Claudia.«

»Sarah«, erwidere ich und gebe ihr meine Handynummer.

»Ich bleibe noch bis August hier, deshalb habe ich die anderen angefleht, auch noch zu bleiben.« Sie nickt ihren Freundinnen zu.

»Ich auch!«, sage ich. »Ich meine, ich bin auch bis August hier.«

»Perfekt. Vielleicht habe ich dann ja wenigstens eine Freundin, die den ganzen Sommer über hier ist.« Sie lächelt mich an und mir wird klar, dass möglicherweise ich diese Freundin bin.

Ich werfe einen Blick auf die Uhr – 22:06 Uhr.

»Mist. Ich muss los.«

»Viel Spaß!«, rufen alle. Ich winke ihnen zu und begebe mich zum Break Away.

Den ganzen Weg zum Restaurantparkplatz muss ich diese winzigen Trippelschritte machen. Um 22:10 Uhr bin ich endlich da und halte Ausschau nach Curtis' Jeep, kann ihn aber nirgends entdecken. Ich weiß nicht, was für einen Wagen der Typ aus dem Lobster Pot fährt, deshalb habe ich keine Ahnung, ob Scarlett in dem Lokal ist. Ein paar Leute hängen vorm Break Away rum und rauchen Zigaretten, und ich gehe auf ein Mädchen mit langen Dreadlocks zu. Mir bleibt keine andere Wahl. Ich kann es nicht riskieren, in Scarletts Kleid dort hineinzugehen. Ich gehe zu dem Mädchen und nehme die Schultern zurück – noch eines von Scarletts Markenzeichen.

»Habt ihr Scarlett gesehen? Blond? Ballerina.« Nervensäge, hätte ich am liebsten noch hinzugefügt.

Das Mädchen mit den Dreadlocks wendet sich an einen der Typen neben ihr, den ich zuerst nicht erkannt habe. Es ist Tate.

»Ich glaube, sie ist mit Curtis weggegangen«, sagt er. Sofort trete ich einen Schritt zurück. Vielleicht erkennt er mich in dieser Aufmachung nicht.

»Vor ungefähr fünf Minuten«, fügt das Mädchen mit den Dreadlocks hinzu. »Hast du ihre Nummer?«

»Oh, ja. Definitiv. Danke«, sage ich beiläufig und beobachte, ob Tate versucht, mich irgendwo einzuordnen. »Ich werde ihr eine Nachricht schicken. Wisst ihr. Auf dem Handy.« Bevor ich weiter nervös rumschwafele, verziehe ich mich lieber. Aber sie scheint das nicht zu kümmern, weil sie schon wieder in ihr Gespräch vertieft sind und mich gar nicht mehr beachten.

Freiheit! Ich kann auf die Party gehen und muss mir keine Sorgen machen. Happy Birthday to me!

Ich gehe die Treppe hoch. Ich wünschte, ich könnte Andrew all die guten Neuigkeiten bezüglich meines Geburtstages erzählen, dass ich meine Großmutter besuchen werde und dass ich ein Auto bekommen habe. Aber es geht nicht, und deshalb werde ich mich damit begnügen müssen, ihm die nächstbeste Neuigkeit zu berichten, nämlich dass der Komet in fünf Tagen mein sein wird. Ich gehe noch eine Stufe hoch, und aufs Stichwort erscheint Andrew auf der dunklen Treppe. Das Licht aus dem Restaurant erhellt seine Gestalt. Er trägt Jeans und ein blaues Button-down-Hemd, das seine Bräune hervorhebt. Er sieht unglaublich aus.

Er eilt die Treppe hinunter, bleibt dann aber abrupt stehen und mustert mich von oben bis unten. »Willst du, dass ich einen Herzschlag kriege?«, sagt er mit einem leichten Kopfschütteln.

Andrew streckt mir in vertrauter Weise seine Hand entgegen, und als ich sie ergreife, zieht er mich an sich und küsst mich sanft. Als wir die Treppe hinaufgehen, schallt die Musik aus den Fenstern im zweiten Stock über den kleinen Flugplatz.

»Was bringt es, zuzusehen, wie andere Leute mit dem Flugzeug abheben und irgendwo hinfliegen, wenn man selbst es nicht kann? Das ist doch ein Witz«, sage ich.

Ich möchte fliegen. In ein Flugzeug steigen, das Vibrieren der Motoren unter meinem Sitz spüren, abheben und die Welt sehen. All die Orte erkunden, an denen ich gerne sein möchte.

Oben im Restaurant ist ein riesiges Büfett aufgebaut und der Duft von Gegrilltem, von Dressings und von Maiskolben erfüllt den Raum. Überall sind Leute: Sie essen, tanzen und bestellen Drinks. In der Ecke spielt eine Live-Band; die Musik ist so laut, dass der Fußboden bebt.

Ich frage mich, ob irgendjemandem auffällt, dass ich offiziell erst sechzehn bin. Meine Haare werden mit einer Klemme am Hinterkopf festgehalten. Ettie war der Meinung, das würde mich älter machen.

Andrew hängt sein Jackett über einen Stuhl. Sein Boss feiert seinen vierzigsten Geburtstag, und überall im Raum hängen Transparente. DIE BESTEN JAHRE HAST DU HINTER DIR, TERRY! Ich wünschte, es könnte HAPPY BIRTHDAY, SARAH! draufstehen.

»Hier ist offener Ausschank für Wein und Bier«, erklärt Andrew.

Mist. Was heißt offener Ausschank?

»Ich nehme das, was du trinkst«, sage ich.

»Ich trinke Cola, weil ich noch fahren muss. Aber ich habe gehört, der Wein soll ziemlich gut sein.«

Ich frage mich, wie viele andere Entscheidungen er jeden Tag im Hinblick auf den Unfall trifft. Und gleich darauf frage ich mich, wie viele Entscheidungen ich in meinem Leben getroffen habe, weil andere mich unter Druck gesetzt haben. Das gefällt mir nicht, aber ich glaube, dass andere meine Entscheidungen stärker beeinflussen, als ich zugeben möchte.

»Alles okay?«, fragt Andrew.

»Was?«, sage ich, und Andrew legt ein paar Dollar in das Glasgefäß für die Trinkgelder.

»Du ziehst die Stirn so kraus.«

»Nein, es ist alles okay«, sage ich und schüttle die negativen Gedanken ab. Erfreulich hingegen ist, dass ich herausgefunden habe, dass »offener Ausschank« kostenlos bedeutet.

Ich nehme das Glas Wein und schnuppere an dem Inhalt. Ich habe noch nie Alkohol getrunken und hoffe, dass Andrew nichts merkt.

Was würde Scarlett tun? Scarlett würde Wein trinken und sich entspannen. Sie wäre nicht sofort in der Lage, die Statistiken zum Thema Drogen- und Alkoholmissbrauch herunterzubeten. Aber genau das ist es, was mir gerade durch den Kopf geht.

Ich trinke einen kleinen Schluck.

»Bäh«, sage ich und weiche zurück. »Der Ethanolgehalt ist wirklich sehr hoch. Mindestens acht Prozent. Schmeckt wie saurer Traubenmost. Warum trinken die Leute dieses Zeug?«

Ups.

Andrew bricht wieder in dasselbe Teddybär-Lachen aus, das ich neulich Abend am Handy gehört hatte.

Ich räuspere mich und werfe mein Haar zurück. »Ich meine, es ist etwas bitterer, als ich dachte. Mir persönlich ist Bier lieber.« Nicht, dass ich jemals Bier getrunken hätte.

»Wow«, meint Andrew. »Genau deshalb mag ich dich.«

»Was? Was ist?«

»Du, Star Girl.« Und nach einer kurzen Pause fügt er hinzu: »Du.«

Andrew legt die Hand um meine Taille und wir stürzen uns ins Partygetümmel.

Er fordert mich zum Tanzen auf. Ich versuche immer wieder, einen Blick auf sein Tattoo zu erhaschen, aber es wird von seinem Hemd verdeckt. Andrew bewegt sich zum Rhythmus der Musik und reißt mich mit. Er gibt mir nicht das Gefühl, als müsste ich mir wegen meines Aussehens Gedanken machen, wenn es auf der Tanzfläche nur so von Leuten wimmelt. Aber nach einer Dreiviertelstunde auf dem Parkett sollte ich schon mal meine Frisur und mein Make-up checken.

»Bin gleich wieder da«, sage ich zu Andrew. Schweiß rinnt meinen Rücken hinunter, als ich den Korridor entlang zur Damentoilette gehe. Der Satinstoff des Kleides klebt ein wenig an meinem Körper und einzelne Locken lösen sich aus meiner Frisur und fallen mir über die Schulter. Ich werfe einen Blick in den Wandspiegel. Zum ersten Mal seit Langem, oder überhaupt, fühle ich mich hinreißend. Genau das habe ich nach dem Debakel bei Viola's gebraucht.

Ein paar Minuten später komme ich aus der Toilettenkabine und checke mein Make-up. Vor dem Spiegel steht schon ein Mädchen mit einem schwarzen Bob und strahlend blauen Augen. Ihr leichtes Sommerkleid ist dunkelgrün. Sie hat sich heute Abend nicht so aufgebrezelt wie ich.

»Dein Kleid gefällt mir«, sage ich und öffne meine kleine Tasche.

Sie spitzt die Lippen und trägt Lipgloss auf.

»Danke«, erwidert sie und wirft einen kurzen Blick auf mich. »Kenne ich dich nicht?«, fragt sie.

Oh nein.

»Ja, du arbeitest doch im Lobster Pot, stimmt's? Ich hab gehört, dieses Jahr sind die Trinkgelder dort total mies«, meint das Mädchen.

»Nein, ich arbeite nicht dort. Ich …«

Sie presst die Lippen aufeinander und lässt den Verschluss ihrer Tasche zuschnappen.

»Nicht wie im letzten Sommer«, fährt sie fort, ohne mich ausreden zu lassen. »Wir haben im Blue Oyster richtig abgesahnt. Aber die Saison hat gerade erst angefangen.« Sie greift nach ihrem BH und schiebt ihre Brüste hoch, um mehr Dekolleté zu zeigen. »Man sieht sich«, sagt sie und rauscht an mir vorbei.

»Bis dann«, sage ich, und als sie weg ist, hebe ich meine Brüste an, wie sie es getan hat. Huch! Ich glaube nicht, dass ich sie noch weiter hochschieben muss. Ich verlasse die Damentoilette und gehe wieder zu Andrew. Als ich mich an den Tisch zu Andrews Freunden setze, nimmt er sofort meine Hand. Susie, eine Arbeitskollegin, beugt sich zu mir über den Tisch.

»Sarah, richtig? Unser Freund Andrew hier ist der größte Geheimniskrämer von ganz Cape Cod. Er wollte uns nichts von dir erzählen.«

Andrew wischt sich mit der Serviette über die Stirn; wir sind beide verschwitzt vom Tanzen. »Sie geht im Herbst ans MIT«, erklärt er. »So, jetzt habe ich euch was verraten.«

Mein Bauch krampft sich zusammen, als ich die Lüge aus Andrews Mund vernehme. Ich wünschte, wir könnten so tun, als hätte ich nie was gesagt, und dass die Lüge spontan aus Andrews Gedächtnis gelöscht werden könnte. Manchmal vergesse ich, dass ich sogar bezüglich meines Alters gelogen habe. Seit unserem ersten Tag am Nauset Beach haben wir eigentlich nicht mehr darüber gesprochen.

Ich frage mich gleich, ob Susie Scarlett kennt. Wenn ich Susie so ansehe, bin ich wieder dankbar, dass Scarlett für einen Monat weggeht. Immer, wenn jemand außer Andrew nach meiner »Zukunft«

fragt, bringe ich irgendwie keinen Ton raus. Jemandem in die Augen zu sehen, den man derart unverfroren anlügt, fühlt sich nicht richtig an.

Außer wenn ich Andrew anlüge.

Ich gefalle ihm in Scarletts Kleidern. Er möchte, dass ich im Herbst ans MIT gehe. Ich erkläre Susie, dass Astronomie meine Leidenschaft ist und dass ich eines Tages vielleicht bei der NASA oder im SETI-Institut arbeiten werde. Susie stützt ihr Kinn auf ihre Hand.

»Das klingt so interessant«, meint sie.

»Nächsten Monat kann man einen Meteorschauer beobachten«, sage ich und bin froh, dass ich endlich über etwas reden kann, das schlicht und einfach wahr ist. »Die Perseiden«, erkläre ich. Susies Haut ist wettergegerbt. Obwohl mir ihre Augen verraten, dass sie jünger ist, kann ich sehen, was die stundenlangen Aufenthalte in der Sonne ihrer Haut angetan haben. Sie stellt mir jede Menge Fragen zu dem Kometen und meinem Experiment. Ich werfe einen Blick auf mein Handy – es ist 23:30 Uhr. Das Mädchen aus der Damentoilette kommt an unseren Tisch.

»Hey, Suse«, sagt das Mädchen in dem grünen Kleid und sieht dabei Andrew an.

»Maggie!« Susies Stimme überschlägt sich fast. Sie hört sich an wie Mom, wenn jemand ihr ein Geschenk kauft, das sie eigentlich hasst. »Sarah hat uns gerade von einem Meteorschauer im nächsten Monat erzählt.«

Andrew nippt an seiner Cola und lässt seine Hand auf meiner Stuhllehne liegen.

»Ach, tatsächlich?« Maggie mustert mich von oben bis unten. »Wir sind uns in der Damentoilette begegnet. Hast du dieses Kleid bei Viola's gekauft?«, fragt sie mich.

»Ich habe es von zu Hause mitgebracht.« Noch eine Lüge, aber sie rutscht mir einfach so raus.

»Ach, du bist eine *Touristin*«, sagt sie und verschränkt die Arme. »Nobel, Andrew.«

Sie kneift die Augen zusammen, und damit erinnert sie mich an die Mädchen in meiner Schule, Becky Winthrops Freundinnen. Fiese Mädchen gehören offenbar nicht zu der Kategorie von Menschen, die von dem Scarlett-Experiment beeinflusst werden.

»Wie war noch mal der Name des Meteorschauers?«, fragt mich Susie.

»Perseiden«, erwidere ich, aber es klingt hohl.

»Faszinierend«, brummt Maggie. »Seid ihr vorher bei einem Event gewesen?«

»Nein«, sage ich. *Irgendwas* ist hier im Gange. Wer ist dieses Mädchen?

Meine Hände liegen in meinem Schoß und Andrews Finger schlingen sich um meine. Maggie trägt Flipflops mit kleinen blauen Glitzersteinen.

Maggie trägt ein Sommerkleid. Genau wie Susie.

Meine Wangen sind ganz warm. Niemand ist so angezogen wie ich. Oh mein Gott. Scarlett sagt, overdressed zu sein, sei peinlicher, als Toilettenpapier am Schuh kleben zu haben. Und ich bin für diese Party *komplett overdressed.*

Maggie lächelt mich mit hochgezogener Augenbraue süffisant an.

Mir wird ganz heiß.

Bilder gehen mir durch den Kopf:

Becky Winthrop.

Tucker.

Der Komet, dieses Cupcake-Kleid und ein Auto als Geburtstagsgeschenk.

*Sie braucht mehr Interessen.*

Ändere dich. Werde jemand anders.

*Du brauchst Rückgrat, sonst trampeln die Leute auf dir rum.*

»Ist es das, was Mädchen tun?«, platze ich heraus. »Was sie einander antun?« Meine Worte sind kurz und knapp.

Maggies Lächeln verschwindet. Ich stehe auf und schnappe mir meine Tasche. Andrew erhebt sich ebenfalls. Ich will schon gehen, bleibe dann aber noch mal stehen und frage Maggie: »Mich würde mal interessieren, ob ihr eine Art Online-Forum habt, oder ob ihr Newsletter verschickt. Denn ihr seid gut. Ihr seid alle gleich. Ihr wisst genau, was ihr tun müsst, damit sich jemand total scheiße fühlt. Ihr seid genau so wie die Mädchen auf meiner Highschool.«

Susie kichert und stößt die Frau neben sich mit dem Ellbogen an.

»Entschuldigt mich«, sage ich und gehe.

»Du bist so ein Miststück, Mags«, sagt Andrew.

Sein Stuhl schrammt über den Boden, als er ihn zurückschiebt, und Susie meint: »Andrew, gib ihr eine Sekunde.«

Ich bin völlig durcheinander. Als ich durch das Restaurant gehe und das Break Away verlasse, zittere ich am ganzen Körper.

Ich ziehe den Überwurf etwas fester um die Schultern, aber das genügt nicht, um den Schüttelfrost zu stoppen. Als ich auf dem Parkplatz bin, sehe ich mein Spiegelbild in der Scheibe eines Wagens und verdrehe die Augen. Ich hebe meine Tasche hoch, um mein Dekolleté zu bedecken.

Ich möchte Mom und Dad anrufen. Sie wären beruhigter, wenn sie denn wüssten, dass ich so lange wegbleibe. Aber vielleicht fühle *ich* mich auch besser, wenn ich sie anrufe und ihre Stimmen höre.

»Ich habe dir klipp und klar gesagt, dass ich dich weder sehen noch was von dir hören will, Maggie«, höre ich Andrew oben auf der Treppe sagen. Vor Wut wählt er scharfe Worte.

»Was soll's, Andrew. Dieses Mädchen ist eine *Touristin.* Wer zieht sich für eine Geburtstagsparty im Sommer so an?«

Ich gehe weiter über den Parkplatz und hole mein Handy aus der Tasche. Am anderen Ende klingelt es ein paarmal.

»Hallo?«, meldet sich Mom.

»Hey, ich bin's, Bean.« Ich halte das Handy etwas von meinem Mund weg, damit sie nicht hört, wie meine Stimme zittert.

»Beanie?!« Ich kann nicht sagen, ob sie überrascht oder verärgert ist. Oh Mist – ich hätte das verdammte Teleskop mitnehmen sollen. Irgendwie ahnt sie, dass ich gelogen habe.

»Ich wollte dich nur daran erinnern, dass ich heute erst spät nach Hause komme. Du hast doch gesagt, ich könnte etwas länger wegbleiben. Weil ich doch Geburtstag hatte. Weißt du noch? So bis halb zwölf oder zwölf?« Ausreden scheinen ungefährlich zu sein. Ich wünschte, ich hätte nicht angerufen.

Mom gähnt.

»Ich dachte, du wärst schon zu Hause«, sagt sie.

»Aber …« Weiter komme ich nicht.

»Sei vorsichtig.«

Mom sagt immer: »Sei vorsichtig.« Sie sagt das zu allen, selbst wenn sie nur zum Einkaufen gehen. Sie legt auf.

Sie dachte, ich sei zu Hause?

Ohne nachzudenken, wähle ich sofort Tuckers Nummer, aber beim ersten Klingeln breche ich die Verbindung ab. Oh nein, das bedeutet, dass er den verpassten Anruf auf dem Display sehen wird. Meine innere Stimme fragt sich, ob er wohl zurückrufen wird. Ich würde sowieso nicht rangehen. Ich kann ihm nicht von der Kränkung heute bei Viola's oder von der Blamage mit dem völlig unpassenden Outfit hier im Break Away erzählen. Ich kann Tucker nicht mehr anrufen. Er ist nicht mehr derselbe. Wir sind nicht mehr dieselben.

Auch Ettie kann ich nicht anrufen. Sie bleibt über Nacht im Band-Camp.

»Sarah?« Mitten auf der Treppe ruft Andrew meinen Namen.

*Ich dachte, du wärst schon zu Hause.*

Ich will nicht zurück zu der Party. Ich werde das Restaurant nie wieder betreten. *Wer zieht sich für eine Geburtstagsparty im Sommer so an?*

Eigentlich ist es echt schwierig anzunehmen, jemand sei zu Hause, wenn dies gar nicht so ist. Menschen machen Geräusche – selbst in einem großen Haus.

»Sarah?«

»Ja?«, rufe ich mit piepsiger Stimme.

Ich höre Andrews Schritte auf dem Asphalt.

Sie dachte, ich wäre zu Hause?

*Radium, Kalium, Neon.* Meine Unterlippe zittert. Mist. *Sternbilder. Nenne die Sternbilder. Kassiopeia, Großer Bär.*

»Sarah!«, erklingt Andrews Stimme hinter mir.

Das ungute Gefühl vorn vorhin ist wieder da, so als befände sich mitten in meinem Bauch ein Loch.

Am Rand des Parkplatzes holt Andrew mich ein. Er stellt sich vor mich hin und sucht meinen Blick.

»Maggie ist verrückt. Sie ist meine Ex. Wir waren letzten Sommer zusammen. Und sie sollte eigentlich heute Abend nicht hier sein.« Er geht einen Schritt auf mich zu und hält mein Gesicht in seinen Händen. Die Schwielen an seinen Handflächen liegen an meinen Wangen.

»Ich dachte, das sei eine schicke Party«, sage ich.

»Ist sie auch.«

»Ich habe nicht gewusst, dass ich overdressed bin. Ich dachte, ich dachte …« Ich beende den Satz nicht.

»Du könntest im Ballkleid zum Fischmarkt gehen und ich würde mich einen Dreck darum scheren«, erklärt Andrew.

Sein eindringlicher Blick hebt meine Stimmung ein wenig.

»Echt? Ein Ballkleid?«

Er lässt die Hände sinken. »Ja. Und ich bin sicher, du wirst mir erzählen …«

»Dass das äußerst unpraktisch wäre. Der Satin oder die Pailletten könnten an einem der zahllosen Regale hängen bleiben oder …«

Andrew bringt mich mit einem Kuss zum Schweigen. Immer wenn er mich so ansieht, kann ich nicht Scarlett sein. Ich mache Fehler. Wieso hat er diese Wirkung auf mich?

Andrew gibt mir einen Kuss auf die Nase. »Lass uns von hier verschwinden. Willst du noch woanders hin? Wie wär's mit dem Strand?«

»Okay«, sage ich. Obwohl ich immer noch ziemlich aufgewühlt bin, habe ich den Eindruck, dass mein Wutanfall ganz okay war.

Als wir zu Andrews Pick-up kommen, lehne ich mich mit dem Rücken an den Wagen.

»Du hast ihr ordentlich die Meinung gesagt«, meint er und zieht die Augenbrauen hoch.

»Das habe ich in meinem ganzen Leben noch nicht getan.«

»Du kannst dich behaupten. Das gefällt mir.«

Andrew drängt sich an mich.

Immer wenn er mich berührt, möchte ich etwas Verrücktes tun. Vor mir hatte Andrew noch nie ein Mädchen getroffen, das einen Kometen verfolgte. Und was ist mit einem Mädchen, das ihm die tiefsten Tiefen des Ozeans zeigen könnte?

»Nein«, sage ich. »Heute Abend mal kein Strand. Ich weiß, was ich möchte. Ich möchte dich dorthin mitnehmen, wo du noch nie gewesen bist.«

Andrew zieht eine Augenbraue hoch. »Und wo ist das?«

Ich möchte ihm etwas Wahres zeigen. Mein wahres Ich.

# KAPITEL 15

»LASS DICH ÜBERRASCHEN«, SAGE ICH. »WIR MÜSSEN noch bei mir zu Hause vorbei. Aber niemand wird uns sehen«, sage ich.

»Eine verdeckte Operation? Ausgezeichnet!«

Ich muss herzhaft lachen. Ein aufrichtiges Lachen. Mein Lachen.

»Dann los«, sage ich.

Wir steigen in den Wagen und ich lasse das Fenster herunter. Ich will den Wind in meinen Haaren und im Gesicht spüren. Andrew legt seine Hand auf mein Knie.

»Ich hätte dir von Maggie erzählen sollen«, sagt er.

»Ist schon okay«, erwidere ich und meine es auch so. »Mein Ex kommt zur Abschiedsparty meiner Schwester. Egal, wie ungern ich ihn dabeihaben möchte.«

Andrew drückt wieder mein Knie.

»Du solltest dieses Kleid immer tragen. Beim Einkaufen, beim Müll-Raustragen …«, sagt er. »Ich meine es ernst. Wir können

Muscheln sammeln gehen. Ich im Smoking und du in diesem Kleid. Das wäre perfekt.«

Ich lache und gebe ihm einen Klaps auf den Arm. Als wir vom Parkplatz fahren, sage ich: »Das ist eine sehr ernste Sache. Meine Familie behandelt mich wie eine Zwölfjährige. Sie wollen mich an der kurzen Leine halten. Wenn sie dich sehen, werden sie eine Menge Fragen stellen.«

»Klingt lustig«, meint Andrew und biegt in die Shore Road ein. Als wir die Bauchschmerzen am Meer erreichen, steige ich aus dem Wagen und Andrew stellt den Motor ab.

»Du bleibst im Wagen«, flüstere ich und er salutiert.

Links neben dem Haus befindet sich eine lange Auffahrt, die von Bäumen gesäumt wird. Dads Auto ist das Erste in der Reihe. Sein WHOI-Sicherheitsausweis liegt in der Konsole. Dad besitzt einen Sensorschlüssel – wenn ich in ein WHOI-Gebäude hineinwill, muss ich nur den Schlüssel in das Lesegerät schieben und die Tür öffnet sich.

Wir werden Zugang zur Werkshalle haben, wo die *Alvin* gerade überholt wird.

Der Kies in Nancys Auffahrt knirscht unter meinen Sohlen. Mein Herz klopft wie wild. Auf Zehenspitzen gehe ich zu Dads Wagen und ducke mich, bis ich die Fahrertür erreicht habe.

Irgendwie ist das großartig. Oben in der Küche geht das Licht an und ein Schatten fällt auf das Armaturenbrett.

Ich ducke mich hinter den Wagen. Vom Küchenfenster aus kann man die Auffahrt sehen. Ich blicke nach oben. Dad wäscht in der Spüle etwas ab. Sein großer Kopf nimmt fast das ganze Fenster ein. Er könnte jeden Moment hinuntersehen. Im Dunkeln würde er mich nicht sehen, aber er würde sehen, dass das Licht im Wagen brennt, wenn er mich bei geöffneter Tür erwischt.

Ich schaue mich nach Andrew um, kann aber nur seine dunklen Umrisse erkennen.

Ich muss das alleine schaffen. Ich will nicht zu Hause hocken und auf Tuckers Anruf warten. Ich will nicht herumsitzen und mich nur mit wissenschaftlichen Fragen befassen. Ich will mein Leben leben. Nancy wäre so stolz auf mich.

Ich ziehe am Türgriff, lege mich mit dem Bauch flach auf den Sitz, hebe die Mittelkonsole leicht an und schnappe mir den Schlüssel. Dann schließe ich die Tür wieder und weg bin ich.

So schnell ich kann, stolpere ich über den Kies, und sobald ich die Straße erreiche, rutsche ich neben Andrew auf den Beifahrersitz.

»Los, nichts wie weg!«

Wir benutzen den Seiteneingang von Gebäude Nr. 40.

»Dir ist schon klar, dass dies unerlaubtes Betreten eines Grundstücks ist«, sagt Andrew. »Und noch dazu Woods Hole.«

»Nicht ganz«, erwidere ich und muss kichern. »Im Sommer wohne ich sozusagen hier. Na ja, normalerweise, aber dieses Jahr war ich noch nicht so oft hier.«

Wir betreten das dunkle Foyer. Der Gang, der zur Werkshalle führt, wird nur von ein paar Scheinwerfern erhellt.

Ich nehme Andrews Hand.

»Ich war noch nie hier«, sagt er. »Nicht mal bei Tag.«

Er bleibt stehen und zieht mich zurück.

»Wow.« Er blickt durch eine riesige Fensterscheibe und ein sanftes blaues Licht fällt auf sein Gesicht.

Dahinter stehen vier große Aquarien, in denen sich Dutzende von Seesternen befinden: kleine, silberne, schwarze, große – ganz unterschiedliche Arten. In dem lavendelblauen Licht gleiten sie durch das Wasser.

»Wusstest du, dass Seesterne an den Enden ihrer Arme Augen haben?«, sage ich. »Sie sind mikroskopisch klein, und wenn Seesterne einen Arm verlieren, verlieren sie gleichzeitig ein Auge. Irgendwie traurig.«

Andrew nimmt mein Gesicht in seine Hände, wie er es auf dem Parkplatz getan hat, und seufzt.

»Was ist?«, frage ich.

Seine Augen glänzen in dem wässrigen Licht, das durch die Glasscheibe fällt.

»Wo bist du gewesen?«, fragt er kopfschüttelnd.

»Was meinst du damit? Ich war …«

»Wo bist du gewesen?«, wiederholt er und legt seine Hand auf meinen Hinterkopf. Diesmal ist es eigentlich keine Frage.

»East Greenwich, Rhode Island?«, sage ich.

Er lacht leise.

»Na los«, sage ich und ziehe ihn den Gang entlang zur Werkshalle.

Als wir die Werkstatt erreichen, lausche ich, aber hinter der Tür rührt sich nichts. Nur das Summen der Klimaanlage ist zu hören. Wir betreten die Halle, und da steht die *Alvin,* angestrahlt von einem Scheinwerfer. Die Aussichtsluken und Kameras sind verschwunden. Die Luke, durch die die Wissenschaftler ins Innere der *Alvin* gelangen, steht offen. Ich wette, nächste Woche um diese Zeit haben sie das U-Boot komplett zerlegt.

Normalerweise ist die *Alvin* 1,83 Meter lang, aber irgendwie kommt mir das U-Boot jetzt ohne die ganzen Teile kleiner vor.

»Okay, Star Girl. Was ist *das?«,* will Andrew wissen.

»Das ist ein Tiefsee-Tauchboot. Es war schon ein paarmal unten bei der *Titanic.«*

Andrew lässt seine Finger über die Titanhülle der *Alvin* gleiten. Mir wird ganz warm ums Herz, als ich sehe, wie er die Maschine streichelt, die ich so sehr liebe. Ich beuge mich vornüber. Obwohl ich zunächst nicht einmal sicher bin, warum ich mich dazu genötigt sehe, ziehe ich meine Schuhe aus – ganz langsam, wie ich es bei den Mädchen im Fernsehen gesehen habe.

»An dem Tag, als mir klar wurde, dass die Sterne mein Leben

sein würden, hat mich mein Dad ins Planetarium in Boston mitgenommen«, erkläre ich.

»Ich war noch nie dort«, sagt Andrew. Er lehnt sich mit der Hand an die *Alvin,* und ich ertappe ihn dabei, wie er meine Beine betrachtet. Dann wandert sein Blick über meinen restlichen Körper bis hinauf zu den Augen.

»Ich saß im Dunkeln und meine ganze Zukunft veränderte sich. Zum ersten Mal wurde mir bewusst, dass der Weltraum möglicherweise unendlich ist. Kannst du dir das vorstellen? Etwas erstreckt sich ins Unendliche?«

Andrew kommt einen Schritt auf mich zu und nimmt seine Hand vom U-Boot. Ich fasse an meinen Hinterkopf zu der Spange, die meine Frisur zusammenhält, öffne sie, und meine Haare fallen über meine Schultern. Ich habe mal ein paar Mädchen auf dem Schulkorridor dabei beobachtet. Ich habe es auch schon im Kino und im Fernsehen gesehen, aber nie die Gelegenheit gehabt, es selbst auszuprobieren. Ich habe den Effekt nie verstanden – bis jetzt.

»Seit jenem Abend habe ich sämtliche Sternbilder studiert. Ich wusste, was ich wollte und was meine Bestimmung ist.«

»Respekt«, sagt Andrew leise.

»Aber offenbar ändert sich das gerade. Hast du jemals so einen Moment erlebt, wo der Mensch, der du zu sein glaubtest, sich plötzlich veränderte?«

Andrew nickt. »Das war an dem Tag, als Curtis mich zum ersten Mal nach Brewster mitnahm. Er hat vor mir als freiwilliger Helfer dort im Jugendgefängnis gearbeitet und mich quasi dort eingeführt.« Er geht noch einen Schritt auf mich zu und bleibt nur wenige Zentimeter von mir entfernt stehen. Ich liebe es, die Nähe seines Körpers zu spüren. »Ich fand es wunderbar, helfen zu können. Und so ist es heute noch.«

»Warum arbeitet Curtis nicht mehr dort?«

»Wenn du mal wegen fahrlässiger Tötung angeklagt warst,

kannst du danach nicht mehr ehrenamtlich in einer Jugendstrafanstalt arbeiten.«

»Hat er die Arbeit ebenso geliebt wie du?«

»Mehr noch, glaube ich. Vermutlich ist er …« Andrew hält einen Moment inne. »Vermutlich verhält er sich deshalb heute so.«

»Warum gehst du überhaupt noch auf Hummerfang, wenn dir die Arbeit in Brewster so gefällt? Kannst du nicht ganztags im Gefängnis arbeiten?«

Andrew geht ein paar Schritte auf Distanz und lehnt sich wieder an die *Alvin.*

»Manchmal muss man aus verschiedenen Gründen tun, was richtig ist, auch wenn es nicht das ist, was man gerne macht. Mikes ganze Familie geht auf Hummerfang. Seine Brüder betreiben jetzt die gesamte Bootsflotte. Sie haben echt jemanden gebraucht, der ihnen beim Management, bei den Finanzen und bei der Büroarbeit hilft …«

»Dann gehst du also auf Hummerfang, um ihnen zu helfen?«

»Ich muss es tun.«

»Aber es ist nicht deine Schuld, dass Mike tot ist.«

»Ich weiß, du bist anderer Meinung, aber ich muss es tun«, sagt er und streicht mit seinen Fingern über die Titanverkleidung der *Alvin.* »Ich tue es für Mike.«

Sein Blick ruht auf dem U-Boot, als er sagt: »Danke, dass du mit mir hierhergefahren bist. Hier ist es einfach toll.« Er hat wieder das Thema gewechselt, so wie er es fast jedes Mal getan hat, wenn ich den Unfall erwähnt habe. Aber was soll's. Schließlich sind wir heute Abend nicht hergekommen, um unsere seelischen Probleme zu lösen. Am liebsten würde ich Andrews Schmerz mit Küssen vertreiben. Ich möchte ihn trösten. Ich lehne mich an ihn und unsere Lippen berühren sich.

Er zeigt mir den Weg. Mein Mund folgt seinen Bewegungen und es ist schöner als neulich im Wasser, weil wir hier sind.

»Wo bist du gewesen?«, frage ich, als wir uns wieder voneinander lösen.

Er streicht mit der Hand über meinen Kopf und sagt: »Brewster, Massachusetts.«

Wir müssen beide lachen.

»Aber sag mir eins: Warum das Tiefsee-Tauchboot?«, fragt er und drückt mich fest an sich. Am liebsten würde ich ihn für immer so festhalten.

»Wissenschaftler glauben, dass das Leben in der Tiefsee dem auf anderen Planeten ähnelt. In der Tiefsee können Lebewesen ohne Licht und ohne Sauerstoff überleben. Daher ist die Annahme, dass der Lebensraum auf dem Meeresgrund einem Milliarden von Lichtjahren entfernten Lebensraum ähnlich sein könnte, durchaus plausibel. Die *Alvin* hat viel mit einem Raumschiff gemeinsam.«

»Du machst alles, was ich sehe … besser. Interessanter«, meint Andrew.

Zuerst küsst er meinen Nacken, und dann wandert sein Mund langsam hinauf zu meinen Lippen. Ich möchte von ihm mehr als nur Küsse. Ich bin darüber selbst erstaunt. Andrew lehnt sich mit dem Rücken an die *Alvin.* Er zieht mich zu sich heran und wir lehnen nun beide an dem U-Boot. Wir hören nicht auf, uns zu küssen.

Andrew lässt seine Finger immer wieder über meinen Körper gleiten, bis mir die Knie zittern.

»Ich bin noch nie in eine Regierungseinrichtung eingebrochen«, sagt Andrew, als wir vor Nancys Haus halten.

»Ich habe die ganze Woche deine Zeit beansprucht. Dabei hast du mich gerade erst getroffen.«

Er legt seine warme Hand auf meine Wange.

»Das habe ich gern gemacht«, meint er.

Eine sanfte Brise weht durch das Fenster und streichelt meine Haut. Fast hätte ich das Debakel mit dem Kleid vergessen, wenn es mir nicht auf einmal kühl um die Schultern geworden wäre. Ich habe mich lächerlich gemacht, und der Gedanke daran trübt den Glanz dieser Nacht.

Andrew betrachtet mich die ganze Zeit und schüttelt den Kopf.

»Schwierigkeiten. Du bist das Sinnbild für Schwierigkeiten.«

»Wieso?«

»Ich mag dich«, sagt er. »Und das bedeutet Schwierigkeiten für mich.«

Meine Schulter und meine Brust sind kalt, als er von mir wegrückt. Der Stoff des Kleids ist nicht so dick. Mich fröstelt, und ich möchte verstehen, was er meint, aber ich liebe auch das Geheimnisvolle.

»Nächsten Freitag kann ich dir den Kometen zeigen, wenn du willst. Das ist der, den ich schon den ganzen Sommer verfolge. Dann erreicht er endlich sein Perihelium.«

»Was immer das auch ist, es klingt fantastisch. Perry-redium.«

»Perihelium.«

»Genau«, erwidert Andrew.

Er läuft nicht vor mir weg. Er hat keine Angst vor meinen wissenschaftlichen Vorträgen oder vor Fakten. Er ist nicht einmal verwirrt wegen eines riesigen U-Boots, das sich langsam über den Meeresgrund bewegt. Klar, Scarletts Kleider sind überzeugend, und ich wäre nicht sehr weit gekommen, wenn ich mich nicht wie meine Schwester verhalten hätte. All das kann ich mit ihm teilen – und das ist okay. Zumindest so weit.

Ich will mehr von Andrew, mehr als die Information, die er mir bezüglich des Unfalls gegeben hat. Ich will mehr darüber erfahren, wie es in ihm drin aussieht. Ich möchte so viel Zeit in seinen Armen verbringen, mich in sämtliche Details vertiefen. Ich habe noch nie so gefühlt und dieses Gefühl lässt mich erschauern.

»Bist du sicher, dass du mich nicht bald über hast?«, fragte ich.

»Dich?«, sagt er mit einem Lächeln. »Nie.«

# KAPITEL 16

AM NÄCHSTEN MORGEN GEHE ICH NACH UNTEN und schreibe Claudia zurück. Sie hat mir eine Nachricht geschickt, als ich gestern Abend mit Andrew unterwegs war, und mich eingeladen, mit ihr und ihren Freundinnen am 4. Juli auszugehen. Ich sage ihr zu.

Ich stecke das Handy in meine Tasche und gehe ins Wohnzimmer. Scarletts drei Koffer stehen aufeinandergestapelt in der Diele. Das schwarze Kleid hängt auf einem Bügel im Schrank; ich werde es diesen Nachmittag mit Dampf reinigen, wenn niemand in der Nähe ist.

Ich esse Müsli im Liegesessel, was normalerweise ausdrücklich verboten ist, aber Tante Nancy ist bei einem Treffen der Töchter der Amerikanischen Revolution. »Beanie, geh und hol deine Schwester. Sag ihr, dass wir los müssen«, ruft Mom aus der Küche.

Ich stelle meine Schüssel hin und gehe nach oben.

Ich bleibe im Türrahmen von Scarletts Zimmer stehen. »Du musst einfach in New York City das MBP erreichen«, sage ich.

MBP ist Scarletts Abkürzung für »maximales Bräunungspotenzial«. Nancy findet das entsetzlich und redet immerzu von Lichtschutzfaktoren und Hautkrebs.

Ich sehe mich in ihrem Zimmer um und versuche herauszufinden, was Scarlett nicht mitnehmen wird. Sie kann schließlich nicht *alles* mit nach New York nehmen … oder? Immerhin meinte sie, sie sähe keine Veranlassung dazu, ihre Badeanzüge mit in die Großstadt zu nehmen. Einige der Schubladen hinter ihr sind offen, und darin liegen Dutzende von T-Shirts und Shorts.

»Was hast du mit deinem Gesicht gemacht? Du siehst ja aus wie ein Waschbär«, sagt sie und rümpft die Nase, als würde hier drin ein widerlicher Gestank herrschen.

»Was?«

Meine Schwester sitzt an ihrem Schminktisch und tupft Feuchtigkeitscreme auf ihre Stirn. Ich bücke mich, um in den Spiegel zu sehen. Der schwarze Mascara ist unter den Augen völlig verschmiert.

»Ich hab wohl vergessen, mein Make-up abzuwaschen«, sage ich und wische mein Gesicht mit einem Tuch ab.

»Du musst das jeden Abend abwaschen, sonst verstopfen deine Poren«, sagt Scarlett und tupft eine andere Creme auf ihr Kinn.

Meine Haut ist ein wenig rau vom zu starken Reiben.

Ich setze mich auf die Bettkante; neben mir auf dem Bett liegt ein rotes Sommerkleid. Es ist sehr kurz, und wenn ich es tragen würde, wären meine Pobacken zu sehen.

»Das ist hübsch«, sage ich. »Vielleicht etwas kurz.«

»Ja, gut. Curtis scheint der Meinung zu sein, ich sollte immer nackt herumlaufen. Er hat gestern Abend fünfzehn Minuten gebraucht, um es mir auszuziehen.«

»Curtis?«, sage ich und spiele die Ahnungslose. Scarlett bewundert ihr Spiegelbild und zieht an ihrer gebräunten Haut.

»Ja, er arbeitet unten auf dem Fischmarkt.« Sie zuckt die Achseln.

»Wir werden sehen, wohin das in diesem Sommer führt. Ich stehe nicht gerade auf dunkles Haar und dunkle Augen. Aber ich liebe seinen Körper.«

»Bäh.« Ich muss daran denken, wie Curtis mich auf dem Fischmarkt von oben bis unten gemustert hat.

Scarlett verdreht die Augen. »Weißt du, Bean, eines Tages wirst auch du Sex haben und es wird dir gefallen.«

Sie kapiert gar nichts. Es ist nicht Curtis' Körper, den ich abstoßend finde, sondern Curtis an sich. Ich frage mich, ob Scarlett von dem Unfall weiß und dass Curtis neun Monate im Gefängnis gesessen hat. Er schien mir nicht gerade der mitteilsamste Typ zu sein. Aber es kommt mir so vor, als ob alle seine Freunde darüber reden, und wenn Scarlett in der Nebensaison hier ist, muss sie es wissen. So oder so, ich werde nicht erwähnen, wie viel ich weiß.

»Glaubst du, er ist ein …« Ich wähle meine Worte mit Bedacht aus. »… ein guter Mensch?«

»Was meinst du mit ›gut‹?«

Nein, sie wird nichts ausplaudern.

»Ein rechtschaffener Typ«, erkläre ich.

»Ja, warum nicht? Ich meine, er hat Gefühle, ist höflich, was auch immer. Menschen sind weder nur gut noch nur böse, Beanie. Sie sind komplex. Vielschichtig.«

Meine Gedanken kreisen um ihre letzte Bemerkung, dass ich Sex haben und dass es mir gefallen würde. Ich kann mir absolut vorstellen, mich in Andrews Gegenwart auszuziehen. Ich habe nie daran gedacht, mit jemandem zu schlafen. Bis jetzt. Allerdings werde ich nicht gleich losrennen und es morgen tun. Aber Andrew ist so anders – so besonders.

»Ich habe keine Angst vorm Küssen oder vorm Sex«, erkläre ich.

Scarlett wirbelt auf ihrem Stuhl herum und macht ein verdutztes Gesicht.

»Hast du das gerade ernst gemeint? Hast du, abgesehen von Tucker, überhaupt schon mal jemanden geküsst?«

»Er war mein erster fester Freund!«, sage ich. Scarlett steht auf und schließt eine Schublade voller Bikinis.

»Irgendwelche neuen Jungs in Sicht?«, will sie wissen.

»Fragst du mich das wirklich?«

»Ja, warum nicht ?«

Ich kneife die Augen zusammen. »Nein«, sage ich. »Keine Jungs. Aber vielleicht könntest du mir einen aus New York mitbringen!«

Scarlett macht das Licht aus und das regnerische Tageslicht überzieht den Raum. Wir gehen zusammen die Treppe hinunter. Scarlett sagt nichts mehr. Ich wünschte, wir könnten weiterreden, aber sie geht zu Mom in die Diele.

Sie wirft die Tasche über ihre Schulter und legt alles für die Busfahrt von Hyannis nach New York City bereit.

Ich esse mein Müsli auf dem Sofa auf.

Vielleicht kommt sie ja und umarmt mich. Ich checke mein Spiegelbild in der Fensterscheibe. In den Augenwinkeln befinden sich noch Reste von schwarzem Eyeliner. Ich wische sie mit der Serviette weg.

»Bis bald!«, ruft Scarlett und ihr Singsang hallt durch den Flur. Vermutlich kommt für sie eine Umarmung zum Abschied nicht infrage. Sie zeigt ihre Zuneigung nun mal nicht gerne in der Öffentlichkeit, vor allem was mich angeht.

Der Regen prasselt in stetem, ansteigendem Rhythmus gegen die Panoramafenster und das Dachfenster. Ich stelle meine Müslischale weg. In Gedanken spiele ich immer wieder den gestrigen Abend durch.

Der Regen wird stärker und klatscht gegen die Scheiben. Die Metallmöbel auf der Veranda klappern im Wind.

Seit Tagen geht mir der Satz *swim to the moon* nicht mehr aus dem Kopf. Ich habe Andrew nicht gefragt, was es bedeutet, und

Mom hat ihren Computer mit in den Coffee-Shop genommen, nachdem sie Scarlett am Busbahnhof abgesetzt hat, deshalb kann ich nicht nachschauen.

Draußen vor dem Wohnzimmerfenster kommt der Regen jetzt schräg herunter.

Keine Sternguckerei heute Abend. Ich blicke zum Schreibtisch im Wohnzimmer hinüber, wo Dads Kopie von der Bewerbung für das Waterman-Stipendium wie ein totes Gewicht in einem Ordner herumliegt – das Blau des Hochglanzdeckels verhöhnt mich. Nachdem ich das Kleid mit Dampf gereinigt habe, werde ich in die Bibliothek gehen und mich darum kümmern, meinen Essay in ein angemessenes MLA-Format zu bringen. Gott sei Dank ist die Bibliothek im Sommer zusätzlich an Sonntagen geöffnet. Vielleicht finde ich sogar heraus, was Andrews Tattoo bedeutet.

Ich schnappe mir das Kleid und gehe nach oben.

Das Wasser bespritzt meine Knöchel, als ich mit meinen Flipflops durch den Regen wate. Meine Schuhsohlen sind ganz rutschig. Ich gehe die Zementstufen zur Bibliothek von Orleans hinauf, und als ich nach dem silbernen Türgriff greife, rutschen meine glitschigen Hände daran ab und eine andere Hand langt nach dem Griff.

Curtis.

»Der String-Bikini mit der amerikanischen Flagge«, sagt er. Ob er das jetzt jedes Mal sagen wird, wenn er mich sieht?

Wir betreten die dunkle Eingangshalle und ich wringe meine Haare aus; lange Strähnen kleben an meinem Rücken und mich schaudert, als kalte Regentropfen über meine Haut rinnen. Ich stehe mit jemandem in der Bibliothek, der Scarlett definitiv kennt. Ich verschränke die Arme über der Brust.

Das Licht über uns flackert. An der Rückwand der Bibliothek befindet sich eine Reihe von Fenstern. Der Himmel ist noch düsterer geworden.

*Cumulonimbus-Wolken,* glaube ich. *Wir werden bald ein …*

KRACH!

*Donner.*

»Hast du Spaß mit Andrew?«, fragt Curtis.

»Ja, er ist nett«, sage ich und schüttle den Kopf. Wassertropfen fliegen durch die Luft. Die helle Narbe auf Curtis' Schlüsselbein verläuft im Zickzack bis zum Hals. Ich muss dieses Gespräch in eine andere Richtung lenken. Er soll nicht wissen, dass ich über den Unfall Bescheid weiß.

»Also …«, beginne ich. Dabei muss ich an Andrews Tattoo denken und dass das vielleicht die schnellste Möglichkeit ist, das Thema zu wechseln. »Schwimme zu …«

Curtis stützt sich mit der Hand an der Wand ab und verschränkt die Beine.

»Du bist ein nettes Mädchen«, sagt er und zieht dabei das Wort »nett« ganz schön in die Länge. »Ein gutes Mädchen. Zu gut für mich.«

Ich verlasse die Eingangshalle und betrete die Bibliothek.

Ein nettes Mädchen. Warum hört sich das für mich so schmutzig an? Sexuell?

Wieder flackert das Licht über den Holztischen, und auf einem Schild auf einem Schreibtisch steht AUSKUNFT. Curtis' Blick ruht auf mir und seitlich an seinem Mundwinkel lugt seine Zunge hervor. Er lächelt.

Langsam gehe ich zum Schreibtisch der Bibliothekarin, und die Sohlen meiner Flipflops quietschen auf dem Fußboden.

»Bis dann, nettes Mädchen«, sagt Curtis und schlendert den Gang entlang zum anderen Ende der Bibliothek, wo ein Computertisch steht. Na toll. In der Bibliothek von Orleans gibt es nur zwei Computer. Das heißt, ich muss mich neben ihm an den Computer setzen, wenn ich auf den Zettelkatalog zugreifen will.

Draußen ertönt ein weiterer heftiger Donnerschlag und das

Licht über den Computern flackert. Vor dem Schreibtisch der Auskunftsbibliothekarin hat sich bereits eine Schlange gebildet. Es ist doch Sommer! Wozu zum Teufel brauchen alle die Bibliothek? Bezüglich des Essays muss ich im MLA-Fachbuch nachschlagen. Das ist der langweiligste Job, den ich je gemacht habe. Wieder kommt mir Andrews Tattoo in den Sinn. Ich werde nicht zulassen, dass Curtis mir in die Quere kommt.

Ich setze mich neben ihn und rufe die Datenbank der Bibliothek von Orleans auf.

»Willst du mir Gesellschaft leisten?«, fragt er.

Er darf nicht wissen, dass ich nach der Textzeile von Andrews Tattoo suche. Ich fange an mit dem Standort der Nachschlagewerke über das richtige Schreiben.

»Wenn du es unbedingt wissen willst: Ich recherchiere, weil ich einen Essay schreiben muss.

Er starrt auf seinen Bildschirm und ich werfe einen Blick darauf. Treffpunkte Anonymer Alkoholiker in Cape Cod.

Oh.

Ich tippe ein paar Sachen ein und atme durch die Nase aus. Ich ziehe die Schultern ein wenig hoch, um meinen Rücken zu entlasten.

»Manchmal sind Leute beschädigt«, sagt Großmutter immer. »Aber du darfst dich nicht ausnutzen lassen. Du musst für sie da sein, ihnen helfen, sich wieder aufzuraffen und den Dreck wegzubürsten, aber du musst dich auch schützen.«

Ich wende den Blick nicht von meinem Bildschirm und komme zu dem Schluss, dass Curtis widerlich ist, aber er strengt sich an. Es hat den Anschein, als bürste er den Dreck weg. Vielleicht ist er ja nur ein Typ, der eine schlechte Wahl getroffen hat.

»Andrew hat ein interessantes Tattoo auf dem Arm«, sage ich und versuche dabei lässig zu klingen. Ich notiere mir die Signatur des MLA-Fachbuchs auf einem kleinen Zettel, und dabei kann ich meinen Kopf noch weiter von Curtis' Computerbildschirm abwenden.

»Oh, der Text von The Doors? Bist du ein Fan?«

»Von Andrew?«

Curtis sieht mich seltsam an. »Von The Doors«, stellt er klar.

»Oh, ja. Mit Haut und Haaren. Ich dachte, du seist auch einer.«

Was zum Teufel rede ich da eigentlich?

»Nee. Andrew ist das Sensibelchen.« Curtis klickt den Browser aus und steht auf. »Bis später, Miss America.«

»Bis dann«, sage ich leise, obwohl er bereits außer Hörweite ist. Er geht, ohne mir etwas zu erklären; allerdings muss er es auch nicht tun, weil es mich im Grunde nichts angeht.

Als Curtis weggeht, verspüre ich jedoch den unbändigen Drang, ihm hinterherzurufen. Ihm zu sagen, dass Andrew Mike auch vermisst und dass er wegen dem, was passiert ist, keinen Alkohol mehr anrührt, obwohl er gar nicht im Wagen saß. Ich möchte Curtis sagen, dass er nicht allein ist mit seinem Kummer. Ich möchte ihm sagen, dass es mir leid tut und dass wir alle mit den Folgen unserer Wahl leben müssen. Sogar ich – ein Mädchen, das zu lange im Schatten seiner Schwester gestanden hat.

Ich empfinde sowohl für Andrew als auch für Curtis Mitleid.

Ich bedaure ihren Verlust.

The Doors. Ich glaube, ich habe schon von ihnen gehört. Innerhalb von zehn Minuten sitze ich in der hintersten Ecke der Bibliothek vor drei Büchern, und alle befassen sich mit den 1960er Jahren. In einem Buch entdecke ich das Foto von einer Band. In der Mitte steht ein Typ mit den engsten Lederhosen, wie ich sie nicht mehr gesehen habe, seit Mom mich zu einer Broadway-Aufführung in New York mitgenommen hat.

Außerdem ist er heiß. Vorausgesetzt man steht auf lange Haare, enge Hosen und einen sagenhaften Mund. Tucker hat nichts von alledem. Und Andrew eigentlich auch nicht. Abgesehen von dem sagenhaften Mund.

»Jim Morrison!«, sagt Mom später am Abend. Sie sitzt neben Dad und ihr Tee dampft in einer Tasse, die neben einem Buch über Lebensläufe steht. »Ich war noch zu jung, aber Großmutter hat ihn *geliebt* .«

»Grandma?« Großmutter Levin mag doch sonst nur getrocknete Kräuter, die in ihrer Küche von der Decke hängen, und Batik-T-Shirts.

»Ja. Großmutter war bei vielen ihrer Konzerte.«

Ich muss unbedingt mit Großmutter über »Swim to the moon« sprechen. Ich denke, ihr wird diese Textzeile gefallen. Ich kann ihr ein bisschen von Andrew erzählen, so wie ich es bei Ettie getan habe. Den Teil mit seinem Alter werde ich weglassen.

Eigentlich soll ich sie und Gracie einmal in der Woche anrufen. Aber weil sie bei ihrer Schweige-Meditation war, konnte ich es nicht. Die Tatsache, dass sie sieben Tage nicht mit Gracie gesprochen hat, erscheint mir unmöglich.

Als ich zum Telefon gehe, um Großmutter trotzdem anzurufen, klingelt Moms Handy.

Ich wähle gerade Grandmas Nummer auf Nancys tragbarem Telefon, als Mom sagt: »Sieht so aus, als kommt Tucker nicht zur Party. Dann bekommst du ja deinen Wunsch erfüllt.«

Ich erstarre und hole tief Luft. Ganz fest umklammere ich das Telefon. Mein Zeigefinger ruht über den letzten paar Zahlen von Grandmas Nummer.

Das war's dann also. Tucker ändert seine Meinung über unsere Trennung nicht. Ich hasse es, dass ich mir auf krankhafte Weise eingebildet habe, er würde es tun, und dass ich sogar für eine Weile darüber begeistert war. Es ist, als sei Tuckers Entscheidung, nicht zu der Party zu kommen, ein weiterer Schachzug, um mir wehzutun. Feigling. Er will mich nicht sehen und nicht eingestehen müssen, was er hinter meinem Rücken getan hat. Wahrscheinlich denkt er, dass ich noch weine. Vermutlich hat er sogar Mitleid mit mir.

»Beanie? Hast du mir zugehört?«, fragt Mom.

»Das ist schon in Ordnung«, sage ich und räuspere mich. »Ganz und gar in Ordnung.«

Ich wähle die letzte Zahl von Grandmas Nummer und haue dabei ordentlich auf die Taste.

»In Ordnung, hm?«, sagt Mom mit einem kleinen Lächeln.

Ich gehe hinaus auf die Veranda und schließe die Tür hinter mir, damit sie mich nicht hören kann.

Obwohl Großmutter noch ein paar Tage an ihrem Rückzugsort verbringt, wird sie ihre Mitteilungen abhören, sobald sie wieder zu Hause ist, und mich anrufen. Dann können wir über Andrew reden. Ich möchte ihre Stimme hören, auch wenn sie nur vom Band kommt.

Es klingelt dreimal, und dann höre ich die vertraute Ansage.

»Sie sind mit Jean und Gracie verbunden. Ich hasse diese Dinger.«

»Wir hassen, meine Liebe. Wir«, wirft Gracie ein.

»Wir hassen diese Dinger, also fassen Sie sich kurz. Wenn Sie uns etwas verkaufen wollen, lautet unsere Antwort Nein.«

»Grandma«, sage ich in den Hörer. »Hier ist Bean. Wenn du wieder zurück bist, müssen wir über Jim Morrison reden. Ich habe ihn und seine Lederhosen entdeckt. Ruf deine Enkelin an.«

Von Andrew sage ich nichts, denn wenn Großmutter hört, dass ich einen neuen Typen erwähne, dann könnte das ihre Ruhe stören. Ich möchte sie nicht in die lärmende Welt zurückholen.

Ich gehe hinauf in mein Zimmer, um mich mit Positionskarten des Kometen Jolie zu befassen. Meine Berechnungen müssen exakt sein, um das Komitee zur Vergabe des Stipendiums zu beeindrucken – jede Epoche markiert einen Zeitraum, den der Komet zurückgelegt hat. Beständigkeit ist entscheidend. Ich werde die Koordinaten eingeben, und das Teleskop wird zu diesem Punkt am Himmel schwenken. Wenn seine Position nicht mit der von mir berechneten exakten Position übereinstimmt – selbst wenn sie nur um ein Grad höher ist als vorausberechnet –, dann waren all meine Beobachtungen für die Katz.

Alles, wofür ich gearbeitet habe, wird am Abend des Periheliums am Nauset Leuchtturm auf dem Spiel stehen.

Dieses Stipendium ist meine Chance, mich aus Nancys eisernem Griff zu befreien. Meine Chance, Tucker zu beweisen, dass er nicht gewinnen kann. Vielleicht ist es auch meine Chance auf eine echte Zukunft am MIT. Vielleicht wird eines Tages aus meiner Lüge mein wahres Leben.

Nachdem ich an diesem Abend ein The-Doors-Album heruntergeladen habe, liege ich im Dunkeln und höre »Moonlight Drive«. Dabei reibe ich meine Beine mit Moms Lotion ein. Mein Bett ist bequem, der Regen prasselt auf die Dachfenster und ich beobachte tausende Tropfen, die die Scheiben herunterströmen. Scarlett hat eine perfekte Haut. Sie trägt immer Lotionen oder Cremes auf, die anscheinend etwas bewirken.

*Let's swim to the moon …*

*Piep.* Ich meine, trotz der Musik in meinen Kopfhörern etwas zu hören. *Piep.* Oh. Es ist mein Handy.

ANDREW: Brechen wir noch in weitere Gebäude ein?

*Sei strategisch. Was würde Scarlett tun? Sie würde einen Witz machen und cool bleiben.*

ICH: Aber immer.

ANDREW: Magst du all den Regen?

ICH: Ja, aber für die Berechnung der Flugbahn des Kometen ist das Wetter ungeeignet.
ANDREW: Freitagabend?

Der Stargazer steht vor dem völlig beschlagenen Erkerfenster. Dem Wetterbricht zufolge soll der Himmel am Freitagabend klar sein, aber wenn es sein muss, wird Dad mich dorthin fahren müssen, wo ich den Himmel sehen kann. Nach all der Arbeit will ich den Kometen Jolie auf gar keinen Fall verpassen!

Morgen werde ich tagsüber allerletzte Recherchen hinsichtlich der Flugbahn des Kometen anstellen und an meinem Schul-Laptop noch ein paar technische Dinge genau nachprüfen. Ein geliehener Laptop, auf dem man sich nur auf der wissenschaftlichen Website der Schule anmelden und meine Teleskop-Daten aufzeichnen kann. In den nächsten Tagen muss ich die Zeit aufholen, die ich mit Andrew verbracht habe. Ich schreibe zurück.

ICH: Jep. Freitag. Nauset Leuchtturm.
ANDREW: Okay. Apropos. Am Samstagabend, dem 4. Juli, findet eine Party am Town Beach statt. Mit Riesen-Lagerfeuer.

Ich stelle mir vor, wie Scarletts Bus gerade am Terminal der Penn Station einfährt.

Sie ist fort. Keiner wird mich erkennen.

Ich kann gehen, wohin ich will! Niemand muss erfahren, dass wir verwandt sind oder dass ich erst sechzehn bin. Vielleicht muss ich meine Pläne mit Claudia verschieben. Andrew denkt, ich sei achtzehn, aber ich weiß nicht, ob er glauben würde, dass Claudia ebenfalls achtzehn ist. Ich kann nicht von ihr verlangen, dass sie für mich lügt.

Aber es wird schon klappen.

ICH: Möchte ich nicht verpassen.

Ich lege das Handy beiseite, drücke die Play-Taste auf meinem Music-Player und lasse mich von Jim Morrison in den Schlaf singen.

Ein paar Tage später sind Dad, Mom und ich im Haus. Nancy ist mit dem Party-Planer irgendwo draußen im Garten. Mom packt in der Küche ihre Sachen zusammen, um für einen Tag nach Hause zu fahren, weil sie dort an einem Job-Seminar teilnimmt.

Draußen scheint die Sonne auf die weißen Gartenmöbel auf der Veranda. Obwohl es sonnig ist, wird der Sand wegen der morgendlichen Gewitter bis morgen noch feucht sein.

Dad geht meine Berechnungen durch.

»Ich bin beeindruckt, Beanie. Du hast einen sehr geringen Fehlerbereich, der aber in der unbeständigen Natur von Kometen begründet ist.«

»Oh, danke«, erwidere ich und lächle. Aber ich denke an Andrew.

Gestern Abend habe ich gelesen, dass Jim Morrison sehr jung gestorben ist; er war erst siebenundzwanzig. Vielleicht fühlt sich Andrew deshalb so eng mit ihm verbunden.

Ich streiche mit der Hand über die Plastikhülle meiner Mappe, während Dad redet.

»Was musst du noch machen?«, erkundigt er sich. Dad steht auf und holt seine Aktentasche. Ich konzentriere mich wieder und setze mich ganz gerade auf den Stuhl.

»Ich muss noch die Optik des Stargazer reinigen und meine Sachen für die Beobachtung zusammenpacken.«

»Ausgezeichnet«, meint Dad. »Ruf mich, wenn du was brauchst«, fügt er hinzu. In dem Moment klingelt Moms Handy.

»Gerard, warte. Es ist Scarlett. Hallo, Schatz.« Dad bleibt stehen, mit einem Fuß in der Tür.

Mit Ausnahme des Küchenpersonals ist es fast wie sonst auch. Mom stützt ihre Ellbogen auf die Küchenablage und wippt auf den Fußballen auf und ab, während sie Scarlett zuhört.

»Scarlett hat in der Schule einen Wettbewerb gewonnen!«, ruft sie Dad zu. »Oh, wow, Schatz«, gurrt Mom ins Handy. »Erzähl deinem Vater von dem Fotografen.«

Dad kommt wieder zurück und stellt seinen Aktenkoffer ab.

»Gratuliere, Schatz«, ruft Dad aus einiger Entfernung.

Mom und Dad stehen eng zusammen und halten das Telefon zwischen sich.

»Möchtest du mit deiner Schwester sprechen?«, fragt mich Mom. »Sie hat einen Preis gewonnen.«

»Habe ich schon beim ersten Mal verstanden!«, sage ich, während ich rückwärts zur Treppe gehe.

Mom nimmt das Handy vom rechten Ohr und winkt mir damit. Sie deutet damit an, dass Scarlett Hallo sagen möchte, aber ich kann mich nicht erinnern, dass Scarlett mich jemals am Telefon sprechen wollte. Vielleicht ist es mein schlechtes Gewissen. Keine Ahnung. Ich weiß nur, dass sie die Letzte ist, mit der ich sprechen will.

Ich kann nicht sagen, was Scarlett mir erzählen würde oder was sie vielleicht über mein Leben erfahren möchte. Ich weiß nur über ihr Leben Bescheid, weil ich ihre Schuhe trage. Ich könnte jetzt Fragen stellen, aber bis zu diesem Sommer gab es nichts zu erzählen.

Vermutlich kenne ich sie gar nicht richtig und sie kennt mich nicht.

# TERMINPLAN FÜR JULI

## WICHTIGE TERMINE:

*3. Juli – Komet Jolie erreicht Perihelium! Komet verfolgen. Fabelhaft sein. (Hübsches Outfit tragen, A. kommt.)*

## VORAUSSCHAU:

*Alles fürs Waterman-Stipendium organisieren:*
*Termin 8. August*

- ☐ *Bewerbung (16 Seiten, handgeschrieben und per Briefpost an Vergabekommission)*
- ☐ *Daten sammeln, Durchführung von Berechnungen abschließen.*
- ☑ *Online-Registrierung – Termin: 26. Juni (Geburtstag!)*
- ☑ *Kometen-Daten, zusammengestellt in zweifacher Ausfertigung*
- ☑ *Empfehlungsschreiben vom East Greenwich Observatorium*
- ☐ *Persönlicher Essay BÄÄÄÄÄHHHHH*

## VERSCHIEDENES:

- ☐ *Hübsche Klamotten für diverse Dates mit A.? Vielleicht ein paar Ohrringe aus der Stadt?*
- ☑ *Herausfinden ob Tucker zur Party kommt*
- ☐ *Geburtstagsgeschenk für Ettie?*

# KAPITEL 17

STARGAZER? CHECK. LED-TASCHENLAMPE? CHECK. Ungefähr 524 Jelly Beans? Check. Und ein Handy. Nancy meinte, ich solle es benutzen, falls ich am Strand auf »betrunkene Städter« treffe. Mom und Dad lachten sich kaputt, so als sei das ein absurdes Szenario.

Als ich in die Diele komme, schauen sich Mom und Dad in der Küche auf Discovery Channel gerade eine Sendung über Seepocken an. Dad sitzt aufrecht auf seinem Stuhl und zeigt auf den Bildschirm.

»Sie werden mich zitieren!«, sagt Dad. »Gleich kommt die Stelle …«

Ich habe diese Folge bestimmt schon viermal gesehen.

Scarlett hat das rote Sommerkleid mit nach New York genommen, aber ein kurzes blaues mit kleinen weißen Punkten hat sie dagelassen. Zugegeben ist es nicht gerade das praktischste Outfit, um am kühlen Strand einen Kometen zu bestaunen, aber ich habe es mir schon so schön ausgemalt: Andrew und ich nachts am Strand, hoch über uns der Komet, und der Wind, der mit meinen Haaren spielt.

»Soll ich dich fahren?«, fragt Dad.

»Nein«, sage ich. »Ist schon okay. Ich sollte das ohne Hilfe schaffen.«

»Viel Glück!« Er winkt mir aus dem Sessel zu und winzige Härchen wiegen sich in der Luft. Gut, dass ich ihn erwischt habe, bevor um 22:30 Uhr auf PBS eine neue Folge von Lebewesen der Tiefsee läuft.

Ich habe es bereits bis zur Hälfte der Shore Road geschafft und esse gerade meine fünfte Jelly Bean, als ein roter Pick-up neben mir hält.

Andrew lehnt den Arm aus dem Fenster. Trägt er etwa einen Blazer? Ich stelle mich auf die Zehenspitzen, um einen Blick in den Wagen zu werfen. Ist das eine Fliege? Moment mal … er hat die Ärmel eines *Smokings* hochgekrempelt!

Mir stockt ein wenig der Atem, und die Risse im Pflaster sehen aus, als würden sie mir zuzwinkern.

»Cooles Outfit«, sage ich.

Andrew ist fast albern, denn er ist so stolz auf sich.

»Wo ist dein Ballkleid?«, fragt er.

Scarlett hätte bei dem Spaß mitgemacht. Sie hätte ein Ballkleid angezogen, um die Indiskretionen von neulich abends wettzumachen. Stattdessen erkläre ich: »Es würde nicht zum Teleskop passen.«

»Du könntest doch zum Strand fahren, anstatt deinen ganzen Kram zu schleppen.«

Wie erkläre ich das? Selbstvertrauen. Scarlett-Selbstvertrauen.

»Ich bin doch eine Sklavin, erinnerst du dich?« Ich stemme die Hand in die Hüfte, wie ich es schon unzählige Male bei Scarlett gesehen habe. »Meine Eltern haben diesen Sommer die Kontrolle über den Wagen«, erkläre ich, was zur Hälfte wahr und zur Hälfte gelogen ist. »Und dein Verhalten könnte als Stalking gewertet werden«, sage ich und versuche dabei, meiner Schwester nachzueifern.

»Du hast nie gesagt, wo ich dich abholen soll. Ich wollte ein Gentleman sein und anklopfen.«

Ich steige in Andrews Pick-up und nehme die Tasche mit dem Stargazer auf den Schoß.

»Ich bin bereit, mir ein paar Kometen anzusehen«, meint er, und wir fahren Richtung Strand. Auf dem Parkplatz nimmt Andrew die Tasche mit dem Teleskop von meinem Schoß und dabei berühren seine Hände meinen Oberschenkel.

»Warte«, sage ich, als er aussteigen will.

»Das ist ein sehr ernsthaftes, wissenschaftliches Experiment. Ich darf mir keinen Fehler erlauben, sonst könnte das verheerende Folgen haben.«

Andrew hört auf zu lächeln und runzelt die Stirn.

»Ja, Ma'am.«

»Du bist hier als mein Assistent.«

Er salutiert in seinem Smoking und mein Herz explodiert beinah, weil er so süß ist.

»Dann los«, sage ich.

Ich setze den Rucksack auf und wir gehen zu der steilen Treppe, die hinunter zum Strand führt.

»Also, warum der Komet?«, fragt er, als wir unter einer Straßenlaterne hindurchgehen. Andrew trägt Flipflops zu seiner Anzughose. »Warum diese Besessenheit?«

Fast hätte ich geantwortet, es sei für die Schule. Für die *Highschool.* Am liebsten würde ich ihm jedes kleinste Detail über das Stipendium erzählen. Aber stattdessen schlucke ich die Wahrheit hinunter und wähle meine Worte mit Bedacht aus.

»Wenn man am MIT studieren will, ist es von Vorteil, ein Spezialgebiet zu haben und gleich mit einem Forschungsprojekt daherzukommen.«

Ich habe keine Ahnung, ob das stimmt, aber es klingt gut.

»Nett«, meint Andrew.

*Du bist ein nettes Mädchen.*

»Nett …«, sage ich und lasse das Wort nachklingen, während wir dem Ufer immer näher kommen. »Ich hasse dieses Wort.«

Je weiter wir uns von dem Parkplatz entfernen, desto dunkler wird es, aber genau so soll es sein. Ein paar Leute angeln am Ufer. Ein Paar beobachtet das Meer und die Wellen, die sich am Strand brechen.

Ungefähr 300 Meter vom Parkplatz entfernt bleibe ich stehen und blicke zum Himmel. Andrew trägt den Stargazer und so kann ich schneller einen geeigneten Platz aussuchen. Erwartungsgemäße Bedingungen, geringe Lichtverschmutzung. Und da ist auch das Sternbild, das ich brauche: Orion. Ich lege meinen Rucksack in den Sand und nehme Andrew das Teleskop ab.

»Was hast du gegen ›nett‹?«, will Andrew wissen.

»Das sage ich zu Mom, wenn sie mich fragt, wie ich ihr Outfit finde. *Nett.*«

Andrew nimmt das Ende einer Decke und breitet sie auf dem Sand aus. Ich packe vier glatte Steine aus Nancys Garten aus.

»Du hast deine eigenen *Steine* mitgebracht?«

Ich neige den Kopf zur Seite, und mein Gesichtsausdruck signalisiert Andrew, dass er besser den Mund halten sollte.

»Okay … Ma'am. Was kommt als Nächstes?«

Ich hole meine rote LED-Taschenlampe aus dem Rucksack, die es mir ermöglicht, meine Ausrüstung zu sehen, ohne dass dabei die Nachtsicht beeinträchtigt wird. Ich nehme meine Sternkarte, öffne den Reißverschluss der Tasche und stelle den Stargazer auf. Ich wickle den Plastikstandfuß des Teleskops aus, der sicherstellt, dass ich immer eine ebene Fläche habe, egal, wo ich gerade bin. Anschließend richte ich das Teleskop aus. Im Schein der Taschenlampe vergewissere ich mich, dass alles gerade ist.

Dann bereite ich das Teleskop für die Aufnahmen vor. Ich werfe einen Blick auf die Uhr. 23:30 Uhr. Noch zwölf Minuten.

»Wenn meine Berechnungen stimmen«, erkläre ich, »liegen die Koordinaten des Kometen direkt links von dem Stern dort oben. Heute Nacht kann man ihn zum ersten Mal mit bloßem Auge sehen.«

Andrew blickt zum Himmel. »Ich weiß nicht, was ich eigentlich suche.«

»Ich werde es dir zeigen.«

Nein, nicht dieses Okular. Ich tausche es aus. Ja, das ist besser.

Ich gebe die Koordinaten in meinen alten Summerhill-Laptop ein, drücke Enter, und die Koordinaten lokalisieren, basierend auf meinen vorherigen Berechnungen, den Kometen.

»Warum hast du deinen alten Computer von der Highschool mitgenommen?«, fragt Andrew.

Oh, verdammt.

Der Aufkleber auf dem Laptop trägt die Aufschrift: SUMMERHILL/NATURWISSENSCHAFTEN/LEIHGERÄT2.

»Ich hab ihn der Schule abgekauft«, sage ich rasch. »Sie haben ihn uns im letzten Schuljahr billig angeboten. Ich benutze ihn nur, um Daten zu sammeln. Im Herbst brauche ich sowieso einen neueren.«

Eigentlich will ich nicht lügen, aber im Moment kann ich mich nicht auch noch darauf konzentrieren. Ich muss vielmehr dafür sorgen, dass alles akkurat ausgerichtet ist.

»Wow. Du wirkst total professionell«, meint Andrew.

»Bitte, lass alles richtig sein«, flüstere ich, als der Stargazer sich auf meine Rektaszension und Deklination einstellt. »Bitte, lass es gelingen.«

Schweigen … Stille.

Andrew und ich starren auf den Laptop.

»Ich habe ihn so programmiert, dass es Piep macht, wenn die Koordinaten übereinstimmen. Wenn es klappt, heißt das, dass meine Berechnungen stimmen.«

»Wir brauchen diesen Piepton«, sagt Andrew. »Das wird schon«, fügt er hinzu. Wir starren beide auf den Stargazer. »Jede Sekunde … es wird funktionieren.«

»Du hast zwar keine Ahnung, wie das alles funktioniert, aber trotzdem danke für deine Unterstützung«, flüstere ich, ohne den Blick von dem verdammten Teleskop zu wenden.

»Jederzeit gern, Baby.«

PIEP.

»Ja!«, juble ich.

»Gott sei Dank«, sagt Andrew, und auch er atmet erleichtert aus. Ohne Zuhilfenahme des Teleskops deute ich auf den hellen, verschwommenen Punkt, der sich am Himmel langsam fortbewegt. Es ist seltsam, ihn dort oben zu sehen und hier mit Andrew zu stehen. Elf Monate lang gab es nur den Kometen Jolie und mich.

Ich trage die Rektaszension und Deklination ein. Obwohl ich weiß, dass sie korrekt sind, checke ich weiter meine Koordinaten und die Position des Teleskops.

Ich habe es geschafft und strahle übers ganze Gesicht.

»Sieh dich an, Star Girl. Ich habe dich noch nie so lächeln sehen.«

»Ich habe diese verdammten computergesteuerten Voraussagen nicht gebraucht, Andrew. Ich hab es ganz allein geschafft. Monat für Monat! Meine Lehrer in Naturwissenschaften meinten, das sei albern. Aber sieh es dir an!« Ich deute auf das Teleskop. »Es ist perfekt.«

Andrew knackt mit den Fingerknöcheln und schleudert seine Flipflops von sich.

»Okay, mach mal Platz, kleine Lady. Ich muss diesen Kometen sehen.«

Ich kann nicht anders, als immer weiter zu lächeln.

Andrew beugt sich nach vorn, presst ein Auge gegen die Linse und kneift das andere zusammen. Er sagt nichts, sondern steckt nur die Hände in die Hosentaschen und schaut durch meinen Stargazer hinauf zu meinem Kometen.

Ich falte die Hände vor dem Bauch. Keine Ahnung, was Scarlett jetzt sagen würde. Ich weiß nicht, wie ich jetzt sie sein soll, weil sie nie in diese Situation kommen würde. Sie schwebt über die Bühne; die Menschen schauen ihr zu; sie klatschen. Sie wurde für die Bühne geboren. Ich wurde nicht für diese Art von Leben geboren. In diesem Moment, den ich mit Andrew teile, tritt mein wahres Ich zutage. Obwohl ich noch nicht achtzehn bin und auch nicht ans MIT gehe, nimmt er mich richtig wahr. Ich bin mir ganz sicher: Ich muss keine Angst davor haben, Andrew mein wahres Ich zu offenbaren. Das Scarlett-Experiment mag zwar seine Aufmerksamkeit geweckt haben, aber er mag *mich*.

Andrew tritt von dem Teleskop zurück und deutet auf meinen Stargazer.

»Das ist verdammt cool«, meint er.

Wärme durchströmt meinen ganzen Körper. »Cool ist zwar nicht gerade die wissenschaftlichste Bezeichnung, aber er ist wirklich außergewöhnlich und selten«, sage ich.

Andrew legt den Arm um meine Taille.

»Was bedeutet das Perry-Hatium?«

Ich korrigiere ihn nicht, weil die fehlerhafte Aussprache echt süß ist.

»Wenn der Komet unserer Sonne am nächsten kommt, bricht er auseinander und verglüht. Der Komet Jolie ist der hellste Komet seit einem Jahrhundert. Ich habe ihn verfolgt, seit er vor elf Monaten von Wissenschaftlern der Universität von Hawaii entdeckt wurde. Damals war er noch etwa 100 Millionen Kilometer entfernt.«

»Ich will gar nicht mal wissen, wie sie ihn entdeckt haben«, meint Andrew und küsst meinen Nacken. Ich spüre seine sanften Lippen auf meiner Haut und muss einmal kurz Luft holen. Er weicht zurück, aber ich möchte, dass er es noch mal macht. »Danke, dass du mich eingeladen hast.«

Andrew legt sich in den Sand und verschränkt die Arme hinter dem Kopf. Mein Sommerkleid reicht mir knapp bis zum Knie und ich komme zu dem Schluss, dass dies nicht gerade die praktischste Kombination ist. Andrew späht hinauf zu den Sternbildern und der Komet zieht über den Himmel. Ich hocke mich hin, um andere Beobachtungen bezüglich des Schweifs, der Helligkeit und der Umweltfaktoren zu notieren.

»Willst du wissen, wie es funktioniert?«, frage ich.

»Klar«, sagt er, aber ist höflich und abgelenkt. Die plötzliche Distanziertheit in seiner Stimme macht mich nervös und natürlich fange ich an zu stottern.

»Das Teleskop wird eine Reihe von Bildern von dem Kometen machen. Wenn ich hier fertig bin, gehe ich nach Hause, lade die Bilder auf meinen Computer und analysiere all die anderen Nächte, in denen ich seine Koordinaten aufgezeichnet habe. Wenn ich recht hatte – na ja, keine Ahnung. Das könnte bei Stipendien und Zuschüssen hilfreich sein.«

Ich lege den Stift weg, schalte das rote Licht aus und lasse die Sterne den Rest der Unterhaltung übernehmen. Ich lege mich neben Andrew in den kühlen Sand.

»Bist du okay?«, frage ich nach ein paar Minuten des Schweigens. »Du bist plötzlich so still.«

Andrew blickt immer noch zum Himmel. Bald darauf legt er seine warme Hand auf meine. »Ich habe vorher noch nie einen Kometen gesehen«, erklärt er.

»Cape Cod hat die besten Sichtverhältnisse an der Ostküste zu bieten.«

»Ich habe das Gefühl, ich sollte dir etwas sagen.«

Andrew legt sich auf die Seite und sieht mich wieder an wie damals bei unserem ersten Date.

»Geht es etwa um Nachhilfe für ein Mädchen namens Becky oder ein anderes Mädchen?«

»Nein …?«

»Dann rede weiter.«

Andrew zieht eine Augenbraue hoch und schüttelt den Kopf, anscheinend um sich neu zu konzentrieren.

»Ich …« Er zögert, nimmt etwas Sand zwischen Daumen und Zeigefinger und lässt ihn wieder auf den Boden rieseln. »Ich … habe mich von der Uni beurlauben lassen.«

»Vom Boston College?«

Er nickt. »Ich lebe schon den ganzen Winter hier. Im Herbst soll ich eigentlich das Studium wiederaufnehmen. Was mein Studium angeht, habe ich dich also gewissermaßen angelogen.«

»Wieso?«

»Ich habe es dir ja schon neulich Abend bei der *Alvin* gesagt. Ich muss für Mikes Familie arbeiten. Hummer fangen. Jetzt, wo Mike tot ist, brauchen sie jemanden.«

»Aber du hast doch gesagt, dass es nicht das ist, was du eigentlich machen willst.«

»Ich bin es ihnen schuldig.«

Ich schüttle den Kopf. Ebenso wie Andrews Schuldgefühle bezüglich des Unfalls erscheint mir diese Entscheidung ebenfalls unlogisch.

»Du runzelst die Stirn«, bemerkt Andrew.

»Nein. Nein, tue ich doch gar nicht.« Ich schüttle hastig den Kopf.

»Du kannst dein Gesicht ja nicht sehen. Wow. Mein lieber Mann!« Er lacht und ich bedecke mein Gesicht mit den Händen.

»Stopp«, rufe ich, aber trotz des ernsten Moments lache ich hinter vorgehaltener Hand.

»Sorry. Ich weiß, wir kennen uns noch nicht so lange. Aber ich dachte, ich sollte ehrlich zu dir sein. Bezüglich des Herbstes. Ich werde hier in Cape Cod sein. Es ist nur eine Stunde von Boston entfernt.«

»Haben sie dich darum gebeten, für sie zu arbeiten?«, frage ich.

»Wer? Mikes Familie?«

»Ja.«

»Nicht ganz.«

Ich stütze mich auf meine Ellbogen. »Fragst du mich nach meinem Rat?« Niemand außer Tucker hat mich jemals um Rat gefragt. »Wahrscheinlich bin ich im Ratschläge-Erteilen nicht sehr gut«, füge ich hinzu.

»Ja, ich glaube, das tue ich.«

»Ich fahre auf eigenes Risiko fort.«

Ich könnte Scarlett sein. Ich könnte distanziert sein, den Kopf in den Nacken werfen und ihm sagen, er solle sich keine Sorgen machen. Aber das will ich nicht. Als er heute Nacht durch das Teleskop schaute, hat er gezeigt, dass er mich – hoch logisch, analytisch, detailversessen – versteht.

»Lass uns über Wahrscheinlichkeiten sprechen. Nehmen wir mal an, du warst auf der Party, aber du bist in dieser Nacht nicht in das Auto gestiegen. Nehmen wir weiterhin an, du hast Curtis und Mike aufgefordert, nach Hause zu gehen, wolltest aber nicht mit jemandem mitfahren, der betrunken war.« Andrew rutscht unruhig hin und her. Ich weiß, dass ein Wechsel der Position oder das Abwenden des Blickes Zeichen dafür sind, dass man sich unwohl fühlt. »Vergiss es.«

»Nein. Sprich weiter.«

Ich atme tief aus. »Sieh mal, ich muss mich nicht auf endlose Diskussionen über den Bayesschen Wahrscheinlichkeitsbegriff oder über Quantenmechanik einlassen.«

»Bitte nicht.«

Ich kichere und fahre fort. »Bei der Wahrscheinlichkeit geht es um die Frage, wie wahrscheinlich es ist, dass etwas passiert. Wenn du jede Situation in deinem Leben auf Wahrscheinlichkeiten beziehst, dann überleg auch: Wie oft ist Curtis betrunken Auto gefahren und wie oft ist Mike in das Auto gestiegen, obwohl er wusste, dass Curtis besoffen war?«

»Oft.«

»Exakt. Die Wahrscheinlichkeit besagt, dass jedes Mal, wenn sie getrunken haben, und jedes Mal, wenn sie zusammen waren, dieselbe Wahrscheinlichkeit bestand, dass sie in das Auto steigen würden. Auch bestand dieselbe Wahrscheinlichkeit, dass sie in einen Autounfall verwickelt wurden.«

»Das ist nicht sehr aufmunternd. Wäre die Wahrscheinlichkeit angesichts der Häufigkeit unseres Alkoholkonsums nicht größer? Wir trinken oft.«

»Nein. Das Zahlenverhältnis bleibt gleich. Vermutlich gibt es mehr Variable, und ich müsste einige Berechnungen anstellen, um eine exakte Wahrscheinlichkeit zu finden. Aber sieh es doch mal so: Vergiss die Gleichungen. Du bist ein Mensch mit einem freien Willen. Ich glaube nicht, dass unsere Entscheidungen beim Urknall im Universum vorprogrammiert oder dass sie in der Zeitstruktur festgeschrieben wurden. Du hast Mike nicht in den Wagen gestoßen. Du hast ihn nicht festgebunden. Er hat eine Entscheidung getroffen. Warum musst du dich für die Ereignisse in dieser Nacht verantwortlich machen?« Ich muss wieder Atem holen. »Wow«, füge ich leise hinzu, »vielleicht steigere ich mich ja zu sehr in diese Sache hinein.«

Andrew schweigt und ich lasse ihm den Moment, um Laptop und Stargazer zu checken. Der Laptop summt vor sich hin und Jolie ist dort oben am Himmel.

»Du bist nicht böse, weil ich es dir nicht gesagt habe?«, fragt er, als ich mich wieder hinsetze.

Ich habe nicht das Recht, einen Groll gegen ihn zu hegen, vor allem angesichts der verworrenen Geschichten, die ich mir ausgedacht habe. Doch mein Unrechtsbewusstsein nagt an mir.

»Ich bin nicht böse. Ich finde es nur seltsam, das aufzugeben, was einem Spaß macht.«

Nachdem wir eine Weile geschwiegen haben, meint Andrew schließlich: »Meine Familie ist dieses Jahr gar nicht in Cape Cod.«

»Warum nicht?«, frage ich. Ich kann mir nicht vorstellen, ohne Nancy, Mom, Scarlett und Dad hier zu sein. Ich stelle mir mich in den leeren Geschäften, auf den leeren Straßen und in dem leeren Haus vor. Das wäre nicht mehr Cape Cod, sondern eine Art sonderbares Hologramm.

»Mein kleiner Bruder ist erst zwölf und meine Stiefmutter bekommt ein Baby. Es hat diesen Sommer einfach nicht geklappt.«

Das ist der perfekte Moment, um ihm von meinen eigenen Lügen zu erzählen; ihm zu sagen, dass ich Scarletts Schwester bin und wie alt ich in Wirklichkeit bin. Aber ich kann mich nicht dazu durchringen. Ich muss Sarah sein, die aufs MIT gehen will. Ich kann nicht der andere Teil von mir sein, nämlich der Teil, der zur Highschool geht und Scarletts Schwester ist. Er lernt gerade mein wahres Ich kennen und ich lerne den wahren Andrew kennen. Diese winzigen logistischen Details sind nicht das, was uns so besonders macht und was uns gerade zusammenhält.

»Meine Stiefmutter ist neunundzwanzig«, sagt er leise. »Sie hat in der Praxis meines Dads als Zahnhygienikerin gearbeitet; mein Dad ist Zahnarzt.«

Mein Kopf fährt zu ihm herum.

»Dann ist sie ja nur zehn Jahre älter als du.«

»Du hast's erfasst, Star Girl. Es ist gruselig.«

Ich räuspere mich. Das Alter ist kein Thema, worüber ich jetzt sprechen möchte.

»Weißt du, dass der Stargazer nach dem Vorbild der Weltraumteleskope entwickelt wurde, die mitten in der Wüste stehen und im All nach Leben suchen?«

Andrew streichelt sanft meinen Rücken, so als ob er sich bedanken wollte, dass ich diesmal das Thema gewechselt habe. Ich schaue wieder durch den Sucher auf den Kometen, der durch unser Sonnensystem rast. »Es wird seltsam sein, wenn der Komet nicht mehr am Nachthimmel auftaucht«, sage ich. »Er ist jetzt fast so etwas wie ein Freund für mich. Ich weiß, das klingt kitschig.«

»Nein, tut es nicht.«

In einer Nacht wie dieser könnte ich Luftsprünge machen und den Mond berühren.

»Wann bist du achtzehn geworden?«, fragt Andrew.

Oder auch nicht.

»Oh, ähm, im Mai«, erwidere ich.

»Gut, dass ich dich im Juni getroffen habe, was, du Küken?«

»Ja.« Mein Kichern klingt bitter.

»Hast du schon mal …«, beginnt Andrew, den Blick immer noch auf die Sterne gerichtet.

»Was?«

Er lehnt auf seiner Hüfte.

»Hast du schon mal …«, beginnt er von Neuem.

Das Hochgefühl bezüglich des Kometen hält bei mir immer noch an. Andrew bringt den Gedanken nicht zu Ende. Plötzlich setzt er sich auf und richtet den Blick auf das Ufer.

Dann schaut er zum Mond hinauf und meint: »Es könnte funktionieren.«

»Was könnte funktionieren?«, frage ich und setze mich ebenfalls auf.

Andrew steht auf und streckt mir seine Hand hin. Die Wellen brechen sich am Strand und das Wasser spült Seetang und Muscheln ans Ufer.

»Ich muss dir was zeigen«, sagt Andrew und zieht mich zum Ufer.

»Aber der Stargazer!«

»Der Komet wird sich nicht vom Fleck rühren«, meint er.

»Das stimmt nicht. Er legt annähernd 480 Kilometer pro Sekunde zurück!«

»Wir gehen ja nur hinunter ans Ufer«, meint er lachend.

Bei dem Versuch, Schritt zu halten, verliere ich meine Flipflops.

»Meine Schuhe!«

»Los, weiter!«

Also renne ich weiter hinter diesem tollen Burschen her. Der Träger meines BHs rutscht mir von der Schulter, aber ich kümmere mich nicht darum.

Andrew umfasst meine Taille und wirbelt mich herum. Als er mich wieder absetzt, trete ich auf etwas Knirschendes – getrockneter Seetang.

Mit seinen starken Händen zieht Andrew mich an sich, unsere Lippen berühren sich, und wieder tue ich so, als wüsste ich, was ich tue, als er mich mit geöffnetem Mund küsst. Er ändert seine Kopfhaltung und ich ebenfalls. Dann drückt er mich noch fester an sich.

Als er sich wieder von mir löst, lächelt er geheimnisvoll.

In der Ferne dreht sich der Lichtstrahl des Leuchtturms und wirft rhythmische Blitze auf den Strand. Dort, wo wir sind, ist es dunkel und nur der Mond scheint auf uns herab.

»Du musst dort stehen bleiben, wo ich bin, damit es funktioniert«, erklärt er.

»Damit was funktioniert?«

»Wow, weiß ich etwa etwas, was meine geniale Astronomin nicht weiß?«

*Meine geniale Astronomin.*

Er bückt sich und räumt den Seetang beiseite. Im Mondlicht sieht der Sand strahlend weiß aus.

Mit dem Zeigefinger malt Andrew ein S in den Sand, dann ein A, und so weiter. Kurz darauf steht mein Name im Sand und … *leuchtet.* Ich blicke vom Mond auf den Sand und in Andrews lächelndes Gesicht.

»Phosphoreszenz lässt die Buchstaben im Dunkeln leuchten«, erklärt er.

»Das ist …« Ich schlinge meine Arme um seinen Hals. »Das ist wundervoll!«

Als er mich küsst, gleiten seine Hände an meinem Körper auf und ab und es kribbelt plötzlich überall. Er schmeckt süß, wie Pfefferminz.

»Danke!«, sage ich und umarme ihn wieder. Andrew lässt seine Hand auf meiner Taille, während wir zum Teleskop und zu unserem Platz am Strand zurückgehen. Nachdem ich sichergestellt habe, dass alles immer noch exakt aufgezeichnet wird, lege ich mich neben Andrew in den Sand.

»Was wolltest du mich vorhin fragen?«, sage ich.

Er fährt sich mit der Hand durchs Haar und blickt zum Himmel.

»Hast du schon mal …«, beginnt er, hält aber wieder inne.

»Habe ich was? Nun sag schon!«

»Hast du schon mal mit einem Jungen geschlafen?«

»Oh«, sage ich und schlucke trocken. Ich knipse die Taschenlampe an und aus.

»Ich werte das als ein Nein«, meint er.

Ich setze mich auf und strecke die Beine aus. »Ich möchte schon, aber ich hatte noch keine Gelegenheit. Schule. Unterricht. Und dann die Frage, ob es auch der Richtige ist.«

Tucker und ich haben uns geküsst und er hat meine Brüste berührt. Aber unsere Beziehung war so kopfgesteuert. Ich wusste immer schon im Voraus, was er sagen würde. Ich wusste alles über ihn. Ich dachte, ich würde es mit meinem Körper spüren, aber da war nichts, nicht wirklich. Nicht wie bei Andrew.

Andrew stützt sich auf seinen Ellbogen. »Ich weiß, wir kennen uns erst seit zwei Wochen, und vielleicht ist es noch zu früh. Aber was ich eigentlich sagen wollte …«

»Sag es.«

»Wenn ich mit dir zusammen bin, ist es erträglich. Zum ersten Mal seit Mikes Tod bin ich richtig glücklich.«

»Wow«, sage ich. Seine Fingerknöchel leuchten im sanften Licht des Mondes. »Ich weiß nicht, was ich dazu sagen soll. Es fühlt sich … bedeutend an.«

»Ich möchte, dass du dich wohlfühlst. So wohl, wie ich mich bei dir fühle.«

»Ich fühle mich wohl«, sage ich und seine Hand gleitet von meinem Knie zu meinem Oberschenkel hinauf. »Du bist einer der aufrichtigsten Menschen, die ich je kennengelernt habe.«

»Nein, Sarah. Das meine ich nicht …«

Mit seiner anderen Hand drückt er sanft gegen meinen Bauch und ich lege mich wieder in den Sand. Er küsst mein Knie. Dort, wo zuvor seine Hand lag, spüre ich jetzt seinen Mund. Ich zittere.

»Was … tust du?«, frage ich, als seine Lippen über meine Haut fahren.

Der Mond und die Dunkelheit werfen Schatten auf Andrews Gesicht. Alles, was ich sehe, sind seine geschwungenen Lippen und die leichten Stoppeln auf seinem Kinn. Wieso gehört dieser Junge mir?

»Ist das okay?«, fragt er und legt seine Wange auf mein Knie. Sein Gesicht bewegt sich langsam bis zur Mitte meines Oberschenkels. »Ich möchte nichts tun, was nicht okay für dich ist«, flüstert er, und sein Atem auf meiner Haut lässt mich zusammenzucken.

Ich mag es und es ist okay. Schauer jagen mir über den Rücken und ich zittere wieder. Das Geräusch der Wellen, die sanfte Berührung seiner Lippen auf meinem Knie, meinem Oberschenkel. Er presst seine Hände gegen meine Schenkel und drückt sie auseinander. Seine Nase und sein Mund berühren die Innenseite meines Oberschenkels … was soll ich jetzt tun? Ich hole tief Luft. So etwas habe ich noch nie zuvor gefühlt.

Atme. Atme. Versuche durchzuatmen, Bean. Sieh dir die Sterne an. Ich kann die Sterne nicht sehen. Seine Hände umfassen meine Schenkel. Kassiopeia, sanft, rauf, runter, Kometen. Kometen, Kometen, Kometen, Sternschnuppen.

# KAPITEL 18

»BEAN!«

*Let's swim to the moon …*

»Bean!«

Ich blinzle und sehe in Moms blaue Augen, die auf mich hinabstarren. Sie hat die rechte Augenbraue hochgezogen. Ich nehme die Kopfhörer aus den Ohren. Zum wiederholten Mal bin ich bei »Moonlight Drive« eingeschlafen.

»Ich habe dich gerufen. Dein Vater braucht heute deine Hilfe.« Sie geht ein paar Schritte zurück, um mich besser ansehen zu können. »Bist du in deinem Kleid eingeschlafen?«, fragt Mom, und ihr Blick wandert von mir zum Stargazer, der sich fest verpackt in seiner Kiste befindet. »Ist das Scarletts Kleid?«

»Sie hat es mir gegeben. Wegen des Kometen ist es letzte Nacht spät geworden.«

Ich bin erstaunt, dass Mom bemerkt hat, dass ich Scarletts Kleid anhabe. Oder vielleicht ist ihr ja nur aufgefallen, dass ich keinen Pyjama trage.

»Erzähl mir beim Frühstück davon«, sagt Mom. »Also los. Dad sagt, du hättest angeboten, ihm beim Katalogisieren zu helfen.«

»Aber heute ist Samstag und es ist ein Feiertag.«

»Hat das deinen Vater jemals von der Arbeit abgehalten?«

»Da ist was dran.« Nach meinem Geburtstagsessen hätte ich alles versprochen, nur um mit Andrew auf diese Party gehen zu können.

Mom geht aus dem Zimmer, steckt dann aber noch mal ihren Kopf durch die Tür.

»Und vergiss nicht, dass wir heute Abend anlässlich des 4. Juli für Nancys Töchter der Amerikanischen Revolution ein Barbecue veranstalten.«

Ich wollte mich doch mit Claudia treffen und anschließend mit Andrew zu dem Lagerfeuer gehen. Bevor ich Mom sagen kann, dass ich schon andere Pläne habe, ist sie verschwunden. Alle meine Pläne kann ich ihr sowieso nicht offenbaren. Aber ich könnte sagen, dass ich mit Claudia zur Main Street gehen will, was zumindest teilweise stimmt.

Als Mom weg ist, lege ich mich wieder aufs Bett. Ich streiche mit der Hand über meinen Bauch, ängstlich darauf bedacht, mich nicht unterhalb der Gürtellinie zu berühren. Ich hatte ja schon von Oralsex gehört, aber erzählt hat mir noch niemand davon. Niemand hat mir je erklärt, dass man dabei kaum noch atmen kann, dass es sich anfühlt, als ob … Ich seufze. Ich kann mir nicht vorstellen, wie es erst sein muss, mit jemandem zu schlafen. Oh mein Gott. Ich werde es tun müssen. Ich werde ihm einen *blasen* müssen. Ich vergrabe das Gesicht in meinen Händen.

Ich will es ja auch, aber ich habe keine Ahnung, wie ich es anfangen soll. Ettie kann ich nicht fragen. Sie hatte bisher nur ein Date. Und Scarlett kann ich erst recht nicht fragen, obwohl sie genau wüsste, was zu tun ist. Ich könnte vielleicht Claudia fragen.

Ich könnte auch Großmutter fragen. Was zum Teufel rede ich da eigentlich? Wahrscheinlich gibt es auf der Welt keine schlimmere Frage, die ich Grandma stellen könnte. Im Moment kann ich ja kaum diese ganzen Lügen für mich behalten, und wenn ich Großmutter erst einmal am Telefon habe, wird es sein, als hätte ich ein Wahrheitsserum genommen. Sie hat nun einmal diese Wirkung auf mich.

»Beanie!«, ruft Dad von unten. Ich möchte dieses Kleid nicht ausziehen. Ich möchte den gestrigen Abend nicht vergessen, die Phosphoreszenz im Sand, mein Name, der im Dunkeln leuchtet, seine Lippen auf meiner Haut. Alles da unten ist irgendwie – anders. Lebendig.

»Beanie! Ich muss heute früh bei der Arbeit sein!«, ruft Dad.

Gewohnheitsmäßig wasche ich mir das Gesicht, putze mir die Zähne und trage das Kleid, um Dad bei der Arbeit zu helfen.

»Und?«, sagt Dad, als wir ins Auto steigen. »Koordinaten?«

»Perfekt. Hundertprozentig genau.«

»Bedingungen?«

»Geringe Lichtverschmutzung. Sichtbedingungen hätten nicht besser sein können.«

»War noch jemand am Strand?«

»Oh. Ähm. Kids, du weißt schon. Und Angler oder so.«

»Ich meinte Astronomen.«

»Nein. Nein. Ich. Nur ich.«

Bin ich okay? Bringt einen Oralsex zum Stammeln? Ist das eine Begleiterscheinung? Ich bemühe mich, auf den Boden der Tatsachen zurückzukehren. Die Quadratwurzel von Pi ist ungefähr 1,7721. Eines der hellsten Sternbilder, das man im Winter in Rhode Island am Himmel sehen kann, ist Orion.

»Alles okay?«, fragt Dad.

»Ich bin nur müde«, erwidere ich. »Ich habe erst um Mitternacht alles zusammengepackt.«

Ich wiederhole Rektaszension und Deklination des Kometen Jolie für meine Eltern.

Andrews warme Berührungen. Seine Finger schieben den Saum meines Kleides hoch. Seine starken Hände auf meinen Hüften. Ist es das, was mit verliebt sein gemeint ist? Wenn man es mit dem Körper und mit dem Herzen spürt? Ich weiß, das Herz ist ein Organ, aber das muss damit gemeint sein.

Hier im Auto neben meinem Vater kann ich nicht darüber nachdenken. Denk an Jim. Jim Morrison. Sein erster Song? *Moonlight Drive.* Sternzeichen? Schütze.

»Dann bist du also bereit?«, fragt Dad und ich drehe blitzschnell den Kopf zu ihm.

»Wofür?«

»Für das Waterman-Stipendium? Glaubst du, du hast eine Chance, Tucker zu schlagen?«

»Definitiv«, erwidere ich, und in dem Moment, wo ich Tucker vor mir sehe, bin ich ganz sicher. »Oh, ja. Ich habe eine Chance.«

Mir ist ganz flau im Magen.

Eigentlich hätte ich darauf vorbereitet sein müssen. Ich wusste, dass das passieren würde. Aber es ist trotzdem ätzend.

Wie angewurzelt bleibe ich in der Tür der Wartungshalle stehen. Die *Alvin.* Meine *Alvin* wurde komplett zerlegt, in der ganzen Halle verteilt auf Hunderte von Stapeln mit schwarzer und weißer Beschriftung. Dutzende von Meeresbiologen in weißen Laborkitteln marschieren durch die Wartungshalle, unterhalten sich und machen sich auf ihren Klemmbrettern Notizen. Von wegen Feiertag.

Ein Seitenteil liegt auf dem Boden; es ist ein Stück der *Alvin,* das den Hauptteil der Maschine ausmacht. In Gedanken sehe ich, wie Andrews Finger über die Titanverkleidung gleiten.

Wie aus dem Nichts taucht Rodger auf und stellt sich neben mich.

»Es wird den ganzen Sommer dauern«, sagen wir fast einstimmig.

Am liebsten würde ich in der ganzen Halle herumlaufen, all die Metallteile aufsammeln und Eingeweide der *Alvin* an mich drücken. Fast berühren meine Zehenspitzen den Stapel der 30 Zentimeter großen Sichtfenster, durch die die Wissenschaftler in die Unterwasserwelt blicken. Ich hocke mich hin, und als meine Finger das Plexiglas berühren, ruft Dad meinen Namen.

Wir machen uns auf den Weg zu seinem Labor im zweiten Stock, und ich winke Rodger zum Abschied noch zu, bevor er hinter den Flügeltüren verschwindet.

»Du musst mir heute nicht unbedingt beim Katalogisieren helfen. Du könntest auch in die Stadt gehen und feiern. Ich habe ein paar junge Leute in deinem Alter im Café herumhängen sehen.«

»Aber ich kenne sie nicht. Und ich glaube nicht, dass sie mit mir abhängen wollen«, sage ich, als ich hinter Dad die Treppe zu seinem Büro hochgehe.

»Warum gehst du davon aus, dass sie nicht mit dir abhängen wollen? Dass es deine Schuld ist?«

Ich gehe nicht davon aus.

Oder doch? Nehme ich es als gegeben an, dass Leute ihre Zeit nicht mit mir verbringen wollen, bevor ich mich selbst davon überzeugt habe? Ich habe mich eigentlich nie zu Becky Winthrop oder zu einer ihrer Freundinnen gesetzt. Und bei Andrew habe ich so getan, als sei ich Scarlett, weil ich angenommen habe, er würde sonst nichts mit mir zu tun haben wollen. Es stimmt. Zumindest anfangs hat er mich wegen des Scarlett-Experiments gemocht. Leute verbringen ihre Zeit gezielt mit meiner Schwester. Ich habe nur eine beste Freundin und einen ehemaligen festen Freund. Und das war's.

»Ich gehe nicht davon aus, dass die Leute mich nicht mögen«, sage ich leise.

Ich folge Dad in sein klimatisiertes Büro, setze mich an den

Schreibtisch und Dad legt eine Mappe vor mich hin. Ich war erstaunt, dass Claudia mit mir reden wollte. Vielleicht haben andere Leute mich zu etwas eingeladen und ich habe Nein gesagt, bevor ich ihnen eine Chance gegeben habe. Vielleicht ist das alles meine Schuld, nur nicht in der Weise, wie ich dachte.

*Du beobachtest die Welt, Bean.*

Tucker hat recht. Ich beobachte die Welt tatsächlich. Und ich nehme alles als gegeben an.

Ich mache all diese Dinge – allein.

# KAPITEL 19

ICH: Einen schönen 4. Juli!

WÄHREND UNSERES 4.-JULI-BARBECUES SCHICKE ICH Claudia eine Nachricht. Seltsam, ich hatte noch nie Angst, einem Mädchen, das meine Freundin werden könnte, zu schreiben. Mädchen wie Claudia, die immer wissen, was sie anziehen und was sie zu Jungs sagen, wollen normalerweise nichts mit einem Mädchen wie mir zu tun haben, das nur über wissenschaftliches Zeug redet.

Mein Handy piepst.

CLAUDIA: Wir sind schon in der Stadt. Schreib mir, wenn du ankommst.

Ich halte mein Handy unter der Tischdecke, wo Nancy es nicht sehen kann. Sie macht in letzter Zeit immer so Bemerkungen, wenn es piepst oder klingelt.

»Ich liebe diese Barbecue-Sauce«, sagt Mom und leckt sich die

Finger ab. Beim Essen summt sie leise vor sich hin und hört nur damit auf, um sich noch ein Stück Hähnchen in den Mund zu schieben. Nancys kleine Party findet draußen im Garten statt. Es weht eine leichte Brise. Ich trage einen kurzen Rock und ein schwarzes Tanktop. Der Rock gehört mir, das heißt, er ist fünfzigtausend Jahre alt und viel zu kurz. Das Tanktop gehört Scarlett. Keines von meinen Sachen hat Spaghettiträger.

Wir sitzen am äußersten Ende des Grundstücks an einem Tisch, den sich Nancy von irgendeiner Firma in Maine hat schicken lassen. Anscheinend hat diese Firma früher für die Kennedys Picknicktische angefertigt. Die vier Picknicktische im Garten sind jeweils mit Kerzen und einer Stofftischdecke versehen. Kellner gehen herum und bieten Drinks oder Servietten an. Einige der Mitarbeiter vom Catering-Service, die Nancy jedes Jahr anheuert, erkenne ich wieder.

Der Garten ist extra für uns hell erleuchtet, und ich frage mich, wo Nancy immer die Leute herkriegt, die nach ihrer Pfeife tanzen. An den Tischen neben uns reden Nancys Töchter der Amerikanischen Revolution über Hummergabeln und über Nancys Entscheidung, gesalzene Butter zu verwenden. Obwohl die Damen unterschiedlich gekleidet sind, sehen für mich alle gleich aus.

»Was machst du heute Abend?«, fragt Nancy und zieht meinen Blick auf sich. Ihr Sommerkleid ist viel zu groß. Die Träger rutschen ständig von ihren Schultern und den Saum zieht sie hinter sich her wie eine lange Zunge.

»Ich treffe mich mit ein paar Mädchen in der Stadt«, sage ich. Ich erwähne nicht, dass ich sie nur kurz sehen werde, weil ich danach noch mit Andrew verabredet bin. Ich wische mir den Mund mit einer Stoffserviette ab. Nancy zieht die Augenbrauen hoch und unterhält sich weiter mit einer ihrer Freundinnen, höchstwahrscheinlich über mich.

Nach dem Dessert mache ich mich auf den Weg zur Main Street.

Ich schicke Andrew eine Nachricht, dass er mich abholen soll, aber nicht zu Hause, sondern vor dem Bird's Nest.

Als ich bei den Läden und Restaurants ankomme, wo reger Fußgängerverkehr herrscht, schreibe ich Claudia.

ICH: Bin da!
CLAUDIA: Wir sind im Plymouth Rocks, Süßigkeiten kaufen.

Schön. Zufällig ist das eines meiner Lieblingsgeschäfte. Als Kind habe ich die Dollarnoten aus Vollmilchschokolade geliebt. Als der Laden in Sicht kommt, entdecke ich Claudia mit nur einer ihrer blonden Freundinnen. Sie sitzen auf einer Bank und warten auf mich. Zwei Typen kommen aus dem Plymouth Rocks und setzen sich zu ihnen auf die Bank. Sie scheinen in unserem Alter zu sein, aber ich bin mir nicht sicher. Sie tragen das typische Outfit, in dem alle Typen in Summerhill herumlaufen – adrette Shorts, Flipflops und Strubbelhaare.

Als Claudia mich sieht, reckt sie den Hals und winkt.

*Sei wie Scarlett.* Diese Mädchen wissen nichts von meiner Vergangenheit oder von meinem Leben im Bio-Labor. *Benimm dich wie Scarlett am ersten Abend, als du sie in der Main Street beobachtet hast.*

»Hey«, sage ich und lasse die Hände in meinen Rocktaschen. Das habe ich bei Scarlett ungefähr eine Million Mal so gesehen. Ich schüttle meinen Kopf, sodass mir meine Haare über den Rücken fallen. Chelsea, Claudias blonde Freundin, setzt sich auf den Schoß von einem der Jungs. Gabe ist sein Name, und er kommt aus New Jersey. Er reist am Samstag ab, wie die meisten Touristen: Samstag bis Samstag.

»Ich liebe dieses Top«, sagt Claudia zu mir.

»Danke«, erwidere ich mit einem Achselzucken. »Es ist schon alt«, füge ich hinzu, denn ich erinnere mich an eine meiner Scarlett-Regeln. *Gebe dich desinteressiert, dann wird man mehr Interesse an dir zeigen.*

Claudia stellt mir den anderen Typen als Will vor und gibt ihm einen Kuss auf die Wange. Okay, dann haben sich die Pärchen ja schon gefunden. Claudia und Chelsea stehen auf und wir gehen in Richtung des Aussichtspavillons. Ich habe immer noch die Hände in den Taschen.

Wir begeben uns zum Candy Manor, dem coolen Süßwarenladen in der Main Street. Wir wollen uns mit Buttertoffee und anderen Süßigkeiten eindecken, bevor die Kapelle zu spielen beginnt. Ich war noch nie ohne Scarlett oder Mom im Candy Manor. Wie erbärmlich. Das fällt mir ein, als ich sehe, wie Claudia und Chelsea Süßigkeiten tauschen.

Während ich mir einen roten Lutscher in Form eines Hummers aussuche, wirft Claudia einen Blick in meine Tüte.

»Oooh! Sarah hat einen Lolli in Ringform.«

»Das ist der letzte!«, ruft Chelsea.

Ich nehme den Lolli-Ring aus der Tüte und lasse ihn von meinem Zeigefinger baumeln. Wir stehen mitten in dem vollen Laden. »Es ist zwar meiner, aber ich bin bereit, mich von ihm zu trennen, allerdings nur auf Verhandlungsbasis …« Ich ahme Scarletts Singsang-Stimme nach und halte den Lolli hoch über meinen Kopf.

Gabe und Will stellen sich auf die Zehenspitzen und versuchen, ihn zu ergattern.

»Ich bin Turnerin. Ich kann springen«, sagt Chelsea, und dabei ragt ihre Zunge ein Stück weit aus ihrem Mundwinkel. Die Augen der vier jungen Leute sind auf mich gerichtet. Ich hätte den Ring einfach unaufgefordert Claudia gegeben, aber Scarlett tut so was nicht. Sie macht aus allem immer ein Riesenspektakel.

In einer plötzlichen Anwandlung lasse ich den Lolli-Ring fallen.

Nachdem Gabe und Will bei der ganzen Rangelei beinahe aus

ihren Latschen gekippt wären, bahnt sich eine Angestellte des Candy Manor einen Weg durch die Menge.

»Bezahlt und verschwindet. Hier drin ist es zu voll für so was!« Die Frau deutet mit dem Finger direkt auf mich.

Claudia legt ihren Arm um meine Schulter und lacht, sodass die Frau nichts sehen kann, und wir fliehen hinaus auf die Straße. Die Grünfläche ist übersät mit Hunderten von Liegestühlen. An den Pfeilern des Pavillons hängen rote Luftballons und es riecht nach Zuckerwatte und Popcorn. Auf der Wiese stehen verstreut kleine Verkaufsstände, und dieselbe Dame, die jahrelang die neonfarbenen, nachtleuchtenden Armbänder für fünfzig Cent pro Stück verkauft hat, ist immer noch hier.

Seit dem Frühstück sichern sich die Leute schon ihre Plätze, und wir kämpfen uns durch einen Haufen Liegestühle und Picknickdecken. Wir gehen wieder zurück in Richtung Main Street und finden endlich eine freie Rasenfläche neben der Steinmauer. Die Mauer trennt die Wiese von der Hauptstraße. Ich setze mich ganz dicht an die Mauer und stütze mich auf meine Hände. Claudia und Chelsea sitzen mir gegenüber auf den Schößen der Jungs.

»Wie ist es denn so in Rhode Island?«, fragt Gabe. »Ich war noch nie dort. Wir fahren nur jedes Jahr durch.«

»Es ist genau wie in Connecticut«, sagt Claudia, bevor ich antworten kann. »Ich komme aus Old Lyme«, setzt sie hinzu.

»Das ist nur zehn Minuten von mir entfernt«, erkläre ich. Wir lächeln uns an und sofort hoffe ich, dass wir im Herbst zusammen abhängen können.

»Kommst du jeden Sommer hierher?«, fragt mich Will.

Ich weiß nicht genau, was ich sagen soll. Ich will nicht den Anschein erwecken, als hätte ich hier keine Freunde. Sie sollen denken, ich hätte tonnenweise Angebote für heute Abend. Aber gleichzeitig wünsche ich mir, dass sie mit mir abhängen.

»Ja, das macht Spaß«, sage ich, »aber es gibt keine Partys, deshalb langweile ich mich oft.« Während ich das sage, komme ich mir ziemlich lächerlich vor. Das bin nicht ich, aber sie sind fasziniert. Ich werfe die Haare zurück und sie sind so lang, dass sie das Gras berühren.

»Gott. Ich pfeife auf Partys«, meint Claudia.

»Zu Hause gibt es nur die Saufgelage der Basketballspieler auf der Wiese in der Nähe des 7-Eleven«, fügt Chelsea hinzu. »Da gehen Claudia und ich nicht hin.«

Sie geht nicht?

Claudia erzählt uns von ihrer Theatertruppe in Old Lyme und ihrer Rolle als Dorothy in *Der Zauberer von Oz* letzten Winter und ihrer Hauptrolle in *Cabaret* im Frühjahr. Wir setzen uns auf die Mauer, weil wir sonst die Band nicht sehen können, und in der Nähe wechselt eine Frau ihrem Baby die Windeln. Das ganze Feld ist voller Leute.

Auf meinem Handy ist es halb neun. Ich schaue die Main Street hinunter zur Goosehead Tavern. Kein roter Pick-up.

»Ich werde vermutlich für *Unsere kleine Stadt* vorspielen, aber eigentlich ist Musiktheater mehr mein Ding«, erklärt Claudia. Ich bin immer noch überrascht, dass sie so gar nicht wie Becky Winthrop ist, ein Cheerleader oder Partygirl.

Ich hätte diese Mädchen niemals angesprochen und nie hätte ich geglaubt, dass wir etwas gemeinsam haben könnten.

Dad hat vollkommen recht. Ich nehme alles als gegeben an. Ich dachte, ich hätte Claudia durchschaut, dabei habe ich ihr nie eine Chance gegeben.

Ich werde es mir ab sofort zur Aufgabe machen, besser zuzuhören.

Ich stütze mich auf meine Hände, um nach den vertrauen Lichtern von Andrews Pick-up Ausschau zu halten, aber da ist immer noch nichts. Wahrscheinlich ist er im Verkehr stecken geblieben.

»Was ist mit dir? Wo ist dein Freund?«, fragt Claudia. »Du warst neulich Abend, als du mit ihm auf der Party verabredet warst, sehr schick angezogen.«

»Ach, der. Wozu brauche ich einen Freund?«, sage ich und zucke die Achseln. »Typen beanspruchen zu viel von meiner Zeit.«

Claudia und Chelsea lachen. Chelsea stößt Will in die Rippen. »Sie ist clever. Ich sollte dir den Laufpass geben.«

»Ich lasse sie in dem Glauben, dass ich sie mag«, fahre ich fort. »Ich treffe mich mit dem Typen und dann werden wir sehen, wohin es führt.« Ich male Anführungszeichen in die Luft. »Ich stehe nicht so auf blonde Haare und blaue Augen«, sage ich und muss dabei an das Gespräch mit Scarlett denken. »Aber ich liebe seinen Körper. Für den Moment genügt mir das.«

Die andern kichern und halten sich die Hand vor den Mund. Claudia und Chelsea starren auf etwas hinter mir und Gabe bedeutet mir mit einer Handbewegung, mich umzudrehen.

Ich weiß sofort, was los ist, denn diese Situation erinnert mich viel zu sehr an einen Film. Aber es ist kein Film, es ist Murphys Gesetz. Mein Magen krampft sich zusammen.

Andrew runzelt die Stirn, weicht zurück und versucht, das eben Gehörte zu verdrängen.

Ich hüpfe von der Mauer auf die Main Street.

»Andrew«, sage ich, weil mir im Moment die Worte fehlen. »Das sind Claudia, Chelsea, Will und Gabe.« Meine Stimme klingt atemlos und schrill.

Andrew nickt nur und lächelt höflich.

»Wir wollen zum Nauset Leuchtturm und uns das Feuerwerk ansehen«, quieke ich. »Ich rufe dich morgen an, Claudia.«

Claudia und ihre Gruppe verabschieden sich und unterdrücken dabei ein Lachen. Andrew und ich gehen schweigend davon. Ich hätte ihm gern auf der Stelle gesagt, wie leid es mir tut. Am liebsten würde ich mich in ein Mauseloch verkriechen. Ich möchte seine Hand nehmen, aber er hat sie in seinen Taschen vergraben.

Im Schein der Straßenlampen wirkt sein Gesicht düster und grüblerisch.

»Wohin gehen wir?«, frage ich vorsichtig.

Er bleibt stehen und fährt sich mit der Hand durchs Haar. »Keine Ahnung. Willst du überhaupt irgendwo mit mir hingehen?«

»Das weißt du doch«, sage ich, aber Andrew macht immer noch ein finsteres Gesicht.

»Nein, weiß ich nicht«, erwidert er und schiebt seine Hand wieder in die Hosentasche.

»Können wir bitte reden? Ich möchte dir alles erklären. Ich weiß, das hat sich furchtbar angehört.«

Schweigend verlassen wir die Main Street. Gerade als ich mich umdrehe, spielt sich die Blaskapelle ein. Ich blicke die lange Vorstadtstraße entlang. Das rote, weiße und blaue Lametta rund um den Aussichtspavillon glitzert im Schein der Straßenlampen. Am liebsten würde ich alles rückgängig machen, was gerade passiert ist, aber ich weiß, alle Welt weiß, dass Zeitreisen nicht möglich sind.

Andrew geht weiter, und der Kapellmeister eröffnet die Feierlichkeiten. Die Musiker mit ihren roten Uniformen und blauen Mützen sind jetzt am Ende der Straße als kleine Punkte zu erkennen. Ich kann es kaum erwarten, dass die Musik beginnt und die Stille durchbricht.

»Hip, hip«, ruft der Ansager.

»Hidey-ho!«, antwortet die Menge. Das machen sie dreimal, und als ich um die Ecke biege, kommt Lighthouse Beach in Sicht. Die Kapelle beginnt zu spielen, aber wegen Wind und Wellen klingt die Musik nur gedämpft.

Andrew bleibt auf Abstand. Gut. Es wird leichter zu ertragen sein, wenn er mit mir Schluss macht. Ich habe die Sache mit Tucker durchgestanden und werde auch das überstehen.

Aber diesmal ist es meine Schuld, und ich brauche Andrew in

einer Weise, wie ich Tucker nie gebraucht habe. Zwischen uns ist etwas Tieferes, Echteres.

Als wir zum Strandparkplatz kommen, lehnt er sich mit den Händen an eine Mauer, die den Asphalt von den Dünen trennt. Etwa fünfzehn Meter unter uns brechen sich die Wellen am Strand. Andrew blickt aufs Meer hinaus. Die Sonne geht hinter uns unter, weil dieser Strand im Osten liegt. Der Himmel ist fast lavendelfarben, wie bei unserem ersten Date.

Am liebsten würde ich mich anspucken oder mir eine runterhauen. Beides wäre okay.

Es herrscht starker Wellengang und der Mond steht tief am Horizont. Es ist schon fast drei Wochen her, dass Tucker mit mir Schluss gemacht hat, und wir haben wieder zunehmenden Mond. Es ist erstaunlich, wie sehr und wie schnell Dinge sich verändern. Ich würde alles dafür tun, damit der Junge neben mir mich überhaupt ansieht.

»Was ich gesagt habe, war nicht so gemeint«, erkläre ich mit leiser Stimme.

»Das hat sich auch gar nicht nach dir angehört«, meint Andrew. Wir wagen beide nicht, lauter zu sprechen. Obwohl die Kapelle fast einen Kilometer entfernt ist, wird die Musik bei der Ragtime-Nummer, die zum Auftakt gespielt wird, zunehmend lauter. »Bist das du? Ich meine, ist das dein wahres Ich?«, fragt er.

»Mein wahres Ich?«

»Ein Mädchen, das so was über mich sagt.«

»Ich mag dich so sehr«, sage ich. Ich muss mich räuspern, weil ich die Panik und die Verzweiflung in meiner Stimme hören kann. »Ich wünschte, ich könnte ausdrücken, wie sehr. Und es überrascht mich, weil ich normalerweise nicht in dieser Situation bin.«

Endlich sieht er mich an, und beim Anblick der Falten über seiner Nase steigt Scham in mir hoch. Ich habe noch nie jemanden verletzt. Ich kann nur ahnen, wie Tucker sich gefühlt hat, als er mit mir Schluss gemacht hat. Ich habe ewig gebraucht, um zu begreifen, was er mir sagen wollte.

»Was meinst du damit, du bist normalerweise nicht in dieser Situation?«, fragt er.

All meine Entschuldigungen klingen so lächerlich und kindisch. Am liebsten würde ich gegen etwas treten.

Ein paar Autos halten auf den Parkplätzen mit Blick auf Lighthouse Beach. Ganz am anderen Ende des Parkplatzes sind einige Pärchen, aber als ich eine Familie mit zwei Kindern aus einem Wagen steigen sehe, gehe ich die Treppe hinunter zum Strand.

»Sarah?«

Ich sehe mich nicht um, aber Andrews vertraute Schritte folgen mir. Ich ziehe meine Sandalen aus und nehme sie in die Hand. Ich trete immer wieder auf Seetang, bis ich endlich das Ufer erreiche.

Der Mond scheint über dem Wasser und allmählich tauchen die Sterne am kobaltblauen Himmel auf. Bald wird sich das Blau in Grau und schließlich in Schwarz verwandeln und die ganzen Sternbilder werden zu sehen sein.

»Für dich ist es einfach«, sage ich und wende den Blick von der Welt dort oben ab.

»Was?«

Ich verschränke die Arme über der Brust. Andrews Falten auf der Stirn sind verschwunden und stattdessen sehe ich Interesse in seinem Blick. Das ist der Andrew, wie ich ihn kenne.

»Du selbst zu sein. Der zu sein, der du bist. Du weißt, was du sein willst. Ich meine nicht in Bezug auf den Job, sondern tief im Innern. Du weißt, *wer* du bist. Ich nicht. Ich sehe nur hin und wieder Bruchstücke von mir.«

»Ich finde das schwer, zu …«

»Glaub mir«, unterbreche ich ihn. »Ich weiß, wer ich bin, wenn ich Kometen verfolge. Wenn ich über wissenschaftliche Dinge spreche. Vermutlich …« Ich muss innehalten und Luft holen. Meine Wangen sind ganz warm und ich fasse mir mit den Fingern ins Gesicht. Ich hätte nicht gedacht, dass ich so emotional sein würde. Nicht deshalb, weil ich Andrew verletzt habe, sondern weil ich etwas eingestehe, was ich noch nie laut ausgesprochen habe. Vielleicht habe ich bis heute nicht gewusst, wie ich es sagen soll.

Scarlett, Tucker und Dad hatten recht mit dem, was sie über mich gesagt haben.

»Ich gehe immer davon aus, dass mich niemand mag«, sage ich, ohne Andrew dabei in die Augen zu sehen. »Das ist ganz automatisch. Das ist einfacher, als mich in eine Situation zu bringen, wo jemand …«

»Dich zurückweisen könnte?«

»Bingo.«

»Wer sind diese Mädchen? Wen kümmert es, was sie denken?«

Andrew greift nach meiner Hand, und die Wärme seiner Haut und sein sanfter Griff lassen meine Knie zittern. Ich bin so erleichtert.

»Sie sind echt okay. Es lag nur an mir. Sie waren als Pärchen dort und ich kam mir so blöd vor.«

»Du hast das mit mir nie getan, oder? Angegeben, nur weil du nervös warst?«

Im Bruchteil einer Sekunde treffe ich noch eine Entscheidung. Ich tische ihm noch eine Lüge auf, zusätzlich zu den zahllosen Lügen, die ich bereits erzählt habe. Dabei sollte ich ihm die Wahrheit sagen.

»Nein«, sage ich. »Bei dir habe ich nie so getan, als sei ich jemand anders.«

Mir wird übel. Diese Worte sind bitter, deshalb muss ich sie mit etwas Wahrem vermischen.

»Du erinnerst mich immer daran, wie wichtig ich bin. Das Ich in meinem Innern, das ich gerade zusammenfüge«, erkläre ich.

Andrew wendet sich mir zu und beugt die Knie, sodass sich unsere Blicke treffen.

»Kann ich noch sagen, dass ich mich in meinem ganzen Leben noch nicht so blöd gefühlt habe?«, setze ich hinzu.

Er lässt meine Hand nicht los. Er deutet auf den Sand und wir setzen uns. Im selben Moment explodiert das erste Feuerwerk am Himmel und ich spüre die Wucht der Explosion tief in meinem Bauch. Die winzigen funkelnden Lichter fallen langsam zur Erde.

»Ich habe es dir schon einmal gesagt«, erklärt er kopfschüttelnd. »Du bist ganz anders als all die anderen, die ich zuvor kennengelernt habe.«

»Meine Andersartigkeit ist also interessant. Na toll.«

Das zweite Feuerwerk explodiert über unseren Köpfen und ein funkelnder blutroter Lichterregen fällt vom Himmel.

»Ich bin gerne mit einem Mädchen zusammen, das in die Bibliothek geht, um nachzuforschen, was es mit meinem Tattoo auf sich hat.«

Ich schnappe nach Luft. »Was? Ich …«

»Curtis hat es mir erzählt.« Andrew lächelt.

Ich schlage mir mit der Hand an die Stirn. Andrews Lachen hallt auf der Straße wider und das Feuerwerk erleuchtet den ganzen Strand hell in einem Funkeln aus Silber und Gold.

»Ich wollte mit dir darüber reden können«, sage ich und reibe mir die Stirn. »Über etwas anderes als über Wissenschaft.«

Kurz hintereinander explodiert goldenes und gelbes Feuerwerk über unseren Köpfen.

Andrew schlingt seine Arme um meine Taille und ich lasse es geschehen. Es fühlt sich so vertraut an, seine warmen Hände auf meinem Körper zu spüren.

»Es tut mir wirklich leid«, sage ich.

Er schmiegt seinen Mund an meinen Nacken. Ich drehe mein Gesicht zu ihm und wir küssen uns so leidenschaftlich, dass ich mich frage, warum man sich nicht bei jeder Gelegenheit so küsst. Andrew zieht mich zu sich in den Sand.

»Andrew«, flüstere ich. Er weicht etwas zurück und schaut mir in die Augen. »Ich bekomme kaum noch Luft.«

Ich spüre Andrews warmen Atem an meinem Ohr. »Let's swim to the moon, uh-huh«, singt er leise. »Let's climb through the tide …«

Ich kichere. »Okay, jetzt, wo das Geheimnis gelüftet ist … Warum dieses Tattoo?«

»Mike hat Morrisons Poesie geliebt«, erwidert er und dreht seinen Arm, sodass ich das Tattoo genau sehen kann. »Ich bin auf die Idee gekommen, als ich angefangen habe, die Texte zu lesen.«

»Zum Mond zu schwimmen, ist wissenschaftlich gesehen unmöglich.«

»Aber macht das das Leben nicht gerade so großartig? Etwas Unerwartetes?«, fragt Andrew.

Ich suche in seinen Augen nach einer Antwort.

»Ich weiß nicht«, sage ich und diesmal ist es die Wahrheit. »In meinem Leben war bisher alles perfekt durchgeplant. Peinlich genau organisiert.« *Bis du kamst,* würde ich am liebsten sagen, tue es aber nicht. »Weißt du, dass Jim Morrison bereits 1971 gestorben ist? Das ist jetzt über vierzig Jahre her«, sage ich.

»Jep«, meint er und drückt mich. »Er wäre mittlerweile über siebzig. Vielleicht liebe ich ihre Musik so sehr, weil ich Jim nie live sehen oder neue Texte von ihm lesen werde. Das ist es, was einen Menschen so unantastbar macht, weißt du? Wenn du weißt, dass du ihn nie wirklich haben kannst.«

Ich drücke Andrew ganz fest, weil ich weiß, dass er auch von Mike spricht.

Es kommt einfach so über mich; ich weiß nicht einmal, warum ich es sage. Vielleicht, weil es wahr ist und weil es mich beruhigt, wenn ich etwas Wahres sage.

»Ich kann nicht aufhören an dich zu denken. Die ganze Zeit.«

Andrew küsst mich wieder und wir lösen uns nur voneinander, als eine Gruppe von Frauen in der Nähe der Treppe anfängt zu lachen. Ihre Stimmen hallen über den Strand.

Obwohl Leute in der Nähe sind, fühle ich mich allein mit Andrew. Wir beschließen, uns heute Abend nicht mit der Lagerfeuer-Party mit all seinen Freunden aufzuhalten. Wer braucht schon Fassbier und einen Drumcircle, wo Andrew und ich doch hier unter dem Sternenhimmel sitzen können?

Nachdem der letzte Funkenregen niedergegangen ist, bleiben wir noch stundenlang am Strand. Ich weiß nicht einmal, wann sich der Strand allmählich geleert hat. Für mich gib es im Moment nur Andrew, die Sternbilder und mich.

# KAPITEL 20

»BEAN!«, RUFT MOM AM NÄCHSTEN MORGEN UND öffnet die Tür zu meinem Schlafzimmer. »Telefon!«

Ich liege noch im Bett und schiele mit einem Auge auf mein Handy; um 23 Uhr hat Claudia mir eine Nachricht geschickt.

CLAUDIA: Mehr zu diesem Typen? Bis bald am Strand?

Sie scheint über das Fiasko von gestern Abend gar nicht verwundert zu sein. Ich will ihr gerade antworten, als Mom wieder ruft: »Beanie! Es ist Grandma!«

Großmutter! Gott sei Dank! Im Nu bin ich aus dem Bett und eile die Treppe hinunter. Als ich von der letzten Stufe auf den Boden springe, klirren die Kristallglasleuchter. Nancy macht ein missbilligendes Gesicht, als sie von dem Adressbuch aufsieht, in dem sie gerade blättert. Auf dem Tisch vor ihr liegen Antwortschreiben bezüglich der Party. Ich nehme das Telefon mit hinaus auf die Veranda und schließe die Tür hinter mir. Ich setze mich auf meinen

Lieblings-Adirondack-Stuhl, der am weitesten von der Tür entfernt steht.

»Endlich jemand mit gesundem Verstand!«, rufe ich ins Telefon.

»Break on through to the other side«, singt Großmutter durchs Telefon.

Und aufs Stichwort beginnt das Wahrheitsserum zu wirken.

»Grandma. Ich glaube, ich bin verliebt«, flüstere ich.

»Das ist ein bisschen zu spät, Liebes. Jim Morrison ist tot«, flüstert sie zurück.

»Ha, ha. Nein, in einen Jungen. Er liebt The Doors.« Ich spreche wieder in normaler Lautstärke.

»Und ich habe gedacht, du hast deine Grandma vermisst.«

Nancy öffnet die Tür zur Veranda; ich bin sicher, sie will lauschen, aber ich glaube nicht, dass sie auf die Entfernung etwas mitbekommt. Obwohl sie Großmutters Schwester ist, versteht sie nicht, dass wir ein so gutes Verhältnis haben.

»Und jetzt liebst du The Doors auch?«, fragt Großmutter.

»Es ist mehr als das. Ich möchte mich mit diesem Typen unterhalten, mit ihm zusammen sein, verstehst du?«

»Natürlich.«

Großmutter erzählt mir von den 60ern, vom Vietnam-Krieg, von der Raumfahrt, von The Doors und von anderen Bands, die ihr damals gefallen haben. Und ich erzähle ihr alles über den Kometen Jolie. Von der Sache mit Andrew und mir am Strand erzähle ich ihr nichts. Aber ich will sie etwas fragen.

»Glaubst du …«

Ich habe niemanden, den ich sonst fragen könnte. Ehrlich gesagt geht mir das, was am Strand passiert ist, nicht mehr aus dem Kopf, und ich möchte, dass es sich wiederholt. Aber ich bin nicht sicher, wie man sich in solch einem Fall verhält oder wann man es tut oder wie man danach fragt.

»Glaubst du …«, beginne ich von Neuem.

»Es geht um Sex, stimmt's?«, fragt Großmutter. Ich mache den Mund auf, bringe aber keinen Ton heraus. »Du hast für die Antwort zu lange gebraucht, Schatz«, sagt sie. Ich sehe sie vor mir, in ihrem Haus in San Diego mit Blick auf das Wasser. »Offenbar hast du jetzt das magische Alter erreicht. Also, spuck's aus«, sagt sie, und ich wünschte, ich wäre jetzt bei ihr und Gracie.

»Sehnt man sich eigentlich danach, einen Jungen zu berühren? Ich meine, wenn man ihn liebt?«

»Herrje, Schätzchen, du kannst dich danach sehnen, selbst wenn du ihn für einen kompletten Arsch hältst!«

Ich muss lachen, und mein Lachen schallt hinaus zu den Bäumen und zu der fernen Bucht. Schon seit Langem habe ich in diesem Haus nicht mehr gelacht.

Ich hole tief Luft, um sie noch etwas zu fragen, aber ich finde nicht den Mut zuzugeben, dass ich jemanden bezüglich meines Alters angelogen habe. Ich möchte, dass Großmutter mir sagt, dass es ganz natürlich ist, dass Menschen ständig lügen. Ich möchte, dass sie sich eine Möglichkeit ausdenkt, wie ich mit Andrew zusammen sein und ihn gleichzeitig in dem Glauben lassen kann, dass ich im Herbst ans MIT gehe. Ich hätte nie gedacht, dass die Lüge so weit gehen würde. Und ich hätte nie gedacht, dass er mit mir zusammen sein wollen würde.

»Hast du jemals …«, beginne ich.

»Oh, frag einfach«, meint Großmutter mit einem leisen Lachen.

»Hast du jemals gelogen?«

»Kommt darauf an, was für eine Art von Lüge du meinst«, sagt sie.

»Eine Lüge, aus der du nicht mehr herausgekommen bist, ohne zugeben zu müssen, dass du gelogen hast?«

Großmutter schweigt. Vermutlich tauschen sie und Gracie gerade vielsagende Blicke aus, und Gracie hat ihre Arbeit liegen gelassen, um sich von Großmutter nach dem Telefonat die ganze Geschichte erzählen zu lassen.

»Ja«, sagt sie schließlich. »Aber ich war damals jünger als du.«

»Was ist passiert?«

Großmutter stößt einen tiefen Seufzer aus, ehe sie weiterspricht. Es ist dieser Seufzer der Erleichterung, den ich so liebe, wenn sie sich nach einem langen Tag auf den Beinen endlich hinsetzen kann. Wahrscheinlich sitzt sie am Küchentisch und hat ihre Hand auf Gracies gelegt. Ich rutsche noch tiefer in meinen Sitz, und ein Windhauch trägt den Geruch von Essen zu mir her, das Nancys Köche für uns zubereitet haben.

»Ich wollte bei einer Klassenkameradin Eindruck schinden«, erzählt Großmutter. »Sie war das beliebteste Mädchen in der Schule. Wie hieß sie noch gleich?«

»Missy Thomson!«, sagt Gracie im Hintergrund.

»Richtig! Missy Thomson. Also erzählte ich ihr, ich würde einen Hund bekommen, was natürlich nicht stimmte.«

»Warum hast du das gemacht?«

»Ich wollte, dass sie zu mir nach Hause kommt, damit die anderen Kids erfuhren, wie viel Spaß man mit mir haben konnte. Jedenfalls prahlte ich eines Tages während des Unterrichts damit, dass ich diesen Wunder-Dackel namens Mustard bekommen würde. Ich hatte mir eine richtige Geschichte ausgedacht. Wo Mustard herkam, wie groß er war und was wir machen würden, wenn er zu uns kam.«

»Aber es gab gar keinen Hund.«

»Nein. Kein Hund.«

»Und was geschah dann?«

»Sie kam vorbei, und nichts, was ich mir ausdachte, ergab irgendeinen Sinn. Ich dachte, ich könnte behaupten, der Hund würde erst in ein paar Wochen zu uns kommen, aber es war nichts für die Ankunft des Hundes vorbereitet. Kein Körbchen, kein Futter, kein Spielzeug.«

»Wow. Hast du dich schrecklich gefühlt?«

»Innerhalb von fünf Minuten erfuhr Missy von Nancy, dass ich gelogen hatte. Also musste ich die Wahrheit sagen. Lange Zeit sprach in der Schule niemand mehr ein Wort mit mir. Es dauerte Monate, bis man mir wieder vertraute.«

Großmutter schweigt, und im Hintergrund ist ein Klappern zu hören. Das bedeutet, dass Gracie vom Tisch aufgestanden ist und vermutlich das Essen zubereitet.

»Lügen sind eine verzwickte Sache«, meint Großmutter.

Ich wusste, sie würde mir zuhören. Großmutter spricht mit mir wie mit einer Erwachsenen und nicht wie mit einem Kind, das die Nase in jedes wissenschaftliche Experiment gesteckt hat, das es jemals durchgeführt hat.

»Willst du mit mir darüber reden?«, fragt sie. Sie muss ihren Mund ganz dicht an die Sprechmuschel halten, denn der Hörer an meinem Ohr vibriert ganz leicht.

»Noch nicht«, flüstere ich.

»Vielleicht ein andermal?«

»Definitiv. Ein andermal«, wiederhole ich.

»Ich kann nämlich gut weise Ratschläge geben. Darf ich dir einen super weisen Rat geben?«

»Nur zu.«

»Du solltest jemandem immer nur das geben, was er deiner Meinung nach verdient«, sagt Großmutter.

»Was er verdient?«

»Tief in deinem Innern, das bist du. Der Körper ist quasi dein verlängertes Ich. Gib dich nur jemandem mit Haut und Haaren hin, wenn er es verdient, deine Seele zu berühren.«

»Wow, Gran«, erwidere ich. »Du solltest öfter mal für eine Woche schweigen.«

Sie lacht, und ihr Lachen klingt so vertraut. Ich kann komplett auf sie zählen, egal was in meinem Leben passiert.

»Und noch was«, sagt sie. »Wenn du jemanden anlügst, den du liebst, dann lernt er nicht dein wahres Ich kennen, sondern nur einen Bruchteil von dir.«

Ein Bruchteil von mir. Bei Andrew ist es das genaue Gegenteil. Denn aufgrund der Lüge sieht er mein wahres Ich auf eine Weise wie noch niemand zuvor.

»Ich kann es kaum erwarten, dich zu besuchen«, sage ich.

Ich sage Großmutter, dass ich sie liebe, und nachdem ich aufgelegt habe, sitze ich noch lange in dem Sessel und blicke aufs Meer hinaus.

Andrew bekommt keinen Bruchteil von mir. Die Lüge in Bezug auf das MIT ist nur nebensächlich. Es war dumm von mir, so was zu behaupten, nur um ihn dazu zu bringen, sich mit mir am Strand zu unterhalten, als Test für das Scarlett-Experiment.

Ein paar Tage später schiebe ich beim Essen die Erbsen auf meinem Teller herum.

Wem mache ich etwas vor? Die Lüge bezüglich meines Alters und des MIT war keine große Sache, aber jetzt steht sie mir im Weg. Sie ist zu einem Keil geworden, den ich bei so manchen Gesprächen einfügen muss.

»Morgen ist der beste Tag der Saison, um an den Strand zu gehen!«, erklärt der Nachrichtensprecher im Fernsehen.

»Kommst du morgen mit mir zur Arbeit?«, fragt Dad. »Du kannst in meinem Büro deinen Essay fertigschreiben. Wir haben ungefähr noch einen Monat bis zur Abgabe, stimmt's?«

»Genau einen Monat«, sage ich, aber ich bin mir nicht sicher, ob ich ihn wirklich zum WHOI begleiten möchte.

»Da fällt mir was ein!«, sagt Nancy plötzlich. Sie watschelt zu ihrem Schreibtisch in der Küchenecke. »Ich muss das Zelt mindestens zwei Wochen im Voraus reservieren.«

Sie redet nur noch von der Party. Ich spieße noch eine Erbse auf die Gabel. Scarlett kommt am 5. August nach Hause. Das ist nicht mal mehr einen Monat hin.

Alles geht viel zu schnell vorbei.

Ich warte schon die ganze Zeit darauf, dass Andrew mir eine Nachricht schickt und mir seine Pläne für den Abend mitteilt. Seit dem Debakel am 4. Juli herrscht so was wie Funkstille zwischen uns.

»Ettie hat angerufen«, sagt Mom. Das heißt, ich muss noch einen Anruf von Claudia und zwei Anrufe von Ettie beantworten. Ich habe keine Ahnung, was ich Ettie sagen soll. Ich habe das Gefühl, ich kann nicht mit ihr sprechen, ohne ihr Andrews wahres Alter zu verraten. Ich will nicht mehr lügen als nötig.

»Soll ich dieses Wochenende dein Essay durchsehen, Beanie? Dann hast du noch Zeit, es zu überarbeiten«, meint Dad.

Ich spieße noch eine Erbse auf.

»Das wäre toll«, sage ich, dabei wünschte ich, wir könnten über etwas anderes reden.

Im Klartext heißt das, dass ich erst einmal mit dem Essay anfangen muss. Mein Handy piept.

Juhu!

»Waren wir mit dem Thema nicht schon durch?«, fragt Nancy.

»Es dauert nur eine Sekunde«, sage ich und hole das Handy aus der Tasche. Ich will gerade meine Nachricht lesen, als Nancy sich das Handy schnappt und es neben ihr Messer legt. Ich reibe mir den Handrücken an der Stelle, wo Nancys scharfe Krallen meine Haut aufgekratzt haben.

»Also wirklich, Bean. Ich weiß nicht, was in dich gefahren ist, das Handy zum Essen mitzunehmen. Du bekommst es wieder, wenn wir mit Essen fertig sind.«

Dad kneift die Augen zusammen, während er an mir vorbei auf den Fernseher im Nebenzimmer starrt.

»Zuerst jammerst du über das hinreißende Kleid, das du auf der Party tragen sollst«, bemerkt Nancy.

*Actinium, Aluminium, Americium, Antimon, Argon … was kommt nach Argon?*

»Und dann zeigst du keinerlei Interesse, als wir neulich den Kuchen probieren wollten. Es ist, als ob du mir gar nicht zuhören würdest.«

Tue ich auch nicht.

»Außerdem habe ich noch nicht gesehen, dass du irgendwas für dein Stipendium tust.«

»Ich arbeite in meinem Zimmer. Und seit wann bist du Expertin, was meine Arbeitsgewohnheiten angeht? Ich dachte, du *wolltest,* dass ich unter Leute komme?« Nancy sieht nur, was sie sehen will, und das ist jedes einzelne Detail, das beweist, wie unähnlich ich Scarlett in jeder Hinsicht bin. Ich telefoniere und hänge mit meinen Freunden ab wie Scarlett, aber in Nancys Augen ist das nicht die richtige Art von Sozialisation.

Mom sagt nichts und Dad sieht fern.

Nancy schiebt die Unterlippe nach vorn und blinzelt.

»Was ist los mit dir? Hörst du mir überhaupt zu?«, fragt Nancy.

Ich knalle die Gabel auf den Tisch. Mom und Dad zucken zusammen.

»Nichts ist los mit mir«, sage ich.

»Oh, ich verstehe.« Nancy deutet auf mich. Meine Brust bebt. Ich bin so wütend. Nancy wendet sich an Mom. »Daran ist einzig und allein dieser Tucker schuld. Am besten sperrst du die beiden bei der Party in einen Raum, damit sie miteinander reden können.«

»Tucker kommt nicht zur Party«, brülle ich. »Du benimmst dich wie ein Diktator, der einem vorschreiben will, was man außerhalb der Schule zu tun hat. Warum kannst du nicht mehr wie Grandma sein?«

»Scarlett! Ich meine, Sarah!«, schimpft Mom. Sie kann nicht einmal auf die richtige Person wütend sein.

»Warte, was ist los?«, sagt Dad. Er zieht die Augenbrauen hoch und versucht mitzukommen.

»Meine Schwester ist ein ausgebrannter Hippie«, erklärt Nancy.

»Du kennst Gran nicht, und du kennst mich nicht. Und dieses dämliche Cupcake-Kleid werde ich auch nicht anziehen!«

»Beanie, beruhige dich!«, ruft Mom.

»Cupcake?«, fragt Dad.

»Es ist ein wunderschönes Kleid!«, sagt Mom.

»Du wirst tun, was man dir sagt«, erklärt Nancy und zeigt dabei immer noch auf mich. »Wenn du unter meinem Dach Hilfe von mir erwartest, dann wirst du tun, was ich sage!«

»Hörst du dich überhaupt selbst reden? Weißt du überhaupt irgendetwas über mich?«

»Bean, beruhige dich!«, wiederholt Mom.

Ich stehe so rasch auf, dass Nancys Millionen-Dollar-Stuhl umfällt. Ich gehe zu Nancy und schnappe mir so schnell mein Handy, dass Nancy zusammenzuckt. Ich beuge mich ganz tief zu ihr hinunter und sehe Furcht in ihren Augen.

»Ich hasse dieses Kleid«, sage ich leise mit zitternder Stimme. »Und ich werde es nicht anziehen!« Ich drehe mich um und gehe mit energischen Schritten über den Holzfußboden.

»Wo willst du hin?«, ruft Mom mir nach.

»Ich mache einen Spaziergang«, sage ich, ohne mich umzudrehen.

»Du kommst sofort hierher! Du wirst dieses Kleid anziehen!«, brüllt Nancy hinter mir her. Gerade als ich die Tür hinter mir zuziehen will, sagt Nancy mit quiekender Stimme zu Mom: »Du musst dieses Mädchen zügeln!«

Ich schlage die Tür hinter mir zu und halte mir die Hände vor den Mund, weil das Geräusch richtig, richtig laut ist. Ich streiche mit den Fingern über das Glas, um zu fühlen, ob es Risse bekommen hat. Auf der anderen Seite der Tür fragt Dad: »Was ist denn ein Cupcake-Kleid?«

Ein paar Sekunden lang herrscht Schweigen und dann reden alle auf einmal. Ihre gedämpften Stimmen werden mal laut und mal leise. Ich kann nicht verstehen, was sie sagen. Aber das spielt auch keine Rolle. Ich könnte jedes Wort genau vorhersagen.

Ich lehne meine Stirn gegen das kühle Glas.

»Seht ihr? Ich habe es euch doch gesagt.« Ich höre Nancys Stimme auf einmal so deutlich, als stünde sie direkt hinter der Tür. Ich schnelle hoch und ziehe mich zur Treppe zurück für den Fall, dass Nancy die Tür öffnet. »Sie war einfach zu lange in einem Labor eingesperrt!«, sagt Nancy und ihre Stimme entfernt sich wieder.

Ich gehe die Eingangstreppe hinunter zur Straße.

Das Licht der Straßenlaterne fällt auf den abgeplatzten Lack auf meinen Zehennägeln. Ich kann es nicht fassen, dass ich in diesem Ton mit Nancy gesprochen habe. Ich habe es so satt, meine Worte immer hinunterzuschlucken.

Außerdem müssen Mom und Dad mich nicht zügeln.

Aus dem Augenwinkel sehe ich etwas, das meine Aufmerksamkeit erregt. Ich blicke zu der Straßenlampe am Ende der Sackgasse.

Andrew sitzt auf der Motorhaube seines Pick-up.

Fast hätte ich vergessen, dass ich eine Nachricht bekommen habe. Ich halte das Handy immer noch in der Hand.

ANDREW: Bin ich ein Stalker, wenn ich mich in deiner Straße aufhalte?

Ich bin erleichtert und meine Wangen kribbeln. Für einen kurzen Moment denke ich, er könnte auch eine Halluzination sein, weil er genau derjenige ist, den ich jetzt brauche. Im blassblauen Licht seines Handys erkenne ich seine schönen Gesichtszüge. Mit jedem Schritt, den ich auf ihn zugehe, fällt der Druck von mir ab. Ich sehne mich danach, ihm nahe zu sein, einem Menschen, der mich nicht klassifiziert und der mich nicht in eine ordentlich beschriftete Schublade steckt.

Andrew blickt von seinem Handy auf und rutscht rüber, um mir Platz zu machen. Als ich endlich bei ihm bin, kann ich wieder lächeln. Er muss nichts von meinem Streit mit Nancy erfahren.

»Freigang?«, fragt er.

»Geflohen«, erwidere ich.

Ich lehne mich an ihn und er nimmt mich in den Arm. Ich atme tief ein. Er riecht nach Seife und Sonnenmilch. Behaglich.

»Stalking gilt in Massachusetts als schwere Straftat«, erkläre ich.

»Bis zu fünf Jahre Gefängnis für einen Ersttäter«, sagt Andrew und hebt stolz das Kinn. »Für dich würde ich das riskieren.«

Das genügt, um mir die Tränen in die Augen zu treiben.

»Ich wollte schon an der Tür klingeln und dich überraschen«, fügt er hinzu.

Ich bekomme einen Adrenalinschub. Dann hätte er den Streit gehört.

»Mich überraschen? Womit?«, frage ich. Gleichzeitig überlege ich, wie ich ihm klarmachen soll, dass er nicht klingeln darf – niemals.

»Party«, sagt er. »Bei Curtis. Hast du Lust? Es ist nur zwei Minuten von hier.«

»Klar«, erwidere ich und werfe einen Blick zurück auf die Bauchschmerzen am Meer. Noch nie hat das Haus diesen Namen so sehr verdient.

# KAPITEL 21

GENAU GENOMMEN WOHNT CURTIS IN DER MITarbeiter-Unterkunft des Wequasset Inn, der anderen superschicken Ferienanlage in Cape Cod. Die Unterkunft liegt an der Bucht, mit einem tollen Blick aufs Meer.

»Aber Curtis arbeitet doch gar nicht im Wequasset«, sage ich, als wir am Ende der Auffahrt halten.

»Seine Eltern wollen ihn nicht mehr bei sich zu Hause haben, deshalb wohnt er hier.«

Ich habe einen Kloß im Hals. Ich kann mir nicht vorstellen, für immer von zu Hause verbannt zu sein. Der Unfall kann nicht der einzige Grund sein. Ich habe keine Gelegenheit, noch mehr Fragen zu stellen, weil wir aussteigen. Bassmusik und laute Stimmen schallen aus den Fenstern. Andrew dreht am Türknauf und wir gehen hinein.

Auf dem stillgelegten Kamin stehen Kerzen. Neben ein paar langhaarigen Typen mit Narben auf den Knien tropft Wachs auf den Boden. Die Stereoanlage spielt einen Song mit tiefen Basstönen. Andrew, der die Blicke der umstehenden Mädchen auf sich zieht, schleust mich durch die Menge der Gäste. Die Musik spielt, und die Slides der E-Gitarre gehen rauf und runter. Im Vorbeigehen werfe ich einen Blick in den Spiegel. Die Haare fallen über meine Schultern und ich sehe wunderschön aus. Vielleicht liegt das ja an dem hypnotisierenden Spiel der Gitarre. Andrew führt mich durch die Menge sonnengebräunter, blonder Menschen – Rettungsschwimmer.

Curtis ist in der Küche und pumpt aus einem silbernen Ding auf dem Fußboden Bier in einen Becher. Ah, ein kleines Fass. Scarlett redet immer von »Fassbier«, aber bisher habe ich nicht gewusst, was das bedeutet.

»Hey!«, ruft Curtis und winkt uns zu sich in die Küche. Er scheint noch nüchtern zu sein. Andrew reicht mir in einem großen roten Becher etwas zu trinken.

Ich trinke einen Schluck.

»Wie schmeckt's dir?«, fragt Andrew. »Normalerweise kaufen sie immer scheiß Bier.«

Der Schaum ist irgendwie bitter, aber es ist ganz okay. Ich werde nicht deswegen beim nächsten Saufgelage in Summerhill mitmachen, aber ich habe nichts gegen den Geschmack.

»Wusstet ihr, dass so ein Bierfass etwa 140 Gramm $CO_2$ enthält?«, frage ich.

Andrew legt seinen Arm um meine Taille und zieht mich an sich. Als wir uns küssen, versuche ich, mein Getränk nicht zu verschütten. Unsere Lippen schmecken nach Bier, und in diesem Moment gibt es nur uns beide. Keine Nancy, kein Cupcake-Kleid, keine Mom, die mich über den Küchentisch anschreit.

»Deshalb bist du so erstaunlich«, meint Andrew.

»Weil ich mich an fast alle wissenschaftlichen Fakten erinnern kann, die ich jemals gehört habe?«

»Jep.«

»Nein, nein, sie ist in New York!«, sagt Curtis hinter mir, und das macht mich hellhörig. Andrew dreht sich um und lacht.

»Gib's auf. Scarlett ist fertig mit dir«, sagt er, und als ich Scarletts Namen aus seinem Mund höre, bekomme ich einen Adrenalinstoß. »Eine Broadway-Ballerina und ein Trottel vom Fischmarkt?«, meint Andrew und alle Umstehenden brechen in Gelächter aus.

»Scarlett?«, frage ich, um mehr zu erfahren.

»Ja. Curtis macht mit ihr rum. Ihre Familie kommt jedes Jahr nach Orleans. Sie ist einfach eine Nummer zu groß für ihn.«

So viel zu Scarletts Annahme, man würde sie als Einheimische ansehen.

Wir lehnen in der Küche an der Frühstückstheke.

»Sie ist eine Ballerina«, erklärt Andrew.

»Oh«, sage ich und tue so, als sei diese Information neu für mich.

»Aber sie ist eine ziemliche Zicke. Ende des Sommers gibt sie eine Riesenparty. Obwohl wir noch nie bei ihr zu Hause waren, sind wir alle eingeladen und sollen uns aufmotzen.«

Wir. Er hat *wir* gesagt. *Natürlich ist Andrew eingeladen.*

»Was ist das für eine Party?«, frage ich.

Andrew trinkt einen Schluck Bier. »Ich weiß nicht genau. Ich glaube, ihre Großmutter oder so veranstaltet sie.«

Scarlett würde Andrew bei ihren Partyplänen nie außen vor lassen; immerhin ist er Curtis' bester Freund. Andrew wäre auch auf Scarletts Party aufgetaucht, wenn wir uns *nicht* getroffen hätten. Wenn ich vor der Party nichts sage, wird er mich in diesem entsetzlichen Cupcake-Kleid sehen und eins und eins zusammenzählen. Mein Becher gleitet mir fast aus der Hand und etwas Bier schwappt auf den Boden.

»Ich mach das schon«, sagt Andrew, gibt mir einen Kuss auf die Nase und holt Küchenpapier. Als er weg ist, lehne ich mich gegen die Küchentheke.

Er kommt schon den ganzen Sommer zu Scarletts Haus und weiß es nicht. Offenbar hat er sich die Einladung nicht genau angesehen. Er wird es wissen, sobald er in die Shore Road einbiegt. Er wird es wissen, sobald er auf die Einladung schaut.

Als er zurückkommt, wischt er den Fleck vom Boden auf und trocknet anschließend meinen Becher rundherum ab. Er reicht ihn mir, und jetzt ist er zwar trockener, aber trotzdem nicht leichter zu halten. Meine Hände zittern. Andrew lehnt sich wieder an mich und fährt fort: »Jedenfalls kommandiert sie ihre Freunde herum und behandelt ihre Mitmenschen wie Idioten. Und keiner beschwert sich.«

»Sie ist wohl nicht gerade dein Liebling?«, sage ich etwas unsicher. Ich kann nur noch an das eine denken: *Andrew ist zu Scarletts Abschiedsparty eingeladen. Natürlich ist er das. Warum hab ich bloß nicht daran gedacht?*

Ich bin so furchtbar dumm. Ich muss ihm unbedingt sagen, dass ich Scarletts Schwester bin; da führt kein Weg daran vorbei.

»Scarlett ist schon okay«, fährt Andrew fort. »Sie ist nur nicht mein Fall.«

»Wer dann?«, frage ich.

»Du nicht«, erwidert er, aber sein schräges Lächeln verrät mir, dass er nur Spaß macht. »Definitiv nicht mein Typ.«

Unsere Nasenspitzen sind nur wenige Zentimeter voneinander entfernt und Andrew gibt mir einen flüchtigen Kuss. Wenn er mich so berührt, denke ich nicht mehr an die Abschiedsparty oder an die Lügen, die ich erzählt habe. Ich spüre seine warmen Hände auf meinem Körper, und als er sich von mir löst, ruht sein Blick immer noch auf meinem Mund. Ich habe keine Ahnung, was er an meinen Lippen so faszinierend findet.

»Du bist genau das, was ich will«, flüstert er. So was hat noch nie jemand zu mir gesagt. Bis jetzt. »Und du riechst so gut«, sagt Andrew und atmet tief ein. Er gibt mir noch einen Kuss, und seine Bartstoppeln kratzen an meinem Kinn. Aber seine Lippen sind ganz weich. Immer wieder berühren sich unsere Lippen und ich bekomme Gänsehaut.

Andrew presst seine Lippen auf meine und unsere Küsse werden immer leidenschaftlicher. Ich bin ganz in seinen Armen gefangen. Wenn jemand verstehen wird, warum ich verheimlicht habe, dass ich Scarletts Schwester bin, dann Andrew. Er wird verstehen, wie meine Familie über mich denkt und für wen sie mich halten. Er mag bereits mein wahres Ich. Er kennt mich. Wir küssen uns weiter, und ich weiß nicht einmal, wie lange.

Ich muss nur den richtigen Zeitpunkt erwischen, um es ihm zu sagen.

Ungefähr eine Stunde später begrüßt Andrew draußen ein paar Freunde und ich lehne immer noch an der Küchentheke. Ich bin bereits bei meinem dritten Bier und mir ist ganz warm. Wie zum Teufel soll ich Andrew nur sagen, dass ich Scarletts Schwester bin?

Ich bin tief in Gedanken versunken, als Curtis in die Küche kommt und sich neben mich stellt.

»Der String-Bikini mit der amerikanischen Flagge«, sagt er leise.

Curtis steht mir gegenüber und stützt sich mit der Hand auf die Theke.

»Es war ein Experiment«, erkläre ich und mache einen großen Schritt zur Seite.

Curtis blinzelt zuerst verwirrt und neigt dann den Kopf zur Seite. »Oh, stimmt, du bist ja ein Wissenschafts-Freak«, sagt er.

Ich trinke einen Schluck Bier und versuche locker zu bleiben.

»MIT oder so'n Scheiß, stimmt's?« Er nimmt einen kräftigen Schluck.

Seine Augen sind glasig. Ich erinnere mich an den Vortrag über Drogenprävention während des Gesundheitsunterrichts. Glasiger Blick. Undeutliche Sprache. Er ist eindeutig betrunken. Eigentlich sollte er mir leidtun, wegen Mikes Tod und weil er einen Freund verloren hat, aber es gelingt mir nicht.

Ich werfe einen Blick durch die Küchentür, ob ich Andrews Blondschopf in dem Gedränge auf dem Flur irgendwo entdecken kann.

»Du glaubst Andrew zu kennen, stimmt's? Dir ist doch klar, dass du nur eine kurze Episode für ihn bist, oder?« Curtis verschüttet etwas Bier auf den Fliesen, aber er bemerkt es nicht. »Andrew trinkt nicht einmal mehr. Kannst du das begreifen?«

Curtis deutet auf mich, sein Becher kippt um und das Bier ergießt sich über mein T-Shirt. Ich springe zur Seite und ein paar Leute stöhnen. Das Bier dringt durch mein T-Shirt und rinnt an mir herunter bis zum Bund meiner Shorts. Ganz hinten im Zimmer ruft jemand: »Party-Foul!« Ich drehe Curtis den Rücken zu und suche nach Servietten oder nach einem Handtuch.

»Hab ich etwa Bier über dich geschüttet? Scheiße. Das tut mir leid.«

Ich tupfe gerade meinen Hals und meine Brust mit Küchentüchern ab, als Curtis meine Schulter packt und mich zu sich umdreht.

»Ich werde dir helfen«, lallt er. »Ich werde dir helfen.«

»Ich schaff das schon«, sage ich. »Es ist schon okay. Ich hab alles im Griff.«

Eine von Scarletts Freundinnen, ein Mädchen mit langen Dreadlocks, betritt die Küche. Der saure Biergeruch ist überwältigend. »Bist du okay?«, erkundigt sie sich, aber ich habe keine Zeit zu antworten. Curtis stößt sie mit dem Ellbogen zur Seite und stellt sich neben mich.

»Verschwinde, Shelby«, sagt er zu dem Mädchen. »Gib mir die Küchentücher. Es ist meine Schuld. Ich sollte das machen.«

»Bitte, hör auf!«, rufe ich und weiche vor Curtis zurück. Ich bin gerade im Begriff, die Küche zu verlassen, als er mit dem Finger auf mich zeigt und brüllt: »Stell dich doch nicht so an.« Curtis zerrt an meiner Hand und ich lasse die Tücher auf den Boden fallen.

»Hey, Wissenschafts-Schlampe. Es tut mir leid. Nein. Du bist keine Schlampe. Und es tut mir leid wegen dem Bier. Es tut mir leid.«

»Hör auf!«, sage ich laut und deutlich. Als ich versuche, mich aus Curtis' festem Griff zu befreien, spüre ich plötzlich einen Schmerz im Handgelenk. »Lass mich los!«

Ich steuere auf den Flur zu und umfasse mein schmerzendes Handgelenk.

»Ich will dir ins Gesicht sagen, dass es mir leidtut«, schreit Curtis. »Ich will es dir sagen!«

Shelby kommt etwas weiter in die Küche, als wollte sie mich vor Curtis beschützen. Ich kann Andrew in der Menge nirgends entdecken.

»Lass sie los, Curtis«, sagt Shelby.

»Ich rede nicht mit dir, ich rede mit *ihr!* Sie ist immerhin die Freundin meines besten Freundes.«

Jemand packt mich am Kragen meines T-Shirts und zerrt mich zurück. Curtis! Ich klammere mich an einen Beistelltisch, und fast im selben Moment werde ich noch weiter weggeschoben. Ich halte mich am Türrahmen der Küche fest, um nicht hinzufallen. Andrew hat mich außer Reichweite von Curtis geschafft und eilt in die Küche. Sein Gesicht ist puterrot und seine Hände sind zu Fäusten geballt.

»Was zum Teufel ist los mit dir?« Andrew gibt Curtis einen Schubs, sodass er mit dem Rücken gegen den Kühlschrank kracht.

»Nichts! Sie lügt. Ich habe nichts getan!«

»Ich habe dich gesehen. Fass sie nie wieder so an.«

Curtis stürzt sich auf Andrew. Andrew taumelt ein paar Schritte zurück und streckt die Arme aus, um nicht das Gleichgewicht zu verlieren. Andrews Nackenmuskeln unter seinem T-Shirt sind angespannt. Er versetzt Curtis wieder einen Stoß, sodass dieser gegen einen Küchentisch und ein paar Stühle fällt und diese umwirft. Die Sohlen seiner Sneakers quietschen und rutschen auf dem Linoleum.

»Ich habe nichts getan!«, schreit Curtis. »Sie lügt.«

Wovon redet er überhaupt?

»Was? Meinst du, du bist jetzt zu gut für mich?«, sagt Curtis und Speichel sprüht aus seinem Mund. Während er spricht, verzieht sich sein Gesicht zu einer Grimasse. Curtis will sich erneut auf Andrew stürzen, aber Andrew ist im Gegensatz zu Curtis nüchtern, und deshalb kann er ihm leicht ausweichen oder ihn zurückdrängen. Curtis versucht sein Gleichgewicht wiederzuerlangen, aber dann holt er zum Schlag aus und verfehlt Andrew.

»Hör auf damit, Curtis!«, warnt Andrew ihn.

Mein Handgelenk pocht vor Schmerz und ich reibe es, um den Schmerz zu lindern.

»Du warst nicht da in dieser Nacht. Du bist nie da«, sagt Curtis und ist den Tränen nahe.

Ich kann den Blick nicht von den beiden abwenden. Mein Herz klopft wie wild und ich habe das Gefühl, dass das alles irgendwie meine Schuld ist.

»Ich wollte Mike zu dir nach Hause fahren!«, schreit Curtis.

Hinter mir haben sich mittlerweile jede Menge Leute versammelt.

»Du warst nicht da«, lallt Curtis und spuckt dabei noch mehr. »Du meinst, du seist besser als alle anderen. Besser als ich. Mit deinen schlampigen Freundinnen, wie dieser Maggie und dieser Möchtegern…«

»Sag es nicht«, warnt Andrew.

Curtis deutet auf mich. »Ich muss es gar nicht sagen.« Er hält inne. »Schla…«

Andrew schlägt fest zu, und das klatschende Geräusch, als Fleisch auf Fleisch trifft, hallt durch den Raum.

Ich schiebe mich durch die Menge, um aus dem Haus herauszukommen.

»Sarah!«, ruft Shelby hinter mir her, aber ich bahne mir weiter den Weg zur Haustür.

Ich fliehe in den Vorgarten. Der Geruch von Meer und Zigaretten liegt in der Luft. Ich reibe mein Handgelenk; es schmerzt immer noch und in ein paar Stunden habe ich vermutlich einen Bluterguss. Ich reibe wieder – es tut richtig weh.

Ich stehe auf dem Rasen und überlege, wie ich die Schlägerei hätte verhindern können. Vielleicht hätte ich mich auf Curtis stürzen und ihn zu Fall bringen sollen. Ich wollte es, aber bis zu diesem Moment war mir nicht bewusst, dass ich es wollte. Jetzt verstehe ich, warum seine Eltern ihn rausgeworfen haben. Vielleicht ist er immer so gewalttätig und betrunken. Und was ist mit den Anonymen Alkoholikern?

»Sarah!«

Ich fahre herum.

Andrew steht einen Moment zögernd in der Tür und kommt dann zu mir gelaufen. Er hat eine Schramme auf der Wange. Er breitet die Arme aus und umfängt mich mit seinem Duft. Sein T-Shirt ist ganz verschwitzt und sein Herz hämmert gegen meinen Kopf.

»Verdammt, es tut mir leid«, sagt er und ich spüre, wie seine Stimme vibriert.

»Was war das gerade?«, frage ich.

»Keine Ahnung«, meint er. Sein Atem geht immer noch schwer. »Mike. Der Unfall, glaube ich. Lass uns von hier verschwinden.«

»Ich glaube … ich glaube, ich möchte zu Fuß gehen«, sage ich.

»Ich begleite dich. Schließlich ist es meine Schuld, dass wir hier sind.«

Ich muss gründlich darüber nachdenken, was gerade in diesem Haus passiert ist, was ich gesehen habe und warum ich noch nie solche Gewaltbereitschaft gepaart mit Wut und Schmerz erlebt habe. Jedenfalls nicht persönlich und nicht mit eigenen Augen.

Ich gehe zur Straße zurück. »Irgendwie möchte ich lieber allein sein«, sage ich.

»Du bist ja verletzt«, bemerkt Andrew, und die Besorgnis in seiner Stimme bringt mich fast zum Weinen. Er deutet auf mich. Unbewusst umfasse ich immer noch mein Handgelenk.

»Es ist nur eine Prellung«, erkläre ich.

»Willst du es nicht lieber untersuchen lassen?«

»Nein«, erwidere ich und gehe weiter. Andrew bleibt stehen. »Es ist nicht so schlimm.«

Er steht mit dem Schlüssel in der Hand neben seinem Wagen. »Es tut mir leid. Das hätte ich nicht gedacht. Normalerweise benimmt er sich nicht so. Aber seit dem Unfall ist er …« Andrew zögert. »… so anders.«

»Ich weiß«, sage ich, obwohl das nicht stimmt. Auf diese Weise habe ich Trauer und Tod noch nie erlebt. Ständig höre ich von Leuten, die sterben, aber es sind immer Geschichten in den Nachrichten oder es handelt sich um die Großeltern von irgendjemandem.

»Rufst du mich an, wenn du zu Hause bist?«, fragt er.

Ich nicke und gehe, so schnell ich kann, die Straße entlang.

Ich wage es nicht einmal, einen Blick auf mein Handy zu werfen. In meinem Handgelenk pocht es in immer kürzeren Abständen, und als ich in die Shore Road komme, verlangsamen sich meine Schritte. Ich rieche die salzige Luft, und obwohl der Strand über einen Kilometer entfernt ist, liegt auf dem Asphalt überall Sand verstreut. Irgendwie liegt auf jeder Straße in Cape Cod Sand. Ich könnte nach einer wissenschaftlichen Erklärung für dieses Phänomen suchen, aber dazu habe ich jetzt keine Lust. Logik hilft mir im Moment nicht weiter.

Ich bleibe vor Nancys Haus stehen. Alles ist dunkel. Kein Licht im Eingang, kein Hinweis darauf, dass im Haus noch jemand wach ist.

Ich gehe die Eingangsstufen hinauf, schlüpfe ins Haus, gehe am Küchentisch vorbei und bleibe an der Treppe stehen. Es ist schon alles für das Frühstück vorbereitet, die Kristallgläser und das Silberbesteck befinden sich schon an ihrem Platz.

Niemand hat mir eine Nachricht oder so was hinterlassen. Ich hole mein Handy aus der Tasche und vergewissere mich, dass es lautlos geschaltet ist.

Bevor ich die Treppe zu meinem Zimmer hinaufgehe, bleibe ich auf dem langen Flur stehen, der von der Treppe in Nancys Flügel führt. Ich war nur ein paarmal dort. Die schneeweiße Deckenlampe taucht den Flur in ein silbernes Licht.

An den Wänden hängen Dutzende eingerahmter Fotos. Vor dem ersten bleibe ich stehen. Es ist überdimensional, so als hätte jemand extra dafür bezahlt, um ein altes Foto vergrößern zu lassen. Das Foto zeigt Nancy und Onkel Raymond, ihren Mann, der noch vor meiner Geburt gestorben ist. Sie stehen in ihrer Hochzeitsgarderobe vor einem mit weißen Blumen geschmückten Torbogen.

Dad spricht nicht oft von seinem Onkel. Und wenn ich jetzt so darüber nachdenke, tut es Nancy auch nicht. Vermutlich ist es einfach, schmerzliche Themen bei Unterhaltungen außen vor zu lassen.

Ich gehe von Foto zu Foto. Auf einem Bild ziemlich am Ende des Flurs sitzen Nancy und Onkel Raymond in einem Segelboot. Nancy trägt einen Badeanzug mit hoher Taille aus den 1960er Jahren. Auf diesem Foto ist sie älter als auf dem Foto mit Großmutter, aber ich weiß nicht, wie viel älter. Sie hat keine Falten in den Mundwinkeln wie heute. Sie sieht immer so aus, als wäre sie sauer, selbst wenn es nicht so ist.

Vielleicht ist sie es ja doch, selbst wenn sie lächelt, weil sie seit zwanzig Jahren allein in diesem Haus leben muss.

*Du warst nicht da in dieser Nacht. Du bist nie da.*

Wie soll man loslassen? Ich habe diese Worte nie verstanden. Lass los. Die Trauer verfolgt einen. Diesen Sommer habe ich erlebt, wie sie Curtis, Nancy und sogar Andrew verfolgt, der sein Leben für einen Toten leben will.

Ich verlasse den Flur mit den Fotos und bleibe vor Moms und

Dads Schlafzimmer stehen. Ich spähe durch die halb offene Tür. Sie schlafen Rücken an Rücken. Dad schnarcht wie üblich wie ein Motorboot im Leerlauf und Mom hat sich ganz unter ihre Decke verkrochen.

Als ich im Bett liege, wickle ich mich ganz fest in meine Decke. Wenige Sekunden später summt mein Handy und ich fahre hoch und taste im Dunkeln nach ihm.

ANDREW: Es tut mir so leid. Hab ich das schon erwähnt?
ICH: Wieso ist es deine Schuld? Ich bin einfach ausgeflippt.
ANDREW: Wir reden morgen darüber.

Ich sehe Andrew noch vor mir, wie er den Arm hebt und zuschlägt. Ich bin mir nicht mal sicher, ob Curtis Andrew in dem Moment überhaupt gesehen hat. Während ich so daliege, meine ich zum ersten Mal in meinem Leben die Macht der Trauer zu verstehen. Wie ein Wissenschaftler habe ich ihre Macht basierend auf empirischen Belegen erlebt. Trauer macht mir Angst. Ausnahmsweise einmal wünschte ich, ich wäre nicht so versiert darin, Dinge von außen zu betrachten.

# KAPITEL 22

AM NÄCHSTEN MORGEN GEHE ICH AUF LEISEN Sohlen die Treppe hinunter. Je weniger Lärm ich mache, desto besser, nach dem gestrigen Streit beim Abendessen.

Wie kann jemand wie Curtis Andrews bester Freund sein? Einer, der unbeabsichtigt den Tod seines Freundes herbeigeführt hat, weil er betrunken war und der danach weitertrinkt. Warum sagt keiner was? Warum *tut* keiner was?

Ich gehe durchs Wohnzimmer in die Küche. Nancy trinkt ihren Kaffee und würdigt mich keines Blickes.

»Ich weiß nicht, wie wir das alles in ein paar Wochen schaffen sollen«, sagt Nancy zu Mom. Die beiden sitzen gemeinsam am Küchentisch.

Ein paar Wochen? Es ist der 8. Juli. Ich muss endlich mit meinem Essay für das Waterman-Stipendium anfangen.

Außerdem muss ich Andrew sagen, dass ich Scarletts Schwester bin. Ich setze mich an den Küchentisch und stütze das Kinn in die Hand. Wie gesagt, ich muss den richtigen Moment abpassen. Die Party gestern Abend war bestimmt keine günstige Gelegenheit.

»Ähem«, sagt Nancy.

Ich sehe auf. Nancy hat mich die ganze Zeit beobachtet. Dad liest auf der Couch Zeitung und Mom blättert eine Zeitschrift durch. Mir ist klar, dass ich mich entschuldigen muss, obwohl es mir nicht leidtut – kein bisschen. Ich wünschte, sie würden sich bei mir entschuldigen. Ich wünschte, sie würden meine Gefühle respektieren.

Ich stehe auf, um mir ein Müsli zu machen; mein Löffel schlägt gegen die Schale. So oft haben sich Mom und Dad schon mit Scarlett zusammengesetzt und mit ihr geredet, wenn sie mal zickig war. Und jetzt tun sie so, als sei alles okay. Als hätte ich Nancy gestern Abend nicht angeschrien.

Als ich mich wieder hinsetze, fragt Nancy: »Hast du mir nicht was zu sagen, Beanie?«

Beanie. Ich wünschte, ich könnte so richtig theatralisch seufzen.

Ich nehme es sang- und klanglos hin, weil ich mich nicht den ganzen Tag damit befassen will und weil ich nicht das bekomme, was ich von Nancy haben will. Niemals. Ich habe keine Ahnung, wie ich ihr geben soll, was sie verlangt.

»Es tut mir leid«, sage ich und versuche, überzeugend zu klingen. »Ich hatte gestern einfach einen schlechten Tag.«

Nancy nickt einmal. Sie sitzt da in ihrem Nachthemd und trinkt Kaffee.

Mom zwinkert mir zu, als sie denkt, Nancy sieht es nicht, und Dad starrt weiter in seine Zeitung. Hinter mir ist ein Quietschen zu hören. Ein Dienstmädchen putzt die großen Fenster mit einem Fensterreiniger.

Nancy löffelt ihr Ei.

»Es ist so ein schöner Tag. Was hast du heute vor?«, fragt sie mich.

»Ich werde eine Weile an meinem Essay arbeiten und danach vielleicht an den Strand gehen«, sage ich. Ja, tun wir einfach so, als würden wir uns ganz normal unterhalten.

»Du könntest mich zum Friseur begleiten, wenn du magst.«

Oh Mann. Ist das Nancys sonderbare Art, Frieden zu schließen, oder ist das ein Wink mit dem Zaunpfahl? Ich streiche meine Haare glatt und zucke zusammen, weil das Handgelenk immer noch schmerzt.

»Was ist los?«, fragt Nancy und legt die Stirn in Falten.

»Ich bin gestern Abend gestürzt, aber es ist nur eine Prellung.«

Sie isst weiter und ich tue so, als würde ich mir die Nachrichten im Fernsehen anschauen, damit ich Nancy nicht erklären muss, dass ein Friseurbesuch für mich die Hölle ist.

»Ich bin froh, dass du nicht jeden Tag zum WHOI gehst«, meint sie.

»Ich liebe das WHOI«, sage ich sofort. »Aber mir fehlt einfach die Zeit, um so oft hinzugehen, wie ich möchte.«

Ich möchte Dad nicht verletzen. Ich sehe ihn an, aber ich glaube nicht, dass er zugehört hat.

»Ich habe dir ja schon beim Barbecue erzählt, dass ich mich mit einer Freundin getroffen habe.« Aber kaum habe ich es ausgesprochen, bereue ich es auch schon wieder. »Das Mädchen, mit dem ich am 4. Juli rumgehangen habe? Ihr Name ist Claudia«, füge ich hinzu.

»Ja, richtig«, sagt Nancy. »Und ich dachte, das sei nur so eine Geschichte, um mich ruhig zu stellen.«

»Ich habe nicht gelogen«, sage ich und meine Wangen glühen.

»Wenn du willst, kannst du sie ja zu der Party einladen.«

Dann würde Claudia mich in dem Cupcake-Kleid sehen und ich würde in vielerlei Hinsicht dastehen wie ein kompletter Loser.

»Ich halte das für eine ausgezeichnete Idee«, fügt Nancy hinzu und löffelt ihr Ei mit abgespreiztem kleinem Finger. Ich hatte keine Ahnung, dass man so richtig essen kann. »Es ist gut, dass du nicht mehr in den Wolken schwebst.«

»Sie hat alles im Griff, Nance. Sei heute mal nachsichtig mit ihr«, meint Dad leise und legt die Zeitung weg. Er schnappt sich seine WHOI-Aktenmappe und küsst mich auf dem Weg zur Tür auf die Stirn. Zum Glück habe ich vor dem Frühstück geduscht. Mein Laken riecht dagegen immer noch nach Bier.

»Weißt du inzwischen, ob dieser Tucker zur Party kommt?«, fragt Nancy meine Mutter.

Plötzlich habe ich gar keinen Hunger mehr.

»Er sagte, er würde nicht kommen, aber ich glaube, Carly wird darauf bestehen, was wirklich nicht nötig ist.«

Mom weicht meinem Blick aus, als sie das sagt, aber an Tuckers Stelle würde ich auch nicht kommen wollen.

Bin ich jetzt eigentlich Andrews Freundin? Curtis hat das behauptet, aber Andrew und ich haben noch nicht wirklich darüber gesprochen. Wir kennen uns nicht einmal einen Monat. Ich bin mir nicht sicher, ob das der richtige Zeitpunkt ist, um ihn zu fragen. Normalerweise komme ich nicht in diese Lage. Falls Tucker doch auftaucht, möchte ich ihm nicht erklären müssen, dass Andrew »sozusagen« mein Freund ist.

»Sie müssen sich wie Erwachsene benehmen«, betont Nancy, und ich verlasse die Gesprächsrunde, um nach oben in mein Zimmer zu gehen.

Ist es falsch, dass ich es offiziell machen möchte? Ist es falsch, wenn ich mir wünsche, dass Andrew mich als *seine* Freundin vorstellt? Ich ziehe einen von Scarletts Badeanzügen an, einen schwarzen Einteiler mit tiefem Ausschnitt. Ich wünschte fast, Nancy und Mom würden mich so sehen, nur damit sie mich überhaupt bemerken. Mein Handy piept.

ANDREW: Dünenrennen bei Sonnenuntergang? Bist du dabei?

Arbeiten diese Leute eigentlich auch mal? So etwas texte ich auch zurück.

ANDREW: Ja, Star Girl. Aber das Schlüsselwort war Sonnenuntergang.

Sobald ich meine Strandtasche gepackt habe, schicke ich Claudia eine Nachricht, um zu sehen, ob sie und Chelsea sich mit mir am Nauset Beach treffen wollen. Wie sich herausstellt, ist Claudia wieder solo, weil ihre Freundin nach Hause gefahren ist.

Sie ist einverstanden, mich am Strand zu treffen, und als wir dort sind, ist mir klar, dass ich ihr in Bezug auf den 4. Juli eine Erklärung schuldig bin. Binnen weniger Minuten auf dem glühend heißen Sand reiben wir uns mit Sonnenschutz ein.

»Gabe ist gestern auch abgereist. Aber wir bleiben in Kontakt … denke ich«, meint sie achselzuckend und setzt sich eine Sonnenbrille mit runden Gläsern auf. Ich trage eine billige Sonnenbrille aus der Apotheke.

»Ich wette, das werdet ihr«, sage ich. »Er scheint echt auf dich zu stehen.«

»Jeden Sommer, wenn ich einen Typen kennenlerne, denke ich, wir bleiben in Kontakt, aber es wird nie was draus.« Claudia lehnt sich zurück, schlägt die Beine übereinander und legt ihre Hand auf die Brust. »So wie sich das Laub verfärbt und verwelkt, so vergeht auch die Sommerliebe«, sagt sie mit deutlichem Südstaaten-Akzent.

Ich muss lachen. »Hey! Das war ziemlich gut!«

Claudia setzt sich auf. »Was zum Teufel ist passiert, als du neulich Abend gegangen bist? Hast du diesem Typen klargemacht, dass du nicht auf ihn abfährst?«

Meine Augen kann ich hinter der Sonnenbrille verstecken, aber ich rümpfe deutlich die Nase, als ich antworte. »Irgendwie …« Ich verdrehe die Augen, obwohl Claudia es nicht sehen kann. »Ich habe das alles einfach nur so dahergesagt …« Ich stöhne und verberge das Gesicht in meinen Händen. »Ich habe es nicht so gemeint. Ich war nervös oder so. Ich war so dumm.«

»Weshalb nervös?«, fragt sie.

»Weil ich dachte, ihr würdet mich nicht mögen oder so. Deshalb habe ich einfach eine Show abgezogen. In Wirklichkeit fahre ich voll auf diesen Typen ab.«

»Er ist heiß«, meint sie. »Wer würde da nicht schwach?«

Der Lärm von Familien mit schreienden Kindern durchbricht die unangenehme Stille.

»Warum hast du geglaubt, wir würden dich nicht mögen?«, fragt Claudia.

Lächelnd schüttle ich den Kopf. »Ich … ich bin nicht gerade das beliebteste Mädchen in der Schule«, sage ich schließlich. »Ich habe schon Freunde und alles. Aber es gibt nichts, worüber ich mit dieser Art von Mädchen reden kann.«

Der Name Becky liegt mir auf der Zunge.

»Dachtest du, ich sei eins von diesen Mädchen?«

Dads Bemerkung, ich würde von vornherein davon ausgehen, dass man mich nicht mag, geht mir wieder durch den Kopf. Ich möchte nicht, dass Claudia beleidigt ist.

»Nein. Nein. Ich meine damit nicht, dass ich dich für einen Snob oder so was gehalten habe. Du hast nur so einen coolen Eindruck gemacht. Und ich wusste nicht, wie ich mit dir abhängen soll.«

»Liebste Freundin!«, sagt sie und beugt sich nach vorn. »Ich *bin* cool.« Wir müssen beide lachen.

»Und du findest mich nicht langweilig?«, frage ich.

»Nein«, sagt sie. »Ich weiß nie, worüber ich mit Leuten reden soll. Ich gebe mich immer ganz dramatisch, zitiere aus Theaterstücken und Filmen und versuche, komisch zu sein, damit ich mir keine originellen Sachen ausdenken muss.«

Es erstaunt mich, dass Claudia sich darüber Gedanken macht, wie sie sich anderen Leuten anpassen soll. Sie wirkt so selbstbewusst. Es gefällt mir, dass wir beide keine Ahnung haben, wie wir uns eigentlich verhalten sollen.

»Also …«, meint sie und trinkt einen Schluck Wasser. »Dann erzähl mal, was passiert ist! Wie heißt er? Wie ist er so?«

»Also, sein Name ist Andrew …«

Ich erzähle Claudia die ganze Geschichte, lasse aber bewusst die Sache mit der Lüge bezüglich des MIT und meines Alters weg. Wie bei Ettie mache ich Andrew auch diesmal wieder um zwei Jahre jünger, damit Claudia sein wahres Alter nicht kennt. Während ich erzähle, lehnt sie sich nach vorn und lacht. Außerdem will sie wissen, wie Andrew küsst. Es ist, als würde ich mit Ettie reden, nur dass Claudia schon mehrere Dates hatte. Natürlich würde ich Ettie für nichts eintauschen, aber Claudia ist auch toll.

Schließlich kommen wir auf Curtis und auf letzte Nacht zu sprechen.

»Was macht dein Handgelenk?«, erkundigt sie sich.

»Es tut nur noch ein bisschen weh.«

»Wenn ich dort gewesen wäre, hätte ich ihn für dich fertiggemacht.«

Wir lachen wieder und teilen uns ein paar Sandwiches.

»Bist du bald wieder okay?«

»Ja, ich muss nur noch einmal gründlich über alles nachdenken.«

»Das würde ich auch tun«, meint Claudia.

Während ich in mein Schinken-Käse-Sandwich beiße, denke ich, dass ich diesmal vielleicht wirklich eine neue Freundin gefunden habe.

# KAPITEL 23

AN DIESEM ABEND – GENAU UM DIE ZEIT, ALS DIE Autoschlange mit den Strandheimkehrern über einen Kilometer lang ist – rutsche ich neben Andrew auf den Beifahrersitz.

»Bin ich eigentlich deine Freundin?«, frage ich ganz direkt.

Andrew spuckt fast sein Getränk aus. Er schluckt, sieht mich an und lacht.

»Keine Ahnung; willst du es denn sein?«

»Immerhin hast du wegen mir deinen Freund zusammengeschlagen. Daraus sollte man logischerweise folgern, dass ich deine Freundin bin.«

Im Nu ist sein Lächeln verschwunden.

»Ich habe ihn geschlagen, weil niemand, der bei vollem Verstand ist, einen anderen dermaßen grob anpackt. Und niemand sollte so mit dir sprechen.«

Oh.

»Und weil du meine Freundin bist. Ich meine, falls du das sein willst?«

»Das weißt du doch.«

Er beugt sich zu mir und küsst mich. Seine Lippen sind ganz kalt von der Getränkedose und schmecken nach Cola.

»Also, wohin gehen wir zum Dünenrennen?«, frage ich.

»Curtis kann ein paar Strandbuggys von seinen Großeltern besorgen. Wir sind ungefähr zehn Leute und fünf Strandbuggys. Du kannst bei mir mitfahren.«

Curtis? Ist das sein Ernst? Wieso will er mit Curtis Zeit verbringen? Vor allem nach dem Vorfall gestern Abend. Und ehrlich gesagt, wie kann er von mir erwarten, dass ich Zeit mit Curtis verbringe?

»Was macht dein Handgelenk?«

»Es ist schon besser. Tut nur noch ein bisschen weh.«

Ich kapiere das nicht.

»Du bist so still«, meint Andrew.

»Mir ist gerade eingefallen, dass sich die Dünen im Naturschutzgebiet befinden und dass dort niemand auf dem Sand fahren darf«, lüge ich.

»Keine Sorge, Fräulein Wissenschaftlerin. Wir fahren zum Strand von Provincetown. Dort ist kein Naturschutzgebiet.«

Während der Fahrt hören wir Musik von The Doors, aber ich kenne den Song nicht. Allerdings frage ich auch nicht. Ich überlege mir nur, was ich zu Curtis sagen soll, wenn ich ihn heute sehe. Wenn wir heute mit ihm ein Dünenrennen veranstalten wollen, dann haben er und Andrew sich wohl wieder vertragen. Auf den Fingerknöcheln seiner rechten Hand hat Andrew ein paar kleinere Schürfwunden. Die Schramme auf seiner Wange ist nur noch ganz schwach zu sehen.

Wir fahren auf den Parkplatz von Sandy Neck Beach und Andrew stellt den Motor ab. »Ich bin ein Idiot! Nach dem Vorfall gestern Abend willst du sicher nicht in Curtis' Nähe sein. Ich bin an ihn gewöhnt, aber du nicht.«

Meine Schultern entspannen sich und ich nicke.

»Ich habe die ganze Zeit überlegt, warum du so still bist. Ich bin ein Trottel. Lass uns irgendwo anders hinfahren«, schlägt er vor.

Ich schüttle den Kopf und lasse meinen Blick über den Parkplatz schweifen. Er leert sich allmählich, aber ein paar Familien sind noch damit beschäftigt, die Stühle und Sonnenschirme in ihren Autos zu verstauen. Mom, Dad, Scarlett und ich sind früher auch immer zu diesem Strand gefahren. Dad ist gerne geschwommen und ich habe mich an seinem Rücken festgehalten. Wir haben das schon lange nicht mehr gemacht. Es ist bestimmt schon Jahre her.

»Warum hält niemand Curtis vom Trinken ab?«, frage ich.

»Er muss seine eigenen Entscheidungen treffen.«

Wir steigen aus und stellen uns neben Andrews Pick-up.

»Scheiß auf die Buggys«, sagt er. »Lass uns fahren. Wohin du willst.«

»Ich habe keine Angst vor Curtis. Er tut mir leid«, erkläre ich.

»Wahrscheinlich erinnert er sich heute an fast gar nichts mehr. An den Streit mit mir schon, aber nicht an den Anlass. Jedenfalls hat er dich heute Morgen mit keinem Wort erwähnt.«

Ich könnte nie mit jemandem befreundet sein, der die brutalen Vorkommnisse vom Vorabend so einfach vergisst. Ganz zu schweigen davon, dass er sich mit seinem besten Freund geprügelt hat. Ettie würde nie jemandem auch nur einen bösen Blick zuwerfen, geschweige denn jemanden schlagen. Tucker würde das auch nicht tun. Ich muss Andrew einfach diese Frage stellen, sonst werde ich noch wahnsinnig.

»Wie kann jemand dein bester Freund sein, der Menschen so behandelt?«

Andrew hält einen Rucksack im Arm. Er sucht nach einer Antwort und lässt die Schultern hängen. Er starrt auf eine Gruppe von Leuten in der Ferne. »Andrew!«, ruft jemand, und es klingt gerade so, als sei der Prinz endlich eingetroffen. Diesen Eindruck habe ich öfter.

»Weil er mein bester Freund ist, seit wir beide neun waren. Mike war wie ein Bruder für uns.«

»Aber er ist Alkoholiker«, erkläre ich. »Ich sage nicht, dass du ihn loswerden sollst, weil er zu viel trinkt. Aber er ist nicht mehr der, der er früher mal war. Er ist gefährlich.«

Da liegt eine gewisse Traurigkeit in Andrews Blick, die ich nicht ganz verstehe. Er starrt scheinbar ins Leere.

»Ja«, sagt Andrew schließlich mit gesenkter Stimme. »Ja, er ist mittlerweile gefährlich.«

»Ich wollte dich nicht aus der Fassung bringen«, sage ich, ohne ihn dabei anzusehen. »Ich bin manchmal einfach zu aufdringlich.«

»Nee«, unterbricht er mich mit einem schnellen Kopfschütteln. »Du hast nur gesagt, was ich selbst nicht aussprechen konnte.«

Auf dem Asphalt stehen fünf neonfarbene Strandbuggys, die wie Matchbox-Autos mit riesigen Rädern aussehen. Nahender Tod sollten sie heißen. Nicht Strandbuggys, sondern Todesmobile.

Wir gehen auf die Gruppe zu und ich frage mich, ob jemand den gestrigen Abend erwähnen wird. Ich vermeide jeden Blickkontakt mit Curtis, und er scheint dasselbe zu tun. Immer wenn ich zu ihm hinsehe, dreht er mir den Rücken zu.

Andrew klatscht seine Freunde ab und sie begrüßen sich mit einer Art Handschlag, den ich schon einmal bei ihnen gesehen habe. Ich möchte das auch können. Dann entdeckt mich Tate, der Barkeeper aus dem Lobster Pot. Ich schaue weg und blicke direkt in Shelbys lächelndes Gesicht. Shelby ist das Mädchen mit den Dreadlocks. Dass sie lächelt, ist ein gutes Zeichen. Kein Grund, es zu analysieren und zu testen.

»Sarah. Du brauchst noch einen Spitznamen«, sagt Tate.

»Tatsächlich?« Andrew reicht mir ein Paar fingerlose Autofahrerhandschuhe aus Leder. Am liebsten würde ich ihn fragen, ob ihm eigentlich klar ist, dass wir über 26 °C haben.

»Wie ist dein Nachname?«, fragt Tate.

Die ganze Zeit, den ganzen Sommer hat keiner seiner Freunde danach gefragt.

»Levin«, sage ich und gerate in Panik, weil ich keine Zeit habe, mir eine Lüge auszudenken. Seit unserer ersten Begegnung habe ich Andrew nicht meinen Nachnamen genannt.

»Levin?«, sagt Tate und neigt den Kopf zur Seite. Ich warte nur darauf, dass er sagt: »Scarletts Nachname lautet auch Levin.« Oder dass er mir erklärt, er würde bereits eine Levin kennen, dass der Name schon vergeben sei und dass ich mir einen anderen ausdenken müsse. Oder so was in der Art.

»Levin muss den Handschlag kennen. Wenn du vorhast, an einem unserer Dünenrennen teilzunehmen, musst du wissen, wie es geht.«

»Na, dann los«, sage ich und stelle mich breitbeinig hin, so als wollte ich ein Footballspiel leiten. Ich bin bereit.

Wir schütteln uns die Hand, schlagen die Fäuste aneinander, schnippen mit den Fingern und dann wedelt er noch auf seltsame Weise mit den Händen. Ich versuche es nachzumachen, aber es gelingt mir nicht. Wir versuchen es noch mal. »Siehst du«, sagt er mit einem Lachen, »das wird schon.«

Ich will ihn gerade bitten, es mir noch mal zu zeigen – vielleicht sollte ich es mir zum Üben aufzeichnen –, da wird mir schon ein Helm übergestülpt.

»Na los, Levin.« Dank Andrews leisem Humor klingt mein Nachname weniger wie ein Fluch, und ich frage mich, welchen Spitznamen Scarlett wohl innerhalb dieser Gruppe hat.

»Ich glaube, ich bevorzuge Star Girl«, sage ich unter dem heißen Helm.

»Das ist unserer«, sagt Andrew und deutet auf einen blauen Buggy mit großen schwarzen Rädern. Andrew steigt zuerst ein, setzt den Helm auf, und dann klettere ich hinter ihn auf den Sitz.

»Das wird eine ziemlich holprige Angelegenheit«, meint er und dreht seinen Kopf zur Seite, sodass ich sein Profil sehen kann. »Halt dich gut fest.« Und das tue ich. Unser Motor heult auf. Nach und nach starten die Motoren der übrigen Buggys und es hört sich an wie Gewehrschüsse. Abgaswolken quellen aus den Auspüffen – und los geht's. Curtis fährt als Erster vom asphaltierten Parkplatz auf die Dünenstrecke. Langsam geht es riesige Sandhügel hinauf und ich presse meinen Helm gegen Andrews Rücken. Die ganze Gruppe kreischt, johlt und schreit, als wir die hügeligen Dünen rauf und runter fahren. Vor uns lässt Curtis den Motor aufheulen und sein Buggy fliegt durch die Luft.

Der Antrieb der Maschinen ist zu stark für diese Hügel. Anders als bei einem regulären Bike sind hier Kraft *und* Schnelligkeit gefragt. Warum habe ich bei dem Vortrag über Aerodynamik und Bahngeschwindigkeit nur nicht besser zugehört? Oh Mann. Das könnte eine harte Landung geben, ganz ohne Federung!

»Sarah!«, schreit Andrew, um den Motorenlärm zu übertönen. »Schau hoch, sonst verpasst du was.«

Ich hebe den Kopf höher. In der Ferne glitzert das Wasser des riesigen Ozeans.

Das möchte ich nicht verpassen. Ich möchte nie wieder etwas verpassen.

Wir brettern an Dünen und hohem Strandhafer vorbei. Die heißen Strahlen der Sommersonne verbrennen mein Gesicht. Mir fällt ein, dass der Mund geschlossen bleiben muss.

Wie Spielzeugautos springen die Buggys über die letzten Dünen. Um mich herum höre ich nur Jubelgeschrei und Gejohle. Andrew schreit auch, als wir über einen großen Sandhügel fliegen. Curtis fährt neben Andrew und mir, und fast gleichzeitig treffen wir auf dem Sand auf. Durch die Öffnung seines Helms kann ich einen dunklen Ring um sein rechtes Auge erkennen. Sein Blick ruht auf mir, und vielleicht will er mir damit sagen, dass es ihm leidtut – oder vielleicht wünsche ich mir auch nur, dass es so ist. Gerade als wir einen weiteren Hügel erklimmen, zieht er an uns vorbei, und ich schreie, weil mein Magen einen Looping macht, als wir wieder auf der Erde landen.

Immer mehr Gejohle und Freudenschreie hallen über die Dünen. Ich liebe das. Gemeinsam geht es immer wieder rauf und runter.

Ein paar Stunden später sitze ich mit übereinandergeschlagenen Beinen am knisternden Lagerfeuer. Ich habe nicht einmal daran gedacht, mein Handy zu checken. Ich halte das Display gegen den Schein des Feuers: Natürlich hat niemand angerufen. Ich stecke es wieder in die Tasche. Andrew und ein paar andere Leute haben die Buggys wieder auf den Parkplatz gefahren, während der Rest von uns am Strand geblieben ist. Während seiner Abwesenheit hat Andrew Shelby damit beauftragt, ein Auge auf Curtis zu haben, damit er sich nicht wieder volllaufen lässt. Curtis hält sich von mir fern; ich glaube, er kann sich an mehr erinnern, als er vorgibt. Mit einem Bier in der Hand sehe ich zu, wie die Sonne über Provincetown Beach untergeht. Shelby setzt sich neben mich.

»Du bist achtzehn«, sagt sie, aber es klingt eher wie eine Frage.

Mir wird ganz flau im Magen, so als säße ich wieder in dem Buggy.

Ich nicke – das ist besser, als es laut zu sagen. Es laut auszusprechen, macht es eher zu einer unverschämten Lüge.

»Du siehst jünger aus«, sagt sie.

Ich bohre meine Zehen in den Sand und versuche ihrem Blick auszuweichen. Erfahrungsgemäß weiß ich, dass dieses Verhalten ein Zeichen von Nervosität ist.

»Das kriege ich öfter zu hören«, sage ich und trinke einen kräftigen Schluck Bier. Noch vor ein paar Wochen hätte ich dieses Zeug nicht angerührt. Nicht, dass aus mir jetzt eine Biertrinkerin wird, aber man kann sich dabei so schön entspannen und Spaß haben. Ich bin es einfach nicht gewohnt.

»Scarletts kleine Schwester sieht dir übrigens sehr ähnlich. Ich habe sie schon mal gesehen.«

»Ich bin nicht Scarletts Schwester«, sage ich und trinke wieder einen Schluck Bier.

Shelby zieht eine Augenbraue hoch.

Wo ist Andrew?

»Ich habe deine Tante Nancy kennengelernt. Diese Frau ist ein Prachtstück.«

Ich sehe Shelby direkt ins Gesicht.

»Warte mal. Du hattest letztes Jahr keine Dreadlocks!«, sage ich und schlage die Hand vor den Mund. Verdammt.

»Wie alt bist du wirklich?«, fragt sie.

»Ich werde in ein paar Wochen achtzehn. Ich bin elf Monate jünger als Scarlett.«

»Weiß Andrew das?«

»Nein. Scarlett gibt nicht gerne zu, dass wir fast gleich alt sind«, sage ich, um sie zu überzeugen. »Und in ein paar Wochen spielt es sowieso keine Rolle mehr.« Shelby hebt wieder eine Augenbraue. Mehr als alles andere wünschte ich, ich hätte die Wahrheit gesagt.

»Ich weiß, ich hätte nicht lügen sollen«, füge ich hinzu. »Aber bitte, behalt es für dich.«

»Okay«, sagt sie. »Ich wusste doch, dass ich dich schon mal gesehen habe.«

Ich kann Shelby nicht die ganze Wahrheit sagen. Dabei möchte ich es unbedingt jemandem erzählen.

Tief in meinem Innern weiß ich, dass ich Andrew nicht sagen kann, dass ich Scarletts Schwester bin. Ich dachte, meine Lüge in Bezug auf Scarlett hätte nichts mit der Lüge bezüglich meines Alters und des MIT zu tun. Irgendwie nahm ich an, es wäre einfacher, zuzugeben, dass ich Scarletts Schwester bin – dass es irgendwie sicherer wäre. Inzwischen sehe ich ein, dass all diese Lügen zusammenhängen. Wenn Andrew herausfindet, dass ich Scarletts Schwester bin, wird er es Curtis erzählen, und der wiederum wird es ganz bestimmt Scarlett sagen. Dann wird Andrew auch erfahren, wie alt ich bin, und alles kommt ans Licht.

Scarlett wird sich nicht hinter mich stellen. Sie würde mich nie beschützen.

»Warum hast du dem Schwachkopf nicht gesagt, dass du Scarletts Schwester bist? Er würde den Boden küssen, auf dem du gehst«, meint Shelby und deutet mit einer Kopfbewegung auf Curtis, der jetzt am Ufer steht.

Ich trinke noch einen Schluck Bier. »Ich habe lange genug in ihrem Schatten gelebt.«

Andrew kommt die steile Düne heruntergelaufen, die vom Parkplatz an den Strand führt. Ich wende mich Shelby zu. Ich bin sicher, mein Gesichtsausdruck verrät, dass ich meine, was ich sage, weil es aus tiefstem Herzen kommt.

»Ich will nicht mit meiner Schwester in Verbindung gebracht werden«, sage ich. »Es ist schwer genug, fast im selben Alter zu sein wie sie. Sie hasst es. Sie hasst mich. Wenn du es also für dich behalten könntest, dann wäre das gut für mich. Für mich und für Andrew«, füge ich hinzu.

Shelby sieht mich freundlich an. »Ich habe auch eine Schwester«, sagt sie und tätschelt mein Knie. »Ich verstehe das.«

Andrew lässt sich neben mir in den Sand fallen und zieht mich an sich, und ich lehne mich an seine warme Brust.

Er küsst meinen Nacken und ich bekomme Gänsehaut auf den Armen. Shelby gesellt sich zu Tate, der uns gegenüber am Wasser sitzt. Sie hebt eine Muschel auf, dreht sich zu mir um und zwinkert mir zu. Ich deute das als Zeichen, dass sie nichts verraten wird.

Der ganze Strand ist in ein orangefarbenes Dämmerlicht getaucht. Die Spitzen der Dünen sind von Sternen umgeben. Ich stelle mir vor, wie ich eine Düne erklimme, aufrecht und stolz oben auf der Spitze stehe und mir einen der Sterne vom Himmel hole.

Andrew drückt mich fest an sich, so als könnte er meine Gedanken lesen und als wollte er mir sagen, dass wir das eines Tages tun würden.

Wir werden gemeinsam einen Stern vom Himmel holen.

Ich hoffe, es gibt noch lange, *lange* Zeit ein »wir«.

Das ist alles, was ich tun kann – hoffen.

# KAPITEL 24

ANDREWS AUTOTÜR SCHLÄGT ZU UND ICH STEIGE auch aus. Nach der Party am Strand fühle ich mich ganz berauscht und leichtfüßig. Wir stehen vor Andrews Haus. Es ist ein typisches Cape-Cod-Haus: zweistöckig, klein, mit blauen Schindeln.

»Keine Bauchschmerzen am Meer«, sage ich.

»Star Girl, mach dich nicht lustig über meine bescheidene Behausung. Wir sind hier nicht in der Shore Road«, meint er.

»Nein, nein. Es ist perfekt. Das Haus ist perfekt.«

Ich bin nicht betrunken, mir ist nur warm. Beschwingt. An der Vorderseite des Hauses befindet sich eine Veranda mit einem Grill und einem Haufen Topfpflanzen – die meisten davon sind eingegangen. Andrew schließt die Haustür auf. Ich folge ihm ins Haus und lasse mich gleich auf ein geblümtes Sofa fallen.

Hier gibt es ausgestopfte Vögel, uralte Radios, eingerahmte historische Zeitungen und knarrende Holzdielen, genau wie zu Hause. An den Wänden hängen Luftaufnahmen von der Küste Cape Cods und, wie ich vermute, Fotos von Andrews Familie. Leuchttürme oder weiße Holztäfelungen wie in Nancys Haus gibt es hier nicht. Keine in Schuhkartons geordnete Einladungskarten, keine Leinenmuster oder silberne Teekannen. Und bestimmt hängen auch keine Cupcake-Kleider in den Schränken.

»Dieses Haus ist fantastisch«, sage ich.

Mir fällt auf, dass es hier keine Eltern gibt, die Andrew sagen, was er darf und was nicht.

In der Küche wird der Wasserhahn auf- und wieder zugedreht, und dann setzt sich Andrew zu mir auf die Couch und reicht mir ein Glas Wasser.

»Wie viel Bier hattest du?«, fragt er. Er riecht nach Schweiß und irgendwie nach Junge, vielleicht ist es Rasierwasser oder Deodorant.

»Du riechst nach Junge«, sage ich laut.

»Trink«, sagt er, und ich kippe das ganze Glas Wasser hinunter.

»Drei. Drei Bier.«

Andrews Küche besteht im Grunde nur aus einem Kühlschrank und einem Herd. Über dem Sofa hängt ein Foto von Curtis, Andrew und einem hochgewachsenen blonden Typen mit breiter Brust, den ich in ihrer Gruppe von Freunden noch nie gesehen habe. Jeder von ihnen trägt einen langen Lacrosseschläger über der Schulter.

»Ist das Mike?«, frage ich und deute auf das Foto.

»Ja«, sagt er. »Mein Dad hat das Foto letztes Frühjahr beim Spiel Boston College gegen Hobart gemacht. Im letzten Sommer hat er es dann rahmen lassen. Du weißt schon … Danach.«

»Tut mir leid«, sage ich und lasse mich vom Sofa auf den Boden gleiten. Ich drehe mich um und sehe Andrew an, der auf dem Sofa sitzen bleibt. »Es tut mir leid, dass dein Freund gestorben ist.«

»Mir auch«, sagt er leise.

»Ich kenne niemanden in meinem Alter, der gestorben ist«, sage ich.

Ich stelle das Glas neben mich.

»Hoffentlich musst du das nie erleben«, meint Andrew. Er starrt unentwegt auf den Boden. Ich möchte ihm so gern seine Traurigkeit nehmen, aber ich weiß nicht wie.

Ich ziehe ihn zu mir auf den Boden und schlinge meine Beine um seine Hüften. Andrew liegt auf mir und ich küsse ihn. Er soll wissen, wie leid es mir tut, dass das alles passiert ist, und wie gerne ich ihn von diesem Schmerz befreien würde. Er erwidert meine Umarmung, und seine Hand wandert meinen Rücken hinauf. Seine Hüften fangen an, sich in einem bestimmten Rhythmus zu bewegen, und ich versuche mich ihm anzupassen. Er atmet schwerer und streift mir mein T-Shirt über den Kopf.

Das T-Shirt fällt zu Boden und jetzt habe ich nur noch meinen BH an. Auf einmal verspüre ich ein überwältigendes Verlangen. Ich möchte seinen Körper ganz nah an meinem spüren. Seine Lippen berühren meinen Hals, meinen Mund und wieder meinen Hals. Ich taste nach dem Knopf seiner Shorts und er langt hinein und holt mit der rechten Hand seinen Penis heraus. Ich habe das vorher noch bei keinem gesehen, und alles, was ich will, ist, ihn zu halten und dafür zu sorgen, dass er sich so gut fühlt wie ich. Andrew bewegt seine Hand auf und ab und ich sehe, wie viel dicker und größer sein Penis wird. Ich zögere. Ich weiß nicht genau, was ich tun soll. Ich will nichts falsch machen.

»Was ist?«, sagt er leise und atmet dabei schwer. Wir sind beide halb nackt, ich nur im BH und er mit offenen Shorts. »Ist es – was ist los?«

»Ich kann nicht«, sage ich. »Ich bin noch nicht … bereit. Ich meine, ich brauche noch etwas Zeit. Ich möchte wissen, was ich tun muss.« Hitze steigt in mir hoch und meine Wangen müssen ganz rot sein.

Andrew setzt sich rasch auf und knöpft seine Shorts zu. »Komm her.« Er schließt mich in die Arme und mein Kopf ruht an seiner Brust. Sein Herzschlag ist mir mittlerweile so vertraut.

»Du sollst dich auf gar keinen Fall unwohl fühlen«, erklärt er.

»Ich fühle mich in deiner Nähe nicht unwohl. Niemals.«

Das ist die absolute Wahrheit, und es ist eine Erleichterung, sie laut auszusprechen.

»Es ist nur so: Schule und Wissenschaft. Das ist mein Leben. Ich war noch nie jemandem so nah. Jedenfalls nicht so. Und ich will es nicht vermasseln.«

»Das wirst du nicht.«

Immer wieder streicht er über meinen Kopf. So könnte ich einschlafen, Haut an Haut und gewärmt von seinem Körper.

»Man schafft es nicht ans MIT und kann keine Kometen verfolgen, wenn man sich ständig mit irgendwelchen Typen trifft.«

Die eine Hälfte stimmt und klingt glaubhaft. Die andere Hälfte lässt mich innerlich ein wenig mehr zerbrechen. Da ist sie wieder, diese Lüge, die sich durch jedes unserer Gespräche zieht. Sie ist überall.

»Wirst du noch etwas warten?«, frage ich.

»So lange du willst, Star Girl.«

Meine Unterlippe zittert und ich beiße drauf, damit es aufhört. Ich wünschte, ich könnte ihm alles erzählen. Die ganze Wahrheit – angefangen von der Nacht mit Tucker bis zu diesem Moment. Stattdessen liege ich hier, und als die Stille uns umfängt und die Wärme seines Körpers mich in den Schlaf wiegen könnte, sage ich: »Ich glaube, ich sollte jetzt nach Hause gehen.«

Andrew zieht mich hoch und gibt mir einen Kuss auf die Stirn. Ich schlinge meine Finger um seine, und als er mich hinausbegleitet, möchte ich ihm am liebsten die Wahrheit sagen.

Ich möchte so gern glauben, dass wir es irgendwie schaffen können.

In den folgenden zwei Wochen muss ich mich um die Bewerbung kümmern, aber jedes Mal, wenn ich mit dem Essay anfange, lösche ich sofort wieder alles. Es ist so nervig. Ich möchte etwas Wahres über mich schreiben, meine Meinung sagen. Meine Verzögerungstaktik ufert allmählich aus, und bis zum 8. August ist es nicht mal mehr einen Monat hin.

Ich bin ins WHOI gekommen, um etwas Zeit mit Dad zu verbringen und weil an diesem Tag Seehund-Fütterung ist.

Ich *liebe* Fütterungs-Tage, denn Dad und ich dürfen den Meeresbiologen bei der Fütterung der Seehunde im Aquarium helfen. Wir sitzen mit den Trainern am Beckenrand und werfen Fisch ins Wasser. Bumper, einer der Seehunde, ist blind. Ich liebe Bumper schon, seit ich zwölf war.

Aber bis 9:30 Uhr muss ich an diesem Schreibtisch in Dads Büro sitzen und mich auf diesen blöden Essay konzentrieren.

*Die Waterman Foundation ist die älteste Stiftung des Landes, die Stipendien in Astronomie vergibt. Bitte erläutern Sie in 1000 Worten, warum Ihr Experiment erfolgreich etwas über Sie als Wissenschaftler aussagt und auf welche Weise die Durchführung Ihres Experiments Ihre Bildungsziele untermauert.*

Ich weiß nicht einmal, wie ich anfangen soll. Warum macht die Verfolgung des Kometen einen Teil von mir aus? Weil ich nur noch daran denke? Weil ich Freitagabends mit einem Teleskop draußen stehe, nur um den Schweif irgendeines dämlichen Kometen zu sehen, während der Rest meiner Klasse ausgeht und sich amüsiert? Nein. Das reicht als Erklärung nicht aus. Ich glaube nicht, dass das Komitee sich dafür interessiert, welchen Einfluss der Komet auf mein Privatleben hat. Der Essay muss akademisch und professionell sein. Ich muss das Komitee in Erstaunen versetzen. Wer bin ich als Wissenschaftler? Wer bin ich überhaupt?

Ich will den Essay jetzt noch nicht schreiben. Alles andere ist erledigt. Nur der Essay fehlt noch. Vierzehn Tage sind mehr als genug.

Da fällt mir etwas ein. Ich werfe einen Blick auf den Kalender. Heute ist der 25. Juli. Das heißt, ich habe auch nur noch vierzehn Tage Zeit, bis Scarlett wieder nach Hause kommt. Ich lege den Stift weg.

Noch vierzehn Tage, bis mein Lügengebäude über mir zusammenbricht. Seit ich weiß, dass Andrew zu Scarletts Party eingeladen ist, muss ich immer wieder daran denken. Die letzten zehn Tage war ich nur auf Autopilot geschaltet. Aber wenn ich mal fünf Minuten alleine bin, dann kommt es unwillkürlich in mir hoch und verfolgt mich. Der Strand, die Party, Andrews Haus – wieder und wieder.

Warum habe ich mir ausgerechnet einen Jungen ausgesucht, der meine Schwester kennt?

Dad dreht das Radio in seinem Büro lauter, um die neuesten Meldungen zu hören.

»Tropensturm Lola bewegt sich auf die Ostküste zu. Noch ist es zu früh, um genau vorherzusagen, ob er sich zu einem Hurrikan entwickeln wird. Bleiben Sie dran. Das Neueste erfahren Sie hier bei uns auf 96,3 The Rose.«

Ich höre Dads Stuhl quietschen, und dann steht er in der Tür.

»Es ist jetzt 9:45 Uhr, Kleines«, sagt er. »Kommst du voran?«

»Tonnenweise«, lüge ich.

Dad kämmt sich die Haare zur Seite, um die kahle Stelle auf seinem Kopf zu verdecken. Dann steckt er den Kamm in seine Jackentasche und wir verlassen das Büro.

»Sieht so aus, als würden wir auf der Abschiedsparty deiner Schwester alle davongeweht«, meint Dad, als wir von Gebäude Nr. 40 zum Seehund-Aquarium hinübergehen.

»Vielleicht können wir Scarlett so platzieren, dass sie die stärkste Windböe abbekommt.«

»Na, los«, sagt Dad lachend. »Du darfst Bumper zuerst füttern.«

Bumper und LuSeal schwimmen in ihrem Becken herum. Ich habe ein paar Fische ins Wasser geworfen, aber ich tue es nicht mit derselben Begeisterung wie sonst. Dad stellt alle möglichen Fragen bezüglich der Wassertemperatur und der Versorgung der Seehunde. Bumper und LuSeal müssen keine Tricks vorführen, um ihr Fressen zu bekommen. Ich liebe ihre kleinen Barthaare und ihre Grimassen. Bumpers Augen sind mit einem milchigen Film überzogen – sie sind nicht so tiefbraun wie die von LuSeal.

In der Ferne hört man das Signalhorn der Fähre von Martha's Vineyard.

*Man schafft es nicht ans MIT und kann keine Kometen verfolgen, wenn man sich ständig mit irgendwelchen Typen trifft.*

Angetrieben von ihren kleinen Flossen durchschwimmt LuSeal das ganze Becken. Ich starre auf die kleinen Wellen in der blauen Tiefe des Wassers.

Mir ist klar, dass mir die Zeit davonläuft. Entweder reise ich früher ab und spreche nie wieder mit Andrew oder ich sage alles. Auf der Abschiedsparty kommt die Wahrheit sowieso ans Licht. Vielleicht kann ich mir ja einen Grund ausdenken, damit Andrew die Party verpasst. Aber was rede ich da? *Ich* muss auf die Party gehen.

Ich überspiele meinen Seufzer mit einem Hüsteln, damit Dad nichts merkt. Das ist doch lächerlich.

Am liebsten würde ich mit den beiden Seehunden tauchen. Bumper wirbelt im Wasser herum, obwohl er nichts sehen kann. Ich wünschte, er wüsste, wie schön er aussieht.

Als wir klein waren, ist Scarlett zur Fütterung der Seehunde immer mitgekommen. Anschließend sind wir den Fort Hill Walk gegangen, einen Wanderweg, der durch den Wald von Eastham führt. Der Pfad schlängelt sich durch Hunderte von moosbedeckten Bäumen. Für mich war das immer ein magischer Ort mit großer Anziehungskraft.

Wir waren jedes Jahr immer zu Beginn und am Ende des Sommers dort. Dabei fällt mir ein, dass in ein paar Wochen auch die

Orientierungseinheit für Elftklässler anfängt. Der Sommer geht viel zu schnell vorbei. Alles, was ich getan habe, all die Plätze, die ich besucht habe, und alle Leute, die ich getroffen habe, alles wird bald vergessen sein, so wie das warme Wetter und die salzige Luft.

Ich muss wieder zurück nach Rhode Island, zurück in mein altes Leben, wo ich den Führerschein mache und mich auf die Einstufungstests für die Unis vorbereite. Ich will hier nicht mehr bleiben. Nach dem Füttern der Seehunde geht es mir auch nicht besser. Ich gehe hinüber zu Dad, der sich noch mit ein paar Wissenschaftlern unterhält.

»Ich werde einen Spaziergang machen«, sage ich. »Ich muss eine Weile nachdenken.«

»Dieser Essay hat dich von Bumper und LuSeal abgelenkt, stimmt's?«, meint Dad.

»Du hast's erfasst!«, schwindle ich.

»Bean bewirbt sich nämlich für das Waterman-Stipendium …« Dann beginnt Dad mit seinem Sermon über den Kometen und mich. Einige der Biologen wünschen mir Glück.

Ich bedanke mich artig und verlasse das Aquarium.

»Elf Monate lang Berechnungen anstellen!«, höre ich Dad noch sagen, bevor ich wieder das Hauptgebäude betrete. »Hundertprozentige Genauigkeit.«

Obwohl ich weiß, dass die *Alvin* noch nicht wieder zusammengebaut ist, mache ich mich auf den Weg zur Werkstatt.

Ich muss an den Abend der Party im Flughafen-Bistro denken, als ich dieses lächerliche Kleid trug. Mom dachte, ich sei zu Hause, dabei war ich stundenlang weg. Wie damals spüre ich wieder diesen nagenden Zweifel, diese innere Aufgewühltheit, bei der sich einem der Magen umdreht.

Ich gehe zurück zum Gebäude Nr. 40 und schiebe mich durch die Flügeltüren der Werkshalle. Ich gehe direkt zu der Stelle, wo die *Alvin* normalerweise steht, aber der Platz ist leer.

Nur eine Minute später steht Rodger neben mir.

»Du siehst aus, als hätte dir jemand dein Hündchen gestohlen.«

»Mom ist allergisch gegen Hundehaare.«

Sanft legt Rodger seine Hand auf meine Schulter. »Die *Alvin* ist nur das Boot. Auf die Wissenschaftler kommt es an.«

Dann geht er, weil er noch etwas Wichtiges zu tun hat, wie alle Wissenschaftler. War das Kometen-Experiment wichtig? Ja. Tief in meinem Innern bin ich überzeugt, dass die Durchführung des Experiments eine enorme Leistung war. Ich kann Kometen verfolgen. Ich kann sie in einer Entfernung von Millionen von Kilometern verfolgen.

Das Scarlett-Experiment war auch wichtig. Aber jetzt hat es an Bedeutung verloren.

Ich starre auf den Boden, wo der Geist der *Alvin* steht. Scarlett würde sich niemals für die Tiefsee begeistern. Sie kann ja kaum den Sand zwischen den Zehen ertragen.

Jim Morrison hat gesagt: »Break on through to the other side.« Immer und immer wieder. Break on through, break on through, break on through. Ich schreibe Andrew, bevor mich der Mut verlässt.

ICH: Ich möchte den Fort Hill Trail ausprobieren.
ANDREW: War noch nie da. Bin bereit, habe aber die nächsten Tage jede Menge Arbeit.
ICH: Perfekt.

Andrew wird unvorbereitet zur Party kommen. Die Zeit ist reif. Und ich werde es so bald wie möglich tun, bevor es zu spät ist und ich daran zerbreche.

# KAPITEL 25

»WIE KANN ES SEIN, DASS ICH ALS EINHEIMISCHER noch nie hier war?«, meint Andrew, als er ein paar Tage später aus seinem Pick-up steigt.

Mein Herz pocht so heftig, dass ich kaum noch Luft bekomme. Das ist er. Der Moment. Wir stehen auf dem oberen Parkplatz beim Eingang zum Eastham Fort Hill Trail.

»Ich war früher oft mit meiner Familie hier«, sage ich und lehne mich gegen die Motorhaube des Wagens. Der Pfad führt durch das Nauset-Sumpfland, aber jenseits der Bucht schlagen die Wellen des Ozeans an den äußeren Strand von Nauset Beach. Ich muss konzentriert bleiben. *Sag ihm die Wahrheit und kneif nicht.* In den letzten Tagen habe ich vor dem Spiegel geübt, aber ich konnte mir dabei nie in die Augen sehen, wenn ich die Worte laut aussprach.

»Wusstest du, dass man vom äußeren Strand fast den ganzen Weg bis dorthin fahren kann?«, sagt Andrew und deutet dabei auf den entferntesten Punkt im Sand.

»Wo wir uns bei unserem ersten Date getroffen haben?«

»Das ist noch ein gutes Stück weiter, aber derselbe Grundgedanke«, meint er und deutet auf den Pfad, der zum Fort-Hill-Bohlenweg führt. Er nimmt meine Hand. »Bereit?«

»Bereit«, hätte ich beinahe geantwortet, aber das fühlt sich jetzt so albern an. Ich kann nicht glauben, dass Tucker und ich das immer zueinander gesagt haben.

Wir verlassen das Sumpfgebiet und begeben uns auf den Pfad, der durch den Wald führt. Je tiefer wir in den Wald kommen, desto düsterer wird es.

»Wow«, sagt Andrew und bückt sich unter einem mächtigen Baumstamm hindurch, der sich in 1,80 Meter Höhe über den Pfad wölbt. »Man sollte nicht glauben, dass der Strand hinter uns liegt.«

Ich atme den vertrauen erdigen Duft von Moos und Rinde der roten Zedern ein. Ich muss nur den richtigen Moment abwarten oder einen logischen Übergang finden. Durch den Druck, der auf mir lastet, sind sämtliche Muskeln meines Körpers angespannt. Das kann nicht gut sein.

»Willst du mir nicht sagen, was los ist?«, fragt Andrew. »Du hast auf der Fahrt hierher kaum was gesagt.«

»Tut mir leid. Es ist nur so, meine Tante, bei der wir jeden Sommer wohnen, will, dass ich so bin wie meine Schwester.«

*Tu es. Sag es. Sag einfach, wie meine Schwester Scarl…*

Andrew hat wieder diesen besorgten Gesichtsausdruck, diesen »Ich-bin-für-dich-da«-Blick, und am liebsten hätte ich geschrien.

»Meine Schwester hat viele verschiedene Interessen, während ich eher …« Ich suche nach dem passenden Wort. »… eintönig bin.«

Ich kann mich kaum beherrschen, mein Gesicht nicht in den Händen zu vergraben.

»So bist du überhaupt nicht«, meint Andrew und hält meine Hand fest. »Du bist alles andere als eintönig.«

»Meine Schwester verbringt während des Jahres viel Zeit mit meiner Tante. Und sie können miteinander reden. Richtig reden, weißt du? Meine Tante weiß nicht, wie sie mit mir reden soll. Sie meint, ich müsste Dieselbe sein wie vor …«

*»Warte, Scarlett! Warte auf mich!«*

*Scarlett rennt voraus, folgt der Wegbiegung und verschwindet hinter einer Kurve. Ihr Lachen hallt durch die Luft.*

*»Beanie, sieh dir diesen Baum an«, sagt Dad und bleibt stehen. Mom folgt Scarlett. Dad berührt den uralten Ast eines Baumes. Das Moos ist ganz weich und ich streiche immer wieder mit den Fingerspitzen darüber. »Ast- oder Schlafmoos«, erklärt Dad. »Das bedeutet, dass der Wald schon alt ist.«*

*Wir gehen weiter und Dad hält mich an der Hand. Schließlich holen wir Mom und Scarlett ein. Scarlett dreht Pirouetten und springt den Bohlenweg entlang.*

*»Versuch es auch mal!«, ruft Scarlett mir zu und ich versuche ebenfalls zu springen. Ich lande nicht so sacht auf dem Boden wie sie, und unser Gelächter schallt durch den Wald.*

Ich konzentriere mich wieder auf den Weg. Andrew geht still an meiner Seite. Er drängt mich nicht zu reden. Im Gegensatz zu Tucker, der mich immer gedrängt hat, meine Gefühle auszusprechen, noch ehe ich wusste, wie ich sie artikulieren sollte.

Wir sind nicht mehr weit von Dads Baum entfernt. Er ist direkt vor uns. Ich erkenne ihn an den knorrigen Ästen. Ein mächtiger Ast hängt über den Weg, viel höher als beim letzten Baum, und Andrew kommt nur mit den Fingerspitzen an die Rinde.

Ich bleibe bei dem Baum stehen und streiche mit den Fingern über das grüne Moos. Andrew stellt sich hinter mich und küsst meinen Nacken, sodass mir ein Schauer über den Rücken läuft. Ich werde es noch mal versuchen.

»Meine Schwester ist Miss Perfect«, erkläre ich. »Sie ist älter als ich.«

»Wie alt?«

»Mehr in deinem Alter.«

*Sag es ihm. Sag es ihm jetzt.* Der Frust nagt an mir. Vielleicht kann ich ihm heute schon mal einen Hinweis geben und ihm am Abend der Party dann alles erklären. So hätte er Zeit, mit seinen Freunden über mich zu sprechen und mein wahres Alter herauszufinden. Ich kann es noch ein bisschen für mich behalten und ihm die Wahrheit häppchenweise servieren. Vom langen Luftanhalten tut mir mein Rücken weh.

»Du solltest du selbst sein«, meint Andrew, und bei diesen Worten spannen sich meine Muskeln noch mehr an.

»Wie du. Du arbeitest auch noch an deinem Leben, das ist beruhigend.«

»Was soll das heißen?«

»Du arbeitest für Mikes Familie. Du lebst sein Leben, das hast du selbst am Strand gesagt.«

Andrew runzelt die Stirn.

»Nein. Ich habe gesagt, ich arbeite für seine Familie, weil ich es ihm schuldig bin. Ich lebe mein eigenes Leben, Sarah.«

»Tust du nicht. Du solltest auf der Uni sein und deinen Abschluss in Strafrecht machen.«

Andrew bleibt stehen. »Das stimmt nicht.«

Vor uns liegt das letzte Stück des Bohlenweges, und dort, wo der dichte Wald aufhört, fallen die Sonnenstrahlen auf die unbefestigte Straße.

»Doch. Du fängst Hummer, obwohl ich genau weiß, dass du viel mehr willst. Du verfolgst nicht deine eigenen Träume, sondern die von Mike. Aber er ist tot.«

»Was zum Teufel weißt du denn?«

Er geht voraus in Richtung Ausgang.

»Das ist eine Tatsache, Andrew. Er ist tot.«

Andrew fährt herum.

»Ich weiß, dass er tot ist«, schreit er die Bäume an, und ich zucke zurück. Ich bin froh, dass wir allein auf dem Pfad sind. Sofort lässt Andrew das Kinn auf seine Brust sinken. »Tut mir leid. Ich sollte nicht schreien.«

Ich sage kein Wort. Andrew ist ganz rot im Gesicht und hat beide Hände in die Hüften gestemmt.

»Du verstehst das nicht. Du hast so was noch nie durchgemacht«, sagt er und wirft die Arme hoch. »Ich führe mein Leben so, wie ich es will. Es ist das Leben, das ich Mike schulde. Ich hätte in dieser Nacht dort sein sollen, aber ich war es nicht. Das habe ich dir schon gesagt, aber du kannst das nicht verstehen.«

»Ich verstehe es. Glaub mir. Hast du eine Ahnung, was ich mir jeden Tag anhören muss? Du kannst das nicht anziehen! Du solltest an deinem Essay arbeiten. Du solltest mehr Interessen haben. Du bist nur ein kleines Mädchen. Schwebe nicht in den Wolken. Zeig Rückgrat …«

Der Spitzname »Bean« bleibt mir im Hals stecken und ich halte inne.

»Niemand anders als du selbst sollte festlegen, wie du zu leben hast«, fahre ich fort.

»Nächstes Jahr auf dem College wirst du dir darüber keine Gedanken mehr machen müssen. Dann wirst du dein eigenes Leben leben.«

Wut steigt in mir hoch. Ich bin wütend, weil ich nächstes Jahr nicht wirklich aufs College gehen werde, und ich bin wütend auf Andrew, weil er glaubt, was er sieht, und keine Fragen stellt. Ich wünschte fast, er würde mich gleich ertappen.

Zielstrebig gehe ich an ihm vorbei in Richtung Ausgang. Jenseits des dichten Waldes brennt die Sonne auf den sandigen Weg.

»Sarah, warte«, ruft Andrew und ich höre seine Schritte hinter mir. Ich bleibe stehen und blicke hinauf zum Parkplatz. Ein paar Autos sind auf den Platz gefahren, aber noch kommt niemand den Weg herunter.

»Ich muss das jetzt erst mal machen«, sagt Andrew, als er mich einholt. Ich schlage die Hände vors Gesicht und schluchze, sodass mein Atem in meinen Händen vibriert.

»Ich kann auch noch in ein paar Jahren wieder aufs College gehen, und wir können noch zusammen sein«, meint Andrew.

College. *College.* Verdammt noch mal. Ich sehe rot – ich sehe schwarz – ich sehe nur, wie wütend ich bin.

»Willst du dein ganzes Leben wegwerfen?«, schreie ich. Seine haselnussbraunen Augen blicken düster und seine Kiefermuskeln sind angespannt. »Okay. Warum tue ich das nicht auch? Warum nehme ich mir nicht ein Beispiel an Andrew Davis und vergesse das Stipendium einfach? Dann werde ich mir noch mehr Scheiß von Nancy anhören müssen, wenn sie wieder die Gebühren bezahlen muss. Ich werde es wie du machen und meine ganze Zukunft einfach wegwerfen!«

Ich achte nicht darauf, wo ich hintrete, und kippe nach vorn. Ich bin über einen Stein gestolpert und muss mich mit den Händen auf dem Kiesweg abstützen.

Meine Haut brennt, als ich mich wieder aufrappele. »Du kennst mich nicht mal«, sage ich. »Und du weißt nicht, wozu ich imstande bin.«

Andrew geht einen Schritt auf mich zu und betrachtet meine roten Hände. Er möchte mir helfen, aber wie alle anderen hat er keine Ahnung, wie er das anstellen soll. Nur ich kann das. Das ist meine Schuld. Kein Szenario, das ich mir bislang vorgestellt habe, wird funktionieren. Ich bin am Ende meiner Möglichkeiten angelangt.

Andrew folgt mir auf den Parkplatz.

»Ich gehe zu Fuß nach Hause«, sage ich.

»Das sind über sechs Kilometer.«

»Ich muss allein sein«, erkläre ich.

»Ich weiß nicht, was ich sagen soll«, meint Andrew, als er neben seinem Wagen steht. »Das überrascht mich echt.«

Ich drehe mich um. Vielleicht ist es theatralisch. Vielleicht ist es auch albern, wenn ich sage, dass ich wütend auf ihn bin, weil er so perfekt ist und weil er genau das ist, was ich brauche.

»Du willst Mikes Leben leben? Nur zu«, sage ich. »Dann könntest du ebenso gut auch tot sein.«

# KAPITEL 26

»ZWEI KOPFSCHMERZTABLETTEN?«, FRAGE ICH MOM am nächsten Morgen.

Der Versuch, nach einer schlaflosen Nacht das Frühstück zu überstehen, ist die Hölle. So fühlt es sich vielleicht an, wenn man von einem LKW überrollt wird. Ich habe die ganze Nacht darauf gewartet, dass mein Handy piept.

Ich habe darauf gewartet, dass Andrew auf meine Nachrichten antwortet:

ICH: Wow. Hochdramatisch, was? Es tut mir wirklich leid wegen heute Nachmittag.

Und die nächste:

ICH: Ich hatte kein Recht, dich so anzugehen. Es ist deine Sache und ich sollte meine große Klappe halten.

Und die letzte:

ICH: Tut mir echt leid. Eigentlich war ich wegen etwas anderem sauer. Hätte es nicht an dir auslassen dürfen.

Um etwas zu tun, das meine Beziehungen nicht komplett sabotiert, lenkte ich mich von fünf bis sechs Uhr morgens ab, indem ich die Bewerbung für das Waterman-Stipendium noch mal durchging. Irgendwie schaffte ich es trotz starker Kopfschmerzen sogar, die fünfzehn Seiten Korrektur zu lesen. Aber ich muss noch diesen verdammten Essay schreiben.

Heute ist nicht der Tag.

»Geht es dir nicht gut?«, fragt Mom und gibt mir ein paar Schmerztabletten.

»Nicht wirklich«, erwidere ich, nachdem ich die Pillen geschluckt habe. Ich setze eine Sonnenbrille auf und gehe zur Treppe. Dort ist es dunkel, und in meinem Zimmer herrscht Ruhe.

»Warst du gestern Abend aus?«, erkundigt sich Mom und dreht sich zu mir um, nachdem sie die Geschirrspülmaschine eingeräumt hat.

»Hast du das nicht gemerkt?«, frage ich und gehe zurück ins Treppenhaus.

»Du bist immer so leise!«, meint sie.

»Ich kann auch laut sein.«

»Beanie …«, sagt Mom und schüttelt den Kopf.

Wenn Scarlett am Wochenende ausgeht, dann wartet Mom in der Küche, bis sie nach Hause kommt.

Ich gehe nach oben in mein Zimmer und lasse mich aufs Bett fallen. Ich checke mein Handy – ich habe nur eine Nachricht und die ist von Claudia, die auf meine Frage antwortet, ob wir shoppen gehen wollen. Ich brauche noch ein paar eigene Kleider, wenn Scarlett wieder zu Hause ist.

CLAUDIA: Hab heute die Familie am Hals. Wie wär's mit morgen?
ICH: Einverstanden.

Nach einem kurzen Nickerchen kann ich meinen Kopf wieder bewegen, ohne dass mir von hinten ein Messer in den Augapfel sticht. Ich packe meine Strandsachen, um alleine nach Nauset Beach zu gehen.

Gerade will ich mir die Strandtasche über die Schulter hängen, als mein Handy klingelt.

Auf der Suche nach dem Handy fege ich fast alle Waterman-Papiere vom Bett.

»Hallo«, sage ich so cool wie möglich. Da die Phonzahl meiner Stimme vermutlich zu hoch ist, räuspere ich mich. Meine Schläfen pochen und ich fasse mir mit der Hand an die Stirn.

»Bean.«

Ich nehme die Sonnenbrille ab, stelle mich aufrecht hin und checke zweimal die Anrufererkennung, um ganz sicherzugehen. Dann setze ich mich langsam auf den Stuhl.

Es ist Tucker.

»Bean?« Seine vertraute Stimme dringt aus dem Handy. Tuckers Stimme ist nicht höher als Andrews, sie ist nur … anders. Es ist so, als ob sie noch nicht ganz ausgereift wäre. Vielleicht ist sie in fünf Jahren tiefer.

»Ich weiß, dass du mich hasst«, sagt er. Wahrscheinlich schiebt er sich gerade die Brille höher auf die Nase.

»Ich hasse dich nicht«, sage ich und bin ganz erstaunt, dass das diesmal die Wahrheit ist.

Es herrscht Stille.

»Wahrscheinlich wunderst du dich darüber, dass ich anrufe.«

»Ja«, sage ich und wundere mich. »Aber seit du im Juni die Pis verlassen hast, hast du bestimmt jede Menge Freizeit.«

»Können wir uns auch normal unterhalten?«, fragt er und seufzt.

»Nur zu, Tuck.«

»Trish ist schon ganz aufgeregt wegen der Party deiner Schwester. Meine Mom probiert schon seit Wochen Kleider an.«

Ah. Die Party. Vermutlich werde ich jetzt endlich erfahren, ob Seine Hoheit zu kommen gedenkt.

»Endlich bekommen alle das berühmte Nancy-Haus zu sehen«, sage ich, um die Unterhaltung auf den Punkt zu bringen.

»Trish ist zu Scarlett nach New York gefahren.«

»Na großartig.«

»Du klingst nicht sehr begeistert«, stellt Tucker fest.

»Tut mir leid, aber vermutlich kann ich keine normale Unterhaltung mit dir führen. Lass uns auf den Punkt kommen. Kommst du oder kommst du nicht?«

»Würdest du kommen wollen, wenn du ich wärst?«

Ich beantworte diese Frage nicht, weil ich nicht sicher bin, was ich sagen soll. Dass ich, so lange ich lebe, niemals freiwillig auf eine Party von Tante Nancy gehen würde?

»Meine Mom will mich irgendwie überreden.«

Und nach einer Weile fügt er hinzu: »Ich weiß, dass Ettie dir von Betsy und mir erzählt hat. Wir sind immer noch zusammen.«

»Schön für euch«, sage ich. »Echt, das ist fantastisch. Ich kann es kaum erwarten, euch in der Schule zu sehen. Ach, und übrigens: Ich habe einen Freund«, platze ich heraus und schlage mir an die Stirn. Mir wird übel und ich bekomme wieder Kopfschmerzen.

»Das ist cool«, erwidert Tucker, aber sein Tonfall verrät ihn und ich triumphiere. TRIUMPH. Wieder herrscht Schweigen.

»Wer ist es?«, will Tucker wissen.

»Du wirst ihn am sechsten kennenlernen«, sage ich und beende das Gespräch, ohne Auf Wiedersehen zu sagen.

In der Stille, die nun folgt, starrt mir der Computerbildschirm entgegen – er hasst mich. Er verspottet mich mit der Frage, um die ich mich schon wochenlang drücke. Ich werde die Party nicht hinter mich bringen, ohne als Lügnerin entlarvt zu werden.

Im Laufe des Tages klingelt mein Handy noch ein paarmal. Die Anrufe kommen von Ettie, Mom und Nancy – aber kein Anruf von Andrew. Am Nachmittag kann ich nur noch an seine Abwesenheit denken.

*Dienstags, donnerstags und freitags geht er auf Hummerfang und montags und mittwochs ist er in der Jugendstrafanstalt. Heute ist Montag. Vielleicht hat er einfach zu viel zu tun?*

Vielleicht?

Beim Abendessen schiebe ich wieder Erbsen mit der Gabel umher. Andrew hat immer noch nicht angerufen.

Im Wohnzimmer spricht der Meteorologe vom Fernsehen über den Tropensturm.

»Selbst wenn es kein Tropensturm ist«, meint Dad beim Essen, »könnten wir Windgeschwindigkeiten bis zu 80 km/h bekommen.«

»Willst du damit sagen, dass ich das Zelt am selben Abend auf- und wieder abbauen lassen muss?«, fragt Nancy und trinkt einen Schluck Wein.

Nachdem ich von Ettie jede Menge Nachrichten bekommen habe, weil sie von Becky Winthrops kleiner Schwester erfahren hat, dass ich einen Freund habe, habe ich mein Handy ganz bewusst oben in meinem Zimmer gelassen. Ettie war gekränkt, weil sie über die Sache mit Andrew und mir nicht informiert worden war. Ich kann mir vorstellen, wie die Geschichte angekommen ist. Die arme Bean hat einen Freund, irgendein Loser aus Cape Cod. Ich bin die Zielscheibe des Spotts und mir ist klar – Gabel hoch und bereit, ein Stück von dem chilenischen Zackenbarsch zu essen –, dass Tucker mich heute Nachmittag anrufen *musste.*

Becky steckte dahinter. Becky wollte sichergehen, dass sie die Fäden in der Hand behielt. Ich sollte erfahren, dass sie und Tucker immer noch zusammen waren, obwohl er sie nicht zu Scarletts Party mitnehmen konnte. Oh, welche Freude. Die Schule wird in diesem Jahr bestimmt superlustig.

»Wir holen Scarlett am Freitagmorgen um zehn ab«, sagt Mom zu Nancy. Ich werde auch wieder in das Gespräch einbezogen. »Du solltest mitkommen.«

»Nein, danke«, sage ich und nippe an meinem Glas Wasser.

»Oh«, erwidert Mom und lässt ihre Gabel sinken. »Okay.«

»Du solltest deine Mutter begleiten, wenn sie dich darum bittet«, mischt sich Nancy ein.

»Nein«, sage ich und drehe meinen Kopf zu Nancy. Sie trägt die Erwachsenen-Version des Cupcake-Kleids. »Wir reden hier von etwas, das erst in einer Woche akut wird. Außerdem war es eine Einladung und kein Befehl.«

Mir ist klar, dass ich die Grenze überschritten habe, und lege meine Gabel hin.

»Ich gehe nach oben«, erkläre ich. Am Tisch herrscht Schweigen und Dad beobachtet das Ganze vom Nebenzimmer aus.

»Beanie, du solltest aufessen«, meint Mom, aber ich gehe unbeirrt die Treppe hinauf.

»Bean!«, ruft Nancy, aber ich höre nicht hin. Ich brauche nicht hinzuhören.

Ich will nicht zu Scarletts Begrüßungskomitee gehören. Scarlett, die mich schlechtmacht. Scarlett, die sich über mich lustig macht bei dem Gedanken, ich könnte mich aus dem Haus schleichen. Wie oft hat sie mich von oben herab behandelt? Mein Gesicht wird ganz heiß. Sie hat mir dieses Ägyptische Moschusöl nur gekauft, weil sie weiß, dass ich sie um ihren guten Geschmack beneide.

Oben auf der Treppe höre ich in der Küche ein Flüstern. Wahrscheinlich wird über mein schlechtes Benehmen gesprochen.

Den ganzen Abend warte ich darauf, dass mein Handy piept. Normalerweis ruft Andrew am Tag ein paarmal an oder schreibt Nachrichten. Ich hab es vergeigt. In Fort Hill habe ich mich wie eine Verrückte aufgeführt. Toll. Man sollte mich in einen Käfig sperren und untersuchen lassen. Ich bin wie ein wildes Tier.

Schließlich beuge ich mich der Flut von Etties Nachrichten und gebe zu, dass ich mit Andrew rumgemacht habe. Ich erzähle ihr zwar keine Einzelheiten, aber ich gestehe, dass wir weiter gegangen sind, als ich es jemals mit Tucker getan habe.

ETTIE: Du Verräterin. Ich hab jeden Tag das Band Camp am Hals und du treibst dich rum.
ETTIE: Hallo? Ich möchte Einzelheiten erfahren.

Ich zögere.

ICH: Da gibt es nicht viel zu erzählen.
ETTIE: Erzähl mir alles! Bitte!
ICH: Ich geh ins Bett. Morgen früh bringe ich dich dann auf den neuesten Stand.

Ich gehe nicht wirklich zu Bett. Ich will nur, dass das Piepen aufhört und damit auch die falschen Hoffnungen. Wie ich so daliege, fällt mir wieder die Wanderung auf dem Fort Hill Trail ein, aber es geht nicht um den Streit mit Andrew. Der Bohlenweg führt in den Wald und die Sonnenstrahlen fallen durch das grüne Blätterdach. Mom und Dad gehen Seite an Seite. Dad wischt sich den Kopf mit einem Taschentuch ab. Ich habe rosafarbene Sandalen an und das Geräusch meiner Füße auf den Planken hallt über den Bohlenweg.

So wird es nie mehr sein.

Mein Handy liegt still auf dem Bett. In diesem Haus ist die Stille anders als zu Hause. Kein Geplapper im Fernsehen die ganze Nacht, kein Surren des Computers, nur das leise Summen der Klimaanlage.

Alles, was ich auf dieser verdammten Welt will, ist, dass das Handy piept. Und ich wünsche mir, dass es Andrew ist, der mir sagt, *Du bist erstaunlich. Du bist wunderbar.* Der sich meine Entschuldigung anhört. Der mich ich selbst sein lässt.

Der nicht anruft.

# ZEITPLAN FÜR AUGUST

## WICHTIGE TERMINE:

- ❑ *Prinzessin Scarlett kommt nach Hause – Freitag, 5. August (unbedingt vorher Scarletts Kleider reinigen!!!)*
- ❑ *6. August Party*
- ❑ *Alles fürs Waterman-Stipendium organisieren: Termin 8. August*

## VORAUSSCHAU:

- ❑ *Persönlicher Essay*
- ❑ *Päckchen mit Unterlagen für Elftklässler-Orientierungseinheit erhalten*
- ❑ *Treffen der Pis. Projektor?*
- ❑ *Bennett Pool anrufen wegen Rettungsschwimmer-Kurs?*

# KAPITEL 27

ICH WILL KEINE LISTEN MEHR MACHEN. ICH streiche das Wort »Orientierungskurs« aus meinem Tagesplaner. Ich muss nicht hundertmal alles aufschreiben und wieder neu schreiben. Dadurch geht es mir auch nicht besser. Fünf Tage. Vor fünf Tagen habe ich zuletzt mit Andrew gesprochen.

Meine Finger verweilen auf dem glatten Metall meines Handys.

Claudia will sich mit mir am Strand treffen und anschließend mit mir shoppen gehen. Es wird mir guttun, mal mit jemand anderem zu reden. Ich kann mich nicht mehr auf meine Bewerbung konzentrieren und ich arbeite gut unter Druck. Außerdem hält es mich davon ab, ständig auf mein Handy zu starren.

Eine Stunde später sitzen wir am Strand. Mein Rücken klebt an der Plastiklehne einer Strandliege. Der Sand ist gut und gerne 38°C heiß. Okay, ich hab mich geirrt. Das Rascheln von Chipstüten und das hirnlose Geschwätz halten mich nicht davon ab, dauernd mein Handy zu checken.

»Oh mein Gott, Sarah. Lass das sein.«

Claudia nimmt mein Handy und vergräbt es tief in meiner NASA-Tasche.

»Ich weiß es ja«, sage ich.

»Menschen streiten sich. Das passiert ständig«, meint Claudia.

»Ja, aber seit fünf Tagen beantwortet er keine Nachrichten mehr. Es ist aus. Das muss ich einfach akzeptieren.«

Sie stützt ihren Ellbogen auf die Armlehne ihrer Strandliege.

»Hör zu. Immer wenn es dir in den Sinn kommt, ihn anzurufen oder ihm eine Nachricht zu schreiben, dann rede stattdessen mit mir. Wenn er so ein Idiot ist und deine Entschuldigung nicht akzeptiert, dann schieß ihn in den Wind.«

Es fühlt sich gut an, eine Freundin in der Nähe zu haben.

»Sollten wir einen Tag früher nach Hause fahren?«, fragt ein Tourist hinter mir. Alle scheinen nur über diesen blöden Tropensturm zu reden. Ich wünschte, Nancy würde die Party absagen, aber mir ist klar, dass das keine Option ist.

»Tropensturm bedeutet lediglich, dass es Regen und Wind gibt«, meint der andere Tourist. »Ich lass mir doch nicht meinen Urlaub vermiesen.«

Eine Gruppe von Mädchen in String-Bikinis geht am Ufer entlang. Sie sind Touristinnen, sonst würde ich sie wahrscheinlich kennen. Ich trage vielleicht zum letzten Mal den String-Bikini mit der amerikanischen Flagge. Ich rücke die beiden Dreiecke des Oberteils zurecht. Wenn Scarlett erst wieder zu Hause ist, wird sie mir nicht erlauben, ihn anzuziehen. In meiner Fantasie sehe ich Andrew vor mir, wie er den Bikini wiedererkennt, am Strand auf mich zukommt und mich küsst. Und er hat eine erstaunliche Begründung für sein Schweigen parat.

Aber in der Realität bleibt mein Handy stumm.

»Ich glaube, ich muss am Freitag nach Hause fahren. Meine Eltern wollen auch wegen des Sturms weg«, sagt Claudia am späteren Nachmittag bei Viola's. Sie hält ein pinkfarbenes Bandeau-Kleid an ihren Körper. »Was soll's. Wenigstens kriege ich dann vor allen anderen die Umbauarbeiten am Theater zu sehen.«

»Das ist echt Mist. Hast du deinen Eltern nicht gesagt, dass du wegen dieser irre übertriebenen Abschiedsparty meiner Schwester unbedingt dableiben musst?«

Claudia lacht. »Natürlich. Aber meine Mom ist total panisch wegen des Sturms. Wann fängt bei dir die Schule wieder an?«

»Am 3. September. Ich will dieses Jahr unbedingt all deine Aufführungen sehen«, füge ich hinzu und nehme ein schwarzes Cocktailkleid vom Ständer. Es ist ziemlich kurz und hat Spaghettiträger, die kreuzweise über den ganzen Rücken verlaufen und ein kompliziertes ineinandergreifendes Muster bilden.

Claudia lässt sich neben einem überdimensionalen Fenster mit Blick auf die belebte Hauptstraße in einen Sessel fallen. »Ich werde dich vermissen!«, sagt sie. »Ich wünschte, wir hätten diesen Sommer schon viel früher zusammen abgehangen.«

»Wir werden dieses Jahr noch jede Menge Zeit haben, und danach den ganzen nächsten Sommer«, sage ich.

Sie nickt und meint: »Aber ich wollte doch das Haus deiner Tante sehen. Und dein Teleskop.«

»Wann immer du willst. Komm vorbei, bevor du wegfährst. Nancy wird zur Feier des Anlasses bestimmt für Speisen und Getränke sorgen, wenn ich ihr sage, dass ich eine Freundin eingeladen habe. Vielleicht wird sie dich gar nicht mehr gehen lassen.«

Claudia lacht wieder und ich verschwinde hinter dem vertrauten Vorhang der Umkleidekabine. Ich ziehe das Kleid an, das sehr figurbetont ist. Ich trete hinter dem Vorhang hervor und betrachte mich in dem großen Standspiegel. Diesmal erscheint auf dem Gesicht meiner Freundin ein breites Lächeln.

»Oh meine Güte.« Claudia setzt sich auf. »Das musst du nehmen.«

Wow. Das ist genau das Kleid, das ich wollte. Es ist schlicht und elegant und lässt meine Beine länger erscheinen. Dieses Mädchen im Spiegel bin *ich* – so wie ich mich innerlich fühle.

Genau so sieht mich Andrew. Und ich sehe einen Schimmer dieses Mädchens in diesem Spiegel.

Vielleicht wird er mir verzeihen, wenn er mich auf der Party in diesem Kleid sieht.

»Sieht so aus, als wenn ich die Halskette mit dem blauen Stein jetzt doch nicht kaufen werde«, sage ich.

Ich ziehe mich wieder um und bezahle.

Wir gehen durch die Stadt und ich besorge noch ein paar Sachen – Sandalen, ein paar Tops –, und als wir fertig sind, habe ich noch zwanzig Dollar vom Pizza Palace übrig. Bisher habe ich jeden Sommer wieder Geld mit nach Hause gebracht, aber diesmal wird es nicht so sein und mir geht es dabei gar nicht schlecht.

Zum Abschied umarme ich Claudia in der Shore Road.

»Falls ich keine Gelegenheit mehr habe, vorbeizukommen, sehen wir uns, wenn du wieder zu Hause bist«, sagt Claudia. »Und wenn du mir nicht erzählst, wie es mit Andrew weitergegangen ist, komme ich nach East Greenwich und suche dich heim.«

»Definitiv«, sage ich lachend.

Ich sehe Claudia nach, wie sie zum Haus ihrer Eltern geht, das ein kleines Stück entfernt liegt. Es fühlt sich nicht nach Abschied an, weil ich ihr wahrscheinlich in zehn Minuten eine Nachricht schicke. Ich stelle mir schon vor, wie sie, Ettie und ich zu Hause abhängen.

Das ist nicht eine dieser Sommerfreundschaften. Das könnte eine Freundschaft fürs Leben werden.

In dieser Nacht ist mir so, als könnte ich selbst hier in Orleans den starken Wellengang im dreißig Kilometer entfernten Truro hören. Unruhig wälze ich mich im Bett hin und her.

*Piep.* Mein Handy klingelt zweimal. Ich taste danach, aber es rutscht vom Nachttisch und ich falle auf den Boden in ein Knäuel von Decken.

ANDREW: Überraschung

Mein Herz schlägt wie wild und ich kann gar nicht schnell genug tippen. Ich fingere auf der Tastatur herum und mache bei vier Wörtern zwanzig Tippfehler. Schließlich drücke ich auf »senden«.

ICH: Wo hast du gesteckt?

Das Handy piept wieder.

ANDREW: Komm runter an deinen Strand.

Ich schlage die Decke zurück und hüpfe aus dem Bett. Ich habe Schlaf-Shorts und ein Mathelet-T-Shirt an. Ach, was soll's? Auf Zehenspitzen gehe ich die Treppe hinunter. Hacke, Spitze, Hacke, Spitze. Mein Herz pocht nicht, es hämmert. Selbst wenn noch jemand wach ist, spielt das keine Rolle. Ich könnte im Vorgarten eine Bombe hochgehen lassen und es würde keinen kümmern.

Meine Füße patschen über das nasse Gras.

Der Mond taucht hinter den Wolken auf und verschwindet wieder, und draußen ist es diesig. Auf Zehenspitzen gehe ich den Weg zwischen lilafarbenen Hortensienbüschen entlang. Ich schiebe lange Äste und lavendelfarbene Blüten beiseite, bis ich zur Bucht gelange. Der Weg wird breiter und schließlich sehe ich Andrew am Ende des Bootsanlegers stehen. Er hat mir den Rücken zugekehrt. Dann dreht er sich um und lächelt und der Vollmond umgibt seinen Kopf wie ein Heiligenschein.

Andrew beugt sich elegant nach vorn und stürzt sich mit einem Kopfsprung ins Wasser.

Nach einer Weile taucht er wieder auf, schüttelt sich die Haare aus den Augen und lächelt. Ich verschränke die Arme über der Brust und er kommt auf mich zugeschwommen.

»Guten Abend«, sagt er und steigt aus dem seichten Wasser. Er legt seine kalten Arme um mich und ich schmiege mich an seine Brust, obwohl mein T-Shirt jetzt patschnass ist.

»Eine schöne Nacht, um schwimmen zu gehen«, meint er.

»Was machst du hier?«, flüstere ich. Andrews kleines Motorboot liegt am Ende des Docks vor Anker.

»Ich habe eine Überraschung für dich.«

»Für mich? Ich glaube nicht, dass ich etwas dergleichen verdient habe.«

Er ist so nah. Das Verlangen, ihn festzuhalten, überwältigt mich. Ich bringe kaum ein Wort heraus.

»Ich kann nicht glauben, was ich alles zu dir gesagt habe«, fahre ich fort. »Du hattest allen Grund, wütend zu sein und nicht mehr mit mir zu sprechen.«

Andrew blickt zu Boden. »Zuerst war ich wütend. Aber nach ein oder zwei Tagen begriff ich, dass du mit allem, was du auf dem Weg gesagt hast, recht hattest.«

Ich brauche eine Weile, um die eigentliche Bedeutung der Worte, die aus seinem Mund kommen, zu erfassen. Ein kleines Rinnsal zieht sich über seine Brust und ich täte nichts lieber, als mit den Fingern seinem Lauf zu folgen.

»Hatte ich das?«

Er nickt, den Blick immer noch zu Boden gerichtet. »Ja«, sagt er leise. »Die Art, wie du es gesagt hast, war hart, aber es war die Wahrheit.«

Wohl kaum.

»Du hast mir gesagt, was ich nicht hören wollte, aber hören musste.«

Er hat wieder dieses Funkeln in den Augen, das ich so liebe.

»Willst du nicht wissen, um was für eine Überraschung es sich handelt?«, fragt er.

»Definitiv.«

»Ich habe mich heute wieder am Boston College eingeschrieben. Dann können wir im Herbst tatsächlich zusammen anfangen.« Er setzt ein breites Lächeln auf und der Mond scheint auf seinen Rücken.

Ich stürze mich in seine Arme und er hebt mich hoch. Er darf seine Leidenschaft oder sein Talent nicht vergeuden. Aber als er mich wieder absetzt, wird mir die Wahrheit bewusst und ich möchte mich am liebsten einigeln. Für einen Moment habe ich meine eigenen Lügen geglaubt.

Andrew führt mich zum Wasser.

Ich weiß, dass ich im Moment nicht die Kraft habe, mit ihm über Scarlett zu sprechen. Der Schmerz über seine Abwesenheit war zu viel.

»Ich habe keinen Badeanzug dabei«, sage ich.

»Wir finden uns öfter in dieser Lage«, erwidert er.

»Ich weiß nicht. Was ist, wenn meine Eltern …« Ich halte inne. Mom und Dad würden nie damit rechnen, dass ich nicht im Bett bin.

Andrew geht einen Schritt auf mich zu.

»Du bist doch schon ein großes Mädchen …«

Er zieht das T-Shirt über meinen Kopf und die kühle Luft lässt mich erschauern. Ich trage diesmal keinen BH. Obwohl die Luft salzig und feucht ist, bekomme ich Gänsehaut. Er zieht meine Shorts mit der rechten Hand fast bis zu den Knöcheln herunter. Ich hebe ein Bein und dann das andere. Jetzt habe ich nur noch Unterwäsche an. Ich werfe den Kopf zurück und die Haare fallen über meine Schultern.

*Diesmal keine Kleider von Scarlett.*

»Du bist wunderschön, Sarah.«

Ich stehe an diesem abgeschiedenen Strand, entblößt und ungeschützt.

»Absolut wundervoll«, sagt Andrew und führt mich zu der Bucht. Als ich bis zur Taille im Wasser stehe, packt er mich an den Hüften und hebt mich hoch, wie an dem Tag, als wir ins Meer gesprungen sind, nur diesmal ist es anders. Das Wasser in der Bucht ist ganz ruhig. Es ist warm, und Andrew ist hart in seinen Shorts. Zum ersten Mal habe ich das Bedürfnis, meine Unterwäsche auszuziehen. Noch nie habe ich jemandem so nah sein wollen. Ich möchte ihm so nah sein, dass unsere Körper eins werden.

Andrew presst mich noch fester an sich, küsst mich und zieht meine Hüften so zu sich heran, dass mir der Atem stockt. Ich lasse meine Hände über seine Brust bis hinauf zu seinen Schultern gleiten.

Aber ich kann nicht hier draußen bleiben, so sehr ich es mir auch wünsche. Es ist zu riskant, weil sich Nancys Schlafzimmer auf dieser Seite des Hauses befindet.

»Ich sollte besser wieder reingehen«, flüstere ich. Andrew küsst mich wieder und ich erwidere seinen Kuss, weil ich nicht will, dass diese Nacht zu Ende geht.

Dann tue ich etwas sehr, sehr Dummes.

»Komm mit mir ins Haus«, sage ich.

Andrews Augen funkeln und auf seinem Gesicht zeigt sich ein spitzbübisches Grinsen. Okay, ich stehe hier ohne Kleider und er denkt, ich will mit ihm schlafen.

»Nicht deswegen«, sage ich. »Ich meine, ich will schon, aber es sind einfach zu viele Leute im Haus.«

»Okay«, meint Andrew und blinzelt ein wenig. Er ist verwirrt, aber dieses spitzbübische Lächeln spielt immer noch um seine Mundwinkel.

»Kommst du mit? Nur um bei mir zu sein. Um neben mir einzuschlafen. Ich habe den obersten Stock ganz für mich.«

»Definitiv. Aber ich muss morgen früh um fünf gehen.«

*Perfekt. Niemand wird dich sehen.*

Wir steigen aus dem Wasser, und als wir wieder am Strand sind, hebe ich meine nassen Klamotten auf und presse sie gegen meinen nackten Körper. Wir gehen auf Zehenspitzen und Andrew bleibt dichter hinter mir. Die Zweige und Blätter zu beiden Seiten des Weges kitzeln mich an den Armen. Andrew atmet schnell.

»Seit der Highschool habe ich mich in kein Haus mehr geschlichen«, sagt er mit einem leisen Lachen.

»Ich auch nicht.« Schließlich erreichen wir den mondbeschienenen Garten.

Wir gehen die Stufen zur Veranda hinauf. Das Mondlicht spiegelt sich in den Panoramafenstern. Wasser tropft aus meinen Haaren, die an meinem Rücken kleben. Meine pinkfarbene Unterwäsche ist fast durchsichtig. Egal. Ich drehe am Türgriff. Der Sand unter unseren Füßen knirscht so laut, dass ich davon überzeugt bin, dass Mom und Dad es auf ihrer Seite des Hauses hören können. Wenn wir erst einmal im dritten Stock sind, müssen wir nicht mehr flüstern. Ausnahmsweise einmal bin ich dankbar, dass das Bauchschmerzen am Meer so groß ist.

Ich ergreife Andrews nasse Hand, und etwas an diesem Jungen in Badehose, der seine sandige Jeans umklammert, macht mich mutiger. Er ist wegen mir hier.

Wegen *mir*.

Ich deute auf die Treppe. Die Stufen knarren unter unseren Füßen. Als es einmal besonders laut knarrt, bleiben wir wie angewurzelt stehen. Dann huschen wir an Scarletts Stockwerk vorbei und gelangen schließlich in die oberste Etage. Ich öffne die Tür zu meinem Zimmer und wir schlüpfen hinein.

Andrew schließt mich in die Arme, und ich zittere und warte darauf, dass sein Körper mich wärmt.

»Komm«, flüstert er und weicht zurück. Mich schaudert, als ich den kühlen Luftzug der Klimaanlage auf meiner Haut spüre. Andrew setzt sich auf mein Bett. »Komm, wir wollen uns aufwärmen.«

»Warte«, sage ich und schließe die Tür ab. Nur für alle Fälle. Dann muss ich unbedingt noch nachsehen, ob die Bewerbung für das Waterman-Stipendium mit der Schriftseite nach oben auf dem Schreibtisch liegt, zusammen mit ein paar Ordnern der Summerhill Academy. Tun sie natürlich und ich bin dankbar für die Dunkelheit.

Ich wringe meine Haare aus und das Wasser tropft auf den weißen Teppichboden. Andrew liegt auf meinem Bett und stützt den Kopf auf seine Hand. Ich habe noch nie mit einem Typen nackt im Bett gelegen, nicht einmal mit Tucker.

»Ich habe es dir zwar schon hundert Mal gesagt, aber du bist wunderschön«, sagt er.

Ich krieche zu ihm ins Bett und kuschele mich in die Laken. Andrew bleibt auf der Decke liegen. Seine haselnussbraunen Augen sind bei Nacht noch dunkler. Ich möchte wieder seine breite Brust und seine breiten Schultern berühren wie unten in der Bucht.

Andrew schiebt die Laken beiseite und legt sich mit seinem nassen Körper auf mich. Der Druck seines Gewichts lässt nach, als er sich mit den Händen abstützt.

»Erzähl mir was von dir«, flüstert er.

»Was zum Beispiel?«

»Ich weiß nicht. Irgendwas. Egal was. Ich war den ganzen Tag mit Fischern auf einem Boot.«

Ich hebe mein Kinn und suche seinen Mund – wir küssen uns und unsere Lippen schmecken nach Salzwasser. Ich spüre, wie die Wärme in mir hochsteigt, und weiche ein wenig zurück. Ich will nie mehr woanders sein.

»Okay. Hast du jemals eine Sonnenfinsternis erlebt?«

Andrew schüttelt den Kopf.

»Bei einer totalen Sonnenfinsternis befinden sich Sonne und

Mond in einer Linie mit der Erde. Die Mondscheibe bildet einen Ring aus Licht um die Sonne. Das nennt man den ›Diamantring-effekt‹. Ich meine, das ist nur eine Metapher. Es sind natürlich keine richtigen Diamanten.«

Andrew sieht mich an, als sei er sich zum ersten Mal über etwas klar geworden. »Sarah«, flüstert er und weicht ein Stück zurück. »Sarah, ich – ich liebe dich.«

Hoffnung – Freude – Liebe, alles kommt auf einmal in mir hoch.

»Es gibt keinen konkreten wissenschaftlichen Beweis dafür, dass Liebe existiert«, erkläre ich.

»Okay … aber liebst du mich auch?«, fragt er vorsichtig.

»Ja, natürlich. Ich liebe dich.« Als diese drei Worte über meine Lippen kommen, weiß ich, dass ich das nicht mit empirischen Daten belegen muss. Das ist eine Tatsache.

Er reißt mich an sich, schiebt seine Zunge in meinen Mund und wir küssen uns leidenschaftlicher als jemals zuvor. Dann weiche ich zurück und lege meine Hände auf seine Wangen.

Er küsst mich noch mal.

Und noch mal.

Und noch mal.

Wir reden und küssen uns, und er macht mich mit seinem Körper vertraut. Ich wusste nicht, dass der Körper derart pulsieren und sich zusammenziehen kann. Die Sterne, die er mir zeigt, brennen sich in meine geschlossenen Lider ein. Wir schlafen nicht miteinander – ich bin noch nicht bereit dazu, sage ich. Als Antwort gibt er mir einen Kuss und drängt mich nicht. Als der Himmel sich rosa färbt, streicht Andrew mir übers Haar und ich schlafe mit dem Kopf auf seinem Bauch ein. Ich schlafe, als gäbe es keine Sorgen auf der Welt.

Ein Mund auf meinem. Jemand küsst mich. Hände gleiten über meine Schultern bis zu den Armen. Ich erwidere den Kuss – oh!

Ich hole tief Luft und wache auf. Andrew liegt wieder auf mir. Im Morgenlicht strahlen seine Augen blau-grün.

»Ich muss gehen«, sagt er. »Viel zu tun heute. Es ist jetzt 5:06 Uhr und ich muss um 7:30 Uhr im Jugendgefängnis sein. Außerdem muss ich noch Papierkram fürs Boston College erledigen.«

Er steigt in seine Badehose, und mit den ungekämmten Haaren und den Bartstoppeln sieht er absolut toll aus. Seltsam. Ich weiß genau, was er unter seinen Kleidern verbirgt. Bis jetzt habe ich noch nicht darüber nachgedacht, aber das ist ein ganz spezielles Wissen. Eines, das nur existiert, wenn zwei Menschen einander wirklich kennen.

»Begleitest du mich hinaus?«

Ich werfe mir den Morgenmantel über und schließe die Tür auf. Ich achte darauf, dass mein Körper den Schreibtisch verdeckt, damit er im Morgenlicht die Bewerbung nicht sehen kann. Wir bleiben kurz in der Tür stehen und lauschen, ob sich im Haus etwas rührt. Dann schleichen wir auf Zehenspitzen die Treppe hinunter, und dabei liegt die ganze Zeit seine Hand auf meinem Rücken.

Eine Tür wird geöffnet.

Wir erstarren. In der Küche sind schwere, quietschende Schritte zu hören, und mir wird klar, dass Nancy früher aufgestanden ist als vermutlich jemals zuvor in ihrem Leben. Natürlich.

Ich lege meinen Finger auf die Lippen. Andrew sieht mich an und ich flüstere: »Meine Tante.«

Mit der einen Hand umklammere ich das Geländer und mit der anderen halte ich Andrews Hand fest. Schließlich verhallen die Schritte im Flur und ich deute mit dem Kopf Richtung Veranda.

»Los«, flüstere ich.

Im ersten Stock bleiben wir bei Moms und Dads Schlafzimmer stehen. Im Wohnzimmer stehen Fotos von Scarlett und mir auf dem Kaminsims, deshalb muss ich ihn hinaus auf die Veranda bringen, bevor er Gelegenheit hat, die Fotos zu sehen und sie darauf zu erkennen. Als wir ins Wohnzimmer kommen, packe ich rasch Andrews Hand und ziehe ihn hinaus auf die Veranda.

»Ich rufe dich heute Abend an«, sagt er. Und nach einem letzten Kuss geht er die Verandatreppe hinunter und den Weg entlang zur Anlegestelle. Kurz darauf höre ich das Surren des Motorboots.

Vom Wohnzimmer aus kann ich den Hafen sehen. Bevor die Sonne über dem Horizont aufgeht, hat er die Bucht verlassen.

# KAPITEL 28

LIEBE.

Neurologen haben das menschliche Gehirn untersucht, um die Liebe und ihren chemischen Ursprung zu verstehen.

Sie sind zu keinem schlüssigen Ergebnis gelangt.

Ich weiß, dass ich Andrew liebe. Das ist unbestreitbar. Ich muss keine Kreisdiagramme studieren, um daran abzulesen, ob ich ihn liebe oder nicht.

Ein paar Tage später, nach einem reichhaltigen Waffel-Frühstück, sammle ich sämtliche Klamotten von Scarlett vom Fußboden meines Schlafzimmers auf. In zwei Tagen kommt sie nach Hause. In achtundvierzig Stunden.

Ich presse ihre Kleider an meine Brust und gehe in die Waschküche. Sie riechen nach Kokosnussöl und Sonnenmilch. Unterwegs gehe ich an Mom vorbei. Sie trägt etwas in ihren Terminkalender ein und ich hoffe, dass es sich um ein Vorstellungsgespräch handelt.

In der Waschküche werfe ich die Kleider auf den Boden. Aus dem Stapel ziehe ich die knappen Shorts hervor, die ich bei der

Auseinandersetzung mit Curtis getragen habe, und das T-Shirt vom Buggy-Rennen. Ich halte das blaue Sommerkleid hoch, das ich in der Nacht des Kometen anhatte, und ich bin mir nicht sicher, ob ich es jemals wieder anziehen würde. Das Kleid ist noch dasselbe. Der Stoff, die Farbe. Aber ich bin eine andere. Das Kleid erscheint mir auf einmal zu mädchenhaft. Es ist mehr was für Scarlett. Ich möchte unprätentiöse, natürliche Kleidung tragen. Vor dem Scarlett-Experiment hätte ich mir darüber nicht klar sein können. Vielleicht hatte Tucker recht. Vielleicht musste ich das Scarlett-Experiment durchführen, damit ich mich verändern konnte.

Das Kleid baumelt an meiner Hand. Ich werde den Sand, den Schweiß und den Sternenstaub herauswaschen. Wenn ich damit fertig bin, werde ich ihre Klamotten wegräumen und so tun, als wäre ich nie darin herumspaziert und als hätte ich nie vorgegeben, jemand zu sein, der ich nicht bin. Eines ist sicher: Ich werde am Samstagabend das Cocktailkleid tragen. Ich habe nicht vergessen, wie ich mich fühlte, als ich es anzog, oder dass es mein neues Ich repräsentiert.

Ich habe auch nicht vergessen, dass ich Andrew noch reinen Wein einschenken muss.

Ich stecke das Kleid in die Waschmaschine. Es ist okay. Andrew liebt mich. *Mich.* Das Mädchen, das er für witzig und clever hält. Das Mädchen, das ihn zu der Einsicht gebracht hat, dass er eine eigene Zukunft hat.

»Grandma steckt auch Helles und Dunkles zusammen in die Maschine«, sagt Mom, die plötzlich in der Tür zur Waschküche steht. »Ihr beide seid euch wirklich ähnlich«, meint sie mit einem leichten Kopfschütteln.

Vielleicht nimmt Mom mich ja doch wahr. Wenigstens ein bisschen. Auch wenn sie nicht sieht, wer ich wirklich bin, versteht sie doch manches richtig.

»Clever, clever, clever. Du und deine Großmutter.« Dann verschwindet sie wieder.

Mom und Dad lieben mich, keine Frage, und sie sagen es mir auch ständig. Aber sie nehmen mich nicht richtig wahr. Ich beobachte Mom durch die offene Waschküchentür. Sie geht an der Hausangestellten vorbei, die die Küche schrubbt, und an dem Koch, der das Abendessen zubereitet.

Am liebsten würde ich Mom von Andrew erzählen, ihr sagen, dass jemand mich *liebt.* Mich liebt, weil ich Köpfchen habe, wegen meiner Bücher, wegen der mathematischen Gleichungen und so vielem mehr.

»Beanie, gib Dad heute Abend deinen Essay, damit er ihn korrigieren kann, bevor Scarlett nach Hause kommt«, ruft Mom aus der Diele.

Ich halte mich am Türrahmen fest.

»Ich schwöre, wenn ich noch einmal Pisse riechen muss …«, sagt Scarlett, als sie aus dem Terminal des Flughafens von Hyannis kommt. Eigentlich wollte ich nicht mitkommen, um sie abzuholen, aber jetzt bin ich hier. »New York im Sommer bedeutet Pisse und Müll.«

Sie umarmt Mom, und als sie mich sieht, legt sie kurz den Arm um mich.

»Du bist ganz schön braun geworden«, sagt sie und lässt sich nicht anmerken, dass sie neidisch ist. Sie holt ihr Handy hervor.

»Ich war oft am Strand«, sage ich.

Mom und ich nehmen jeweils einen von Scarletts Koffern. Scarlett quatscht ununterbrochen über Wolkenkratzer, Fahrstühle, die hundert Stockwerke hochfahren, die Juilliard School und über den Gestank, der im Sommer im Studentenwohnheim herrscht.

Im Wagen hört Scarlett dann endlich mal auf, Stories zu erzählen, und dreht sich auf dem Sitz zu mir um.

»Was hast du die ganze Zeit gemacht, als ich weg war?«, erkundigt sie sich.

»Nicht viel. Den Kometen Jolie verfolgt.« Ich bin drauf und dran, ihr von den Halsketten zu erzählen, die ich in der Stadt gesehen habe, und sie zu fragen, ob wir nicht vielleicht zusammen eine aussuchen wollen. Scarlett führt ihre Hände zum Mund wie ein Streifenhörnchen und bleckt die Zähne.

»Hat das mit deiner Reaktion und Determinierung geklappt?«, fragt sie in einer seltsam verstellten Stimme. Soll das etwa ich sein? Sie muss über sich selbst lachen und dreht sich wieder um.

»Rektaszension und Deklination«, murmle ich.

»Komm schon, Scarlett«, sagt Mom, als wir wieder auf der Route 6 in Richtung Orleans fahren.

»Was? Beanie ist doch unser fleißiger Biber.«

»Das reicht.«

»Gott, Mom. Seit einem Jahr redet sie von nichts anderem mehr als von diesem verdammten Kometen. Und wenn ich sie nicht danach frage, dann stirbt sie. Er ist ihr Leben.«

Ich lehne mich nach vorn und spüre, wie meine Wangen heiß werden.

»Hast du zugenommen?«, frage ich. Ich weiß, das ist gemein. Und ich weiß auch, dass das das Einzige ist, worüber in diesem Haus nicht gesprochen wird.

»Nein, hat sie nicht, Bean«, sagt Mom und wirft mir im Rückspiegel finstere Blicke zu.

»Ich bin ziemlich sicher, dass sie zugenommen hat«, sage ich.

»Du bist ein Miststück«, sagt Scarlett und dreht sich wieder zu mir um. »An der Juilliard habe ich einen Fitnesstrainer. Ich wiege sogar exakt ein Viertelpfund weniger als bei meiner Abreise.« Sie dreht sich wieder nach vorn und ich sehe nur noch den Dutt auf ihrem Kopf.

Das Wort »Miststück« hängt in der Luft und ich lehne mich auf dem Sitz zurück. Scarlett hat mich noch nie so genannt. Und ich habe sie noch nie als fett bezeichnet. Sie hat keine Essstörung –

*noch nicht,* wie die Tanzlehrer behaupten. Einmal haben Mom und Dad sie mit Diätpillen erwischt und sie zum Psychiater geschickt.

»Du sollst deine Schwester nicht Miststück nennen«, sagt Mom leise zu Scarlett, als wir bei Nancys Haus ankommen. »Ich möchte das nie wieder von dir hören.«

»Hast du nicht gehört, was sie zu mir gesagt hat?«, fragt Scarlett.

»Na ja … manchmal ist es nicht gerade leicht, mit dir zu reden, Schatz.«

Ich kann nicht entscheiden, ob das ein Fortschritt ist oder nicht.

Am nächsten Morgen, dem Morgen vor der Party, stehe ich im Garten.

Ein riesiges Zelt wurde aufgestellt, das fast die gesamte Rasenfläche einnimmt. Allerdings hat Nancy es so aufstellen lassen, dass man noch einen fantastischen Blick aufs Meer hat.

Die Band hat jede Menge Abdeckplanen mitgebracht für den Fall, dass es regnet. Die Partyplanerin, die Nancy angeheuert hat, schreit noch lauter als Nancy, falls das überhaupt möglich ist. Im Moment brüllt sie in ihr Handy, während sie die Uniformgrößen checkt.

Unter dem gewaltigen Pavillon stapeln sich Abdeckplanen für den Fall, dass es früher zu regnen beginnt. Die gelieferten Gläser sind noch in Plastikbehältern verstaut.

Ich habe nicht vor zu helfen.

Heute werde ich es Andrew sagen. Wenn er weiß, dass ich Scarletts Schwester bin, kann ich den Schaden vor der Party noch in Grenzen halten. Mein wahres Alter wird er wahrscheinlich nicht vor Einbruch der Dunkelheit herausfinden. Ich muss zu den Docks gehen, bevor Andrew hinausfährt.

Ich gehe ins Haus zurück, um mein Handy zu holen, bleibe aber in der Verandatür stehen. Mom, Dad, Scarlett und Nancy sitzen zusammen am Küchentisch und lachen, während sie sich Scarletts Fotos von ihrem einmonatigen New-York-Aufenthalt anschauen. Über der Arbeitsplatte hängen ein paar neue Kostüme, die im Schein der Deckenlampe funkeln und glitzern. Sie sind ein wahres Farbfeuerwerk verglichen mit der weißen Einrichtung des Hauses. Mom hält Scarletts Arm fest.

»Sieh dir das an! Sieh dir diesen Grand jeté an!«, sagt sie und zeigt Dad ein Foto. Er zieht eine Augenbraue hoch und wirkt überhaupt nicht zerstreut.

Ich trage eine schokoladenbraune Bauernbluse, die ich in der Main Street gekauft habe, Khaki-Shorts und Sandalen mit einem blauen Schmuckstein. Das Blau schmeichelt meiner gebräunten Haut.

Aber sie nehmen keine Notiz von mir.

Ich drehe mich um und gehe die Holzstufen der Veranda hinunter in den Garten. Ich gehe an der Garage mit der Holzschindel vorbei, in die Scarlett und ich unsere Namen geritzt haben, und dann die Kiesauffahrt hinunter zur Straße – um Andrew von Scarlett zu erzählen.

Unten bei den Docks riecht es wie bei meinem ersten Date mit Andrew: nach gebratenem Fisch und Meerwasser. Ich gehe zum Parkplatz hinüber und muss daran denken, wie ich nackt im Meer gebadet habe. Bei den Docks machen Touristen Fotos von ein paar Seehunden, die ihre kleinen bärtigen Nasen aus dem seichten Wasser strecken.

Andrew springt vom Boot auf die Anlegestelle und gibt mir einen schnellen Kuss.

»Geil nach Aufmerksamkeit«, sagt er über die Seehunde.

»Schamlos«, erwidere ich. *Sag es ihm einfach. Es ist ganz leicht. Die Sache mit dem MIT kannst du noch etwas hinauszögern.*

Über seiner Oberlippe bilden sich Schweißperlen und er nimmt die Baseballmütze ab, die seine verklebten Haare verdeckt. Andrew wischt sich die Stirn ab.

»Wir legen in ein paar Minuten ab«, sagt er. Aufs Stichwort ertönt ein schrilles Hupen und die Motoren werden angeworfen. Rauchschwaden steigen in den Himmel. »Wir fahren in den Hafen. Wegen des Tropensturms müssen wir einige Hummerfallen verstärken.«

Drüben bei den Docks sind die Seehunde wieder untergetaucht. Hoffentlich schwimmen sie zum Hafen, wo es sicher ist.

»Wegen heute Abend«, sage ich. »Die Party im Haus meiner Tante …«

»Ach, ja. Ich muss heute Abend ja auch zu der Party von diesem Mädchen. Du hast mich gerade daran erinnert. Ich habe die Einladung nämlich vor gut einem Monat in Curtis' Jeep liegen lassen.«

»Ja, darum geht es. Meine Schwester …«

»Andrew!«, ruft einer der Typen auf dem Boot und streckt die Arme in die Luft. »Komm schon!«

Das Boot fährt an und ein paar Typen machen die Leinen los und springen an Bord.

Andrew gibt mir rasch einen Kuss auf die Wange. »Die Hummer rufen! Nach dieser anderen Party komme ich bei dir vorbei. Halb elf? Wenn's sein muss, schmuggle ich dich aus dem Haus.«

Mein Hals tut schon weh, weil ich ihm unbedingt alles sagen will.

»Halb elf«, flüstere ich.

In Sekundenschnelle springt er von der Anlegestelle aufs Boot.

»Auf Wiedersehen!«, ruft Andrew theatralisch. Er lehnt sich über die Reling wie die Typen in den Broadway-Musicals. Ein Chor von Männerstimmen macht sich über Andrew lustig.

»Auf Wiedersehen, holde Dame! Auf Wiedersehen, Jungfer Sarah! Bei meiner Rückkehr in den Hafen werden wir uns wiedersehen«, rufen ein paar Fischer. Andere legen ihre Hand aufs Herz. Sechs oder sieben Kerle in Fischerkleidung rufen meinen Namen und für den Moment bin ich die Prinzessin der Docks. Die Prinzessin, die ihm nicht gesagt hat, was sie hätte sagen müssen. Das Mädchen, das es nicht fertigbringt, die Wahrheit zu sagen.

# KAPITEL 29

FÜR DEN REST DES NACHMITTAGS GING ICH DURCH die Stadt und überlegte, wie ich Andrew die Sache mit Scarlett beibringen sollte.

Vor Nancys Haus waren schon diverse Lieferwagen von Catering-Firmen sowie vereinzelte BMWs und Mercedes vorgefahren. Als ich die Stufen zum Bauchschmerzen am Meer hochgehe, spiele ich meinen Plan noch einmal durch. Als Erstes werde ich das schwarze Kleid anziehen.

Zweitens werde ich mir Andrew schnappen und ihm von Scarlett erzählen. Bei dem ganzen Trubel auf der Party wird er nichts über mein wahres Alter erfahren. Ich kann ihn von diesem Thema ablenken. Ja, das klingt perfekt. Eine Stunde sollte genügen, um Nancy zufriedenzustellen und …

»Bean!«, ruft Mom, als ich zur Tür hereinkomme. »Oh, gut, dass du da bist.« Ich bin erstaunt, dass sie meine Abwesenheit bemerkt hat, aber dies ist ja auch kein normaler Tag für Mom. »In zehn Minuten werden Fotos gemacht.«

Im Haus riecht es nach Knoblauch und anderen Gewürzen.

Mom hat das Cupcake-Kleid in der Hand.

Hinter ihr taucht Nancy auf. »Ich kann es nicht fassen, dass du so spät kommst.« Nancy trägt ein weißes Kleid, das aussieht wie ein riesiger Marshmallow.

Mom drückt mir das Kleid in die Hand und der Tüll kratzt auf meinem Arm.

»Geh nach oben und mach dich fertig!«, sagt Nancy und watschelt in die Küche.

Kellner in weißen Button-down-Hemden und schwarzen Hosen putzen in der Küche das Silber.

Mom steckt sich ein Paar goldene Ohrringe in die Ohrläppchen. »Deine Schwester zieht sich gerade um; geh und sieh nach ihr.«

Ich nicke und schaue auf die Uhr. Es ist 18 Uhr. Die Party beginnt in dreißig Minuten.

Ich gehe die restlichen Stufen hoch und verschwinde in meinem Zimmer. Ich will nicht nach meiner Schwester sehen. Sie kann auf sich selbst aufpassen.

Ich lege das Kleid auf mein Bett – Wal in Sicht. Dieses pinkfarbene Kleid mit dem Stufenrock besteht aus so viel Tüll, dass dieses Polster ausreichen würde, um mich bei einem Motorradunfall zu beschützen. Ich nehme es vom Kleiderbügel und stelle mich vor den Ganzkörperspiegel hinter meiner Tür. Mir gehen Bilder vom gestrigen Abend durch den Kopf. *Unsere Körper unter den warmen Laken. Andrew berührt mich so lange, bis ich mich auf dem Bett winde. Ich streichle ihn und bedecke seinen ganzen Körper mit Küssen, bis ich ein Handtuch aus dem Bad holen muss.*

Und jetzt stehe ich hier vor dem Spiegel, mit trägerlosem BH und Slip.

Dieser Körper. Dieses Mädchen. Ich bin nicht mehr die, die ich war, als wir zu Beginn des Sommers hierherkamen. Ich bin das Mädchen, das auf dem Rücksitz eines Strandbuggys vor Vergnügen kreischt. Das Mädchen, das zum ersten Mal von einer Gruppe akzeptiert wird. Ich bin das Mädchen, das die Welt außerhalb des Biologie-Labors kennenlernen will. Natürlich will ich trotzdem noch ins Bio-Labor. Ich will nur *mehr*. Ich will beides.

»Bean!«, ruft Mom. Wegen der Musik und der Stimmen, die jetzt durchs Haus hallen, kann ich sie kaum hören. Ich lasse das Cupcake-Kleid auf dem Bett liegen und schlüpfe in mein neues Kleid und in schicke schwarze High Heels.

Ich trage auf dem Augenlid schwarzen Eyeliner auf, den ich in einem Kosmetikladen in der Main Street gekauft habe, und verteile etwas Bronzer auf meinen bereits gebräunten Wangen. Ich mache das Licht aus, und gerade als ich mein Zimmer verlasse, klingelt es zum ersten Mal an der Tür. Immer mehr Gäste treffen ein und bald entsteht ein schreckliches Stimmengewirr.

Ich schließe die Augen. Ich schaffe das. Das Kleid und Andrew. Kein Problem.

»Mrs Levin! Dieses Haus!« Trishs gellende Stimme hallt von unten herauf.

Tucker ist da. Mir wird eiskalt im Magen.

»Wir müssen zuerst noch ein paar Fotos machen, aber Scarlett wartet auf der Veranda«, sagt Mom. Die Tür zur Veranda geht auf und draußen hört man die Live-Band, die Songs von Frank Sinatra spielt, und das Geschnatter der Partygäste.

Als die Tür sich schließt, ruft Scarlett: »Oh mein Gott! Trish! Ich habe dich ja so vermisst!«

Stufe für Stufe gehe ich die Treppe hinunter. Ich streiche mit der Hand über den schwarzen Baumwollstoff und hebe mein Kinn in die Höhe. Gerade als Nancy meinen Namen ruft, betrete ich die Küche. Ich bleibe bei der Kücheninsel stehen, und obwohl ich bereit bin, habe ich Herzklopfen.

Mom ist mit Dad draußen, aber bei all den vielen Leuten kann ich Tucker nirgends entdecken.

Nancy sortiert die Antwortschreiben und jammert: »Du bist ja gerade pünktlich. Auf die Minute. Musstest du ausgerechnet an diesem Abend, wo ich dich brauche, so spät kommen? Es wird Zeit für die Fotos. Und …« Nancy schaut auf.

Ich beiße die Zähne zusammen, verschränke die Arme und rühre mich nicht vom Fleck.

»Was ist das? Was zum Teufel hast du da an? Maeve! Maeve, was hat deine Tochter da an?«

»Mein Kleid«, sage ich.

»Zieh dich auf der Stelle um.«

Sie geht weg, aber als sie merkt, dass ich nicht brav die Treppe hinaufgehe, macht sie kehrt.

»In dem Kleid werde ich mich nicht fotografieren lassen«, erkläre ich. »In dem Kleid werde ich nicht auf die Party gehen.«

»Was? Mit dem Thema waren wir doch durch.«

*»Du* warst damit durch«, sage ich und stütze mich mit einer Hand auf die Arbeitsplatte. Meine Wangen glühen und mein Herz rast. *»Du* sagst mir doch immer, was ich deiner Meinung nach brauche. Du fragst nie, was ich will.«

»Du weißt nicht …«

»Doch, ich weiß!«, schreie ich und schlage mit der flachen Hand auf die Arbeitsplatte, sodass der Schmerz bis ins Handgelenk ausstrahlt. »Ich weiß genau, was ich will. Vielleicht passt es dir ja nicht oder es ergibt keinen Sinn für dich, aber für mich ergibt es sehr wohl Sinn.«

Nancy stellt sich dicht vor mich hin und atmet schwer durch die Nase, wie ein Stier.

»Du wirst nach oben gehen und dich umziehen«, sagt sie und betont dabei jedes Wort. *»Sofort!«*

»Nein!«, brülle ich. Eine Kellnerin, die gerade Blätterteiggebäck auf einem silbernen Tablett verteilt, hält kurz inne und macht sich dann sofort wieder an ihre Arbeit.

»Nancy! Bean!«, ruft Mom von draußen. »Der Fotograf hat schon angefangen, Fotos von …« Weiter kommt sie nicht. Sie bleibt neben Nancy stehen, und ihr fällt die Kinnlade herunter, als sie mich sieht.

Nancy legt die Hand auf ihre überdimensionale Brust und schüttelt den Kopf.

»Ich verstehe dich nicht«, sagt Nancy. »Du bedankst dich kaum für das, was ich für dich tue.«

Ich zittere.

»Warum?«, frage ich und muss schwer durch die Nase atmen. »Warum bestehst du darauf, mir zu sagen, wer ich bin?«

»Bean? Was ist los?«, fragt Mom.

»Verdammt noch mal«, schreie ich Nancy weiter an. »Wenn du mir nur einmal *zuhören* würdest, dann würdest du wissen, worüber du mit mir reden kannst!« Ich bin vollkommen durcheinander. Wie ein Teleskop, das nicht fokussieren kann. Am liebsten würde ich auf etwas Hartes beißen, bis meine Zähne abbrechen. Ich will doch nur, dass sie mir *zuhören.*

Nancy betrachtet mein neues Kleid, sieht dann zu Boden, und als ihr Blick schließlich auf mich fällt, werden ihre Gesichtszüge weicher. Sie ist kein Stier; sie ist verletzt und ich bin ein Idiot. Nancy schüttelt langsam den Kopf und sagt leise: »Ich weiß nicht, wie ich zu dir vordringen kann. Ich schlage dir neue Dinge vor. Die Tanzveranstaltung für Teenager, ein Friseurbesuch mit mir, aber du wehrst dich immer dagegen. Ich finde keinen Zugang zu dir.«

Ich weiß nicht, was ich davon halten soll. Eigentlich hätte ich erwartet, dass Nancy wütend ist, aber diese sanftere Reaktion verwirrt mich.

»Ich habe es den ganzen Sommer über versucht. Ich habe dir dieses teure Kleid gekauft, ich habe dir mein Auto geschenkt, ich …« Ihre Stimme wird dünn und sie nimmt eine Serviette von der

Arbeitsfläche und tupft sich damit die Augen ab. »Du redest nur mit meiner Schwester und fragst kaum, wie es mir geht. Du besuchst mich nicht, und jetzt, wo Scarlett weggeht und …«

Ich kann das nicht glauben. Es will einfach nicht in meinen Kopf.

Nancy weint jetzt schonungslos und ich gehe zu ihr, nehme mir ein paar Servietten und gebe sie ihr. Sie lässt sich auf einen Barhocker fallen und putzt sich die Nase.

Mom schweigt immer noch. Sie hat die Augen weit aufgerissen und ich glaube, sie hat mich in meinem ganzen Leben noch nie so angesehen. Scarlett schon. Aber mich? Nie.

»Du willst tatsächlich, dass ich dich besuche?«, frage ich Nancy.

»Ich erwarte nicht, dass du dich mit mir ebenso gut verstehst wie mit deiner Großmutter. Ihr beide seid aus demselben Holz geschnitzt. Aber … dieses wunderschöne Kleid.«

»Tut mir leid«, sage ich. »Ich konnte mich einfach nicht so demütigen lassen. Das ist ein Kleid für ein Baby.«

Sie mustert mich von oben bis unten.

»Oh«, sagt sie und schnieft. »Vielleicht ist es das.«

In diesem Moment könnte ich Nancy umarmen. In einem flüchtigen Moment kommt mir der Gedanke, ihr von Andrew zu erzählen. Vielleicht würde sie mich ja dieses eine Mal verstehen.

»Ich möchte mehr als nur die Wissenschaft und die Sterne«, sage ich. »Aber das funktioniert nicht so, wie du dir das vorstellst. Du musst mich einfach ich selbst sein lassen.«

Ich habe es begriffen. Vielleicht zum ersten Mal überhaupt. Nancy *braucht* uns. Sie muss mich ärgern, aufziehen und dabei den Überblick über alles behalten, was ich so treibe. Wir sind alles, was ihr an Familie geblieben ist. Großmutter lebt in Kalifornien und Nancy ist allein. Es war mir egal oder ich hatte keine Ahnung, wie ich eine Rolle in ihrem Leben spielen konnte, die keine Last für sie war. Ich war davon ausgegangen, wie bei so vielen, vielen

Leuten, dass Nancy mich nicht mochte. Dabei liebt Nancy mich. Vielleicht zu sehr.

»Hast du dein Geburtstagsgeld dafür ausgegeben?«, fragt Mom.

Draußen auf der Veranda ruft Carly Moms Namen. Ihre Stimme klingt nah, das heißt, Tucker ist auch nicht weit.

»Nein. Ich habe es mit dem restlichen Geld vom Pizza Palace bezahlt.«

»Maeve?«, ruft Carly erneut von der Veranda, und Mom geht nach draußen zu ihrer Freundin.

Nancy erhebt sich von dem Barhocker. Sie schnieft wieder und putzt sich die Nase. Bevor sie weggeht, sage ich: »Ich habe ein Foto von dir gesehen. Von dir und Grandma in Badeanzügen. Ihr wart ziemlich jung.«

Sie tupft sich noch einmal die Augen ab. »Ich glaube, das war unser letzter Sommer, bevor ich aufs College ging.«

»Kann ich es behalten? Ich meine, ich habe es genommen, aber ich kann es auch wieder zurückstellen. Ich möchte es wirklich gerne haben.«

Nancy sieht mich an und neigt leicht den Kopf zur Seite.

»Ich bin sicher, wir können mich rausschneiden, falls du nur das Foto von deiner Grandma haben willst.«

»Ich möchte es haben, weil ihr beide drauf seid.«

Nancy schnieft und lächelt ein wenig.

»Sicher«, meint sie. »Du kannst es behalten.«

Sie streckt mir die Hand hin, lässt ihren Arm dann aber sinken, und ich frage mich, ob sie mich umarmen wollte, so wie sie es immer bei Scarlett tut. Aber stattdessen nickt sie nur.

Ich möchte nicht, dass sie den ganzen Herbst und Winter allein in diesem Haus ist.

Nancy dreht sich um, um zu Mom nach draußen zu gehen.

»Nancy?«, sage ich.

Sie wirft einen kurzen Blick auf mich. »Hmm?«

»Ich werde dich im Winter besuchen, wenn du willst. Solange ich mein Teleskop mitbringen und dir am Strand ein paar Sachen zeigen darf.«

Ich bilde mir ein, dass ein Lächeln um ihre Mundwinkel spielt.

»Alles klar«, sagt sie. Sie deutet auf mich und fügt hinzu: »Aber bring nicht diese Algen mit, damit du nicht wieder meinen Teppichboden ruinierst.«

Ich will lachen, tue es aber nicht.

»Alles klar.«

# KAPITEL 30

ICH MUSS ANDREW FINDEN. UM TUCKER KÜMMERE ich mich irgendwann, aber Andrew ist der erste Schritt.

Unten auf dem Rasen nehmen sich Trish und Scarlett ein paar Shrimps von einem Vorspeisen-Teller. Tucker hängt mit seinem Dad herum. Als ich ihn sehe, muss ich innehalten. Seit langer Zeit hat er mal wieder Bräune abbekommen und er füllt auch seinen Anzug aus. Vermutlich hat er diesen Sommer Sport getrieben.

Da ist Andrew! Keine Ahnung, wie lange er schon hier ist oder was er schon weiß. Er geht über den Rasen und bleibt an der Bar vor dem Zelt stehen. Er dreht sich ein paarmal um und lässt seinen Blick über die Menge schweifen. Wahrscheinlich sucht er mich. Ich muss jetzt zu ihm gehen. Blitzschnell bin ich die Verandatreppe unten. Mom und Dad sind in dem Zelt, und Nancy steht bei der Band. Alle sind weit genug von Andrew entfernt. Perfekt.

»Andrew!«, rufe ich. Er spuckt fast seinen Drink aus, als er mich sieht.

»Sarah. Woher kennst du Scarlett? Ich wusste nicht …«

»Ich werde dir alles erklären.«

»Wow, du siehst toll aus.«

»Ich muss mit dir reden.«

Ich nehme seine Hand und führe ihn weg von dem Zelt, hinunter zu dem Weg, der zum Strand in der Bucht führt. Scarlett ist bereits am Strand. Sie trägt ihre Haare offen, sodass sie ihr über die Schultern fallen. Sie lacht lauthals und berührt den Arm von – oh, mein Gott. Sie berührt Curtis' Arm.

Mir bleibt fast die Luft weg. Ich muss das jetzt durchziehen. Oder? Hier ist es dunkler, und der Himmel ist lavendelgrau.

»Was ist los, Sarah? Das ist das Haus deiner Tante. Ich bin ganz durcheinander.«

Shelby steht auch bei Scarlett. Das ist er – der Moment.

»Hör zu, ich muss dir was sagen. Ich wollte es dir heute schon bei den Docks erzählen.«

»Sarah!«, ruft Curtis und späht den Weg entlang zu Andrew und mir.

»Es geht um Scarlett«, füge ich rasch hinzu.

»Ist das Sarah?«, ruft Curtis wieder. Als ich meinen Namen höre, würde ich mich am liebsten verkriechen.

»Was ist mit Scarlett?«, fragt Andrew.

»Ich kenne sie. Ich habe es dir nicht gesagt, aber es ist so und …«

Curtis kommt den Weg hochgerannt, packt Andrew am Ärmel seines Jacketts und zieht ihn mit zum Strand. Andrew lässt meine Hand nicht los.

Scarlett dreht ein paar Typen den Rücken zu und runzelt die Stirn. Sie wirkt wie ein verwirrtes Vögelchen, als sie mich mit Andrew sieht. Sie mustert mich von oben bis unten.

Andrew lässt meine Hand los.

»Woher kennst du Scarlett?«, fragt er wieder.

Sie sind alle hier: Shelby, Tate und alle meine neuen Freunde. Das kleine Lagerfeuer knistert. Ich schlucke trocken. Die meisten

Leute jenseits des Lagerfeuers kenne ich auch. Trish flirtet mit einem der Typen, die ich diesen Sommer kennengelernt habe – an seinen Namen kann ich mich nicht mehr erinnern. Aber das sind meine Freunde, und in wenigen Augenblicken werden sie Bescheid wissen. Ich werde nicht mehr Sarah sein, sondern Bean, sechzehn und eine Lügnerin.

»Das ist meine Schwester«, erklärt Scarlett.

*»Das* ist deine Schwester?«, sagt Curtis. »Was seid ihr? Zwillinge?«

»Schwester?«, meint Andrew ungläubig. Am liebsten würde ich mit ihm davonlaufen.

»Ich wollte es dir sagen«, sage ich leise. Unsere Blicke treffen sich und ich sehe die Verwirrung in seinen Augen, von der ich ihn am liebsten befreien würde. »Heute bei den Docks und viele andere Male, aber ich habe es nicht geschafft.

»Zwillinge?«, sagt Scarlett und neigt den Kopf zur Seite. »Also bitte. Sehen wir vielleicht wie Zwillinge aus?«

Ich schlucke trocken. Sie wird sich nie auf meine Seite stellen. Sie wird alles kaputt machen. Ich war so dumm, es so lange vor mir herzuschieben. Es hätte mir gerade noch gefehlt, wenn Mom, Dad und Nancy auch hier wären. Scarlett öffnet den Mund. Alles, was ich mir in diesem Sommer aufgebaut habe, wird wie weggeblasen sein, und ich werde nichts weiter sein als Tuckers Verflossene.

Curtis legt einen Arm um Scarletts Schulter. Er ist schon betrunken, deshalb schwankt er ein wenig. Er hat die Hosenbeine seines Anzugs hochgekrempelt und seine Knöchel sind voller Sand. »MIT und Juilliard?«, sagt er.

Curtis hängt an Scarlett. Andrew steht neben mir, und ich kann die Wärme seines Körpers spüren.

»Zwei Genies in einer Familie?«, meint Curtis. »Wieso hast du uns nie erzählt, dass du Scarletts Schwester bist? Warum hast du so ein Geheimnis daraus gemacht?« Curtis legt den Arm um Andrews

Schulter. Andrew sagt kein Wort. »Wie alt bist du denn, kleine Schwester?«, fragt Curtis.

Scarlett und ich sehen uns unentwegt an.

*Scarlett … bitte …*

Scarlett wirft die Haare zurück und sagt: »Sie will ans MIT. Da kannst du es dir ja ausrechnen.«

Am liebsten hätte ich vor Erleichterung einen Luftsprung gemacht.

*Scarlett hat sich hinter mich gestellt. Sie hat für mich gelogen.*

»Scarlett! Sarah!«, ruft Mom vom Zelt aus. »Fotos.«

»Tut mir leid«, sage ich zu Andrew. »Tut mir wirklich leid, dass ich dir nicht gesagt habe, dass Scarlett meine Schwester ist.« Shelby, die mir gegenübersteht, grinst, aber es ist kein böses, sondern ein verständnisvolles Grinsen. Aber nicht einmal sie kennt die ganze Wahrheit. Meine Lügen sind so vielschichtig, dass ich aufpassen muss, zu wem ich was gesagt habe.

Scarlett nippt an ihrem Champagnerglas und gibt mir mit einem Kopfnicken zu verstehen, dass ich ihr den Pfad hinauf folgen soll.

»Scarlett!« Nancys schrille Stimme übertönt die Partymusik.

Andrew behält die Hände in den Hosentaschen.

»Du hättest es mir sagen sollen«, meint er. »Das war ein großes Geheimnis.«

»Riesig«, sage ich, während ich meiner Schwester folge. »Ich bin gleich wieder da.«

Er schaut mich an und hält mich sanft am Arm fest.

»Es geht darum, was ich über sie gesagt habe, stimmt's? Immerhin habe ich sie auf dieser Party als Zicke bezeichnet.«

»Kaum«, sage ich, obwohl ich mir diese Begründung leicht zunutze machen könnte. Ich darf nicht mehr lügen. Ich darf einfach keine Lügengeschichten mehr erzählen. Ich gehe zu Andrew und drücke seine Hand. »Da ist noch was, was ich dir sagen muss. Ich bin gleich wieder da«, sage ich und laufe meiner Schwester hinterher, die auf eine Gruppe von Fotografen neben dem Zelt zusteuert.

Die Wahrheit über das MIT und über mein Alter wird nichts daran ändern, *wer* ich für Andrew bin. Die Wahrheit darüber, wer ich in Andrews Gegenwart bin, ist absolut real.

Als Scarlett und ich zu dem Zelt kommen, gruppiert der Hauptfotograf uns um Nancy, die auf einem weißen Sessel in der Mitte sitzt. Hinter uns geht die Sonne allmählich über der Bucht unter. Am Himmel tauchen vereinzelt graue Wolken auf, und in der Dämmerung hat der Himmel die Farbe eines Blutergusses. Ich vermeide jeglichen Blickkontakt mit meiner Schwester, aber ich spüre, dass sie mich beobachtet. Ich tue so, als sei alles ganz normal.

»Wir wollen noch vor Sonnenuntergang fertig werden, Leute. Die beiden Schwestern jeweils neben Mutter und Vater. Vater nach rechts; Mutter nach links«, sagt der Fotograf.

Ich stehe neben Dad und Mom neben Scarlett. Zum Glück kommt Andrew nicht vom Strand herauf. Die heitere Jazzmusik macht keinen Sinn, wenn ich bedenke, wie laut mein Herz klopft. Scarlett hat mich gedeckt.

»Und … lächeln!«

Das Blitzlicht leuchtet auf und wir wechseln zweimal die Positionen. Scarlett starrt mich immer noch wütend an, während Mom und Dad mit Nancy posieren.

Ich muss mit Andrew über mein Alter sprechen. *Er kennt mich. Er wird es verstehen.* Als Scarlett sich mit Nancy fotografieren lässt, blicke ich den langen Weg zum Strand hinunter. Ich kann Andrew nirgends entdecken.

Ich spähe zwischen stacheligen Zweigen und gezackten Blättern hindurch und sehe Scarletts Freunde um das Lagerfeuer tanzen. Eigentlich sollte der Mond hoch am Himmel stehen, aber die Wolken verdecken die Sterne und bewegen sich noch schneller als vorher. Bald werden sie gar nicht mehr zu sehen sein und es wird anfangen zu regnen. An diesem seltsamen Abend sind all die Leute hier versammelt, die ich in diesem Sommer kennengelernt habe. Da ist Shelby mit ihren Dreadlocks. Curtis, der Scarlett offenbar abgeschrieben hat und jetzt auf ein anderes Mädchen abfährt, das ich nicht kenne. Sie alle sind unter der Mondsichel vereint wie abstrakte Engel. Zu perfekt für das wirkliche Leben.

Ich drehe mich zu dem Zelt um, um zu sehen, ob ich Andrew dort irgendwo entdecken kann. Mittlerweile stehen die Leute schon Schlange, um etwas zu essen zu ergattern. Ich begebe mich zu dem Zelt und suche in der Menschenmenge nach Andrew.

»Deine Tante hat … den schlechtesten Geschmack aller Zeiten.«

Tucker hat sich neben mich gestellt. Sein abgehackter Humor ist mir vertraut. Selbst die Art, wie er redet, wenn er witzig sein will; er fängt ganz langsam an und beendet seine Sätze dann ganz schnell. Ich habe ganz vergessen, wie sehr mir seine Redeweise gefallen hat. Wir stehen ungefähr einen Meter voneinander entfernt. Wir umarmen uns nicht, aber ihm die Hand zu schütteln, erscheint mir irgendwie seltsam, deshalb nicke ich nur.

Kellner tragen Tabletts mit Essen herum und sind an verschiedenen Stellen postiert. Die Band spielt jetzt keine klassische Musik mehr, sondern Musik der Jahrhundertwende, passend zu dem *Titanic*-Desaster. Das merke ich daran, dass die Partyplanerin in ein Walkie-Talkie brüllt: »*Titanic*-Musik. *Titanic,* los!«

»Wen suchst du denn? Diesen Typen von vorhin? Ist das dein Freund?«

»Ja, das ist er.«

Der Wind weht Tucker die Haare ins Gesicht. Die Wolken bewegen sich schnell, aber es bilden sich immer wieder Wolkenlücken, durch die das Mondlicht fällt.

Moms und Dads Freunde stehen da in ihrer eleganten Garderobe und essen Appetithappen von viereckigen Cocktailservietten mit dem Logo der White Star Line. Nancy hat ihre Fotosession beendet und schwärmt jetzt in den höchsten Tönen von dem Künstler, der Eisskulpturen herstellt. Sie fuchtelt mit den Armen und ihr Geschmeide funkelt im Schein der Kerzen.

»Bald fängt die Schule wieder an«, sagt Tucker. Ich bin nicht überrascht, dass er als Erstes dieses Thema anschneidet. Früher habe ich geglaubt, diese Berechenbarkeit würde bedeuten, dass wir perfekt zueinander passen. Ich zucke die Achseln.

»Sorry noch mal wegen der Sache mit Becky«, meint er. »Ich wollte …«

»Es mir sagen?«

»Du warst immer so beschäftigt.«

»Oh bitte«, bemerke ich spöttisch. »Du warst einfach zu feige. Du hättest es mir hundert Mal sagen können. Es wäre zwar ätzend gewesen, aber ich hätte es verstanden.«

Er zuckt mit den Schultern, gibt aber nicht zu, dass ich recht habe.

»Was hast du gesagt? Ich ›beobachte die Welt‹?«

Ich kann mir nicht helfen, aber diese Worte klingen mir immer noch in den Ohren.

»Das habe ich nie gesagt.«

Ich lache so angestrengt, dass ich beinahe husten muss.

»Du kennst mich nicht mal halb so gut, wie du denkst, Tucker. Hast du gewusst, dass ich nächstes Schuljahr nicht mehr beim Bio-Club mitmache?« Ich strecke mein Kinn in die Luft.

Erst als ich es ausspreche, weiß ich, dass es stimmt. Aber im Gegensatz zu früher weiß ich jetzt, dass viele Dinge stimmen.

»Und wahrscheinlich gebe ich auch keine Nachhilfe mehr«, füge ich hinzu.

»Warum?«

»Weil ich ehrenamtlich im Ninigret-Observatorium arbeiten möchte. Und ich glaube, ich lasse mich zur Rettungsschwimmerin ausbilden.«

»Wow, aber in ein paar Monaten ist es saukalt.«

»Wozu gibt es Hallenbäder, Tucker? Du hast wirklich null Ahnung«, sage ich und werfe in Scarlett-Manier die Haare über die Schulter. Tucker antwortet nicht und wir schweigen einen Moment. Ich muss wieder hinunter an den Strand, um Andrew zu suchen. Obwohl Scarlett dort unten ist.

»Ich muss …«, beginne ich.

Tucker beugt sich nach vorn und unterbricht mich. »Ist das …«

»Was?«

Er deutet mit dem Finger in das Zelt. In der Mitte des Zelts steht eine riesige Eisskulptur. Ich hatte sie zwar gesehen, aber zuerst nicht wirklich beachtet. Tucker putzt seine Brille, um sicherzugehen, dass es sich um keine Fata Morgana handelt.

»Ich glaube, es ist eine Miniatur-Nachbildung der *Titanic* beim Verlassen des Hafens«, sage ich.

Darunter steht in blauer Leuchtschrift: BON VOYAGE, SCARLETT.

Ich schüttle den Kopf und lache, und Tucker fängt auch an zu lachen. Ich kann nicht anders. Ich muss lachen, weil Scarlett sich hinter mich gestellt hat, weil ich das neue Kleid trage, das allein mir gehört, und weil Nancy eine Eisskulptur in Form eines Schiffes hat anfertigen lassen, das in sein Verderben steuert. Tucker kommen vor Lachen die Tränen und er wischt sich die Augen an seinem Jackenärmel ab. Mein Bauch krampft sich zusammen und ich beuge mich vornüber. Ich kann nicht aufhören zu lachen und es tut so weh. Mein Gesicht schmerzt und ich massiere meine Wangen.

»Alles, von der Tischwäsche bis hin zu den Uniformen der Kellner, soll thematisch zur *Titanic* passen«, erkläre ich.

»Das ist ja schrecklich!«, ruft Tucker aus.

»Nicht wahr?«

Die Kapelle spielt, und ich drehe mich um und wische mir über die Augen. Ich höre auf zu lachen. Der Abend hat sich über die Party gesenkt und die untergehende Sonne versteckt sich hinter Wolken. Die Blüten der Hortensien schaukeln hin und her. Vielleicht bekommt Nancy ja ihren Willen und der Tropensturm verschont uns.

»Ich möchte, dass wir Freunde bleiben«, sagt Tucker, nachdem wir uns wieder beruhigt haben. Ich wende den Blick von den Hortensien ab. Tucker hat mich die ganze Zeit beobachtet.

»Irgendwann«, sage ich. »Lass mir einfach Zeit.«

Ich warte seine Antwort nicht ab, sondern gehe davon. Ich brauche Tuckers Antwort oder seine Zustimmung nicht. Es ist okay, dass er da ist, aber ich habe mich verändert, und er sich auch.

So viele Leute tanzen jetzt auf dem Rasen, dass ich am Rand des Gartens entlanggehen muss. Die erste Windböe bläst die Seiten des Zeltes auf und lässt sie hin und her schlagen.

Andrew winkt mir vom Strand aus zu und ich laufe los. Ich hole tief Luft. Ich werde mit ihm irgendwohin gehen, wo es ruhig ist, weg von seinen Freunden.

Scarlett kommt aus Richtung der Auffahrt auf mich zugestürmt. Ihr Gesicht ist so rot wie nie zuvor und der Wind bläst ihr die Haare von den Schultern. Ihre Nasenflügel beben und sie schüttelt den Kopf. Sie sieht aus wie Mom, wenn sie *richtig* wütend ist.

Scarlett packt mich an der Schulter und zerrt mich unter die Treppe der Veranda.

»Autsch«, sage ich, als sich ihre Fingernägel in meine Haut bohren.

Wir sind hier allein, obwohl die Party im Hintergrund weitergeht.

»Ich habe es gerade erfahren. Bist du verrückt?«, flüstert sie.

Ich stelle mich aufrecht hin und strecke die Nase in die Luft. Ich reibe mir die Arme und bin sicher, dass sie mir blutige Kratzer beigebracht hat. Gut. Ich werde alles zugeben. Ich werde ihr sagen, dass ich in diesem Sommer Hunderte von ihren Outfits getragen habe.

»Bean. Andrew Davis ist viel zu alt für dich.«

»Er ist neunzehn.«

Ich erwähne nicht, dass das nur noch ein paar Wochen so sein wird.

»Gott! Kapierst du denn nicht?«, schreit Scarlett und ich weiche einen Schritt zurück. »Andy ist seit zwei Jahren nicht mehr auf der Highschool. Er hat Erfahrungen gesammelt, die du dir kaum vorstellen kannst. Ihr lebt in zwei verschiedenen Welten.«

»Nicht *so* verschieden.«

»Doch, so verschieden. Und du hast ihn die ganze Zeit belogen.«

Das ist mir klar, aber vor Scarlett werde ich das niemals zugeben.

»Ich kann es nicht fassen, dass du so was getan hast. Du bist doch Miss Logik. Miss Mathe-Club. Miss Stipendium. Du zerbrichst dir den Kopf über die kleinste Kleinigkeit.«

»Exakt!«, rufe ich. »Das stimmt genau. Aber ausnahmsweise habe ich es mal nicht getan und es hat mir gefallen, wer ich war!«

»Du machst doch immer, was *du* willst. Du bist so egoistisch. Andy ist dir dabei doch völlig egal.«

Ich schnappe nach Luft und meine Wangen glühen.

»Sein Name ist *Andrew,* und natürlich ist er mir nicht egal. Ich weiß, was ich tue.«

Scarlett legt ihre Hände auf meine Schultern, aber ich kann ihr nicht in die Augen sehen. »Er ist ein echt netter Typ. Hast du …«

Scarlett holt tief Luft. Offenbar will sie sich für dieses Gespräch wappnen.

»Bean, hast du eine Ahnung, wie unfair das ihm gegenüber ist?« Scarlett schlägt die Hände vors Gesicht. »Ich kann das nicht glauben. Gott sei Dank fährst du in einer Woche weg.«

Ein Donnerschlag lässt Scarlett und mich zusammenzucken. Scarlett duckt sich sogar und hält die Hände über den Kopf.

»Hast du dich deshalb auf meine Seite gestellt? Hast du deshalb für mich deine Freunde belogen? Für Andrew?«

Scarlett antwortet nicht. Ich weiß, dass sie, was das Lügen angeht, recht hat – *natürlich* ist es falsch. Aber sie hat sich nur auf meine Seite gestellt, damit Andrew sein Gesicht wahren konnte. Sie hat es nicht für mich getan.

»Alle reden schon darüber. Andrew und deine Schwester. Unzertrennlich diesen Sommer. Es ist so schlimm. Ich sollte nicht für dich lügen. Ich bin keine Lügnerin.«

»Du bist aber auch keine Heilige, Scarlett. Du gehst mit Curtis aus, obwohl er ein Mörder ist.«

Ihr Porzellan-Gesicht scheint Risse zu bekommen. Ihre blauen Augen blicken sanfter. Eine Windböe wirbelt winzige Regentropfen durch die Luft.

»Dich auf meine Seite zu stellen, war das Mindeste, was du tun konntest. Schließlich bin ich deine Schwester, dein Fleisch und Blut.«

»Ich habe mich nicht auf Andys Seite gestellt, sondern auf deine«, sagt sie und sieht mich an. Sie runzelt die Stirn und zieht die Mundwinkel nach unten. »Aber du hast dir dieses ganze Lügengebäude aufgebaut.«

»Für mich fühlt es sich real an«, sage ich leise. »Er ist mit mir zusammen und ich werde es ihm sagen. Ich hatte es gerade vor, als du mich aufgehalten hast.«

»Ja klar.«

»Ich hatte es wirklich vor, auch wenn du mir nicht glaubst.«

»Nein. Tue ich nicht.«

Wieder gibt es einen kräftigen Donnerschlag, und die Leute um uns herum kreischen und brechen schließlich in Gelächter aus. Die Typen, die sich um das Zelt kümmern, geleiten die Gäste nach und nach ins Haus.

Der Regen lässt nicht lange auf sich warten. Blitze zucken und es gießt in Strömen.

Ich drehe mich auf der Stelle um und lasse Scarlett unter der

Treppe stehen. Ich stürze mich direkt ins Getümmel. Die Musiker der Band rennen mich mit ihren regennassen Instrumenten fast um. Gäste eilen zur Treppe. Die diversen Catering-Manager lotsen Leute ins Haus und die Partyplanerin hält einen Schirm über einige der Töchter der Amerikanischen Revolution.

»Sag ihm die Wahrheit, Bean«, ruft Scarlett mir nach, obwohl ihre Stimme bei dem starken Regen wie leises Vogelgezwitscher klingt. Ich drehe mich um, aber Scarlett hat sich nicht von der Stelle gerührt. Sie schützt nicht einmal ihr Gesicht vor dem Regen. Die Haare kleben schon auf ihrer Haut und die Wimperntusche läuft in feinen Linien ihre Wangen hinunter. »Sag es ihm.«

»Sarah!« Aus dem Chaos ertönt Andrews Stimme.

Dad hilft Nancy an mir vorbei zum Haus. »Nicht die Kerzen anzünden, ihr Schwachköpfe«, schreit sie. »Ein paar von den Kellnern sollen die Eisskulptur ins Haus bringen!«

Die Hausangestellten helfen mit, Servierteller mit den Nachspeisen ins Haus zu schaffen. Immer zu viert balancieren die Caterer ihre silbernen Essensplatten. Die kostbaren Apfel-Baiser-Torten, die Nancy für teures Geld gekauft hat, sind total durchgeweicht. Ein Apfel, der wohl als Garnierung gedacht war, kullert von einem silbernen Tablett auf den Boden und rollt an Curtis und Tate vorbei, die darüberspringen und die Verandatreppe hinaufeilen.

»Sarah!«, höre ich Andrew wieder rufen. Mom, Nancy und Dad sind schon auf der Veranda. Scarlett muss ins Haus gegangen sein, denn der Platz unter der Treppe ist leer.

Andrew kommt den Weg heraufgelaufen; seine Kleidung ist völlig durchnässt.

Wind und Regen haben der Party ein jähes Ende bereitet. Ich hole meine Tasche aus Dads Wagen, wo ich sie am frühen Abend deponiert hatte.

»Los, los!«, ruft Andrew. Ohne einen Blick zurückzuwerfen, eilen wir hinaus auf die Straße.

# KAPITEL 31

ANDREW HAT FAST AM ENDE DER SHORE ROAD geparkt. Er hat seine Fliege gelockert und sein Hemd klebt an seinem Körper. Wir springen in den Pick-up. Der Wind prasselt so heftig gegen die Windschutzscheibe, dass man kaum die Straße sehen kann.

Ich habe meine Tasche auf dem Schoß. Darin befinden sich dringend benötigte Kleider zum Wechseln. Ich zittere immer noch. Andrew startet den Motor, fährt aber noch nicht los, sondern legt die Hände in seinen Schoß.

»Dann war die Party heute Abend also für Scarlett«, sagt er. »Weil sie an die Juilliard School geht.«

»Jep.«

»Aber nicht für dich.«

»Nein. Nicht für mich«, erwidere ich.

»Warum wird für dich nicht auch eine Abschiedsparty veranstaltet? Schließlich gehst du im Herbst aufs College.«

»Oh«, sage ich und nehme allen Mut zusammen. »Ich bin nicht

so für Partys.« Wir fahren zu Andrews Haus. Lügen sind wie Wasser. Sie sprudeln einfach heraus, verwaschen die Details und sind schwer einzudämmen.

Vor Scham blicke ich zu Boden. Das Schuldgefühl lässt sich leicht verdrängen, weil die Liebe, die ich für Andrew empfinde, so real ist. Ich kann mir nicht vorstellen, wie es sein wird, wenn er die Wahrheit kennt. Ich will mir nichts vormachen. Ich kann mir nicht vorstellen, die Worte überhaupt auszusprechen: Ich bin sechzehn.

Andrew erwähnt die Party nicht mehr und ich vermute, er will nur höflich sein. Wir halten vor seinem Haus und laufen zur Veranda. Der Regen hat vorübergehend nachgelassen, aber die Fahne auf dem Dach des Hauses flattert noch im Wind wie Nancys allzu teures Zelt.

Andrew schließt die Tür auf und meint mit hochgezogener Augenbraue: »Wetten, dass ich dich überreden kann, das nasse Kleid auszuziehen?«

»Wette angenommen«, sage ich mit einem vagen Lächeln. Ich spüre wieder dieses Unbehagen in mir aufsteigen. Als ich das Haus betrete, kann ich das Gefühl, das mich den ganzen Sommer verfolgt hat, endlich bestimmen.

Enttäuschung.

Ich bin enttäuscht.

Andrew knipst das Licht an und legt seine Schlüssel auf den Tisch. In Gedanken gehe ich noch mal Scarletts Party durch: die sorgsam beschrifteten Tischkärtchen, die funkelnden Lichter und die Band.

Ich gehe an der Küche vorbei, und auf einmal kommt mir Andrews Frage wieder in den Sinn: *Warum wird für dich nicht auch eine Abschiedsparty veranstaltet?*

Warum bekomme ich eigentlich keine Party? Ich war die beste in meiner Klasse; ich habe immer nur Einsen bekommen; und ich bin diesen Sommer sechzehn geworden. Warum habe ich Mom und Dad nie darum gebeten, das zu feiern?

Andrew macht sich in der Küche einen Drink und gibt zwei Eiswürfel in ein Glas. Er macht mir auch einen. Ich gehe zum Fenster. Draußen ist es dunkel und die Bäume schwanken im Sturm.

Andrew steht an seinem Computer und scrollt Musiktitel durch. Draußen vor dem Fenster wird das Laub durch die Luft gewirbelt. Ich stelle mir vor, wie in Nancys Garten die Tischwäsche über den perfekt gemähten Rasen geweht wird.

Aus den Computerlautsprechern tönt ein melodischer, langsamer Song.

»Weißt du schon, in welchem Studentenwohnheim du wohnen wirst?«, höre ich Andrew hinter mir sagen. Das ist ein Schlag in die Magengrube.

»Nein«, seufze ich.

Worte, Streitereien und Diskussionen dieses Sommers gehen mir durch den Kopf.

*Du machst alles, was ich sehe … besser. Interessanter.*

*Gib Dad deinen Essay, damit er ihn korrigieren kann.*

Mir ist auf einmal alles so klar: Warum ich bei Tisch mein Handy nicht dabeihaben darf. Warum ich ständig diesen wundervollen Jungen anlüge, der keine Ahnung hat, dass ich erst sechzehn bin. Warum ich überhaupt gelogen habe.

Und warum den ganzen Sommer niemand abends ein Licht für mich angelassen hat.

Ich fasse das Glas an und bin erstaunt, wie kühl es ist.

»Sarah?«

In Gedanken sehe ich Mom vor mir, wie sie ihr Handy checkt und sich Sorgen um Scarlett macht.

Dad liest. Dad arbeitet. Dad sieht fern. Dad ist ständig in einen Artikel vertieft.

Ich bin nicht da.

Ich bin nicht da.

Ich wollte, dass sie mich wahrnehmen, mich verstehen, aber sie haben mich gar nicht beachtet. Sie *wollten* mich gar nicht sehen. Ich habe hier in diesem Haus und am Strand mit Andrew zu mir selbst gefunden, aber davon haben sie nicht einmal Notiz genommen.

»Sarah? Bist du okay?«, fragt Andrew.

Hitze steigt mir in die Wangen. Andrew steht vor mir, aber in meinen Gedanken steht er am Ufer des Meeres. Die Dämmerung senkt sich über den Strand und er ist drauf und dran, sich in die eiskalten Fluten zu stürzen, wo wir uns zum ersten Mal geküsst haben, wo alles begann.

»Weißt du, heute Abend auf der Party habe ich mein Leben von außen betrachtet«, sage ich. »Ich ging durch die Menschenmenge, aber ich gehörte nicht dazu.«

Ich lasse meine Finger über das Fenster gleiten und hinterlasse auf der beschlagenen Scheibe lange Linien.

Andrew presst die Lippen zusammen und berührt sanft meine Schulter. »Ich glaube nicht, dass jemand mein wahres Ich kennt«, bemerke ich achselzuckend. »Ich lasse mir von allen sagen, wie ich zu sein habe. Ich lasse mich von ihnen einkleiden.« Meine Stimme versagt und ich versuche es zu verbergen, indem ich mich räuspere. »Aber du«, sage ich heiser, »du nimmst mich wahr.«

Er lässt seine Hand von meiner Schulter gleiten.

Ich räuspere mich noch einmal, schüttle den Kopf und kämpfe gegen die aufsteigenden Tränen.

»Willst du wissen, wie mein Spitzname lautet?«, frage ich.

»Klar …«, sagt er sanft.

»Bean. Wie dieses kleine Ding, das man auf seinem Teller herumschiebt und das man eigentlich gar nicht haben will.«

All diese Wahrheiten sind jedoch nicht die eigentliche Wahrheit, die er erfahren muss.

Andrew geht einen Schritt auf mich zu, langt hinter meinen

Kopf und öffnet meine Haarspange. Die Haare fallen über meinen Rücken, die Spange fällt zu Boden und Andrew küsst mich leidenschaftlich. So hat er mich den ganzen Sommer geküsst. Am Strand, auf Partys, in unserer Auffahrt. Ich erwidere seinen Kuss. Dieser Kuss soll ihm sagen, es tut mir leid. Es tut mir leid, dass ich mir ein falsches Leben zurechtlegen musste, um mir eine Bühne zu schaffen, auf der ich stehen konnte.

»Komm«, sagt er und zieht mich hinunter auf den Teppich. Wir liegen Seite an Seite und lauschen der Musik. Andrew hält mich fest und ich frage mich, warum Scarlett die ganze Zeit so wütend auf mich ist. Ist es, weil Mom und Dad sich nie Sorgen um mich machen? Beneidet sie mich um meine Unsichtbarkeit? Ich würde alles darum geben, wenn meine Eltern sich um mich sorgen würden.

Ich sehe mir noch einmal die Luftaufnahmen an. Zerklüftete Landschaften, in einen Rahmen gepresst. *Genau so fühle ich mich.* Die meisten Leute sind mir nicht nah genug, um all meine Facetten zu erkennen. Oder vielleicht denke ich dabei auch an Scarlett. Ehe ich weiter nachdenken kann, wandert Andrews Hand seitlich an meinem Körper hinauf und er zieht mich wieder hoch. Andrew nimmt meine Hand und wir tanzen.

Aus der Stereoanlage ertönt ein neuer, ebenfalls langsamer Song. Die Gitarren spielen eine melancholische Melodie. Wir drehen uns ganz langsam. Sein Kinn ist dicht bei meinem und ich atme tief den Duft seiner Haut ein. Er riecht ein wenig nach Sonnenmilch. Seine Hände gleiten über die Träger meines Kleides, die über den ganzen Rücken verlaufen, wieder und wieder. Wir tanzen weiter.

»Sarah«, flüstert er und ich sehe ihn an. »Ich liebe dich.« Mein Gesicht wird ganz heiß und meine Lippen zittern. »Ich liebe dich«, flüstert er noch einmal. Die Musik schwillt an und klingt so traurig – die Gitarren, das Schlagzeug –, und ich weiß, dass ich ihn über alles liebe. Ich streiche mit dem Daumen über das Tattoo, das mich den ganzen Sommer über so fasziniert hat. Zum Mond schwimmen, durch die Sterne schwimmen; das ist nichts weiter als ein Wunsch. Wie all die Lügen, die ich diesen Sommer erzählt habe.

Andrews Finger schieben sich unter den Träger meines Kleides und er gleitet über meinen Arm. Sein Blick richtet sich auf den zweiten Träger. Mit dem Zeigefinger hebt er den Stoff an und streift den Träger ganz vorsichtig über meinen Arm. Er öffnet meinen BH, sodass ich jetzt mit entblößten Schultern und Brüsten vor ihm stehe. Die Luft im Zimmer ist warm, aber ich zittere trotzdem. Meine Zähne klappern wie damals im Juni am Nauset Beach. Andrew hebt mich hoch und ich schlinge meine Beine um seine Taille und presse meine Brust an seine Brust. Nur sind wir diesmal nicht im Wasser. Stufe für Stufe gehen wir die Treppe hinauf und ich küsse ihn.

Draußen donnert es und der Wind pfeift ums Haus. Andrew setzt mich ab und wir stehen jetzt mitten in seinem Schlafzimmer; die Vorhänge sind zugezogen und das schmale Doppelbett ist ungemacht.

Das Kleid fällt zu Boden und umgibt meine Knöchel. Meine Füße versinken in dem weichen Teppichboden und ich bohre meine Zehen hinein. Dann ziehe ich meine Unterwäsche aus. Ich möchte, dass er mich sieht, mich kennt.

Andrew und ich knien uns hin.

»Ich will es wirklich«, flüstert er. Wir berühren uns noch nicht, aber trotzdem sind wir uns so nah. Ich spüre seinen Atem auf meiner Haut.

Sein Gesicht wird ernst und er blickt besorgt.

»Du zitterst ja«, sagt er und berührt meine Schulter.

»Ich glaube, das liegt daran, dass ich so glücklich bin«, erkläre ich, obwohl meine Zähne klappern.

»Ich werde deine Hand nehmen und dich zum Bett führen.«

Mir läuft ein Schauer über den Rücken.

Andrew zieht mich aufs Bett, entledigt sich seiner Hose und Boxershorts und ist jetzt vollkommen nackt.

Er streckt die Hand aus und wir legen uns zusammen hin. Er küsst meine Lippen, meine Brüste, meine Oberschenkel. Ich spreize die Beine und sein Mund findet den Weg.

Kein Komet kann dem nahekommen.

Als sein Mund sich wieder nach oben arbeitet und unsere Lippen sich berühren, flüstert er immer wieder: »Ich liebe dich.«

Liebe.

Liebe.

In Gedanken wiederhole ich das Wort immer wieder, bis ich höre, wie Andrew die Nachttischschublade öffnet.

Andrew nimmt ein Kondom heraus und legt sich wieder auf das Kissen.

Blonde Härchen bedecken seine Knie. Da ist eine rote, verbrannte Stelle, wo er vergessen hat, Sonnenschutz aufzutragen. Am liebsten würde ich sie mit Eis kühlen. Mit den Händen reißt er ganz leicht die Kondomverpackung auf und sieht mich an. Andrew lehnt sich mit leicht gebeugten Knien an die Wand. Sein Penis ist steif, und ich brauche keine wissenschaftliche Erklärung, um zu wissen, dass ich der Grund dafür bin. Ich will seinen Körper und ich verspüre den Drang, ihn überall zu küssen. Und das tue ich. Es durchzuckt mich, wie ein Stern, der über Himmel rast.

Er fasst mich an den Schultern, stoppt mich und ich hebe den Kopf. Meine Lippen pulsieren im Takt meines Herzschlags.

»Ist alles okay?«, frage ich.

»Ja, ich muss dich nur aufhalten, sonst …«

»Oh!«, sage ich und wir müssen beide lächeln. Ich weiß, was er meint.

»Willst du es wirklich?«, fragt er.

»Ja«, sage ich mit einem Seufzer. »Ja.«

Andrew behält das Kondom in seiner Hand. Ich frage mich, ob er von mir erwartet, dass ich es ihm überstreife. Aber er tut es schon selbst. Er kriecht zu mir, und jedes Mal, wenn seine Handflächen das Laken berühren, hinterlassen sie eine Vertiefung, wie Handabdrücke im Sand.

Andrew gleitet auf mich und seine Hände umfassen meine Schultern. Ich spüre seinen Atem auf meinen Lippen. Als sich unsere Lippen berühren, dringt er in mich ein und ich öffne mich ihm. Andrew bewegt sich und tief in mir drin reißt etwas ein. Meine Finger krallen sich in seine Schultern und ich ringe nach Luft.

»Bist du okay?«, fragt er und zieht sich etwas zurück.

Der Schmerz verschwindet und Andrews Blick wandert von meinen Lippen zu meinen Augen. »Sarah?«

Andrew beugt sich über mich und sein Mund berührt sanft meine Lippen. Er küsst mich nicht und trotzdem bin ich wie elektrisiert. Es kribbelt bis in die Zehenspitzen.

»Bist du okay?«, fragt er noch einmal.

»Perfekt«, flüstere ich und Andrew fängt wieder an sich zu bewegen.

Und erst als sich unsere Lippen berühren und ich das Salz und den Schweiß schmecke, wird mir bewusst, dass es mir gut geht. Mir geht es gut. Mir, dem Mädchen, das er lieben gelernt hat. Ich bin da. Ich bin da, denke ich, als sich unsere Körper zusammen bewegen. Ich bin da und ich liebe dich.

*Ich* liebe …

»Fahr nicht in einer Woche weg. Fahr nicht …«, flüstert Andrew mir ins Ohr.

Er umfasst meinen Hinterkopf und flüstert es immer wieder. Dieses Flüstern ist wie eine kühle Brise, die am Morgen durch ein geöffnetes Fenster weht.

»Fahr nicht«, sagt er wieder.

Winzige Wellen plätschern an den Strand.

Oh, Andrew, möchte ich ausrufen, als die rhythmischen Bewegungen unserer Körper schneller werden.

Ich bin schon weg.

Sechzehn – achtzehn – ist das nicht alles dasselbe? Boston College, Scarlett, Lagerfeuer, Partys und Strand.

Andrew liegt auf der Seite und streicht über mein Haar. Schweiß rinnt von meiner Schläfe und ich spüre den Herzschlag zwischen meinen Beinen.

Es heißt, das Licht eines Sterns würde vier Jahre brauchen, um die Erde zu erreichen. Vor vier Jahren war ich zwölf. Ich liebte mein Bett, meine Spielsachen und das Planetarium in Boston. In vier Jahren werde ich zwanzig sein, in Andrews Alter. Das Licht, das in dem Moment, in dem Andrew und ich uns geliebt haben, den nächstgelegenen Stern verlassen hat, wird vier Jahre benötigen, bis es mich wieder erreicht. Irgendwie tröstet mich das. Diesen erstaunlichen Moment kann ich erneut erleben.

»Was soll ich bis zum Beginn des Semesters nur ohne dich anfangen?«, brummt Andrew. Jetzt am frühen Morgen klingt seine Stimme heiser. »Ich weiß was«, sagt er und seine Stimme hebt sich. »Ich werde dir beim Einzug helfen. Mit öffentlichen Verkehrsmitteln sind es von mir aus nur zwanzig Minuten.«

In meiner Brust geht irgendetwas entzwei.

»Ich werde dir Boston zeigen. Wir können das zusammen machen.«

Ich atme tief durch. »Ja …«, sage ich. »Das klingt perfekt.«

Während der Tropensturm draußen alles durcheinanderwirbelt und die Zweige gegen die Fenster schlagen, zieht er mich an sich. Ich rolle mich zusammen und lege meinen Kopf auf Andrews Brust. Sofort streichelt er mir sanft über den Kopf. Draußen wütet der Sturm, der Regen prasselt gegen die Fensterscheiben und der Wind fegt ums Haus.

Scarletts Worte gehen mir durch den Kopf.

*Du bist sechzehn!*

Sanft umfasse ich Andrews Unterarm. Ich hasse es, sechzehn zu sein.

Aber eigentlich stimmt das nicht. Ich hasse es, dass ich im Herbst aufs MIT gehen will und dass ich weiß, dass ich dort mein eigenes Leben führen könnte, wenn es tatsächlich so wäre. Und das hier, dieser Moment, ist nur ein weiterer Teil dieses Lebens.

*Da gab es so viel mehr für mich.* Viel mehr als diesen String-Bikini mit der amerikanischen Flagge. Mehr als einen Schrank voller Kleider, die nicht mir gehörten, und mehr als ein Teleskop, das zum Himmel gerichtet war, weg von der Erde.

Ich halte Andrews Unterarm jetzt regelrecht umklammert, nicht um ihm wehzutun, sondern aus Angst, er könnte sich einfach, ganz unbemerkt, aus dem Staub machen, und ich würde ihn nie wieder spüren.

# KAPITEL 32

ANDREWS BRUST HEBT UND SENKT SICH GANZ gleichmäßig und er atmet ruhig. Ich habe ihn beobachtet, seit er eingeschlafen ist. Als sich draußen am Horizont ein Lichtrand zeigt, weiß ich, dass es mindestens halb sechs in der Früh ist. Mein Arm schmerzt, weil ich ihn so lange in derselben Position belassen habe. Andrews zottelige blonde Haare hängen ihm über die geschlossenen Augen.

*Ich werde dir beim Einzug helfen.*

Ich versuche die Augen zu schließen und einzuschlafen. Entspann dich, sage ich mir.

*Star Girl.*

Ich starre an die dunkle Holzdecke. Die Dachsparren bilden horizontale Linien.

Linien machen Sinn. Von links nach rechts starre ich auf die Dachsparren. Ich zähle die Linien im Holz, bis ich beim Zählen durcheinanderkomme.

*Fahr nicht weg. Fahr nicht weg.*

Mit wem hat er gesprochen? Mit Bean? Mit Sarah? Mir stockt der Atem. Ich drehe mich auf die Seite und kehre Andrew den Rücken zu. Seine Hand ruht auf meiner Hüfte und mich überkommt eine gewisse Traurigkeit. Ich berühre meine Hüfte und spüre die Wärme meiner Finger auf meiner Haut.

Als Andrew mit mir geschlafen hat, war ich Bean. Das Mädchen, das Astronomie liebt. Das es kaum abwarten kann, bis in der Schule die Wissenschaftsmesse stattfindet. Und das sich auf das Debattier-Team freut. Aber ich war auch Sarah. Ich war stolz, selbstbewusst und witzig. Ich habe jetzt keine Angst mehr, in einer Menschenmenge zu tanzen, und ich kann ohne Scheu Fremden Witze erzählen. Ich weiß nicht, wie ich mich entscheiden soll oder wie ich nur die eine oder die andere sein soll. Ich finde Trost in Fakten, aber die einzige Tatsache, die ich kenne, während ich hier liege und an die Decke starre, ist die, dass ich sechzehn bin.

Und eine Lügnerin.

Aber hier geht es nicht um die Lüge, die ich damals am Strand erzählt habe. Hier geht es nicht um ein Experiment, bei dem ich mich besser fühle. Ich habe Andrew da mit hineingezogen. Es geht darum, was aus mir geworden ist – ein Mädchen, das jemanden komplett manipulieren kann.

Ich muss nach Hause. Ich muss durch diese Tür gehen und Bean sein. Ich atme tief aus, aber mein Atem rasselt.

Ich muss raus aus diesem Haus. Ich bin eine Lügnerin.

Ich stehle mich aus dem Bett und hebe mein Kleid vom Boden auf. Ich zögere und drücke den schwarzen Stoff an meine Brust. Andrews Rückenmuskeln sind angespannt, er dreht sich auf den Bauch und umarmt sein Kopfkissen.

Letzte Nacht ist er bis in mein Herz vorgedrungen.

Auf Zehenspitzen gehe ich die Treppe hinunter, schreibe ihm ein paar Zeilen und lege den Zettel auf den Tisch.

*Letzte Nacht war eine der schönsten und bedeutendsten in meinem Leben. So bedeutend, dass ich dich nicht aufwecken wollte.*
*Bis später*
*Sarah*

Ich stopfe das schwarze Kleid in meine Tasche, ziehe mir das T-Shirt über den Kopf und schlüpfe in meine Jeansshorts. Dabei versuche ich, möglichst keinen Lärm zu machen.

Schuhe … wo sind meine Schuhe? Ich stecke meine Partyschuhe in die Tasche und hole meine Flipflops heraus.

Ich beuge mich vornüber und schlüpfe hinein. Oben knarrt die Matratze. Ich erstarre.

*Warte. Beweg dich nicht …* Stille. Ich hänge mir die Tasche über die Schulter, gehe auf Zehenspitzen über den Teppichboden und öffne die Haustür.

Ohne ein Wort schleiche ich mich aus dem Haus.

Ich hatte fast vergessen, dass draußen ein Tropensturm gewütet hat. Als ich nach draußen komme, sehe ich, dass ein paar übergroße Äste auf Andrews Veranda gefallen sind. Sie haben allerdings keinen großen Schaden angerichtet, lediglich ein Blumentopf ist zu Bruch gegangen und auf der Veranda liegt überall Erde verstreut. Ich begebe mich von der Veranda auf die Straße, wo ein paar umgestürzte Mülleimer liegen.

Ich verlasse Andrews Straße und biege schnell in die Main Street ein. Die Geschäfte sind leer und dunkel und die Sonne schimmert nur leicht durch die Wolken. Ich gehe an der Goosehead Tavern vorbei. Viele Ladenbesitzer haben ihre Fensterscheiben abgeklebt und auf den Glasfronten prangt jeweils ein großes X. Im Bird's Nest, das noch geschlossen hat, setzt eine Kellnerin einen Kaffeefilter in einen überdimensionalen Kaffeeautomaten ein. Kurz hinter dem Bird's Nest bleibe ich stehen und blicke die lange Seitenstraße hinauf, wo ich das erste Mal mit Andrew gesprochen habe. Mikes Trikot ist immer noch um den Baum gewickelt.

Ich kenne die intimsten Details aus Andrews Leben.

Meine wird er nie erfahren.

Für einen kurzen Moment schließe ich die Augen.

*Andrews Hände gleiten in langsamen Bewegungen meinen Körper hinauf und hinunter, so als tauche er vom Grund des Ozeans auf. Er küsst mich und sagt immer wieder meinen Namen.*

Ich öffne die Augen wieder und sehe nur die leere Straße.

Wenn ich Andrews Gesicht vor mir sehe, habe ich das Gefühl, als würde sich ein verrosteter Angelhaken in mir verfangen. Es durchzuckt mich und mir wird flau im Magen. Ich muss nach Hause. Ich komme an der Bibliothek, an Viola's Dress Shop und an dem Süßwarenladen vorbei.

Ich kann keine Elemente mehr hersagen.

Und auch keine Sternbilder.

Ich gehe bis ans Ende der Main Street, wo Straßenarbeiter gerade damit beschäftigt sind, die Hinterlassenschaften des Sturms zu beseitigen, wobei es sich jedoch lediglich um Laub und Äste handelt.

Ich bleibe wieder mitten auf der Straße stehen, weil mir etwas einfällt, das mir zu Beginn des Sommers nicht in den Sinn gekommen ist.

Jim Morrison ist in diesem Badezimmer in Paris nicht einfach *gestorben.* Er hat eine Überdosis Drogen genommen. Oder er ist gestorben, weil er jahrelang mit seinem Körper Schindluder getrieben hat. Vielleicht hatte der französische Rechtsmediziner recht damit, dass das Herz einfach versagt hat. Vielleicht. Aber das ist lediglich ein Wunsch.

Ich werde es nie erfahren. Die Wahrheit ist in Paris gestorben.

Als ich in die Shore Road komme, stehe ich mit herabhängenden Armen am Ende der Straße. Zweige und Laub liegen auf der Fahrbahn verstreut. Am Fuß der Bäume hat sich Sand angehäuft.

Ich schlucke trocken und mein Hals schmerzt. Ich lecke mir über die Lippen; sie sind salzig vom Schweiß der vergangenen Nacht.

Scarlett war gestern Abend so wütend auf mich. Sie schien darüber entsetzt zu sein, dass ich mit jemand wie Andrew zusammen war.

*Bean, hast du eine Ahnung, wie unfair das ihm gegenüber ist? Ich kann das nicht glauben. Gott sei Dank fährst du in einer Woche weg.*

Ihre Worte sind wie ein Schlag in die Magengrube.

Direkt auf der Straße falle ich auf die Knie und senke den Kopf. Ich weiß, was sie meint.

Ich habe einfach nicht daran gedacht, habe mir nicht erlaubt, daran zu denken.

Andrew arbeitet an einer staatlichen Einrichtung. Sicher, ich bin sechzehn und es ist legal, aber eine Beziehung zwischen einem Zwanzigjährigen und einer Sechzehnjährigen würde man bestimmt nicht gerne sehen. Oh Gott. Ich ekle mich vor mir selbst. Als ich ihn kennenlernte, war ich fünfzehn. Ich hätte Andrew in echte Schwierigkeiten bringen können, wenn ein Kollege das herausgefunden hätte. Das meinte Scarlett damit, als sie sagte, wie schlimm es sei. Nicht die Lüge an sich, sondern die Folgen, die sie haben könnte.

Das Scarlett-Experiment war nur eine selbstsüchtige Ausrede. Ich zog die Kleider an, stolzierte damit herum und bekam Selbstvertrauen. Aber im Grunde brauchte ich sie gar nicht.

Ich stehe wieder auf und gehe die Straße hinunter zu Nancys Haus. Bevor ich auf Zehenspitzen den Vorgarten betrete, werfe ich noch einen Blick auf die Straße. Ich sehe Andrews Wagen vor mir, der wie den ganzen Sommer über auf der Straße auf mich wartet. Ich sehe, wie ich über das Pflaster laufe und Andrew um den Hals falle. Der Angelhaken vergrößert die Wunde zwischen meinen Rippen.

Ich betrete den Rasen und gehe ums Haus in den Garten.

»Da bist du ja!«, sagt Scarlett in harschem Ton. Sie steht auf dem Balkon vor ihrem Schlafzimmer. Ihr Fauchen ist nichts im Vergleich dazu, wie schrecklich ich mich fühle. Wahrscheinlich ist sie früh aufgestanden, um zu üben, wie sie mich am besten anschreit, und hat mich dann kommen sehen. Sie würde nie erwarten, dass ich die ganze Nacht weg war.

Ich bleibe nicht stehen, um mit Scarlett zu sprechen, und gehe weiter in den Garten.

Wie konnte ich Andrews Zukunft aufs Spiel setzen? Wie konnte ich jemandem das antun? Sogar gestern Abend auf der Party habe ich immer nur an mich gedacht. Ich habe die Wahrheit einfach immer verdrängt, damit ich das Ausmaß dessen, was ich Andrew angetan habe, nicht akzeptieren musste.

Ich gehe den schmalen Weg zwischen Haus und Garage entlang. Hinter der Garage bleibe ich neben einem Hortensienbusch mit großen dunklen Blüten stehen und knie mich wieder hin. Die Blüten verdecken die Stelle, an der Scarlett und ich unsere Namen eingeritzt haben.

*Ich* war es, mit der Andrew gelacht hat. *Ich* war es, die über Wahrscheinlichkeit gesprochen hat, und *ich* habe ihm geraten, so zu leben, wie er will.

Das war immer ich.

Ich konnte nicht glauben, dass jemand das an mir entdecken würde, was ich tief in meinem Innern fühlte.

Ich hocke neben der versteckten Schindel und dem Hortensienbusch und presse die Stirn gegen meine Knie. Mein Rücken bebt und Tränen rinnen über meine Beine. Hier im Gras denke ich über das Überleben nach. Wie aus uns die Erwachsenen werden, die wir sein sollen. Wir fangen alle klein an, wir fangen alle hier an, oder?

Ich höre, wie meine Schwester vorsichtig die Verandatreppe hinuntergeht.

Vielleicht kann ich für immer hierbleiben? Hinter Büschen und im Gras versteckt. Hier ist es dunkel und sicher. Oder vielleicht kann ich mit der *Alvin* in die Tiefen des Ozeans vordringen. Wie gern würde ich den Meeresboden erkunden. Ich weiß, dass es Fische gibt, die ihr eigenes Licht erzeugen können, weil es dort, wo sie leben, so dunkel ist. Laternenfische. Das ist ihr Name. Vielleicht kann ich auch dorthin reisen.

Mich schaudert wieder und ich bin erstaunt, dass ich so weinen muss. Aber der Schmerz fühlt sich gut an und das macht mir Angst.

Ich frage mich … ich frage mich, was wohl morgen passieren würde, wenn alle Sterne am Himmel verlöschen und die Welt im Dunkel versinken würde – würde der Laternenfisch überleben?

# KAPITEL 33

SCARLETT LÄSST MICH EINE WEILE WEINEN. SCHLIESS-lich fragt sie: »Was ist passiert?«

»Geh weg«, sage ich.

»Ich habe die ganze Nacht auf dich gewartet.«

Als ich den Kopf hebe, muss ich blinzeln. Das helle Sonnenlicht blendet mich, obwohl das große Haus Schatten wirft.

»Du hast auf mich gewartet?«, frage ich ungläubig.

»Es ist 5:45 Uhr am Morgen«, sagt sie, entfernt einen Zweig vom Hortensienbusch, den der Sturm abgeknickt hat, und legt ihn auf den Boden.

Sie schiebt die Blätter beiseite und dahinter kommt die Holzschindel mit unseren Namen zum Vorschein. Sie ist trotz der vielen Jahre kaum verwittert und unsere Namen – *Scarlett und Bean* – sind, verglichen mit dem grauen Holz, noch fast schwarz.

»Das war an dem Tag, als du dir das Knie auf dem Bootsanleger aufgeschürft hast«, sagt Scarlett.

Ihre Hände legen sich schützend um die Blüten, damit die

Knospen keinen Schaden nehmen. Der sanfte Ton ihrer Stimme bringt meine Unterlippe zum Beben.

»Du hast eine Haarklammer aus deinem Haar genommen«, sage ich und es kribbelt in meiner Nase.

Ich wende den Blick von unserer Schindel und der Erinnerung an mein brennendes Knie und die klebrigen Wangen von damals ab, denn diesmal sind die Tränen anders. Trotzdem ist Scarlett da. Vielleicht war sie immer bei mir.

»Warum hast du diesen Sommer alle angelogen?«, fragt Scarlett leise.

Ich zucke die Achseln. »Warum mache ich den meisten Scheiß von dem, was ich tue?«

»Bean«, meint Scarlett fast tadelnd.

»Was?«, frage ich, setze mich auf und schlinge die Arme noch fester um meine Knie. »Kann ich nicht mal fluchen? Kann ich nicht mal was Normales tun? Kann ich nicht mal ein Kleid ohne Spitzen und Rüschen tragen? Kann ich, Scarlett?«

Scarletts Augen sind wie Edelsteine. Blaue Murmeln eingerahmt von blonden Wimpern. Als ich ihrem Blick standhalte, schaut sie auf ihre Hände.

»Keine Ahnung. Kannst du?« Ihre Stimme klingt angespannt.

Die Tränen brennen auf meinen warmen Wangen. »Willst du wissen, was ich letzte Nacht gemacht habe?«, frage ich.

Scarlett gibt keine Antwort, dabei will sie es wissen.

»Ich habe mit Andrew geschlafen.«

Scarlett sperrt den Mund auf. Eine Wolke zieht über uns hinweg und verdunkelt den Heiligenschein über ihrem Kopf. Sie schlägt die Hand vor den Mund und sie ist so blass, dass ich die Sehnen und Knochen sehen kann. Ich drehe den Kopf langsam zum Wasser. Winzige Wellen schlagen an Nancys Privatstrand. Ich rieche den Kokosnuss-Duft von Andrews Haut und schmecke die salzige Schärfe seiner Lippen nach dem Schwimmen.

»Alles hat mit dieser lächerlichen Lüge angefangen«, sage ich. »Ich habe ihn am Strand getroffen und er hatte keine Ahnung, dass ich erst fünfzehn war. Ich habe gelogen, hab ihm gesagt, ich sei achtzehn …«

Auf einmal sprudelt alles aus mir heraus. Ich erzähle ihr von The Doors, von dem Kometen, und was in dieser Nacht am Strand passiert war. Ich erzähle ihr von den Klamotten, die ich ihr geklaut habe, von dem Bikini, von Mikes Tod und dass Curtis Alkoholiker ist.

»Und gestern Nacht. Er, *wir* …« Aber weiter komme ich nicht. Ich begegne ihrem stählernen Blick und verzage. Ich schlage die Hände vors Gesicht und weine. »Er legte die Hand auf meinen Hinterkopf. Er sagte, dass er mich liebt. *Mich.*« Auch über Scarletts Wangen rollen Tränen, was mich noch mehr zum Weinen bringt. »Aber es ist alles eine Lüge. Er kennt die Wahrheit nicht.«

Jetzt tut Scarlett etwas, was sie, seit wir klein waren, nicht mehr getan hat.

Sie kommt auf mich zu und umarmt mich. Und sie lässt mich auch nicht mehr los. Sie drückt mich fest an sich, und es fühlt sich an wie eine winzige Faust, die mich umklammert. In meiner Brust kreist etwas. Ein ganzes Universum – ein Sternbild. Der Angelhaken hat mich endgültig an die Oberfläche gezerrt, bis zu den Sternen.

»Ich liebe ihn«, sage ich und vergieße noch mehr heiße Tränen.

»Ich weiß«, meint Scarlett und drückt mich ganz fest. »Es ist okay.«

Ich schließe die Augen und Scarlett zieht mich an sich. Ihr Herz pocht an meinem Ohr.

Und ich lasse es tanzen.

Ich schließe die Tür zu meinem Schlafzimmer. Die Stille tut gut und ich atme gleichmäßig. Eigentlich wollte ich unter die Dusche, aber dann bleibe ich am Schreibtisch stehen. Ich beiße die Zähne zusammen und lasse die Finger über die Bewerbung für das Waterman-Stipendium gleiten. Ich kenne die elementare Struktur von Papier: Zellulose, Papierfasern und Wasser. Fakten trösten mich immer noch.

Langsam setze ich mich auf den Stuhl. Meine Hand ruht auf einem Stapel von Daten. Damit kenne ich mich aus. Ich bin stolz auf meine akkuraten Aufzeichnungen. Ich warte auf das Gefühl der Erleichterung beim Anblick eines erfolgreich durchgeführten Experiments. Aber dieses Gefühl will sich nicht einstellen.

Neben dem Schreibtisch liegen unter anderem drei verschiedene Arten von LED-Taschenlampen und vier unterschiedliche Teleskop-Linsen. Auf dem Deckblatt der Bewerbung steht: Sarah Levin. Sie ist das Mädchen, das mit dieser ganzen Ausrüstung umgehen kann. Sie kennt den Weg zu akademischem Erfolg.

Sie ist gespalten.

Aber ich glaube, ich weiß, wie man sie wieder heilt.

Meine Hand greift den Kugelschreiber und lässt ihn über der leeren Seite eines Notizblocks schweben. Ich lese noch mal die Fragestellung bezüglich des Essays für das Waterman-Stipendium.

*Bitte erläutern Sie in 1000 Worten, warum Ihr Experiment erfolgreich etwas über Sie als Wissenschaftler aussagt und auf welche Weise die Durchführung Ihres Experiments Ihre Bildungsziele untermauert.*

Ich drücke den Stift aufs Papier.

*Hiesige Astronomen haben mich für »verrückt« erklärt und mich gefragt, warum ich einen Kometen auf altmodische Art verfolge, wo es doch genügend verlässliche computergestützte Quellen gibt, um Rektaszension und*

Deklination eines Kometen genau zu bestimmen. Warum ich mir die Mühe mache, alles selbst zu berechnen.
Ich habe diesen Kometen vom Zeitpunkt seiner Entdeckung durch die Universität von Hawaii verfolgt bis zu dem Tag, an dem er sein Perihelium am 3. Juli um 23:13 Uhr erreichte. Wie Sie anhand der beigefügten Aufzeichnungen feststellen können, waren meine Berechnungen exakt.
Sehr zum Erstaunen meiner Mentoren an der Summerhill Academy in Rhode Island habe ich nur elektronische Hilfsmittel benutzt, um mein Teleskop zu programmieren und meine Berechnungen zu bestätigen.
Ich bin stolz auf meine Hartnäckigkeit und meine genauen Beobachtungen bei der Verfolgung unseres sich schnell bewegenden Freundes. Schließlich ist es das, was mich ausmacht. Ich habe mich ganz meinem Experiment verschrieben, und in dem Jahr, in dem ich den Kometen Jolie oder P/1413 verfolgte, bin ich bezüglich meines Engagements nicht ein einziges Mal ins Wanken geraten.
Nicht bis zu diesem Sommer.
Sie fragen sich vielleicht, warum ich in einem akademischen Essay wie diesem mein Privatleben zur Sprache bringe. Sehen Sie, vor diesem Sommer hatte ich keins. Ich saß nur im Bio-Labor oder im Observatorium und beobachtete die Sterne. Ich liebte es, ein Mathelet zu sein und Bruch- und Prozentrechnung zu dekonstruieren. Ich verpasste Schulbälle, Spiele und Partys, nur um den Nachthimmel zu beobachten.

*Ich lebte nur einen Bruchteil meines Lebens. Ein halbes Leben. Ich beobachtete die Welt.*
*Nietzsche sagt: »Man muss noch Chaos in sich haben, um einen tanzenden Stern gebären zu können.«*
*Diesen Sommer hörte ich auf, die Welt zu beobachten. Stattdessen tauchte ich im Meer, tanzte in einer Menschenmenge und lachte über Witze, die ich sonst nur von Dritten gehört hatte. Menschen, die noch nie zu den Sternen hochgeschaut und sich gefragt haben, was das alles bedeutet, haben mich akzeptiert. Sie haben mich aufgenommen und ich war Teil ihrer Welt. Plötzlich stand ich mit beiden Beinen auf der Erde. Mit meinen Statistiken und meinem Engagement, die Wahrheit über unser schönes Universum zu erkunden, versetzte ich meine neuen Freunde in Erstaunen. Meine Sterne haben mir stets die Richtung gewiesen.*
*Wenn Sie mich also fragen, warum mein Experiment etwas über mich als Wissenschaftlerin aussagt, dann lautet meine Antwort folgendermaßen: Ungeachtet dessen, ob ich dieses Stipendium bekomme oder nicht, werde ich die Mechanismen unseres Universums für den Rest meines Lebens weiter verfolgen.*
*Weil ich eine Hüterin der Sterne bin.*
*In meinem Herzen und in meiner Seele. Für immer.*
*Sie haben mich wieder zu mir selbst geführt.*
*Aufgrund folgender unbestreitbarer und sehr simpler Tatsache weiß ich jetzt, wie man ein erfülltes Leben führt:*
*Jedes Atom besteht aus Protonen, Neutronen und*

*Elektronen. Die Anzahl der Protonen in einem Atomkern bestimmen die Identität eines Elements. Die vielen Pflanzen, Tiere und Strände der Welt haben unterschiedliche Gleichungen für diese Protonen und Neutronen – aber wir alle haben sie. Selbst wir Menschen. Wir sind alle verbunden durch die Kraft des unendlich Kleinen.*
*Bin ich demnach eine Wissenschaftlerin? Ja, aber ich bin noch so viel mehr. Ich weiß jetzt, dass nicht nur das Experiment zählt, sondern auch der Wissenschaftler an sich. Ich beobachte die Sterne nicht nur. Ich beobachte unsere Welt nicht mehr nur.*
*Ich bin die Sterne.*
*Ich bin der Komet Jolie, der über unseren wundervollen Himmel schoss.*
*Ich bin das Universum.*

# KAPITEL 34

SPÄTER AM NACHMITTAG GEHE ICH DIE TREPPE HInunter und der Duft von Tomatensuppe steigt mir in die Nase. Die Löffel klimpern gegen die Suppentassen und im Wohnzimmer läuft der Fernseher.

Keiner hat bemerkt, dass ich die ganze Nacht weg war. Keiner außer Scarlett.

Mom fährt am Montag nach Hause. Ich bleibe an der Tür zur Waschküche stehen. Der Duft von Weichspüler weht durch die leere Diele. Mom hat nichts zu meinem neuen Kleid gesagt, aber sie muss heute Morgen, als ich schlief, meine Wäsche geholt haben. Mein Kleid hängt gebügelt über dem Trockner. Ich möchte sie fragen, ob sie fand, dass ich auf der Party hübsch ausgesehen habe, aber bevor ich den Mund aufmachen kann, fährt sie mit der Hand über das Vorderteil des Kleides. Sie schüttelt den Kopf und lächelt dabei. Wenn sie glücklich ist, summt sie immer vor sich hin, und ich brauche eine Weile, bis ich das Lied erkenne. Es ist »Light My Fire« von The Doors.

Ich halte die fertige Bewerbung für das Waterman-Stipendium in der Hand. Der Umschlag ist schon verschlossen, und ich habe Dad nicht Korrektur lesen lassen. Der Essay, den ich verfasst habe, war eine Viertelstunde später abgetippt und in den offiziellen Waterman-Umschlag gesteckt. Obwohl erst Sonntag ist und heute keine Post abgeholt wird, werde ich den Umschlag trotzdem in den Briefkasten werfen.

Dieses Experiment ist abgeschlossen.

Den ganzen Sommer habe ich mir wegen Andrew Gedanken gemacht. Ich habe mich gefragt, wie ich ihn dazu bringen kann, mich zu mögen. Wie ich mich schützen und die Lüge bewahren kann. Ich werde wieder zur Schule gehen und von vorne anfangen – mit einem neuen Stipendium in Astronomie und ohne die Lüge, die auf meinem Herzen lastet.

Dieses neue Herz.

Früher am Morgen, als ich den Umschlag mit den Bewerbungsunterlagen verschloss, hielt ich mein Handy in der Hand und ließ meine Finger über Großmutters zehnstellige Nummer kreisen. Ich konnte mich nicht dazu durchringen, sie anzurufen und Gracies Stimme am anderen Ende zu hören. Ich habe ihren Rat oder ihren Trost nicht verdient. Aber eines ist sicher: Wenn ich sie am Labor-Day-Wochenende besuche, werde ich ihr die ganze Geschichte erzählen.

Ich gehe an der Küche vorbei, wo Nancy, Dad und Scarlett am Tisch sitzen und sich unterhalten. Ich bleibe auf dem Flur stehen, wo sie mich nicht sehen können, und lausche.

»Sie wollte nicht, dass ich ihren Essay für das Stipendium lese«, sagt Dad.

»Vielleicht braucht sie dich dafür nicht«, meint Scarlett rundheraus, um damit das Thema zu beenden.

»Vielleicht hast du recht«, erwidert Dad.

Nancy schnaubt.

»Mir hat ihr Kleid gefallen«, erklärt Dad.

»Mir irgendwie auch«, meint Scarlett. »Es war zwar etwas eng, aber es sah hübsch aus.«

»Sie ist endgültig ein Teenager«, sagt Dad mit einem tiefen Seufzer.

»Sie ist schon lange ein Teenager, du hast es nur noch nicht bemerkt«, meint Scarlett scherzhaft.

»Du scheinst ja alles zu wissen«, sagt Dad.

»Sie ist meine Schwester. Ich muss einfach mehr wissen als du.«

Ich muss lächeln, schleiche mich an ihnen vorbei und trete durch die Vordertür hinaus ins Sonnenlicht.

Anglersteg. Touristen marschieren über das heiße Pflaster und reihen sich in die Warteschlange bei den Fischerbooten ein. Es ist kurz vor Mittag. Obwohl Sonntag ist, hat Andrew mir per Handy mitgeteilt, dass die Crew gegen ein Uhr auslaufen müsse, um Sturmschäden zu beseitigen. Wegen des Tropensturms wird die Fahrt diesmal länger dauern als sonst. Als ich vom Parkplatz in Richtung Docks gehe, vorbei an Hatchman's Fischmarkt, versuche ich mich mit solchen Gedanken abzulenken.

Ich hole tief Luft: Ich habe Scarletts weiße Sonnenbrille auf. Sie wollte mich nicht aus dem Haus lassen, bevor ich geduscht hatte.

Das Wasser lief an meinem Körper hinunter und der Sand und das Salz von Andrews Körper sammelten sich im Ausguss und wurden einfach weggespült.

»Setz die auf«, sagte Scarlett. »Deine Augen sind blutunterlaufen.«

»Das ist nur, weil die Haut auf die überschüssige Feuchtigkeit reagiert und ...«, versuchte ich zu erklären.

»Der Grund ist mir egal, du Nerd«, meinte Scarlett nicht unfreundlich und hielt mir die Brille hin. Ich nahm sie, zögerte aber einen Moment, bevor ich sie aufsetzte. Ich musste an das Foto von Nancy und Grandma in ihren Badeanzügen denken.

»Scarlett?«

»Ja.«

»Meinst du, wir werden mal wie Nancy und Grandma sein? Weit auseinander wohnen und kaum noch miteinander sprechen?«

Sie blickte mich an und schüttelte den Kopf. »Auf keinen Fall. Wir kriegen das schon hin.« Und ich glaube ihr.

Trotz Scarletts Sonnenbrille ist es am Pier ziemlich hell. Ich stehe am Rand des Parkplatzes. Vor mir machen Dutzende von Touristen Fotos von den Fischern in ihrer gelben Arbeitskleidung. Andrews Boot ist ebenfalls da. Er hält sich aufrecht und hämmert an einer Metallstange herum. Das klirrende Geräusch hallt über den Anglersteg. Andrews graues T-Shirt ist völlig durchgeschwitzt. Ich versuche nicht dem Muskelstrang seines Unterarms zu folgen, aber er tritt deutlich hervor, weil die Muskeln angespannt sind. Ich möchte meine Finger über seine Haut gleiten lassen.

»Hi«, rufe ich ihm zu. Andrew hat seine Baseballkappe tief in die Stirn gezogen, um seine Augen vor der Sonne zu schützen.

Er lächelt ein wenig und ich kenne dieses Lächeln. Ich habe es in diesem Sommer bestimmt schon hundert Mal gesehen. Er schnappt sich eine Wasserflasche, springt vom Boot und kommt zu mir auf den Parkplatz.

Er schließt mich in seine Arme und ich atme den salzigen Geruch seiner Haut ein.

»Ich werde vor heute Abend nicht zurück sein. Aber ich kann dich nach der Arbeit abholen und wir können essen gehen, wenn du willst.«

»Ich brauche nur eine Minute«, sage ich.

»Okay …«

Ich setze die Sonnenbrille auf meinen Kopf.

Andrew geht einen Schritt auf mich zu. Er hält die Wasserflasche in der Hand und macht ein besorgtes Gesicht.

»Hast du geweint?«, fragt er.

Ich hole tief Luft und blinzle, weil mich die Sonne blendet.

»Ich …« Ich atme noch mal tief ein und halte dann inne.

Ich muss es tun.

»Ich fahre am Montag nach Hause«, sage ich. »Ich muss mich auf die Schule vorbereiten. Sachen zusammenpacken.«

»Wir haben doch noch ein paar Wochen, bis das Semester anfängt.«

»Ich muss mich vorbereiten.«

»Aber in den College-Buchhandlungen bekommst du schon die Hälfte von den Sachen, die du brauchst. Ich werde dir helfen. Du sollst nicht glauben …« Er seufzt. »Sieh mal, für mich ist das nicht nur eine Sommersache.«

»Für mich auch nicht«, erwidere ich und das Sprechen fällt mir schwer.

»Ich liebe dich«, sagt er. »Das sage ich nicht einfach nur so. Und …«

»Ich muss mich wirklich vorbereiten«, unterbreche ich ihn.

Warum lüge ich immer weiter?

»Ich habe doch den Pick-up. Ich werde mit deinen Eltern reden.«

Die Wellen schlagen immer höher.

»Du willst mit meinen Eltern reden?«

»Darüber, dass ich dir beim Umzug helfe. Ich bin stark«, erklärt er und zeigt mir seinen Bizeps, als sei alles ein großer Spaß.

»Ich kenne eine Menge starke Typen …« Er redet immer weiter. Über all die Leute, die ich nie treffen werde, und all die Dinge, die wir nie tun werden. »Ich meine es ernst.«

In meinem Innern tobt ein Hurrikan. Ich muss es ihm sagen.

»So drei oder vier Kumpels. Du wirst sie mögen.«

*Sag es, Bean!*

»Ich bin sechzehn!«, bricht es aus mir heraus.

Meine Stimme klingt schrill, deshalb spreche ich leiser. »Ich bin an dem Abend unseres ersten Dates sechzehn geworden. Ich komme jetzt in die elfte Klasse. Auf der Highschool.«

»Was?«, sagt Andrew mit einem gequälten Lachen. Offenbar hält er es für einen schlechten Scherz. Er hat wieder dieses Funkeln in den Augen, das ich so liebe. Der schwarze Asphalt unter meinen Füßen bekommt Tausende winzige Risse.

»Ich bin noch nicht einmal siebzehn«, sage ich. »Ich habe die Einstufungstests für die Unis noch nicht gemacht.«

Er lacht wieder, aber sein Lachen klingt hohl.

»Aber du gehst doch ans MIT.«

»Nein. Werde ich nicht.«

Zwischen uns herrscht Stille. Möwen schreien, und im Hintergrund hört man den Lärm der Autos und der Boote.

»Ich musste es dir sagen. Ich konnte nicht mehr lügen.«

Die Baseballkappe verdeckt zunächst seine Augen, aber als er das Kinn hebt, schnürt mir sein starrer Blick die Kehle zu.

»Scarlett ist meine zwei Jahre ältere Schwester.«

»Wovon redest du überhaupt?«

»Ich bin sechzehn Jahre alt«, sage ich ganz langsam. »Ich … ich habe gelogen.«

»Ist das dein Ernst?«

»Tut mir leid«, krächze ich.

Er weicht vor mir zurück, schlägt die Hand vor den Mund und starrt mich wieder an.

»Es tut mir so unendlich leid.«

»Verdammte Scheiße.«

Er beugt sich nach vorn, die Hände in die Hüften gestemmt. Als er sich wieder aufrichtet, schneidet er eine Grimasse und beißt die Zähne zusammen. »Ich glaube, mir wird schlecht.«

»Tut mir leid«, wiederhole ich.

»Es tut dir *leid?«* Seine Stimme versagt. »Oh mein Gott!«, sagt er und hockt sich hin, das Gesicht in den Händen vergraben. »Oh mein Gott!«

Am liebsten würde ich Andrew an mich reißen und ihm sagen,

dass alles nur ein Scherz ist – noch so ein wissenschaftliches Experiment. Ich möchte ihm von dem Kometen erzählen und ihn mit meinem Wissen in Erstaunen versetzen.

Aber das Leuchten in seinen Augen ist erloschen.

»Du siehst nicht wie sechzehn aus«, meint er.

»Ich bin erst seit ein paar Wochen sechzehn«, sage ich und schlucke trocken.

Andrew schüttelt den Kopf. »Diese ganze Scheiße mit dem MIT.«

»Andrew«, sage ich und nehme seine Hand. Er ist völlig starr. Seine Hand ist ganz kalt. Er drückt weder meine Hand noch streichelt er sie und er presst die Lippen aufeinander. »Ich habe das getan. Ich hatte keine Ahnung, was passieren würde, als ich dich traf. Ich hätte nie gedacht, dass du mit jemandem wie mir zusammen sein willst. Und als ich es begriff, war es schon zu spät. Du hast nichts falsch gemacht.«

Sein Blick wandert über das Pflaster und er sieht mich nicht an. »Sarah …«

Ich wünschte, er würde meinen Namen nicht aussprechen. Meinen richtigen Namen.

»Es tut mir so leid.«

»Sag nicht, dass es dir leidtut. Ich könnte alles verlieren, wofür ich geschuftet habe. Alles, was ich …«

»Ich weiß. Jetzt weiß ich es. Ich habe es nicht gewusst.«

Er lässt meine Hand los.

»Halte dich von mir fern«, sagt er und deutet auf mich, während er zurückweicht. »Halte dich verdammt noch mal fern«, zischt er.

»Ich liebe dich«, sage ich. »Das ist die Wahrheit.«

Er macht auf der Stelle kehrt und geht mit großen Schritten davon. Der kleine Sonnenbrand auf seiner Wade ist immer noch rot. Dann bleibt er plötzlich stehen und dreht sich zu mir um. Hoffnung, schreckliche, ungerechtfertigte Hoffnung steigt in mir hoch.

»Ich kann nicht«, beginnt er und seine Worte sind ein einziger Seufzer. »Ich kann niemandem sagen, warum es aus ist. Ich muss mit dem, was du getan hast, leben.«

Andrew geht in Richtung Anlegestelle. Er schleudert die Wasserflasche so heftig auf den Boden, dass sie explodiert. Überrascht von der Wucht des Aufpralls und dem nach allen Seiten herausspritzenden Wasser, zucke ich unwillkürlich zusammen.

Ich muss zusehen, wie er davongeht. Mir bleibt keine Wahl.

Ich beobachte, wie er an Bord des Bootes geht.

Er packt den Hammer und fängt an, auf etwas einzuschlagen. Er zieht die Mütze noch tiefer in die Stirn.

Das Mädchen, das ich gerne sein wollte und das aufs MIT gehen wollte, hätte ihm von Anfang an die Wahrheit gesagt. Sie hätte ihn gehen lassen, weil es noch nicht ihre Zeit war. Andrew schlägt mit dem Hammer gegen die Stange des Boots und für einen kurzen Moment verzieht sich sein Mund zu einer Grimasse. Er weint.

Der Schmerz gräbt sich tief in mein Innerstes ein und mir wird klar, dass ich den ersten Menschen, den ich jemals geliebt habe, manipuliert habe.

Deshalb tue ich, was jeder Wissenschaftler tun würde. Ich studiere ein paar Minuten lang seine Gestalt. Ich präge mir seine Muskeln ein, damit ich sie nicht vergesse. Ich versuche, mich an das Funkeln seiner Augen zu erinnern. Die Wissenschaft hat keine Erklärung dafür. Kann die Wissenschaft die Seele erklären?

Ich tue, was ich tun muss.

Ich drehe mich um und gehe.

# KAPITEL 35

*Ein Jahr später – Ende Juni*

ETTIE, CLAUDIA UND ICH FASSEN UNS AN DEN Händen, verlassen den Seahorse-Shop in der Main Street und gehen zu meinem Wagen, Nancys altem Volvo. Wir bestaunen unsere Einkäufe – Sonderangebote vom letzten Jahr. Wir haben drei der Geoden-Halsketten gekauft, die ich letzten Sommer im Schaufenster bewundert hatte, bevor ich Andrew traf.

Vor der Lüge.

Ettie schnappt sich meine Schlüssel. Claudia steigt hinten ein und ich setze mich auf den Beifahrersitz. Ettie hat den Führerschein einen Monat vor mir gemacht und besitzt mehr Fahrpraxis. Das behauptet sie jedenfalls.

Wir sind seit zwei Wochen in Orleans, und alle drei sind wir von den Tagen am Nauset Beach sonnengebräunt. Am Strand habe ich nach Andrew Ausschau gehalten, ihn aber nirgends entdeckt. Wahrscheinlich wüsste ich gar nicht, was ich sagen sollte. Ettie startet den Motor und wir fahren auf die Main Street. Es herrscht dichter Verkehr und plötzlich stecken wir im Stau.

»Wir hätten ebenso gut auf dem Parkplatz bleiben können«, sage ich.

»Hey!«, ruft Claudia und deutet auf meine Halskette. »Dein Stein ist blauer als meiner.«

»Nein, deiner ist blauer als meiner!«, sage ich lachend.

»Meiner ist der blaueste!«, ruft Ettie. Sie langt in ihren Nacken und öffnet den Verschluss ihrer Halskette, und das Auto rollt vorwärts. Wir bekommen einen hysterischen Anfall. Wir werden eine Weile warten, bis die vielen Touristen herausgefunden haben, wie sie durch den Kreisverkehr am oberen Ende der Main Street gelangen.

»Lass uns tauschen«, meint Claudia und ihre schwarzen Haare glänzen im Schein der untergehenden Sonne. Wir lachen, öffnen die Verschlüsse und tauschen die Ketten aus.

»Viel besser!«, sagt Claudia mit einem Lächeln.

»Ich liebe diesen Song!«, ruft Ettie und beugt sich nach vorn, um die Musik lauter zu stellen. Alle Passanten auf der Straße blicken in unsere Richtung. Wir kümmern uns nicht darum und singen lauthals mit.

Und dann sehe ich ihn.

Ich höre auf zu singen.

Andrew steht im Eingang des Bird's Nest und beobachtet mich. Er trägt dieselbe Baseballkappe wie am letzten Tag bei den Docks. Wir starren uns an. Seit Monaten träume ich von diesem Moment.

Und dann passiert etwas Seltsames: Ich muss plötzlich an den Findling auf dem Rasen der Zuckermans denken. Jahrelang hatte ich geglaubt, es sei ein Stück Mondgestein. Letzten Sommer, dem Sommer mit Andrew, war mein Leben wie dieses kleine Stück von den Sternen gewesen – ein kleines Stück von etwas, das ich niemals berühren konnte.

Ich warte darauf, dass Andrew sich umdreht, eine Grimasse schneidet und mich an all das erinnert, womit ich ihm wehgetan habe.

Der Verkehr bewegt sich im Schneckentempo voran, und dann heißt es: Jetzt oder nie – gleich werden wir davonfahren.

Es geht weiter. Ich muss mich umdrehen, um Blickkontakt zu halten. Gerade als die Räder vorbeirollen, als ich damit rechne, dass er ein finsteres Gesicht macht oder wegschaut …

Zeigt sich ein Lächeln auf seinem Gesicht.

Und dieses Lächeln gilt nur mir.

# DANKSAGUNG

MEIN DANK GEHT AN JOCELYN DAVIES. ES GIBT niemanden, mit dem ich Handlung und Charaktere lieber besprechen würde! Aufgrund der Zusammenarbeit mit dir ist dieses Buch noch besser geworden, als ich es mir vorgestellt hatte. Danke für deine Mitwirkung, deinen Respekt und dafür, dass du mir gezeigt hast, wie glücklich ein Autor sein kann.

Dank an Margaret Riley King von WME für die Liebe zu diesem Buch und das Verständnis dafür, dass Beans Geschichte unbedingt erzählt werden musste. Und natürlich an Chelsea Drake für die Geduld und die Unterstützung!

Ein Dankeschön an Jaqueline McCleary, Astrophysikerin an der Brown University, für ihr beispielloses Wissen. Es ist nicht fair, so klug und gleichzeitig so hübsch zu sein. Dank dir ist Beans Geschichte überzeugender.

An Bryant Grigsby, Wissenschaftler am SETI Institute, der mir bei zahllosen lästigen Telefonanrufen allzu komplizierte wissenschaftliche Fragen beantworten musste. Während er mir seine unschätzbare Sachkenntnis und Zeit zur Verfügung stellte, versuchte ich mitzukommen.

Danke an Kate Madin und Hovey Clifford, Mitarbeiter am WHOI. Ihr seid großmütig und ohne eure Fachkenntnis hätte meine Geschichte gelitten.

Dank an A.M. Jenkins und die Kraft, »es zu fühlen« – deine Mentorschaft bedeutet mir mehr, als ich auszudrücken vermag.

An Franny Billingsley – du hast mein Charakterverständnis in Bezug auf Bean und Penny (aber zu ihr später) verändert! Danke, danke, danke.

Ein Dankeschön an An Na, die eine frühe Version des Buches gelesen und mir die richtige Richtung gewiesen hat.

Dank an Sarah Ellis – die mich daran erinnerte, dass ein harter Stoff manchmal am wenigsten gefühlsbetont ist, und die mich die Macht von Subtilität und Subtext gelehrt hat. Ich werde versuchen, Auslassungszeichen wegzulassen … das schwöre ich.

Danke an die VCFA Community, besonders die Lehrerschaft – ihr seid magisch.

Natürlich danke ich den CCWs: Rebecca DeMetrick, Linda Melino, Mariellen Langworthy, Claire Nicogossian, Maggie Hayes, Tracy Hart, Laura Backman, Hannah Moderow, Kristin Sandoval und Matt Hudson.

Und meiner Schwester Jennie – für all die Tamago-Omeletts, »Kopfsachen« und die Fahrten nach Cape Cod.

Danke an Mom und Dad, die mich für unsere wundervollen Urlaube nach Cape Cod gebracht haben. Ihr habt Jennie und mir den schönsten Ort der Welt gezeigt und uns immer ermuntert, nach den Sternen zu greifen, egal wie hoch sie hingen.

Ich entdeckte Jim Morrison und The Doors am 4. Juli im Jahr meines dreizehnten Geburtstags. Ich hörte *Moonlight Drive* am Strand und hatte binnen weniger Wochen sämtliche Alben gehört und vier Biografien gelesen. Die Poesie, die Musik und die rohe

Leidenschaft, die The Doors verkörperten, woben sich in das Konstrukt meines Lebens. Ich konnte Ray Manzarek und Robbie Krieger 2011 live sehen, gerade mal zwei Jahre, bevor Ray starb. Es ist mir eine Ehre, das Vermächtnis dieser Band durch Beans Geschichte auf eine kleine Weise zu bewahren.

Für mich ist diese Liedzeile das Herzstück von *Ein Sommer voller Sterne:*

»I tell you this. No eternal reward will forgive us now for wasting the dawn.« – Jim Morrison

Danke: Jim, Ray, Robbie und John – für alles.